KB151465

漢文名作

한문명작

김창룡

역락

일러두기

1. 이 책은 제1부 운문(韻文), 제2부 산문(散文)의 순으로 배열하였다. 한문은 그 오랜 연원(淵源)이 중국에 있지만, 한국 한문학의 고유 빛깔과 자주적 특성에 비추어, 최대한 두 나라에 균형감 있게 안배하였다.

2. 운문은 높은 지명도의 교양적 보편화된 작품들을 저자의 독서 체험 내지 주관에 따라 인선(遴選)하였다. 역시 장르별로 구분하였으되 고시(古詩)와 금체시(今體詩)로 대별하였고, 같은 장르 안에서는 작가의 생년(生年)을 기준으로 선후 배정하였다. 후자는 다시 오언절구, 오언율시, 칠언절구, 칠언율시로 분간하여 실었다.

3. 산문은 지난 반세기 동안 출간된 한문 교재들 중 단독 저자의 것은 지양하고, 최소한 편찬위원회 단위 이상의 저서 50여 종을 대상으로 하여 높은 빈도수의 순서를 따라 90작품을 추려내었다. 그리고 이를 다시 경전(經典), 제자(諸子), 고사(故事), 설화(說話), 기(記), 설(說), 사(辭), 부(賦), 서(序), 발(跋), 표(表), 송(頌), 명(銘), 원(原), 논(論), 변(辨), 전(傳), 기타(其他) 등 장르별로 구분하여 수록하였다.

4. 각주 설명 중의 밑줄 표시는 한 단어 안에 여러 개의 어의(語義)가 있는 경우 각별히 글 안에서 통하는 해석어임을 나타낸 것이다. 나아가, 의미 적용의 의외성이 높아 강조할 필요가 있는 경우까지를 포함하였다.

5. 한문과 영문은 어휘 및 문장의 구조 면에서 상당한 유사성을 띤다. 따라서 명료한 이해를 위해 간혹 영자(英字)거나 영문법적 적용도 도입을 불사하였다.

서 문

제가 중학교 2학년이던 시절 외삼촌께서는 고등학생이던 외사촌 오빠와 국민학생이던 제 남동생, 그리고 저를 앞에 두시고 『명심보감(明心寶鑑)』 몇 구절을 가르쳐 주셨습니다. 그때 외삼촌께서 낭랑한 음성으로 군데군데 토를 달아가면서 한문을 끊어 읽으시고, 세 학생이 따라 낭독하던 것이 참 재미났던 기억이 납니다. 비록 몇 구절에 그쳐서 아쉽기는 했지만 대학에서의 전공을 동양사학으로 정한 데에는 아마 그때의 영향도 있지 않았나 싶습니다.

그로부터 40여 년이 지난 오늘 한성대학교 한국어문학부에 재직 중이신 경유(景游) 김창룡(金昌龍) 선생님이 펴내신 『교양한문100』을 펼치고 보니 문득 오랜 친구들을 만난 것처럼 반갑기 그지없습니다. 사서(四書)와 제자(諸子)로부터 기타 산문에 이르기까지 수록된 50편의 산문 글들은 대학 시절 홀로 또는 수업 시간에 익힌 '옛 친구들'이 많습니다. 그리고 고체시(古體詩)와 금체시(今體詩)로 분류된 50편의 시는 앞으로 더 친하게 지내고 싶은 '친구들'인지라 더욱 반갑습니다.

경유(景游) 선생님은 이 책에 실린 칠언절구의 자작시 <작약도(芍藥島)>에도 드러났듯이 한문을 자유자재로 지을 수 있는 작가이자 한국과 중국의 한문학에 능통한 고전 연구자이십니다. 그렇기에 이 책을 펼치면 일단 산문과 운문을 선정한 선생님의 안목이 도드라져 보입니다. 게다가 작자 소개며 설명 주(注)를 보노라면 한자 난독증과 기피증을 가진 요즘 젊은 세대에게 편하게 읽히려 고심하신 흔적이 도처에 아롱져 있습니다. 한문과 영문이 어휘나 문장 구조 면에서 유사성을 띤다는 점에 착안하여 영자(英字)나 영문법적 적용을 도입한 부분은 특히 혜안이라 생각됩니다.

19세기 중반 중국이 서양의 군사력에 무릎 꿇는 것을 보았고 '서구화'에 한발 빠르게 다가갔던 일본의 식민지로 떨어진 경험을 한 우리 사회는 지금까지도 서구 문화를 숭상하는 풍조가 만만찮게 퍼져 있습니다. 영어에 능통한 것이 세계화의 지름길인 양 여기는 오해도 있습니다. 그런가 하면 세계의 중심에서 동아시아가 차지하는 위상이 날로 높아져 다시 우리 것에 대한 자부심이라든가 중국에 대한 관심이 높아지는 경향도 보입니다. 세계의 중심에 우뚝 서기 위해서는 우리 것의 뿌리에 대한 숙지(熟知)가 우선 필요합니다. 그리고 그 뿌리와 맞닿아 있는 중국 고전에 대한 숙지 또한 필요합니다.

그렇게 볼 때 한국과 중국의 고전을 엄선한 이 『교양한문100』이야말로 오늘날의 젊은 세대가 익혀야 할 중요한 핵심을 전달하는 주춧돌이 되지 않을까 싶습니다. 사실 중화인민공화국이 성립된 뒤 간체자가 보급되면서 중국 대륙의 젊은이들은 오히려 자신들의 고전을 읽지 못하는 아이러니가 생겨나고 있습니다. 불과 1세기 전만 해도 동아시아 각국의 지식인들은 한학을 매개로 의사소통이 가능했는데 말이지요. 젊은 독자 여러분이 이 책을 디딤돌 삼아 동아시아 세계가 품고 있는 지혜의 보고를 여는 첫걸음을 떼고, 나아가 21세기 세계화의 주역으로 우뚝 서길 기원합니다.

그리고 고전을 보급하려는 경유 선생님의 노고와 열정에 거듭 감사드립니다.

己丑年 6월

한성대학교 인문대학장

역사문화학부교수 윤혜영

서 문

물질문명과 지식정보화사회가 발달하면 할수록 인문학과 인문정신은 더욱더 관심의 대상이 될 것이다. '나만 잘되면 된다'는 독불장군식 삶의 방식은 선의의 경쟁이라는 허울 아래 빼앗고 빼앗기는 게임방식에다 남을 배려하지 않는 태도라는 점에서 오늘날과 같은 첨단사회에서는 유효하지 않다. 산업사회에서나 부합한 것이다.

첨단문명이 최고조로 발달한 현대사회는 인터넷과 같은 정보망으로 촘촘히 얽히고설킨 인프라를 구축하고 있다. 곧 각자가 지닌 다양한 정보와 전문지식을 서로 공유하여 새로운 가치를 창출하는 사회이다. 그래서 상대방을 배려하지 않으면 계속 즐길 수 없는 널뛰기 놀이와 같은 삶의 방식을 택하지 않고서는, 그 어느 것도 오랫동안 유지하거나 더 나은 것을 향해 발전해가기가 갈수록 어려워질 터이다. 결국 나 아닌 타자에 대한 적극적인 배려는 우리가 누려야 할 삶의 질을 높이는 방식으로서 최대의 화두일 것으로 생각한다.

타인을 배려하기 위해서는 어떻게 해야 할까. 물론 백가쟁명식의 갖가지 처방책이 있을 것이지만, 무엇보다도 진정한 소통이 필요할 것이다. 이를테면 지역간·세대간 등 다양한 층위에서의 소통이다.

넓은 의미의 지역간 소통인 세계화라는 추세에 따라가기 위해서 온 나라가 몸살을 앓고 있다고 해도 과언이 아니다. 두세 살 된 아이에게까지 모국어를 익히기도 전에 벌써 영어교육을 시키기 위해 몸살을 앓는 등 난리법석을 떨고 있다. 한정된 자원을 두고 무한경쟁을 해야 하는 세계화 속에서는 이것이 무조건 나쁘다고만 할 수 없는 측면도 물론 있다. 이는 이른바 기능적 소통이라 할 것이다. 이에 대해, 구성원 자신을 비롯한 민족의 정체성을 확고히 세우고 난 뒤 그런 노력이 필요하다는 반론이 있을 수 있는데, 나 자신을 먼저 알고 남을 알아가는 방식이라는 점에서 경청할 만한 것이다.

그런데 우리나라의 유구한 역사 동안 한민족이 축적해온 전통적 문화유산을 올바르게 이해하는 것은 자기정체성의 확립을 위한 기본 전제의 하나이다. 이 전통 문화유산은 대부분 한문으로 기록되어 있다. 게다가 예나 지금이나 한자어로 된 어휘가 우리 일상생활에서 상당히 많이 사용되고 있음은 주지의 사실이다. 그럼에도 이에 대한 관심은 교육현장이든 사회이든 영어교육에 비해 상대적으로 아주 열악하다. 근대 이전의 한자세대와 이후의 한글세대 사이의 소통을 위한 노력, 곧 넓은 의미의 세대간 소통이 제대로 이루어지도록 관심을 가져야할 필요가 있다. 이른바 본질적 소통이라 할 것인데, 이를 위해 노력한다면 세계문명사의 주변부에만 머무르지 않고 중핵부에 자리잡을 수 있을 것이고, 어쩌면 애써 외면한 연원을 회복하는 길이기도 하다. 이렇게 될 때 비로소 우리의 혼과 얼, 전통과 역사가 온전히 무르녹아서 우리 나름의 눈과 생각이 보다 더 확고히 정립되어 주체적으로 세계인에 대한 참된 배려를 할 수 있게 될 것이다.

이러한 때에 시의적절한 대학한문 교재가 간행되어 반갑기 그지없다. 그간의 교재들이 획일화된 감이 없지 않았던 바, 새로이 편집된 교재가 똬리를 틀며 세상에 머리를 내미려 하는 데에는 그만한 이유가 있을 것이다. 바로 경유(景游) 김창룡(金昌龍) 선생님이 펴내신 『대학한문』이다. 선생님의 탁월한 안목 아래, 사서삼경(四書三經), 제자백가(諸子百家)로부터 한국 산문에 이르기까지 수록된 산문과, 고체시(古體詩)・금체시(今體詩)에 관련된 중국과 한국의 시편(詩篇)들이 망라되어 있다. 읽어야만 하는 명편들이 엄선되어 있다. 먹어 보지 않고서는 그 맛을 알 수 없는 바, 고기 한 점일망정 그 맛을 보면 온 솥 안의 국물 맛을 알 수 있을 것이니, 젊은 세대들은 소위 '미쳐야만 미친다[不狂不及]'는 각오로 이 책의 엄선된 글을 읽어보기 바란다. 더 나아가 요즈음 젊은 세대들이 편하게 접할 수 있도록 작가 소개며, 문법과 어휘의 설명이며, 각종 시각 자료를 해비(賅備)해 있음은 이 책만이 지닌 특징이라 할 것이다.

더 이상의 언급은 되레 이 책에 대한 예의가 아닌 췌언에 불과할 것이며, 다만 증보판을 발간하시는 경유 선생님의 열정에 고개 숙일 뿐이다.

辛卯年 5월, 빛고을에서

전남대학교 국어국문학과교수

申海鎭 삼가 쓰다

서 문

나는 他의 아랑곳을 괘념치 않은 채 書家然하는 처지로서 半本意로 한문고전을 가까이 하여 왔다. 한문의 꼬리를 잡고 뒤따라 다닌 지도 어언 글씨 쓴 세월과 어슷비슷하지만 한문을 이해하는 깊이래야 고인 물로 치면 엎어져 봤자 앞섶만 적시고 말 정도이니, 천부적 둔한 바에 一毫의 노력이라도 보탰어야 했으련만 천성마저 게으르니 별무소득은 번연한 일일 수밖에 없으리라.

그러구러 나는 書題를 구하느라 이날도 『古文眞寶』다 뭐다해서 漢籍을 뒤적이며 노둔함에 때로 딱한 생각이 들기도 하지만, 이나마 한문의 언저리를 맴돈 연유로 唐詩 몇 수 정도는 외게 되고, 한문에 대한 두려움이 살짝 가시게 된 것 만으로 스스로 '不亦說乎'를 連呼하고 있는 터다.

나는 李白을 제 조상인 듯이나 여기고 그의 글에 陷溺되어 千也萬也 높은 줄도 모르는 채 이때껏 一路 壺裏乾坤을 지향하며 磊落不羈 悠悠不迫을 곁눈질하고 있으니, 이런 萬人譏笑의 不可當事가 또 있을까마는 이렇다한들 古典의 바다에서 건져 올린 수확이 아닐 수는 없다.

또한 한 서른 해 전에 지금은 아니 계신 凌虛禪師께서 내게 '醉月堂'이라는 별호를 내리시기로 이제껏 즐겨 써오고 있다. 호를 내리시며 禪師曰, "丈夫로 泥醉도 可커니와 꽃잎에 앉아 달에 취함이 如何오!" 하신다. 그때나 이제나 晝以繼夜로 鯨飮을 一心 實行하던 나에게, 달을 맞아 그림자 더불어 成三人하여 豪飮하던 李白의 멋과 浩然之氣를 일러 주셨던 것일 게다. <春夜宴桃李園序>의 '開瓊筵以坐花 飛羽觴而醉月'에서 인용하였음을 눈치 챈 바 자못 軒昂하여 집에 돌아온 즉, 『朝鮮號譜』를 다 뒤졌지만 '취월당'을 호로 쓴 이가 없기로 歷史의 가림을 받아 고전의 특혜를 홀로 누린 양 喜不自勝하던 기억이 새롭다.

이 또한 한문이 내게 베푼 크나큰 恩典일진저!

이 책의 저자 景游 金昌龍 교수는 국문학자로 특히 우리 고전문학에 大通한바 斯界에 우뚝한 줄은 다 아는 일이요, 또한 한문에 정통한 것은 毋論이려니와 현대문과 고문을 떡 주무르듯 하는 그의 글 솜씨는 나로 하여금 걷잡을 수 없는 猜忌心을 유발시키곤 하였다.

또한 어느 결엔가 서예에 대한 눈을 드높여 書家然 하는 나를 사뭇 움츠러들게 하고 있으니 그는 가까이 하려해도 멀리만 있는, 참으로 沒人情한 사람인 것만 같다. 다만 一滴不飮이나 다름없는 실로 신통치 않은 그의 술 실력이 나의 쳐진 어깨를 추슬러주는 것이다.

그는 많은 저서를 집필하였다.
『교양한문』『대학한문』을 비롯한 한문 교양서와, 『고구려 문학을 찾아서』『한국노래문학의 의혹과 진실』『한국이야기문학의 재발견』 등의 연구서, 특유의 유려한 문체가 빛나는 『인문학 옛길을 따라서』『시간은 붙들길 없으니』『한국의 명시가』 등을 저술하였고, 『文房列傳-중국편』『文房列傳-한국편』과 『조선의 문방소설』을 써서 문학계는 물론 우리네 書家들의 눈을 밝혔다.
이번에 『고문진보』 등 고전에서 韻文과 散文을 가려 엮어 『漢文名作』을 다시 내니, 분명코 한문을 좋아하는 모든 이들의 책상머리를 독차지하리라.
그 선천적인 부지런함과 몸을 돌보지 않는 집필에 대한 열정에 혀를 내두르며 대인께 삼가 끝없는 敬畏의 마음을 드린다.

'梨花月白 三更夜에 다정도 병 인양 하여 잠 못 드셨던' 梅雲堂의 22世孫으로, 이제금 그 多情이 병이 되어 景游大人의 글 부탁을 거절치 못하였다. 내겐 蠻勇이나 다름없으되, 가슴 조여 바라건대 이 글이 저자의 성과에 흠결이나 되지 않기를.

2017년 2월 12일
醉月堂 主人
한얼 李 鍾 宣
(서예가)

自序

오랜 숙제이자 숙원이었던 한문 강의 교재를 드디어 2008년 『교양한문100』으로 펴낸 감회가 지금도 새롭다. 1부는 산문, 2부는 운문으로 대분하였는데, 선정된 운문 작 50편은 지명도 높으면서 지식교양 층 사이에 일반화 보편화된 작품들 우선으로 저자의 독서 체험 내지 주관에 따라 인선(遴選)한 결과였다. 산문은 지난 반세기 동안 출간된 한문 교재들 중 개인 저작의 것은 지양하고 최소한 편찬위원회 단위 이상의 저서 50여 종을 대상으로 빈도수의 높은 순서에 맞춰 추려낸 결실이었다. 100편 안에서 가장 간략하게 한문 세상을 접할 수 있는 방편을 찾은 것이지만, 미구에는 이 대열에 끼지 못한 이 명시와 저 명문이 자꾸 눈에 밟혀 곧잘 시쁜 생각에 사로잡혔다. 고민의 끝에 그들이 들어갈 집을 나우 확장도 하고 세우 리모델링한 플러스 50편의 결산이 지난 2011년 8월에 상자(上梓)한 『대학한문』이었다.

이만이면 요족(饒足)타 싶었는데, 이윽고는 그조차 또다시 긴요한 몇몇에 대한 미련이 발동하니, 이후에도 끈히 근사를 모아 그 근거 30작품을 보강하는 데 이르게 되었다. 그리하여 운문 쪽으로는 전차(前次)에 유루되었던 이백의 <왕소군(王昭君)>과 <자야오가(子夜吳歌)>, <망여산폭포(望廬山瀑布)> 및 두보의 <등고(登高)> 등을 포함한 15편을 더 넣어 튼실함을 기하였다. 산문 방면으로는 20세기의 작문 혁명인 저 호적(胡適)의 <문학개량추의(文學改良芻議)>를 편입시켜 창해유주(滄海遺珠)의 겸연(慊然)한 심사를 극복할 수 있었으나, 각 시대에 빛났던 세기의 명편들의 부재는 여구(如舊)히 편저자를 울민케 하였다. 문학사에 빛나는 한국 신화의 중심인 <동명왕(東明王)>, 만인 주지의 거북토끼 설화인 <구토지설(龜兎之說)>, 잃어버린 설화집 ≪수이전(殊異傳)≫ 안의 정화(菁華) <최치원>, 한국 고전소설의 효시인 김시습 ≪금오신화≫ 중의 압권 <이생규장전(李生窺墻傳)>, 염성소설의 백미 <운영전(雲英傳)>, 조선 문호 허균의 대표 논설인 <호민론(豪民論)> 등이 여전히 소외된 채였고, 사마천 『사기』 열전의 선편(先鞭) <백이전(伯夷傳)>, 한중 가전문학의 원조인 <모영전(毛穎傳)>, 한중 꿈 문예의 원류인 <침중기(枕中記)> 등 일대의 명작들이 어이없이 탈락되었다는 사실에 사뭇 괴한(愧汗)을 금할 길이 없었다. 비록 빈도 숫자의 통계상 어쩔 수 없었던 일이었다고 할망정, 의연히 이들은 결코 빼놓을 수 없는 불멸(不滅)의 명작들이 아닐 수 없었다. 그리하여 오늘 운 · 산문 합하여 30작을 추가해서 거듭 업그레이드를 실행하였고, 이렇게 놓고 보니 자못 오지고 실팍하고 든든한 느낌에 그간의 울가망

했던 심사도 저으기 누그러지는 양하다.

다만 크게 걸리는 것은 책의 명색을 명작이라 하고선 감히 저자의 졸렬(拙劣) 친제(親製)인 <작약도(芍藥島)> 칠절(七絶)과, 서문 <하일사노백칠질병축수서(賀一史老伯七秩幷祝壽序)>의 두 우작(愚作)·태작(駄作)을 참람히도 이 안에 포함시켜 넣은 일이다. 정말 표제의 명분을 따라 한 소위(所爲)라면 구제불능의 후안무치를 면치 못하겠으나, 이러한 괴란(愧赧)도 감수하며 감행한 데는 다름 아닌 이것이 다른 무엇도 아니고 오직 한문만으로 엮어내는 편저이기 때문이었다. 곧, 한문책의 저자라면 의당 과작(課作)처럼 한철(漢綴)로 된 창작 한두 편 정도는 독자 앞에 짐짓 선보일 수 있어야 한다고 평소에 믿어 왔던 소이(所以)였다. 따라서 이 난데없는 두 건(件)은 한낱 저자의 의무감에 사로잡힌 손방의 구색(具色)이요 웃기 진상(進上)일 뿐이니, 그 욱여넣음에 대하여는 보는 이가 다만 치소(嗤笑)로 넘어갈 부분이다.

사실은 이것 발명(發明)의 목적으로 인해 당초엔 그냥 '일러두기'로 대신하려 했던 서문도 굳이 덧붙여 작성하게 된 것이다. 하지만 막상 쓰고 나매 이 책 편성의 배경과 소회 약간을 피력해 보일 수 있었으니, 또한 요행스런 일이었다.

2017년 公歷 2월 6일
夢碧山莊 樓上에서
景游子 小識

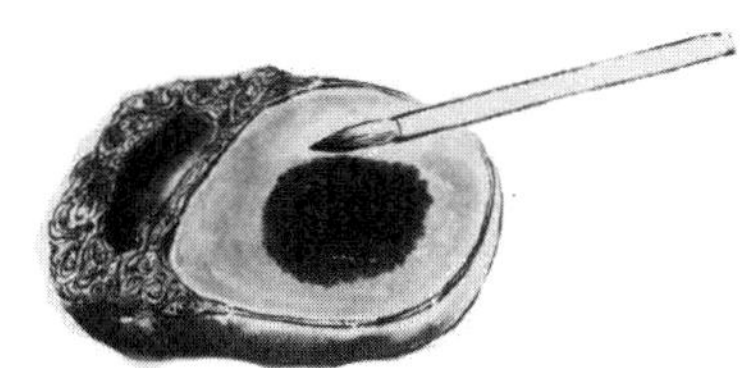

제1부 韻文篇

제2부 散文篇

제1부 韻文篇

梅萱堂 鄭星姬의 <蓮塘雪客>

古詩

1 詩經* 시경

關雎

①關關②雎鳩 在③河之④洲 ⑤窈窕淑女 ⑥君子好逑
⑦參差⑧荇菜 左右⑨流之 窈窕淑女 寤寐求之

* 중국 최고(最古)의 시집이다. 기원전 11세기 서주(西周)로부터 기원전 6세기 춘추시대(春秋時代) 중기에 이르기까지 약 500년 동안의 운문을 모은 것으로 ≪서경(書經)≫·≪역경(易經)≫ 등과 함께 '삼경(三經)'으로 불린다. 공자가 편집했다는 설도 있으나 미상이다. 가사가 없는 6편을 제외한 305편이 전한다. 곧 민요, 귀족의 노래, 궁정의 노래 세 부문으로 나누어 이를 풍(風)·아(雅)·송(頌)이라 하고, 각각 160편, 105편, 40편이 수록되어 있다. 또한 시의 체재와 서술의 방식에 따라서는 부(賦)·비(比)·흥(興)으로 구분하는바, 이상 여섯 가지 개념을 '육의(六義)'라고 한다. 3언(三言)에서 9언(九言)까지 다양하나 4언(四言)이 대종을 이루며, 한(漢)나라의 모형(毛亨)이 주석을 넣어 전하였다는 설이 있기에 이를 '모시(毛詩)'라고 한다. 공자는 일찍이 ≪시경(詩經)≫의 '<주남(周南)>과 <소남(召南)>을 배우지 않는다면 이는 벽을 마주 대하고 서 있는 것과 같다'고 하여 이 내용의 중대성에 대해 설파한 바 있다.

① 關關(관관) : 새의 암수가 서로 화응(和應)하는 소리. 또는 '꾸우꾸우'하는 새 소리의 의성어.
② 雎鳩(저구) : 징경이, 물수리. 수릿과의 물새. 암수 사이에 매우 다정하면서도 분별이 있고, 한 번 정한 짝을 바꾸지 않는다고 한다. 불파(沸波), 왕저(王鴡), 수악(水鶚)이라고도 한다.
③ 河(하) : ≪시경(詩經)≫의 공간 배경인 중국 북방에 있는 강. 또는 고유명사 황하(黃河)로 해석하기도 한다.
④ 洲(주) : 물 가운데 발 디딜 땅[水中可居者]. 강 가운데의 섬. 또는 모래톱.
⑤ 窈窕淑女(요조숙녀) : 窈窕는 마음이 그윽하고 조용하다는 뜻. 언행이 품위 있고 음전한 여자.
⑥ 君子好逑(군자호구) : 君子는 덕행이 있고 학식이 높은 사람, 제후나 지체 높은 사람들. 逑는 짝, 배필.
⑦ 參差(참치) : 뒤섞여 가지런하지 아니한 모양. 흩어진 모양. 參은 가지런하지 않다. 差는 어긋나다. 가리다. 낫다 등의 뜻일 때 '차'로 읽으나, 들쑥날쑥하다, 가지런하지 않다의 뜻일 때 '치'로 읽는다.
⑧ 荇菜(행채) : 노랑어리연꽃나물. 조름나물과에 속하는 다년생 수초. 연한 잎은 식용한다.
⑨ 流(유) : 구하다, 찾아 얻다. 혹은 흐름에 따르다. 잡아두다[留]의 뜻으로 보기도 한다.

求之不得 寤寐思服[⑩] 悠哉悠哉[⑪] 輾轉反側[⑫]

參差荇菜 左右采之 窈窕淑女 琴瑟友之[⑬]

參差荇菜 左右芼之[⑭] 窈窕淑女 鐘鼓樂之[⑮] <周南>

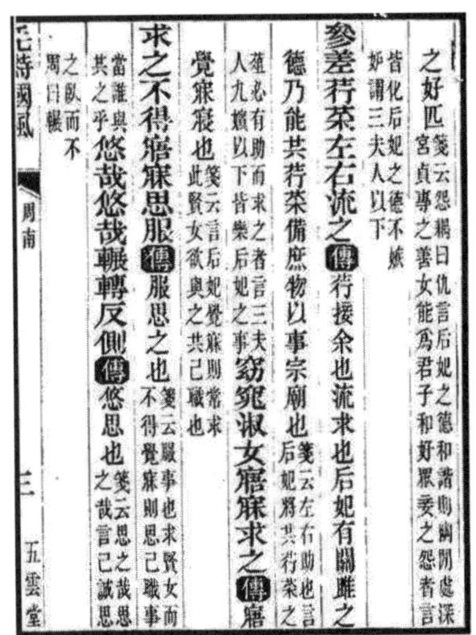

之好匹箋云怨耦曰仇言后妃之德和諧則幽閒處深宮貞專之善女能爲君子和好衆妾之怨者言

皆化后妃之德不嫉妒謂三夫人以下

參差荇菜左右流之傳荇接余也流求也后妃有關雎之

德乃能共荇菜備庶物以事宗廟也箋云左右助也言后妃將共荇菜之

葅必有助而求之者言三夫人九嬪以下皆樂后妃之事窈窕淑女寤寐求之傳寤

覺寐寢也箋云言后妃覺寐則常求此賢女欲與之共己職也

求之不得寤寐思服傳服思之也箋云服事也求賢女而不得覺寐則思己職事

當誰與共之乎悠哉悠哉輾轉反側傳悠思也箋云思之哉思之哉言己誠思

之臥而不周曰輾

毛詩國風 周南 三 五雲堂

연인 그리는 노래인 <關雎>의 이미지와, ≪詩經≫ 注釋書인 ≪毛詩≫의 周南 <關雎>篇

⑩ 寤寐思服(오매사복) : 寤는 깨다, 寐는 자다. 자나 깨나. 思는 실질적인 뜻은 없이 다른 글자를 보조해 주는 어조사. 服은 생각하다[懷], 사념하다.

⑪ 悠哉(유재) : 悠는 아득히 멀다. 근심하다. 느긋하다. 哉는 감탄조사.

⑫ 輾轉反側(전전반측) : 잠 못 이루고 이리저리 돌아눕는 모습. 輾은 반쯤 옆으로 돌림. 轉은 180도 반대 방향으로 돌림. 다시 한 쪽으로 돌아눕는 것이 反, 다른 한 쪽으로 돌아누우면 側이라 한다.

⑬ 友之(우지) : 友는 여기서 동사. 친하게 지내다. 가까워지다. 사랑하는 사이가 되다. 之는 어조사.

⑭ 芼(모) : 가리다, 뽑다, 솎다, 고르다.

⑮ 樂(낙) : 즐기다(동사).

摽有梅

摽①有梅 其實七兮 求我庶士 迨其吉兮

摽有梅 其實三兮 求我庶士 迨②其今兮

摽有梅 頃筐塈③之 求我庶士 迨其謂之

<召南>

① 摽(표) : 떨어지다. 치다.
② 迨(태) : 미치다[及]. 원하다로 보는 견해도 있다.
③ 塈(기) : 벽을 바르다. 취하다. 손에 가지다.

褰裳

子惠①思我 褰裳涉溱② 子不我思 豈無他人 狂童之狂也③且

子惠思我 褰裳涉洧④ 子不我思 豈無他士⑤ 狂童之狂也且

<鄭風>

① 惠(혜) : ≪모전(毛傳)≫에서 사랑하다[愛]로 풀었다.
② 溱(진) : 정(鄭)나라에 있는 물 이름. 지금의 하남성 밀현(密縣) 소재.
③ 也且(야저) : 且는 또, 장차라는 뜻일 때는 '차'로 읽지만 여기서는 어세를 강화하는 어조사.
④ 洧(유) : 역시 정나라에 있는 물 이름. 지금의 하남성 등봉현(登封縣)에 있다.
⑤ 士(사) : ≪주자집전(朱子集傳)≫에서는 장가들지 않은 남자, ≪모전(毛傳)≫에서는 '事'의 뜻으로 보았다.

● 碩鼠

①碩鼠碩鼠　無食我黍　三歲②貫女　③莫我肯顧
逝將去女　④適彼樂土　樂土樂土　⑤爰得我所

碩鼠碩鼠　無食我麥　三歲貫女　⑥莫我肯德
逝將去女　適彼樂國　樂國樂國　爰得我⑦直

碩鼠碩鼠　無食我苗　三歲貫女　⑧莫我肯勞
逝將去女　適彼樂郊　樂郊樂郊　誰之⑨永號　　<魏風>

① 碩鼠(석서) : 큰 쥐. 가난하고 힘없는 백성들의 고혈을 빨는 혹리(酷吏)에 대한 비유로 본다.
② 貫(관) : 여기서는 섬기다의 뜻으로 쓰였다.
③ 莫我肯顧(막아긍고) : 두 가지 해석이 가능하다. 첫 번째는 '莫肯我顧'의 도치구로 보아 "나의 돌봐줌을 생각하지 않는다." 이때의 肯은 즐겨하다. 기꺼이 (고맙게) 여기다. 顧는 돌봄. 두 번째 해석은 莫肯顧我의 도치구로 보아 "나를 기꺼이 생각해주지 않는다." 이때의 肯은 즐겨하다의 부사화로 즐거이, 기꺼이. 顧는 돌아보다. 생각해주다[念].
④ 適(적) : 가다{동사}.
⑤ 爰(원) : 이에{발어사}.
⑥ 莫我肯德(막아긍덕) : 1장의 '莫我肯顧'와의 호응구이니, 역시 두 해석이 가능하다. "나의 덕을 몰라주네"와 "내게 덕 베풀 줄을 모르네." 후자의 경우 德은 (내게) 덕스럽게 하다로서 타당하다.
⑦ 直(직) : 마땅함. =宜.
⑧ 莫我肯勞(막아긍로) : 역시 1장 · 2장과 호응하여 두 가지 해석. 하나는 "나의 수고를 아랑곳 않는구나", 다른 하나는 "(너는) 내 처지를 (기꺼이) 달래주지 않는구나." 勞는 전자의 경우 수고로움{명사}, 후자의 경우엔 위로하다{동사}로 적용된다.
⑨ 永號(영호) : 길이 탄식하다. 길게 부르짖다.

● 黃鳥

黃鳥黃鳥 無集于穀① 無啄我粟
此邦之人 不②我肯穀 言③旋言歸 復④我邦族

黃鳥黃鳥 無集于桑 無啄我粱
此邦之人 不可與明⑤ 言旋言歸 復我諸⑥兄

黃鳥黃鳥 無集于栩⑦ 無啄我黍
此邦之人 不可與處 言旋言歸 復我諸父 <小雅, 祈父之什>

① 穀(곡) : 곡식. 좋다. 꾸지나무. 뽕나무 과에 속하는 낙엽 활엽 소교목으로, 닥나무와 비슷하다고 한다.
② 不我肯穀(불아긍곡) : 肯은 기꺼이. 또는 의미 없는 어조사. 여기의 穀은 옛 주석에 '善'이라 했으니, 대개 좋다. 친하다란 의미이다. 我는 '與我[나하고]'의 생략어로 본다.
③ 言(언) : 여기서는 의미없는 어조사로 쓰였다.
④ 明(명) : 맹서하다[盟].
⑤ 復(복) : 돌아가다. 이처럼 동사일 경우 '복'으로, 다시{부사}일 때는 '부'로 읽는다.
⑥ 諸兄(제형) : 여러 형제들. 3장에서의 '諸父'도 아버지 항렬을 가리킨다.
⑦ 栩(허) : 상수리나무. 참나무과에 속하는 상록 교목.

2 楚辭 초사 – 屈原*

● 離騷抄

①曾歔欷余鬱邑兮 哀②朕時之不當

攬③茹蕙以掩涕兮 霑余襟之④浪浪

* 굴원(B.C.343?~B.C.277?) : 전국시대 초나라의 정치가·시인. 이름은 평(平), 원(原)은 자. 초나라의 회왕(懷王)과 경양왕(頃襄王)의 직신(直臣)으로서 모함을 받아 자신의 뜻을 펴지 못하고 방랑하다가 멱라수(汨羅水)에 빠져 죽었다고 한다. 문학사상 초사(楚辭)라는 운문 양식을 처음 시작하였다. ≪한서(漢書)≫ 예문지(藝文志)에 굴원의 부는 25편으로 기록되어 있으나 확실하다고 인정을 얻는 것은 <이소경(離騷經)>과 <구장(九章)> 정도라고 보는바, 내용 전반은 울분에 찬 시정성을 띤다. 처음 회왕에게 쫓기어 유배되었을 때 장편 서정시 <이소(離騷)>를 써서 자신의 결백을 주장했다. '離騷'에 대한 풀이도 역사적으로 대개 '離憂別愁'[이별의 우수], '遭憂'[근심을 만남], '牢騷'[불평을 펼침] 및 '牢愁'[우수] 등 일정하지 않다. 후세 사람들이 굴원의 충정(衷情)을 높여 '이소경(離騷經)'이라 하였다. <사미인(思美人)>은 구장(九章) 중의 한 편으로, 여기의 '美人'은 임금을 가리키고, 조선조 정송강의 <사미인곡(思美人曲)>도 똑같은지라 비교문학적인 검토가 이루어지기도 했다.

① 曾(증) : 거듭. 거듭하다. 여기서는 '增'의 뜻.
② 朕(짐) : 일인칭대명사 '나.' 그러나 뒷시대엔 진시황이 황제를 자칭하는 말로 독점하였다.
③ 茹蕙(여혜) : 부드러운 혜초(蕙草). '若蕙(약혜)' 곧 두약(杜若)과 혜초(蕙草)로 읽는 경우도 있다. 혜초는 작은 나비 모양의 꽃이 피는 두해살이풀. 영릉향(零陵香).
④ 浪浪(낭랑) : (눈물 같은 것이) 흐르는 모양.

⑤跪敷衽以陳辭兮 耿吾既得此中正

⑥駟玉虬以乘⑦鷖兮 溘埃風余上征

⑧朝發軔於⑨蒼梧兮 夕余至乎⑩縣圃

欲少留此⑪靈瑣兮 日忽忽其將暮

吾令⑫羲和⑬弭節兮 望⑭崦嵫而勿迫

路曼曼其⑮脩遠兮 吾將上下而求索

飲余馬於⑯咸池兮 摠余轡乎⑰扶桑

折⑱若木以拂日兮 聊逍遙以⑲相羊

⑤ 跪敷衽(궤부임) : 跪는 꿇어 앉음. 敷衽은 옷섶을 바닥에 펼치다. 옷섶은 저고리나 두루마기 따위의 깃 아래쪽에 달린 길쭉한 천 자락.

⑥ 駟玉虬(사옥규) : 駟는 네 마리를 어거(馭車)하다. 虬는 뿔 없는 용(龍). 玉은 사물의 미칭(美稱).

⑦ 鷖(예) : 현란한 빛깔의 큰 봉황.

⑧ 發軔(발인) : 수레가 떠나가다. 수레를 출발시키다. 전(轉)하여 어떤 일의 시작을 비유적으로 이르기도 한다. 본시 軔은 수레가 혼자 굴러가지 않도록 바퀴 밑에 받치는 나무.

⑨ 蒼梧(창오) : 호남성 영원현(寧遠縣)의 땅 이름. 순 임금을 장사지낸 구의산(九疑山)이 있는 곳.

⑩ 縣圃(현포) : 신의 채마밭으로 설화되는 곤륜산 소재의 땅. '玄圃'로도 표기한다.

⑪ 靈瑣(영쇄) : 대궐 문의 장식. 신령한 신들이 있는 곳.

⑫ 羲和(희화) : 수레에 해를 싣고 하늘을 달리는 신(神)의 이름.

⑬ 弭節(미절) : 천천히 걸음[徐步]. 弭는 활. 잊다. 그치다. 편안하게 하다. 곧 안배 조절한다는 의미이다. 節 또한 알맞게 조절한다는 뜻. 유사병렬어로 볼 수 있다.

⑭ 崦嵫(엄자) : 신화 속에서 해가 진다고 하는 산.

⑮ 脩遠(수원) : 길고 멀다. =修遠. 脩는 길다[長]는 뜻.

⑯ 咸池(함지) : 해가 진다고 하는 서쪽의 큰 못. 또는 해가 목욕하는 못.

⑰ 扶桑(부상) : 해가 뜨는 곳에 있다는 상상의 나무. 전(轉)하여 해 뜨는 곳.

⑱ 若木(약목) : 해 지는 곳에 있다는 나무. 그 잎은 푸른 색, 꽃은 붉은 색이라 한다. 전(轉)하여 해 지는 곳.

⑲ 相羊(상양) : 천천히 여기저기를 거닒. =徜徉. 아무 목적 없이 어느 곳 중심으로 어슬렁거리며 이리저리 돌아다닌다는 의미인 '배회(徘徊)'와 유사한 말.

⑳前望舒使先驅兮 後㉑飛廉使㉒奔屬

㉓鸞皇為余㉔先戒兮 ㉕雷師告余以未具

吾令鳳鳥飛騰兮 繼之以日夜

飄風㉖屯其相離兮 帥雲霓而來㉗御

紛總總其離合兮 斑㉘陸離其上下

吾㉙令帝閽開關兮 倚㉚閶闔而望予

時曖曖其將罷兮 結幽蘭而㉛延佇

世溷濁而不分兮 好蔽美而嫉妒

⑳ 前望舒(전망서) : 前은 앞에 두다. 望舒는 월어(月御), 곧 달을 어거(馭車)하는 이.
㉑ 飛廉(비렴) : 바람을 주관하는 신[風師].
㉒ 奔屬(분주) : 이어 달리다[相繼奔走]. 奔은 달리다. 屬는 여기서는 '連'의 뜻이요, 이 경우 '주'로 읽는다.
㉓ 鸞皇(난황) : 난새와 봉황. 皇은 여기서 '凰'의 뜻. 원래 봉황의 수컷이 '鳳', 암컷은 '凰'이라고 한다.
㉔ 先戒(선계) : 앞장서서 (경계하여) 알려 주다.
㉕ 雷師(뇌사) : 뇌신(雷神). 천둥의 신.
㉖ 屯其相離(둔기상리) : 모였다가 흩어지다. 屯은 모여들다. 離는 흩어지다.
㉗ 御(아) : 일반적으로 어거하다. 부리다. 모시다의 뜻일 때 '어'이지만, 여기서처럼 맞이하다[迓]의 뜻일 경우 '아'로 읽음에 주의한다.
㉘ 陸離(육리) : 흩어지는 모양. 바로 앞의 구(句)인 '總總'(모여드는 모양)과 상대어로 쓰였다.
㉙ 令帝閽開關(영제혼개관) : 令은 사역의 조동사. 帝閽은 천제(天帝)의 문지기. 開關은 술목(述目)구조, 닫힌 것을 열다.
㉚ 閶闔(창합) : 천문(天門). 하늘나라로 진입하는 문.
㉛ 延佇(연저) : 延은 미루다. 불러들이다. 늘이다. 길다, 오래다. 오래 서 있음.

朝吾將濟於白水兮㉜ 登閬風而緤馬㉝
忽反顧以流涕兮 哀高丘之無女
溘吾遊此春宮兮㉞ 折瓊枝以繼佩
及榮華之未落兮㉟ 相下女之可詒㊱
吾令豐隆乘雲兮㊲ 求宓妃之所在㊳
解佩纕以結言兮㊴ 吾令蹇脩以爲理㊵㊶
紛總總其離合兮 忽緯繣其難遷
夕歸次於窮石兮㊷ 朝濯髮乎洧盤㊸

㉜ 白水(백수) : 곤륜산에 있다는 오색(五色)의 강 가운데 하나.
㉝ 閬風(낭풍) : 산 이름. 삼층으로 된 곤륜산의 중간층이라고 한다.
㉞ 春宮(춘궁) : 춘신(春神), 곧 봄의 신이 산다는 궁전. 동방청제(東方靑帝)의 사옥.
㉟ 榮華(영화) : 榮은 번영. (꽃이) 피다의 뜻. 華는 꽃. 여기서는 경옥(瓊玉) 나뭇가지에 핀 성한 꽃. 초목이 무성함. 전(轉)하여 몸이 귀하게 되어 이름이 세상에 빛난다는 뜻으로 쓰이기도 한다.
㊱ 相下女(상하녀) : 相은 가리다, 선택하다. 관찰하다. 下女는 하계(下界)의 여인.
㊲ 豐隆(풍륭) : 구름의 신. 또는 천둥의 신.
㊳ 宓妃(복비) : 신화 속 복희씨의 딸이니, 낙수(洛水)에 몰(沒)하여 그 강의 신이 되었다고 한다.
㊴ 結言(결언) : 서약의 체결로 약속을 정하는 것.
㊵ 蹇脩(건수) : 복희씨의 신하이자 그 딸인 복비(宓妃)의 측근자라 하는바, 중매하는 이를 미화(美化)하여 부르는 이름이기도 하다.
㊶ 理(리) : ≪광아(廣雅)≫ 석언(釋言)에서 '媒(중매하다)'의 뜻으로 설명하였다.
㊷ 次於窮石(차어궁석) : 次는 묵다, 머물다. 窮石은 후예(后羿)가 거처했다는 산 이름. 후예는 요(堯) 임금 때 열 개의 해가 떠올라 백성들이 고통 받자 활로 아홉을 쏴서 떨어뜨렸다는 전설상의 궁수(弓手).
㊸ 洧盤(유반) : 신화 속 엄자산에서 발원(發源)한다는 강 이름.

㊹保厥美以驕傲兮 日康娛以淫遊

雖㊺信美而無禮兮 ㊻來違棄而改求

覽相觀於㊼四極兮 周流乎天余乃下

望㊽瑤臺之偃蹇兮 見㊾有娀之佚女

吾令㊿鴆爲媒兮 鴆告余以不好

51雄鳩之鳴逝兮 余猶惡其52佻巧

心猶豫而53狐疑兮 54欲自適而不可

鳳凰既受詒兮 恐55高辛之先我

㊹ 保(보) : <u>믿다</u>, <u>의지하다</u>. 부리다.

㊺ 信(신) : <u>참으로</u>, <u>진실로</u>{부사}.

㊻ 來違棄而改求(내위기이개구) : 來는 어조사. 違棄는 버려두다. 떠나버리다. 改求는 고쳐 구하다. 또는 술목관계로 보아 '구하기를 다시하다.'

㊼ 四極(사극) : 사방의 끝닿은 곳.

㊽ 瑤臺之偃蹇(요대지언건) : 瑤臺는 옥으로 지은 누대. 偃蹇은 높이 솟음.

㊾ 有娀之佚女(유융지일녀) : 有娀은 고대 유융씨(有娀氏)가 세운 부족국가의 이름. 그의 딸인 간적(簡狄)이 오제(五帝)의 한 사람인 제곡(帝嚳)의 비(妃)가 된 뒤 제비 알을 삼키고 상(商)나라 시조 설(契)을 낳았다고 한다. 佚女는 미인의 뜻인바, 이에 유융씨의 딸 간적을 지칭한다.

㊿ 鴆(짐) : 짐새. 뱀을 잡아먹는데, 온몸에 독기가 있어 배설물이나 깃이 잠긴 음식물을 먹으면 즉사한다 하고 그 깃을 술에 담그면 독주가 된다고 한다. 간흉(奸凶)한 소인배에 대한 은유어로도 본다.

51 雄鳩(웅구) : 숫비둘기. 잘 울기에 말이 많은 사람에 대한 비유어로 통한다.

52 佻巧(조교) : 佻는 경조(輕佻) 즉 말이나 행동이 진중하지 못하고 가볍다. 巧는 巧言, 교묘한 말솜씨.

53 狐疑(호의) : 의심 많은 여우처럼 매사에 지나치게 의심함을 이르는 말.

54 欲自適(욕자적) : 혼자서 가보려 하다. 欲은 조동사 하고자 하다. 適은 본동사로 <u>가다</u>, <u>찾아가다</u>.

55 高辛之先我(고신지선아) : "고신이 나보다 앞서다." 고신(高辛)은 간적(簡狄)의 남편인 제곡(帝嚳)의 별칭. 之는 주격조사 이/가.

欲(56)遠集而無所止兮 聊浮游以逍遙

及(57)少康之未家兮 留有虞之二姚

(58)理弱而媒拙兮 恐導(59)言之不固

世溷濁而嫉賢兮 好蔽美而稱惡

閨中既以邃遠兮 (60)哲王又不寤

(61)懷朕情而不發兮 余焉能忍而與此(62)終古 ≪楚辭章句≫

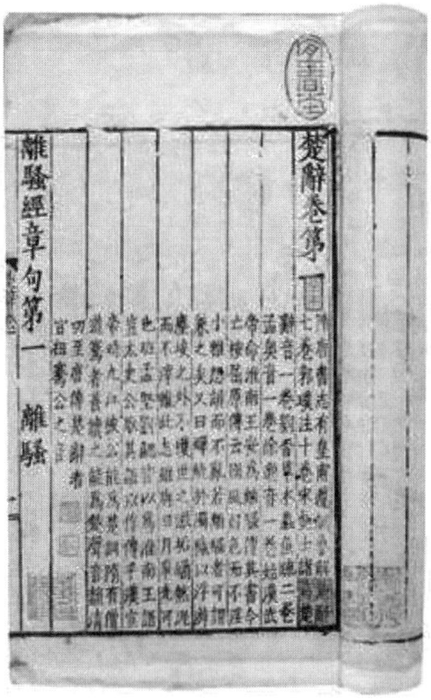

楚辭卷第一

離騷經章句第一 離騷

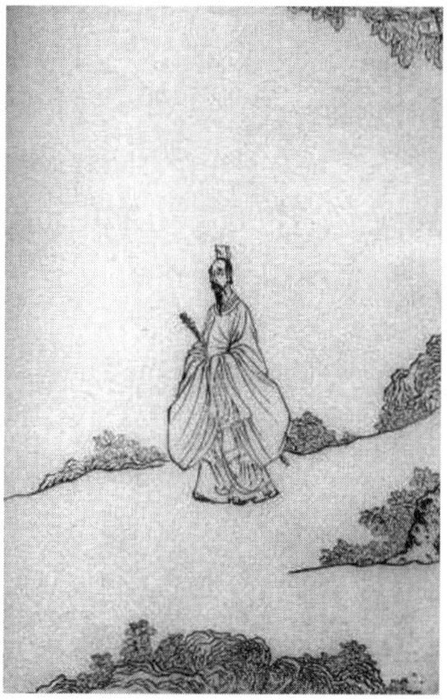

≪초사≫ 첫머리의 <離騷經>과, 明代 陳洪綬가 그린 굴원의 立像

(56) 遠集(원집) : 멀리 가다. 集은 이르다[至].
(57) 少康(소강) : 하나라의 중흥 군주. 아버지가 살해되자 유우국(有虞國)에 망명하여 그 나라 두 딸[二姚]과 결혼하여 부왕의 원수를 갚고 하나라의 주권을 되찾았다.
(58) 理弱(이약) : 여기의 理는 매개, 중개. 사자(使者). 중매의 역할이 약하다는 말.
(59) 導言(도언) : 끌어내는 말씀. 여기서는 중매가 일을 성사하기 위해 꺼내는 말의 뜻임.
(60) 哲王(철왕) : 밝은 임금. 여기선 회왕(懷王)을 지칭한다.
(61) 懷(회) : (어루만져) 편안하게 하다. 위로하다.
(62) 終古(종고) : 언제까지나, 영구히, 영원토록.

● 思美人 抄

思①美人兮 擥涕而②佇眙

媒絶路阻兮 言不可結而③詒

④蹇蹇之⑤煩冤兮 ⑥陷滯而不發

⑦申旦以舒中情兮 志⑧沈菀而莫達

願寄言於浮雲兮 遇⑨豐隆而不⑩將

因歸鳥而致辭兮 ⑪羌迅高而難當

⑫高辛之靈盛兮 遺⑬玄鳥而致詒

欲變節以從俗兮 媿易初而屈志

① 美人(미인) : 여기서는 미녀거나 달이 아닌 <u>군주</u>[楚懷王]를 가리킴.
② 佇眙(저치) : 佇는 우두커니 서 있다. 眙는 눈여겨보다, 응시하다.
③ 詒(이) : 속이다. 게으르다 '태'이나 여기서는 <u>주다</u>, <u>보내다</u>, <u>끼치다</u>의 의미로, '이'로 읽는다. =貽.
④ 蹇蹇(건건) : 애쓰는 모양. <u>충직한 모양</u>.
⑤ 煩冤(번원) : <u>번민</u>, <u>번만(煩懣)</u>. <u>우울하다</u>. 귀찮다. 회오리가 부는 모양.
⑥ 陷滯(함체) : '陷沒沈滯' 곧 침체에 빠짐의 뜻.
⑦ 申旦(신단) : 밤부터 이튿날 아침까지[自夜達旦]. 낡이 밝도록. 오신(五臣)의 주(注)에 여기의 申을 '이르다[至]'의 의미로 풀었다.
⑧ 沈菀(침울) : =沈鬱. 걱정이나 근심에 잠겨서 마음이 우울함.
⑨ 豐隆(풍륭) : 구름을 맡은 신(神)인 운사(雲師). 뇌사(雷師)라고도 한다.
⑩ 將(장) : <u>돕다</u>. <u>따르다</u>.
⑪ 羌(강) : <u>아아</u>{감탄사}.
⑫ 高辛(고신) : 오제(五帝)의 하나인 제곡(帝嚳). 앞 <離騷經>의 주 ㊺ 참조.
⑬ 玄鳥致詒(현조치이) : 玄鳥는 제비의 별칭. 致詒는 바치다. 詒는 <u>주다</u>. =貽(이). 전설에서 제비가 간적에게 알을 내려준 덕에 그것을 삼켜 아들을 낳았다고 했다.

獨歷年而離愍⑭兮 羌馮⑮心猶未化

寧⑯隱閔而壽考兮 何變易之可爲

知前轍之不遂⑰兮 未改此度

車旣覆而馬顚兮 蹇⑱獨懷此異路

勒騏驥而更駕兮 造⑲父爲我操之

遷⑳逡次而勿驅兮 聊㉑假日以須時

指嶓㉒冢之西隈兮 與纁㉓黃以爲期

開春發歲兮 白日出之悠悠

吾將蕩志而愉樂兮 遵江㉔夏以娛憂

⑭ 離愍(이민) : 우환을 만나다. 離는 만나다. 붙다. 愍은 가엾게 여기다. 우환, 근심(하다).
⑮ 馮心(빙심) : 분노심. 馮은 업신여기다. 기대다. 성내다. 힘입다. 뽐내다.
⑯ 寧隱閔而壽考(영은민이수고) : "차라리 존재 없이 늙어갈망정." 寧은 차라리. 강조의 부사이다. 隱閔은 무형(無形)의 뜻. 壽考는 연고(年高), 연로(年老), 장수(長壽)의 뜻.
⑰ 遂(수) : 이루다. 마치다. 나아가다, 전진하다. 따르다. 마침내.
⑱ 蹇(건) : 절뚝거리다. 고생하다. 또는 탄식의 감탄사 '아!'로의 해석도 불가능하지 않다.
⑲ 造父(조보) : 말을 잘 몰아 주목왕(周穆王)의 총애를 받았다는 인물. 서왕모를 만나는 서쪽 순행의 사이 일어난 반란을 하루 천리 주파로 귀환케 하여 진압한 공으로 조씨(趙氏) 성을 하사 받았다고 한다.
⑳ 遷逡次(천준차) : "느리게 나아가며." 遷은 옮기다. 逡次는 머뭇거리(어 나가지 못하)다.
㉑ 聊假日以須時(요가일이수시) : 聊는 애오라지, 아쉬운 대로. 假日은 여기의 假는 '暇'와 통한다. 날짜 말미를 얻음. 須時는 '順時'로 된 곳도 있다. "날짜를 늦춰(훗날을 기억하며) 때를 기다리다."
㉒ 嶓冢(파총) : 섬서성 면현(沔縣) 서남쪽의 산. 산의 모양이 무덤과 같기에 붙여진 이름이라 한다.
㉓ 纁黃(훈황) : 황혼(黃昏). 본시 붉은 색과 황색의 중간 빛깔, 주황색.
㉔ 江夏(강하) : 한나라 때의 군(郡) 이름으로 지금의 호북성(湖北省) 운몽현(雲夢縣) 동남쪽의 땅. 혹은 장강(長江), 곧 양자강과 장강으로 흘러드는 하수(夏水; 長夏河)를 합쳐 이르는 말.

搴㉕大薄之芳茝兮　搴長洲之㉖宿莽

惜吾不及古人兮　吾誰與玩此芳草

解㉗萹薄與雜菜兮　備以爲㉘交佩

㉙佩繽紛以繚轉兮　遂㉚萎絶而㉛離異

≪楚辭章句≫

굴원 그림. 그의 다른 초사 작품인 <九辯> 중 '혼탁한 세상에서 일신을 들날림은 내 마음의 기쁨이 아니다'라는 畫題를 담고 있다.

㉕ 大薄(대박) : 엷다. (가리기 위한) 발. 薄은 숲.
㉖ 宿莽(숙망) : 겨울에도 죽지 않고 봄에 새싹이 움튼다는 향초. 권시초(卷施草), 동불고(冬不枯)라고도 한다.
㉗ 萹薄(변박) : 萹은 마디풀. 여뀟과의 한해살이풀로, 들판과 길가에 난다. 薄은 숲.
㉘ 交佩(교패) : 짝이 맞아 어울리는 패물.
㉙ 佩繽紛以繚轉(패빈분이요전) : "어질어질 핑그르르하더니." 繽紛은 많아서 기세가 성하다. 꽃 따위가 현란하게 흩날리다. 繚는 두르다, 돌다, 얽히다, 감기다. 繚轉은 얽혀 두르면서 도는 것. =繞轉.
㉚ 萎絶(위절) : '萎病絶落'의 약어. 시들어 떨어짐.
㉛ 離異(이이) : 일반적인 데서 벗어난 이상한 형상. '離俗異行.'

3 垓下歌 해하가 – 項羽*

力拔山兮氣蓋①世　時不利兮騅不逝②

騅不逝兮可奈何③　虞兮虞兮奈若何④

<垓下歌圖>

*** 항우**(B.C.232~B.C.202) : 중국 초(楚)나라의 왕. 서초(西楚) 패왕(霸王). 이름은 적(籍), 우(羽)는 자이다. B.C.209년에 함양(咸陽)을 함락, 진(秦)을 멸망시키고 초회왕(楚懷王) 손심(孫心)을 의제(義帝)로 옹립하였다. B.C.206년부터 B.C.202년까지 한(漢)을 일으킨 유방(劉邦)과 싸워 처음에는 우세하였으나 종국에 역전을 당하였으니, 지금 안휘성 영벽(靈壁) 동남편에 위치한 해하(垓下)에서 이른바 사면초가(四面楚歌)의 전술을 펼친 한나라에 크게 패하여 오강(烏江)에서 장렬하게 전사하였다.

① 蓋(개) : 뚜껑. 대개. 덮다{동사}.
② 騅不逝(추불서) : 騅는 오추마(烏騅馬). 검푸른 털에 흰 털이 섞인 말. 逝는 나아가다, 전진하다.
③ 可奈何(가내하) : "어찌할 수 있는가. 어쩌면 좋단 말인가." 奈何는 어찌하다. 可는 가능 및 능력의 조동사.
④ 奈若何(내약하) : "너를 어찌하면 좋단 말이냐." 若은 2인칭 대명사 '너.' 乃何에 목적어를 넣어야 하는 경우 奈와 何 사이에 들어간다.

4 秋風辭 추풍사 – 漢武帝*

上行幸①河東 祠后土② 顧視帝京欣然 中流與群臣飮燕③ 上歡甚 乃自作秋風辭曰

秋風起兮白雲飛　草木黃落兮雁南歸
蘭有秀兮菊有芳　懷佳人兮④不能忘

*** 한무제**(B.C.156~B.C.87) : 전한(前漢)의 7대 황제. 이름은 유철(劉徹)이다. 경제(景帝)의 셋째 아들로 일곱살에 황태자에 책봉되었다. 경제가 기원전 141년 병사하면서 왕위를 계승하였다. 이듬해에 중국 역사상 최초로 '건원(建元)'이라는 공식 연호를 사용하였다. 유학자 동중서(董仲舒)의 의견을 수렴하고 오경박사(五經博士)를 두어 유학을 강화시켰다. 장건(張騫)으로 하여금 서역(西域)과 통하는 실크로드 건설 및, 위청(衛靑)·곽거병(霍去病)으로 하여금 흉노 정벌, 악부(樂府)와 패관(稗官)의 설치 등, 정치·군사·문화 모든 방면에서 굉대(宏大)한 치적을 이룩하였다. B.C.108년에는 한반도에 한사군(漢四郡)을 설치하기도 하였다. 순행(巡行) 중에 병사하였다.

① 行幸(행행) : 임금이 대궐 밖으로 거둥함. 幸은 거둥, 천자의 행차. =遊幸.
② 后土(후토) : 토지신.
③ 飮燕(음연) : 주연(酒宴)을 베풀다. =飮宴. 燕은 잔치(하다). 飮도 여기서는 잔치의 뜻.
④ 懷佳人兮(회가인혜) : 佳人은 미인. 또는, 애정을 느끼게 하는 이성. 경국지색(傾國之色) 고사의 주인공인 한무제의 애첩 이부인(李夫人)이라는 설도 있다.

⑤泛樓船兮濟⑥汾河　⑦橫中流兮⑧揚素波

簫鼓鳴兮⑨發棹歌　歡樂極兮哀情多

少壯幾時兮⑩奈老何

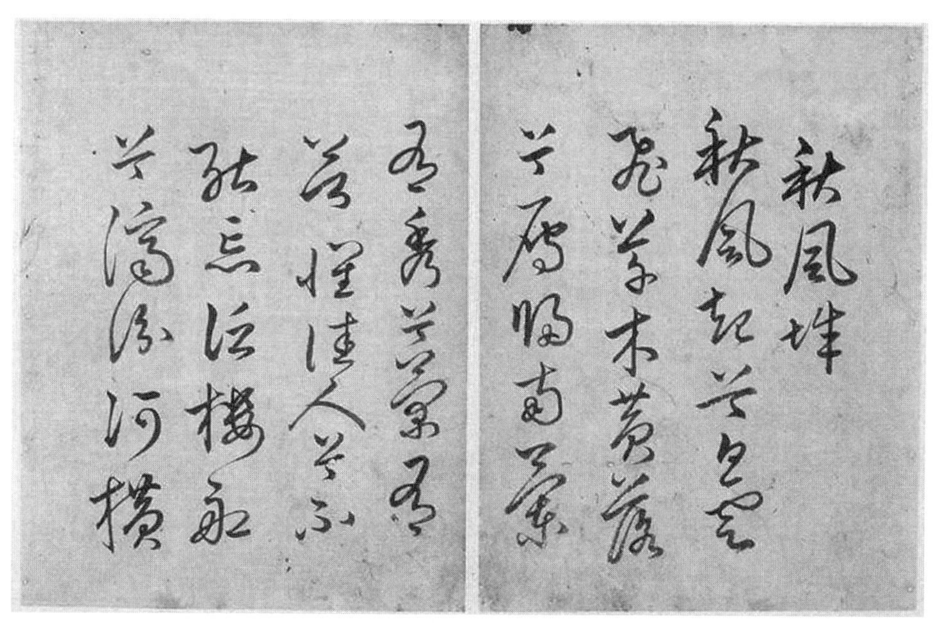

石峯 韓濩가 쓴 <秋風辭>

⑤ 泛樓船(범누선) : 泛은 (배를) 띄우다. 樓船은 망루(望樓), 곧 다락이 있는 2층짜리 배.
⑥ 汾河(분하) : 산서성(山西省)에서 황하 중류로 흘러드는 황하의 지류.
⑦ 橫(횡) : 가로지르다는 의미의 동사로 사용되었다.
⑧ 揚素波(양소파) : 揚은 일으키다. 素는 바탕. 본디. 희다. 素波는 흰 물결.
⑨ 發棹歌(발도가) : 發은 유발시키다, 일으키다. 棹歌는 배를 저으며 노래함. 뱃노래. =棹唱.
⑩ 奈老何(내로하) : 奈何는 어이하리오. 목적어가 있을 경우 두 글자의 사이에 들어간다. 목적어 老는 늙음, 늙어감. “늙어감을 어이하리!”

5 上邪상야 – 無名氏*

①
上邪

②
我欲與君相知 長命無絶衰

③
山無陵 江水爲竭

冬雷震震 夏雨雪

④
天地合 乃敢與君絶

* 원래 제목은 <상야(上邪)>로, 장르상 악부시(樂府詩)에 속한다. 악부(樂府)란 한(漢)나라 7대 무제(武帝) 때 처음 설치한바 음악을 담당하는 관청이라는 뜻이지만, 나중에 문학상의 장르 이름이 되었다. 여러 지방에서 부르던 노래들을 수집해서 만든 시가 악부시인데, 이 작품은 여성으로 보이는 시적 화자가 사랑하는 남자와 절대 떨어지지 않겠다는 것을 하늘에 맹세하고 있다. 혹은, 이 노래가 군악(軍樂)의 가락에 맞춘 것이라는 말도 있다. 그 내용에 있어 절대 일어날 수 없는 일을 전제 삼아 임과 이별할 수 있다는 발상이 우리의 고려 별곡(別曲)인 <정석가(鄭石歌)>의 가사와 긴밀한 상통(相通)을 보인다.

① 上邪(상야) : 정확히 소상(昭詳)하기 어려우나, 대개 '하늘이시여!'의 뜻으로 본다.
② 長命無絶衰(장명무절쇠) : "(임과의 사랑이) 길이 끊기지도 시들지도 않게 하소서." 長은 '길이'(부사). 命은 본동사인 絶衰의 앞에서 使役의 조동사 구실로 '하게 하다.'
③ 山無陵(산무릉) : 산등성이가 평지로 된다는 뜻.
④ 乃敢(내감) : 乃는 그제야, 그때서야. 敢은 용기 내어.

6 行行重行行행행중행행 – 無名氏*

行行重①行行　與君②生別離
相去萬餘里　各在天一涯
道路阻③且長　會④面安可期
胡⑤馬依北風　越⑥鳥巢南枝

* 작자 미상. 소통(蕭统)의 ≪문선(文選)≫ 잡시(雜詩)에 수록된 고시(古詩) 19수 중 첫 번째 순서이자, 특히 회자되는 작품이다. 대개 후한(後漢) 말 사회상의 반영으로, 부부거나 남녀간 이별의 그리움을 노래한 것이라는 견해, 혹은 거기에 가탁하여 신하가 임금에 대한 사모의 정을 그린 시로 이해하는 견해가 있다.

① 重行行(중행행) : 重은 부사 '거듭.' 行行은 쉬지 않고 가는 모양.
② 君(군) : 남편. 사랑하는 님. 임금.
③ 阻且長(조차장) : 험하고도 멀다.
④ 會面安可期(회면안가기) : 會面은 얼굴을 대해 만남. 安은 어찌. 期는 바라다(기대하다). 기약하다.
⑤ 胡馬依北風(호마의북풍) : 胡馬는 북쪽 흉노 땅 출신의 오랑캐 말. 北風은 추운 바람. 삭풍(朔風).
⑥ 越鳥巢南枝(월조소남지) : 越鳥는 남쪽 월나라의 새. 巢는 둥지를 틀다(동사).

相去日已遠　衣帶日已緩

浮雲蔽白日⑦　遊子⑧不復返⑨

思君令人老⑩　歲月忽已晚

棄捐勿復道⑪　努力加餐飯⑫

⑦ 浮雲蔽白日(부운폐백일) : 뜬 구름이 밝은 해를 가림, 白日은 남편의 순백한 마음을, 浮雲은 그 마음을 가리는 다른 여자, 혹은 방랑벽 같은 어떤 대상에 대한 비유어로 본다.

⑧ 遊子(유자) : 나그네. 이에선 길 떠난 남편을 가리킴.

⑨ 不復返(불부반) : 조동사+부사+본동사의 짜임. 復는 다시. '不顧返(불고반)'으로 된 곳도 있는데, 이 경우 조동사+본동사+목적어의 짜임. 이때의 返은 명사 '돌아옴.'

⑩ 令人老(영인로) : 사역동사에 목적어+목적보어의 구성. 人은 자기 자신을 가리킴. "나를 늙게 하는구나."

⑪ 勿復道(물부도) : 조동사+부사+본동사의 구조. 復는 다시. 道는 말하다(동사).

⑫ 努力加餐飯(노력가찬반) : 努力은 부사구 '힘써.' 加는 부사 '더욱.' 餐飯은 밥을 먹다란 뜻. 또는 加餐飯을 술목(述目) 구조로 하여 加는 '더하다, 챙기다'로, 餐飯은 명사의 중첩인 음식과 밥으로 해도 무방하다. 또한 努力을 동사구, 加餐飯을 목적어구로 한 "음식 챙기는 일에 힘쓰세요"의 해석도 가능하다.

7 公無渡河歌 공무도하가 – 無名氏*

公①無②渡河　公竟渡河

墮河而死　當奈③公何

* 작자가 백수광부(白首狂夫) 곧 흰 머리 미친 사내의 아내라는 설과, 곽리자고(霍里子高)의 아내 여옥(麗玉)이라는 설이 있다. 4세기 초 진(晉)나라 최표(崔豹)의 편저인 ≪고금주(古今注)≫로부터 이 한역시를 옮겨 실은 조선 후기의 학자 한치윤(韓致奫, 1765~1814)은 ≪해동역사(海東繹史)≫에서 원작자(原作者)가 백수광부의 아내이고, 이를 노래로 정착시킨 사람이 여옥이라고 보았다. 그러나 이후 10세기 후반에 송태종(宋太宗, 재위 976~997)의 칙명을 따라 만들어진 유서(類書)인 ≪태평어람(太平御覽)≫의 '箜篌' 門에도 이미 이 가사가 수록되어 있는 등, 중국 국적일 가능성이 꾸준히 제기되어 왔다. 또한 제목을 붙이는 문제에서도 '공후인(箜篌引)'은 악곡(樂曲) 상의 장르 명칭이므로 적절치 못하다는 논의도 제시되었다.

① 公(공) : 당신. 아내가 남편에 대한 인칭대명사.
② 無(무) : '(하)지 마라'는 의미의 '勿'과 통용. 금지(禁止)의 조동사.
③ 奈(A)何 : (A)을/를 어찌하면 좋은가. 목적어가 될 명사 또는 대명사가 두 글자 사이에 들어간다. 奈何를 함께 붙여 쓰면 '어찌하여.' =如何.

8 黃鳥歌황조가 – 瑠璃王*

翩翩①黃鳥　雌雄相依
念②我之獨　誰其與歸③

*** 유리왕(?~18)** : 고구려 제2대 왕. 휘(諱)는 유리(類利), 유류(儒留), 주류(朱留). 부여로부터 아버지 동명왕을 찾아와 고구려 태자로 책립된 후 고구려 2대 왕으로 즉위하였다. 도읍을 홀본(忽本)에서 국내성(國內城)으로 옮기고 위나암성(尉那巖城)을 쌓았다. 이 한역시는 ≪삼국사기≫ B.C.17년 조에 계비(繼妃)인 화희(禾姬)와 치희(雉姬)의 쟁총담(爭寵談) 바로 뒤에 수록되어 있다. 유리왕이 숲속에서 쌍쌍이 날아드는 꾀꼬리를 바라보는 정경의 뒤에 이 노래가 소개됨으로 하여 작자를 유리왕으로 보는 견해가 있는 반면, '지어 불렀다[作歌曰]'가 아닌 단지 '노래한 적이 있다[嘗歌曰]'고 한 기사에 유의하여 그냥 기존에 유전(流傳)되어오던 가요를 유리왕이 자신의 고독한 심사에 맞춰 노래했다는 것으로도 수용되고 있다.

① 翩翩(편편) : 펄럭펄럭 새의 나는 소리. 또는 날갯짓을 하면서 나는 모양.
② 念(념) : 생각해 보니. 또는, ≪시경(詩經)≫의 소아(小雅) <정월(正月)> 편이나 <소명(小明)> 편의 '念我獨兮'에서처럼 굳이 해석하지 않는 허사(虛辭)로 이해하는 수도 있다.
③ 歸(귀) : 반드시 길을 되돌린다는 뜻 외에 의지하다, 따르다[歸依]. 시집가다 등 의미가 다양하다.

9 七步詩칠보시 – 曹植*

煮豆燃①豆萁　豆在釜中泣
本是同根生　相煎何②太急

* **조식**(192~232) : 중국 삼국시대 위(魏)나라의 시인. 자는 자건(子建). 조조의 셋째 아들로, 문장과 서정시에 뛰어나 조조로부터 가장 큰 사랑을 입었으나, 왕위를 계승하여 위문제(魏文帝)가 된 형 조비(曹丕)의 미움을 받아 비통한 시를 많이 남겼다. ≪조자건집(曹子建集)≫이란 시문집이 있다. 위의 시는 위문제인 조비가 일곱 걸음을 걷는 동안에 시를 지으면 살려주겠다고 위협하는 조건 속에서 지어 죽음을 면했다는 ≪세설신화(世說新話)≫의 일화와 함께 전하는 작품이다.

① 燃豆萁(연두기) : 燃은 (불)사르다. 豆萁는 콩대. 콩을 떨어내고 남은 줄기와 가지. 땔감으로 사용한다.
② 何太急(하태급) : 何는 어찌(해서). 太는 지나치게(부사). 急은 서두르다, 재촉하다의 뜻.

10 四時사시 – 顧愷之*

春水滿四澤① 夏雲多奇峰②
秋月揚明輝③ 冬嶺秀孤松④

조선 전기의 畵員인 李長孫의 山水圖

*통상 동진(東晋)의 시인 도연명(365~427) 작으로 인지되어 있으나, 송대 학자들 사이에는 그보다 조금 앞의 인물인 고개지(顧愷之, ?~405경)의 시로 보기도 한다. 허의(許顗)는 본래 고개지의 시인데 ≪도연명집≫에 잘못 들어갔다고 했고, 탕한(湯漢)과 유사립(劉斯立)은 고개지의 시작(詩作) 중 도연명이 네 구절을 근사하게 적출한 것이라고 했다. 명대 장자열(張自烈) 같은 경우 도연명의 기품을 닮지 않기에 빼버려야 한다고까지 극언하였다. 고개지는 동진(東晉)의 문인이며 화가. 자는 장강(長康). 육조(六朝)의 삼대가(三大家) 중 한 사람으로, 초상화와 옛 인물을 잘 그렸다. 대표작에 풍속화인 <여사잠도(女史箴圖)> 및 <낙신부도(洛神賦圖)>가 있고, 화론(畫論)에 <화운대산기(畫雲臺山記)> 등이 있다.

① 四澤(사택) : 사방의 소호(沼湖). 온 세상의 늪과 호수.
② 奇峰(기봉) : 기이하게 생긴 봉우리.
③ 揚明輝(양명휘) : "밝은 광휘를 드날리다." 또는, "떠올라 밝게 빛난다."
④ 秀孤松(수고송) : "빼어난 한 그루 소나무." 또는, 술보(述補) 관계로 하여 "한 그루 소나무 빼어나구나!"

11 飮酒음주 – 陶淵明*

結廬在①人境　②而無車馬喧
問君何能③爾　心遠地自偏
採菊④東籬下　⑤悠然見南山
山氣日夕佳　飛鳥相與還
此間有眞意　欲辨已忘言

*** 도연명(365~427)** : 동진(東晉)의 시인. 이름은 잠(潛). 호는 오류선생(五柳先生). 연명은 자(字). 405년에 팽택현(彭澤縣)의 현령이 되었으나, 80여 일 뒤에 <귀거래사(歸去來辭)>를 남기고 귀향하였다. 자연을 노래한 시가 많으며, 육조(六朝) 최고의 시인이라 불린다. 산문 작품으로는 <오류선생전(五柳先生傳)>, <도화원기(桃花源記)> 등이 있다. 위의 시는 ≪음주(飮酒)≫ 20수 중 다섯 번째 작품이다.

① 人境(인경) : 일반인이 살고 있는 장소. 시정(市井).
② 而(이) : 그러나, 그럼에도. 역행접속사 구실을 하였다.
③ 爾(이) : 그러하다. '然'과 같음.
④ 東籬(동리) : 동쪽 울타리. 본 시가 유명해짐으로 인해 이것이 국화(菊花)를 나타내는 대명사로도 쓰였다.
⑤ 悠然見南山(유연견남산) : "유연히 남산을 바라본다"라는 일반적인 풀이 외에, 소동파는 ≪동파지림(東坡志林)≫에서 여기의 '見'을 피동으로 간주하여 "문득 그윽한 남산의 모습이 눈에 보인다〔들어온다〕"로 해석하기도 했다. 여기의 남산은 여산(廬山)으로, 산이 구강(九江)의 남쪽에 있다고 하여 붙여진 이름.

12 與隋將于仲文 여수장우중문 – 乙支文德*

①神策究天文　②妙算窮地理
戰勝功旣高　知足願③云止

*** 을지문덕(?~?)** : 고구려 26대 영양왕(嬰陽王) 때의 장군. 왕 23년(612)에 중국 수(隋)나라의 양제(煬帝)가 고구려에 대군을 이끌고 쳐들어오자 이를 살수(薩水)에서 물리쳤다. 지략과 무용이 뛰어났고 시문에도 능했다고 한다. 중국의 사서(史書)인 ≪수서(隋書)≫에 실린바, 공식적으로 한국 최초의 오언시(五言詩)이다. 제목은 후대에 붙여졌으니 <유우중문(遺于仲文)>이라고도 한다. '與'는 '주다' 외에 '向', '對'의 뜻도 있다.

① 神策(신책) : 신기(神奇)한 책략(策略). 신통한 계책.
② 妙算(묘산) : 오묘한 계산. 기묘한 헤아림. 算은 꾀, 지혜.
③ 云(운) : 어조(語調)를 맞추기 위한 의미 없는 어조사. 혹은 돌아가다, 귀부(歸附)의 뜻도 있다.

13 登幽州臺歌 등유주대가 – 陳子昂*

前不見古人

後不見來者

念天地之悠悠①

獨愴②然而涕下

* 진자앙(661~702) : 초당(初唐)의 시인으로, 화려한 육조(六朝)의 변려풍(駢儷風)을 배격하고, 질박하고 고아한 한위(漢魏)의 풍격(風格) 근골(筋骨)을 중시한바, 후대의 고문운동에 영향을 주었다. 그의 악부시인 <등유주대가(登幽州臺歌)>, 유주대(幽州臺)는 하북성 대흥현(大興縣) 북경 인근에 소재한 대(臺) 이름이니, 계북루(薊北樓)라고도 한다. 이 시는 광대무변한 천지간에 너무도 미미하기만 한 인간의 존재에 강개(慷慨)·비창(悲愴)하는 철학적 사유가 깃들어 있다.

① 悠悠(유유) : 근심하는 모양. 아득히 먼 모양. 한없이 크고 먼 모양. 흘러가는 모양. 여유 있는 모양.

② 愴然(창연) : 슬픔에 젖어 상심하는 모양.

14 返俗謠반속요 – 薛瑤*

化雲心兮思淑貞　洞寂滅兮不見人

瑤草芳兮思芬蒀①　將奈何②兮是青春③

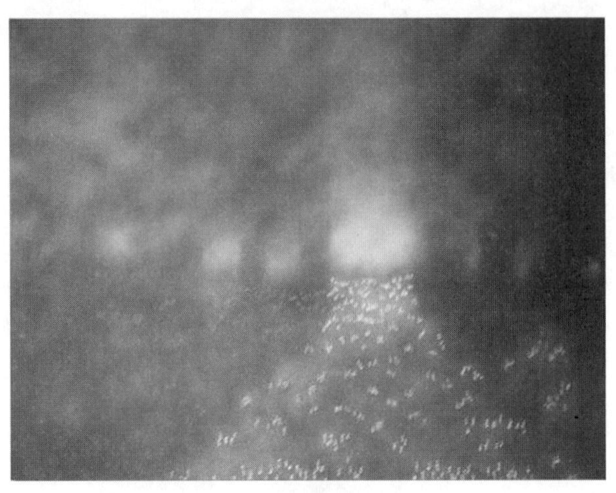

* **설요**(661~693) : 신라 사람으로서 당(唐) 고종 때 당나라에 건너가서 좌무장군(左武將軍)을 지낸 설영충(薛永沖)의 딸이다. 어려서부터 얼굴이 고와 소호(小號)를 선자(仙子)라 하였다. 15세 때 아버지를 여의고 삭발로 출가하였으나 6년이 지나도록 뜻을 이루지 못하였다. 4구의 고시체(古詩體)인 이 시는 그때 불계(佛界)를 버리고 환속하면서 지은 것으로 보인다. 그 뒤 당(唐)나라 시인 곽진(郭震, 656~713, 字는 元振)의 첩이 되어서 10년 정도를 살다가 재주(梓州) 소속의 통천현(通泉縣) 관사에서 죽었다. 진자앙(陳子昂, 659~700)이 <관도곽공희설씨묘지명(館陶郭公姬薛氏墓誌銘)>을 남겼고, ≪전당시(全唐詩)≫와 ≪대동시선(大東詩選)≫에 그녀의 시가 보인다.

① 芬蒀(분온) : 芬은 향내(나다). 蒀은 기운 왕성하다. 향기롭다. 따라서 '향기 품을 생각을 한다.' '화려하게 핀 모습을 생각한다.' 그러나 원래 글자가 '芬' 대신 '蒕'인 경우 蒕蒀(분온)=기운이 왕성한 모양. 이때에는 '꽃 피울 생각을 한다'는 뜻으로 풀이된다.

② 將奈何(장내하) : 將은 장차. 奈何는 어찌하여[如何]의 뜻도 있으나, 여기서는 '어찌하려나.' 어찌하면 좋을는지 모르겠다는 의미.

③ 是青春(시청춘) : '吾青春', 혹은 그냥 '青春'으로 된 곳도 있다.

15 子夜吳歌 자야오가 – 李白*

神長安①一片月　萬户擣衣聲

秋風吹不盡　總是玉②關情

何日平胡③虜　良人罷遠征

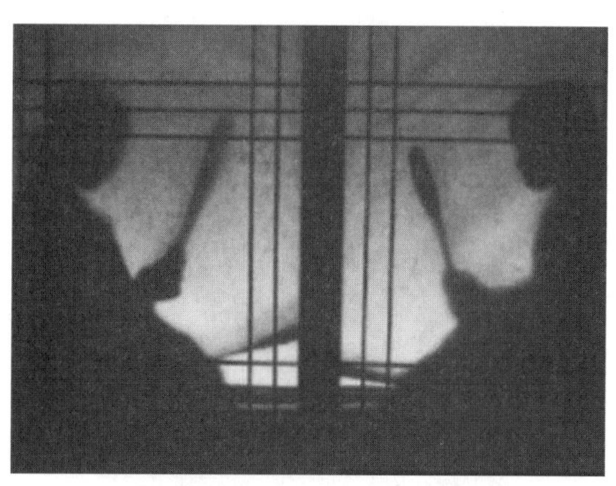

* **이백(701~762)** : 당나라 시인. ≪이태백집(李太白集)≫의 저서가 있다. 그 6권에 <자야오가(子夜吳歌)>라는 제목으로 네 수가 실려 있는데, 그 중 세 번째인 추가(秋歌)이다. 원래 <자야가(子夜歌)>는 동진(東晉) 시기에 양자강 하류 유역인 오(吳) 지방에서 불리던 민요 중의 하나이다. 전설에 의하면 음곡에 능한 자야(子夜)라고 하는 여인이 있어 오언으로 된 노래를 지어 연인에게 보냈다고 한다. 또 동진은 양자강 하류인 오(吳) 지역 일대였기 때문에 오(吳)자를 더 넣어 <자야오가(子夜吳歌)>라고도 했다. '오나라 자야의 노래'란 뜻이다. 여기의 <자야오가>는 이백이 나름대로 그 체재와 시상(詩想)을 차용해서 지은 것이겠다.

① 長安(장안) : 당나라 시절의 수도. 지금의 섬서성 서안(西安)이다.
② 玉關(옥관) : 옥문관(玉門關)의 이칭. 감숙성의 서쪽에 있어, 당시 전장(戰場)으로 나가는 초입(初入)의 땅이었다.
③ 胡虜(호로) : 흉노족을 지칭함.

16 憫農민농 – 李紳*

鋤①禾日當午　汗滴②禾下土

誰知盤中飧　粒粒皆辛苦

* **이신(772~846)** : 자는 공수(公垂). 당나라 중기에 백거이(白居易), 원진(元稹)과 함께 신악부운동(新樂府運動)을 주창하였다. 시가(詩歌)에서 섬광을 발휘했으며, ≪악부신제(樂府新題)≫ 20수가 있었으나, 일실(佚失)되었다. 위의 시는 관료를 지낸 작가가 농부의 노고를 가엾게 여기는 진정이 잘 드러나 있다. 이에 인구(人口)에 회자되고 천고(千古)에 전송(傳誦)된바 ≪당시전서(唐詩全書)≫와 ≪고문진보(古文眞寶)≫ 등에도 실렸다. 원래 '憫農'이란 제하(題下)로 두 작품이 있는데, 다른 하나는 이러하다. '春種一粒粟 秋收萬顆子 四海無閒田 農夫猶餓死.'

① 鋤禾(서화) : 벼를 호미질하다, 즉 김을 매다. 鋤는 호미. 여기서는 호미질하다(동사).
② 滴(적) : 방울, 방울지다, 방울져 내리다.

五絶

17 南行別弟 남행별제 – 韋承慶*

①澹澹長江水　②悠悠遠客情
落花③相與恨　到地一無聲

*** 위승경(651?~706?)** : 7세기 후반 당고종과 측천(則天) 시대 무렵의 문인으로 보인다. 문장 짓는 속도가 빨라 군국대사(軍國大事)의 글을 미리 다뤄보지 않고도 붓을 들면 바로 완성하였다고 한다. 이 시는 작자가 권세가들에게 죄를 입어 남방 광동(廣東)으로 좌천되어 내려갈 때 지은 시이다. ≪오언당음(五言唐音)≫에도 소개되어 있고, 특히 <춘향전> 정자(情字) 타령 안에 들어가기도 하였다. '내 사랑아 들러셔라 너와 나와 유정하니 어이 안니 다정하리 담담장강슈(澹澹長江水) 유유(悠悠)의 원객정(遠客情) 하교(河橋)의 불상송(不相送) 강슈(江樹) 원함정(遠含情) 송군남포(送君南浦) 불승정(不勝情) 무인불견(無人不見) 송아정(送我情).' 또한 그가 '마음'을 읊은 작품 <영대부(靈臺賦)>가 ≪전당문(全唐文)≫ 권188에 실려 있다.

① 澹澹(담담) : 조용하다, 고요하다. 안존하다, 편안하다. 싱겁다.
② 悠悠(유유) : 근심하는 모양. 아득히 먼 모양. (흘러) 가는 모양.
③ 相與恨(상여한) : "나와 더불어 서러운가." 주인공의 마음을 아는 양 함께 한스러워 한다는 말.

18 途中寒食 도중한식 – 宋之問*

馬上逢寒食　途中屬①暮春
可憐江浦望　不見洛橋②人

*** 송지문(656~712)** : 초당(初唐)의 대표시인으로 심전기(沈佺期)와 함께 심송(沈宋)으로 불렸다. 자는 연청(延淸). '고향 가는 도중 한식을 만나'라는 시이다. 원래는 율시(律詩)였는데, 뒷시대에는 후반의 네 구는 생략한 채 절구(絶句) 형태로 구송되었다. ≪오언당음(五言唐音)≫에 실려 있는 바, 건망증이 심한 시인으로 이름난 백곡(柏谷) 김득신(金得臣)이 첫머리의 '馬上逢寒食'을 자신이 지은 시구로 착각하였다던 일화로 더 유명해진 시이다. 작자의 또 다른 회자시로 <별두심언(別杜審言)>이 있으니 이 역시 <춘향전>의 정자(情字) 타령(打令) 안에 융용되어 있다. '臥病人事絶 嗟君萬里行 河橋不相送 江樹遠含情.'

① 屬(촉) : 잇다. 연속하다. 모으다. 권하다의 뜻으로서 '촉'이고, 무리. 다르다. 글을 짓다 할 때는 '속'으로 읽는다. 여기서는 '봄 다 저물 때까지 이어지겠다'는 뜻으로서 의미가 절실하다. 한식은 대개 양력 4월 5, 6일 경이니 늦봄이랄 수 없고, 나그네 길 계속하다 보면 봄이 다 가겠다는 말로 전후 간에 합당하다.

② 洛橋(낙교) : 낙양(洛陽)의 낙수(洛水)에 놓인 다리. 낙(洛)은 낙양.

19 登鸛雀樓 등관작루 – 王之渙*

白日依山盡①　　黃河入海流
欲窮千里目②　　更上一層樓③

* **왕지환(688~742)** : 당나라 시인. 호방한 성품으로 벼슬과 인연 없이 황하 일대를 유력(遊歷)하며 지냈는데, 시는 망실되고 ≪전당시(全唐詩)≫에 겨우 6수만이 전한다. 관작루(鸛雀樓)는 지금의 산서성 포주부(浦州府)의 남쪽에 있는 3층의 다락으로, 원래 북주(北周, 557~581) 시절에 세워진 것이라 한다. 무창(武昌)의 황학루(黃鶴樓), 남창(南昌)의 등왕각(滕王閣), 동정호(洞庭湖)의 악양루(岳陽樓)와 함께 중국 최고 4대 누각으로 일컬어진다. 관작루에 오르는 순간 전방에 중조산(中條山)이 마주하고 그 아래로는 황하(黃河)가 펼쳐져 있는데, 뉘엿뉘엿 해 질 무렵의 석양에서 어두워질 때까지의 안타까운 짧은 시간 동안에 하늘과 강을 물들인 황홀한 자연 풍경을 좀 더 멀리까지 바라보기 위해 시인은 또 한 층을 오른다. 작자의 경치 탐미적인 열정을 잘 나타낸 시로서, 여기 관작루를 읊은 역대 시인의 작품들 중에 역시 왕지환의 것이 백미로 인정받는다.

① 白日依山盡(백일의산진) : 白日은 밝은 해, 태양. 依山盡은 산에 의지해(산을 따라) 다 사라지다. 서산으로 넘어간다는 말.

② 欲窮千里目(욕궁천리목) : 욕은 하고자하다{조동사}. 窮目은 최대한 먼 곳을 바라보다.

③ 更上(갱상) : 更은 다시{부사}. 上은 오르다{동사}.

20 春曉춘효 - 孟浩然*

春眠不覺曉① 處處聞啼鳥

夜來風雨聲 花落知②多少

* **맹호연(689~740)** : 중국 당나라의 시인. 만년에 재상(宰相) 장구령(張九齡)과의 인연으로 잠깐 그 밑에서 일한 것 이외에는 관직에 오르지 못하고 불우한 일생을 마쳤다. 당대의 대표적인 산수시인으로 꼽히며, 특히 오언시에 뛰어났다. 왕유(王維)와 나란히 이름을 날렸으므로 왕맹(王孟)으로 병칭되기도 한다. 도연명을 존경하여 전원생활 속에 한적한 은일의 정취 및 행려(行旅)를 그린 작품들을 남겼거니와, 각별 이 <춘효(春曉)>의 시가 유명하다. ≪맹호연집(孟浩然集)≫이 있으며, 약 200수의 시가 전한다.

① 不覺曉(불각효) : "새벽인 줄 깨닫지 못하였다." 覺은 깨닫다. 드러나다의 뜻일 때는 '각', (잠에서) 깨다, 깨우다의 뜻일 때는 '교'로 읽는다. 여기서는 깨닫다로 통하므로 '각'으로 읽는다.

② 知多少(지다소) : 多少는 얼마나. 또는 얼마 만큼(의문부사). 知는 뒤의 의문사와 연관해서 "(내가) 알 수 있을까?", "얼마나 될지 모르겠네"라는 뜻이 함의(含意)되었다.

21 竹里館죽리관 – 王維*

獨坐幽篁①裏　彈琴復②長③嘯

深林人不知　明月來相照

＊ 왕유(699?~761?) : 당나라의 시인, 화가. 수묵 산수화에도 뛰어났으니 남종화(南宗畵)의 원조로도 유명하다. 자는 마힐(摩詰), 호는 망천(輞川). 이름과 자를 합쳐 유마힐(維摩詰)이라고도 한다. 성당(盛唐)의 시단에서 이백이 도교적, 두보가 유교적 성향을 나타냈다면 그는 불교적 성향의 시를 현출하였다. 그리하여 각각 시선(詩仙), 시성(詩聖), 시불(詩佛)로 불리기도 한다. 동시에 당대 산수 전원 시파(詩派)를 대표하는 명가(名家)였다. 벼슬은 상서우승(尙書右丞)에 이르렀고, 문집에 ≪왕우승집(王右丞集)≫이 전한다. 죽리관(竹里館)은 남전(藍田) 망천(輞川) 소재 왕유의 별장으로, 망천별업(輞川別業) 20경(景) 중의 하나이다.

① 幽篁(유황) : 깊숙한 대나무 숲. 幽는 깊다. 篁은 대숲.
② 復(부) : 다시, 거듭. 여기서는 부사로 쓰였으매 '부'로 읽는다.
③ 長嘯(장소) : '길게 읊조리다.' 길게 끌어내는 청월(淸越)한 소리로 시를 읊조림.

22 相思상사 – 王維*

①紅豆生②南國　春來發幾枝
勸君多③采擷　④此物最相思

*** 왕유(699?~761?)** : 당나라의 시인, 화가. 자는 마힐(摩詰). 벼슬은 상서우승(尙書右丞)에 이르렀다. 중국 자연시인의 대표로 꼽히며 남종화의 창시자로 불린다. ≪왕우승집(王右丞集)≫이 있다. 홍두를 일명 상사자(相思子)라고 하니, 붉은 열매가 견고하여 남녀 사이 굳은 사랑을 표시한다고 한다. 전설에 따르면 옛날 어떤 부인이 전쟁에 끌려간 남편을 그리워한 나머지 나무 밑에서 날마다 슬피 울다가 죽었다고 한다. 눈물마저 마르고 점점이 붉은 피가 흘러나오니, 이 핏방울이 홍두로 변하고 그것이 싹이 터서 커다란 나무 되어 열매가 주렁주렁 열리게 되었다고 한다. 때문에 옛 시인들은 이 견고한 붉은 열매로 남녀 사이 그리움을 표현했으며, 나아가 멀리 떨어진 친구 간, 육친 간, 사제 간 그리움의 상징으로 읊어졌다. 왕유의 이 시 역시 그가 강음(江陰)을 지날 때 친구를 그리며 지은 시라고 한다. 그의 친구 이별의 시 중 오언절구 <송별(送別)> 한 작품을 덧붙인다. '山中相送罷 日暮掩柴扉 春草年年綠 王孫歸不歸.'

① 紅豆(홍두) : 광동(廣東)・광서(廣西)・대만 등지에서 난다. 그 편원(扁圓) 모양의 붉은 색깔 씨는 장식물로 만들어진다. 옛 사람들이 이를 그리움과 애정의 상징으로 구사하니 또한 상사두(相思豆), 상사자(相思子)라고도 하였다.
② 南國(남국) : 남방.
③ 采擷(채힐) : 따다. 채적(採摘).
④ 此物(차물) : 홍두를 가리킨다.

23 王昭君 왕소군 - 李白

昭君拂[①]玉鞍　上馬啼[②]紅頰
今日漢宮人　明朝胡地妾

* 한나라 원제(元帝) 때 오랑캐에게 시집가는 왕소군의 애닯은 경상(景狀)을 담은 이백의 시이다. 이백은 두 편을 지었는데, 이는 두 번째의 것이다. 그녀의 경우를 안타깝게 음탄(吟歎)한 중국 역대의 사조(思藻)가 수십 편에 이르되, 단연 이것을 우선 연상함이 있다. 소군은 일명 명군(明君), 명비(明妃)로도 불렸는데, 그녀가 이른바 '춘래불사춘(春來不似春)'의 흉노 땅에서 살다가 죽으니 그녀를 묻은 무덤은 일년 내내 푸르렀다고 하여 '청총(青冢)'이라 했다는 말도 있다.

① 拂玉鞍(불옥안) : (왕소군의 치마가) 구슬 장식의 안장을 떨어내다.
② 啼紅頰(제홍협) : 붉은 뺨에 눈물진다.

24 絶句 절구 – 杜甫*

江碧鳥逾①白　山青花欲②然③
今春看④又過　何日是⑤歸⑥年

* **두보**(712~770) : 중국 성당(盛唐)의 시인. 자는 자미(子美). 호는 소릉(少陵), 두릉(杜陵). 이백(701~762)과 함께 중국 최고 시인으로 일컬어진다. 만년에 공부원외랑(工部員外郞)을 지냈으므로 두공부(杜工部)라고 불리기도 한다. 오늘날 전해지는 시는 대략 1,470여 수이다. 보통 이백을 시선(詩仙)이라고 하는데 대해 두보를 시성(詩聖)이라고 칭하는 바, 나란히 이두(李杜)로도 부른다. 백성들의 고난, 사회의 부조리 등 당시의 현실을 그대로 시로 읊었기에 후세에 시로 쓴 역사, 곧 '시사(詩史)'로도 일컬어졌다. ≪두공부집(杜工部集)≫이 있다.

① 逾(유) : 더욱{부사}. =愈.
② 欲(욕) : 본동사 然을 꾸미는 조동사. '듯하다'. '(하)려고 하다'의 뜻.
③ 然(연) : 불타다. =燃.
④ 看又過(간우과) : 又는 다시. "본 듯싶은데 또다시 지나가 버림." 눈 앞에서 금방 지나감.
⑤ 是(시) : 영어의 be동사에 해당하는 연계동사, '이다.'
⑥ 歸年(귀년) : 귀향(歸鄕)의 해. 고향집에 돌아가는 때. 年은 때, 세월.

25 夜雨야우 – 白居易*

①早蛩啼復歇　殘燈滅又明
②隔牕知夜雨　芭蕉③先有聲

* 백거이(772~846) : 당나라 시인으로 자는 樂天(낙천), 호는 취음선생(醉吟先生)·향산거사(香山居士). 29세 때 최연소로 진사에 급제해 벼슬이 형부상서에 이르렀다. 흔히 당시(唐詩)를 시기적인 특징에 따라 초당(初唐) 성당(盛唐) 중당(中唐) 만당(晩唐)의 넷으로 구분할 때, 이백과 두보는 성당기 시인, 백거이는 중당기 시인으로 분류하는데, 중당기 시인인 한유와 함께 네 사람을 한데 묶어 '이두한백(李杜韓白)으로 부르기도 한다. 또 원진(元稹)과 더불어 원백체(元白體)로 일컬어지기도 한다. 그는 사회상을 풍자 비판하고, 평민적인 쉬운 필치의 창작에 주력하였으니, 시를 탈고할 때마다 글 모르는 백성이 뜻을 알 때까지 퇴고를 거듭한 후에 완성시켰다고 한다. 오늘날 3,800여수 전하는 운문 중에 <장한가(長恨歌)>, <비파행(琵琶行)>, <유오진사시(遊悟眞寺詩)> 등을 대표작으로 친다. 사회풍자의 조자(調子)가 많았던 그에게 <야우(夜雨)>는 특별히 서정성이 돋보이는 작품으로, 이른 가을밤 문득 창밖의 파초 잎에 후드득 떨어지는 빗소리를 깨닫고 솟아난 쓸쓸한 풍정(風情)을 읊은 것이다.

① 早蛩(조공) : 첫가을의 철 이른 귀뚜라미.
② 隔牕知夜雨(격창지야우) : 隔牕은 창을 격해 있는 곳. 곧, 창밖. 牕=窓. 知는 알아차리다, 인지(認知)·인식(認識)의 뜻. "창밖엔 밤비가 듣는가 보다."
③ 先有聲(선유성) : 빗소리가 파초 잎에서부터 가장 먼저 후득후득 들린다는 말.

26 江雪강설 – 柳宗元*

千山鳥飛絶　萬徑①人蹤②滅

孤舟蓑③笠翁　獨釣寒江雪

毫生館 崔北의 <寒江釣魚圖>

*** 유종원(773~819)** : 중당(中唐) 때의 문장가이자 시인. 자는 자후(子厚), 하동(河東) 출신. 한유(韓愈)와 더불어 변려문(騈儷文)을 거부하고 고문을 주창한 산문학의 양대 거장인바, 합하여 한유(韓柳)로 총칭하기도 한다. 당송팔대가(唐宋八大家) 중 한 사람이며, 도연명과 같은 전원시를 기조로 삼으면서 왕유·맹호연·위응물 등과 함께 당시(唐詩)의 자연파를 형성하였다. 유주자사(劉州刺史)로 마쳤기에 유유주(柳劉州)로도 불리운다. ≪유하동집(柳河東集)≫이 있다.
유종원이 개혁에 실패하고 호남성으로 좌천되어 지은 시라 하니, 작중의 전(轉)·결(結) 구에도 녹아들어 있으려니와, 그의 '孤獨'이 잘 이입(移入)된 명작이다.

① 徑(경) : 지름길. 작은길. 빨리. '逕'으로 된 곳도 있다.
② 蹤(종) : (발)자취. '踪'과 동일 글자.
③ 蓑笠(사립) : 도롱이와 삿갓. 도롱이는 짚이나 띠 따위로 엮어 허리나 어깨에 걸쳐 두르는 비옷.

27 尋隱者不遇 심은자불우 – 賈島*

松下問童子　言[①]師採[②]藥去

只在此山中　雲深不知處

蓮潭 金明國의 <松下問童圖>

*** 가도**(779?~843) : 중당(中唐) 때의 시인으로 자는 낭선(浪仙)이다. 일찍이 승려로서 법명이 무본(無本)이었다. 811년에 낙양(洛陽)에서 한유(韓愈)와 교유하면서 환속(還俗)하고 과거 시험에 응시하였으나 번번이 실패, 이후 주부(主簿), 사창참군(司倉參軍) 등을 전직하다가 병사하였다. 시 짓기에 고음(苦吟)의 벽(癖)이 있었다 하니, 유명한 '퇴고(推敲)' 고사의 주인공이기도 하다. 저서로 ≪가낭선장강집(賈浪仙長江集)≫, ≪시격(詩格)≫ 등이 있다. 표제의 尋은 찾다, 방문하다. 隱者는 隱士. 벼슬하지 않고 세상을 피해 숨어 사는 선비. =山林·山長.

① 言(언) : '(동자가) 말하기를.' 은둔한 스승을 찾은 이에 답하는 동자의 직접화법 형태의 시이다.
② 採藥(채약) : 약초를 캠. 은자의 생활을 나타냄. 은일자의 삶을 상징하는 말로 '釣魚(조어)'란 표현도 있다.

28 答人답인 – 太上隱者*

偶來松樹下　高枕石①頭眠
山中無曆②日　寒盡不知年

* 작자인 태상은자(太上隱者)는 종남산(終南山)에 은거하였다고만 하고 생평 연대는 완전 미상이니, 아마 당나라 때 풍미했던 도교에 귀의한 인물이었을 것으로 추측된다. ≪고금시화(古今詩話)≫에 의하면 그의 내력과 사람됨에 대해 알려져 있지 않다 했고, 사람들이 그를 만났을 때 이름을 물으면 대답 대신 이 시를 지어 보여주었다고 한다. 그래서 제목이 답인(答人)이라고 한다. 속인의 물음에 답한다는 '답속인지문(答俗人之問)'의 줄인 말일 것이다. 역시 당인(唐人)의 시구로, '山僧不解數甲子, 一葉落知天下秋'와도 일맥상통한다고도 하겠다. 돌을 베개 삼고[枕石] 겨울 다 가도 햇수를 알 수 없다[寒盡不知年]는 말에서 모든 인위(人爲)를 초월하여 대자연과 합일(合一)을 이룬 큰 자유인의 모습이 들어있다.

① 石頭(석두) : 바위 언저리
② 曆日(역일) : 책력에 따라 정한 하루하루의 날. 달력.

29 秋夜雨中 추야우중 – 崔致遠*

秋風惟苦吟①　　世路少知音②

窓外三更雨③　　燈前萬里心④

저자 揮灑의 扇面筆 <秋夜雨中>

* **최치원(857~?)** : 통일신라 말기의 학자 · 문장가. 자는 고운(孤雲) · 해운(海雲). 12세인 868년에 당나라에 유학하여 18살에 과거에 급제하고 율수현위(溧水縣尉), 시어사(侍御史), 내공봉(內供奉)에 올랐고, 자금어대(紫金魚袋)를 하사받았다. 당말 희종(僖宗)조에 일어난 황소(黃巢)의 난(亂) 때 <토황소격문(討黃巢檄文)>을 초(草)하여 이름을 높였다. 884년, 귀국해서도 한림학사(翰林學士) 등 벼슬을 하였으나, 진성여왕과 효공왕 당시의 문란한 정치에 관직을 내놓고 각지를 유랑하다가 가야산(伽倻山) 해인사(海印寺)에서 여생을 마쳤다. 한국한문학의 비조(鼻祖)로 불린다. ≪계원필경(桂苑筆耕)≫, ≪사륙집(四六集)≫ 등이 있다.

① 惟苦吟(유고음) : 惟는 이에, 오직, 사유(思惟)하다 등 여러 의미가 있다. '唯'로 된 곳도 있다. 苦는 근심하다, 힘들이다의 뜻이나 동사 吟 앞에서 부사화되어 '힘들여, 애써, 간절히' 등의 뜻으로 쓰였다.
② 知音(지음) : 마음이 통하는 벗. 춘추시대 거문고의 명인인 백아(伯牙)와 뛰어난 음악 평론가였던 종자기(鍾子期) 사이의 고사에서 나온 표현. 지기(知己).
③ 三更雨(삼경우) : 三更은 한밤중. 밤 11시에서 새벽 1시 사이. 雨는 비, 또는 (비 따위가) 내리다.
④ 燈前萬里心(등전만리심) : "등불 앞엔 만 리 너머의 마음." 그 먼 그리움의 대상이 고국인 신라라는 견해와, 귀국 후의 실망한 고국에서 자신을 알아주던 중국 당(唐)나라라는 설이 있다.

30 清夜吟청야음 – 邵雍*

月到天心處①　風來水面時
一般②清意味　料得③少④人知

* 소옹(1011~1077) : 중국 북송(北宋)의 학자. 자는 요부(堯夫). 호는 안락선생(安樂先生). 선서(仙逝) 이후 강절(康節)이란 시호가 내려졌기에 소강절로 많이 불린다. 도가사상의 수용과 동시에 유교의 역(易) 철학을 발전시켜 상수학(象數學)이라는 특이한 수리철학(數理哲學)을 만들었다. 주렴계(周濂溪), 장횡거(張橫渠), 정명도(程明道), 정이천(程伊川) 등과 함께 송대 성리학을 개진시켰다. 저서에 ≪관물편(觀物篇)≫, ≪이천격양집(伊川擊壤集)≫, ≪황극경세서(皇極經世書)≫ 등이 있다. 시의 제목은 '청량한 밤에 읊다.' 주로 성리(性理) 유학자들이 철학적 명상을 운문화한 이른바 '설리시(說理詩)'의 백미(白眉)로 꼽을만한 명작이다.

① 天心處(천심처) : "하늘 가운데 자리". 心은 가운데 處는 다음 구의 '시(時)'와 호응을 이룬다.
② 一般(일반) : 이러한, 모든. 여기서는 '天月'과 '水風'이 어우러진.
③ 料得(요득) : 헤아려 터득함. 料는 헤아리다의 뜻.
④ 少(소) : 적다, 많지 않다. 여기서는 드물다. 거의 없다(few)는 의미이다.

31 山居산거 – 李仁老*

春去花猶在　天晴谷自陰①

杜鵑啼白晝　始②覺卜③居深

青田 李象範의 <春山幽居>

* 이인로(1152~1220) : 고려 중기 무신집권기의 문인. 자는 미수(眉叟). 호는 쌍명재(雙明齋). 중국의 죽림칠현(竹林七賢)을 흠모한 죽림고회(竹林高會) 시주(詩酒) 모임의 7명 구성원인 강좌칠현(江左七賢)의 한 사람으로, 우간의대부(右諫議大夫)를 지냈으며 초서와 예서에 능하였다. 작품에 ≪파한집(破閑集)≫, ≪은대집(銀臺集)≫, ≪쌍명재집(雙明齋集)≫이 있다. 표제는 '산속의 집'이라는 뜻. 이후 조선 시대 김시습(金時習)과 서경덕(徐景德)이 지은 동일 제목의 한시 <산거(山居)>도 있다.

① 陰(음) : 그늘져 있다. 어둡다(동사).
② 始(시) : 비로소, 새삼(부사).
③ 卜居(복거) : 卜은 점치다. (판단하여) 정하다의 뜻. 居는 살 곳, 거처(명사).

32 詠井中月 영정중월 – 李奎報*

山僧貪月色　　幷汲一甁中①

到寺方應覺②　甁傾月亦空

*** 이규보**(1168~1241) : 자는 춘경(春卿). 호는 백운거사(白雲居士)·지헌(止軒)·삼혹호선생(三酷好先生). 고려시대의 문관으로 최충헌 정권에서 출세한바, 벼슬이 참지정사(參知政事), 문하시랑평장사(門下侍郞平章事)에 이르렀다. 명문장가로 호방하고 활달한 시풍(詩風)이 한 시대를 풍미한바, 몽골군의 침입을 <진정표(陳情表)>로써 격퇴하기도 하였다. 저서에 ≪동국이상국집(東國李相國集)≫과 산문집 ≪백운소설(白雲小說)≫ 등이 있으며, 특히 민족서사시 <동명왕편(東明王篇)>을 포함하여 <국선생전(麴先生傳)>·<청강사자현부전(淸江使者玄夫傳)> 등의 가전(假傳), <경설(鏡說)>·<슬견설(虱犬說)> 등의 수필이 유명하다.

① 幷汲(병급) : 같이 긷는다. 물과 함께 달도 길어서 넣었다는 뜻.

② 方應(방응) : 方은 (때를) 당함. 바야흐로, 그제야. 應은 응당, 마땅히.

33 君相憶군상억 - 李穡*

憶君無所贈　贈次①一片竹②

竹間生清風　風來③君相憶

醉墨軒 印永宣이 <君相憶> 시로써 저자에게 貺贈한 扇箑

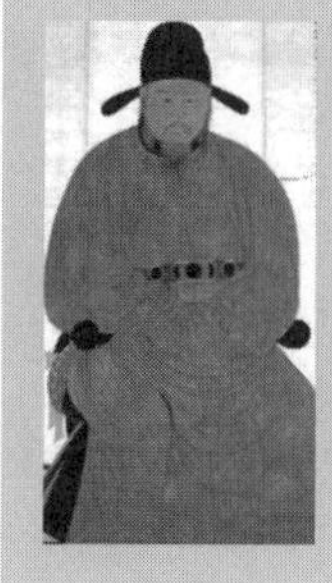

*** 이색(1328~1396)** : 고려 말기의 문신·학자. 자는 영숙(穎叔). 호는 목은(牧隱). 원나라에 가서 과거에 급제하고, 귀국하여 우대언(右代言)과 대사성(大司成)을 지냈다. 권근과 변계량 등을 배출하였고, 조선 개국 후 태조가 여러 번 불렀으나 나가지 않아 삼은(三隱)의 한 사람이 되었다. 저서에 ≪목은시고(牧隱詩藁)≫, ≪목은문고(牧隱文藁)≫ 등이 있다. 이 시가 원래는 벗 사이에 그리워하는 마음을 나타낸 것이지만, 시간의 변천과 함께 남녀 또는 기타 사랑으로까지 그 의미망이 넓어지기도 했나 보다. '증별(贈別)'이란 친한 이들 사이에 헤어질 때 물건을 건네어 자신의 뜻을 전하는 일, 혹은 시문을 지어 건네는 것을 말하니, 이 시는 바로 전형적인 증별시라 하겠다.

① 次(차) : 버금. 애오라지, 아쉬운 대로. 혹은 '장차(將次), 바야흐로'라고 해도 무방하다.

② 一片竹(일편죽) : 一片은 한 조각. 또는 매우 작거나 적은 부분을 이르는 말. 竹은 대나무이나, 그를 재료삼아 만든 부채를 이 한 글자에 함축시킨 것으로 본다.

③ 風來(풍래) : (부는) 바람 따라.

34 尋胡隱君 심호은군 – 高啓*

渡水復①渡水　看花還②看花
春風江上路　不覺③到君家

和堂 金栽培의 <江上尋友圖> – 저자 소장 및 題號

* 고계(1336~1374) : 원말 명초의 시인. 장주(長洲) 사람. 자는 계적(季迪). 호는 사헌(槎軒)·청구(靑邱)·청구자(靑丘子). 청신하고 웅건한 시풍(詩風)이 특징으로, 양기(楊基)·장우(張羽)·서분(徐賁)과 더불어 '오중사걸(吳中四傑)'이라 불리었다. 시의 십중팔구는 개인적 감회를 읊은 것이고, 사실(寫實)을 숭상하여 경물의 묘사가 정치(精緻)하다. 저서에 ≪고태사전집(高太史全集)≫, ≪고청구시집(高靑丘詩集)≫ 등이 있다. ≪원사(元史)≫ 편찬에도 종사하였으며, 예부시랑을 지냈다. 이 시는 호(胡)씨 성의 은군자 벗을 찾아가는 길의 흥치(興致)를 읊은 것이다.

① 復(부) : 다시(부사).
② 還(환) : 다시(부사). 위의 '復'와 호응을 이룬 글자이다.
③ 不覺(불각) : (나도) 모르게. 부사구(副詞句)로 쓰였다.

35 春興춘흥 – 鄭夢周*

春雨細①不滴　夜中微有聲
雪②盡南溪漲　草芽多③少生

* **정몽주**(1337~1392) : 고려 말의 문신이며 학자, 외교관. 초명은 몽란(夢蘭)·몽룡(夢龍). 자는 달가(達可). 호는 포은(圃隱). 부친의 태몽에 주나라 주공(周公)을 만났다 하여 몽주(夢周)로 이름 붙였다 한다. 오부학당(五部學堂)과 향교를 세워 후진을 가르치고 유학을 진흥하여 성리학의 기초를 닦았다. 공민왕 사후에 배명친원(排明親元)의 외교방침을 반대하고 왜구의 토벌에도 가담하였으나, 이성계를 왕으로 추대하는 음모를 막으려다 개성 선죽교(善竹橋)에서 격살 당하였다. 시조와 한시 등을 포함한 시문에 능하였으며, 서화에도 뛰어났다. 목은(牧隱) 이색(李穡)의 문인으로, 고려 삼은(三隱)의 한 사람이다. 문집에 ≪포은집(圃隱集)≫이 있다.

① 細不滴(세부적) : 細는 '가늘어서.' 不는 부정을 나타내는 보조사. 영어의 조동사에 해당한다. 滴은 본동사로 '방울지다'의 뜻. "(봄비) 가늘어 방울지지 않으니."
② 雪盡(설진) : 눈이 녹다. 주술(主述)관계이다.
③ 多少(다소) : 얼마쯤, 얼마나, 얼마만큼. 여기서는 동사 '生'을 수식하는 부사로 쓰였다.

36 臨死賦絶命詩 임사부절명시 – 成三問*

擊鼓催人命① 西風②日欲斜③

黃泉無客店④ 今夜宿誰家

성삼문의 遺墨

* 성삼문(1418~1456) : 조선 세종 때의 문신. 자는 근보(謹甫). 호는 매죽헌(梅竹軒). 집현전 학사로 세종을 도와 ≪훈민정음≫을 창제하였다. 사육신(死六臣)의 한 사람으로, 세조 원년에 단종의 복위를 꾀하다가 실패하여 음력 6월 8일 성승·이개·하위지·유응부·박중림·김문기·박쟁 등과 함께 군기감(軍器監) 앞에서 능지처형(陵遲處刑)을 당했다. 저서에 ≪성근보집(成謹甫集)≫이 있다. 표제 중의 賦는 (시문을) 짓다의 뜻. '죽음에 임해 절명시를 짓다.' 더불어 다음의 시조가 높이 회자된다. '이몸이 죽어가서 무엇이 될꼬하니 / 봉래산 제일봉에 낙랑장송 되어있어 / 백설이 만건곤할제 독야청청 하리라.'

① 人命(인명) : 여기서는 '사람'의 목숨이 아닌 '남'의 목숨. 곧, 작자 본인의 생명을 뜻함.
② 西風(서풍) : 서쪽에서 불어오는 바람. 가을 바람. '回首'[고개를 돌려 보니]로 된 곳도 있다.
③ 欲斜(욕사) : 欲은 조동사 '~(하)려고 한다.' '~(할) 참이다.' 斜는 (해가) 지다, 기울다.
④ 客店(객점) : 오가는 길손이 음식을 사 먹거나 쉬는 집. '一店'으로 된 곳도 있다.

37 題畫 제화 – 李荇*

淅瀝①湘江雨　依俙②斑竹林
此間難寫得　當日二妃③心

* 이행(1478~1534) : 조선 성종·중종 시절의 문신. 호는 용재(容齋)·창택어수(滄澤漁叟)·청학도인(靑鶴道人). 자는 택지(擇之). 연산군 때 나이 18세로 과거에 급제하고 호당(湖堂)에 뽑혔으나, 갑자사화 때 폐비 윤씨의 복위를 반대하다가 유배되었다. 중종 14년(1519)의 기묘사화(己卯士禍) 뒤에 입조(入朝)하여 대제학, 이조 판서, 우의정 등을 지냈다. 홍만종의 ≪소화시평(小華詩評)≫에서는 그의 시에 대해 '天才甚高不犯人工'(타고난 재주가 빼어나 가공을 하지 않았다)이라 하였다. 노장(老莊)다운 허무의 경향으로 평해지기도 한다. ≪용재집(容齋集)≫의 저서가 있다. 표제의 '제화(題畫)'란 그림에 그 내용에 어울리는 시나 글을 적어 넣는 일을 말한다. 이 마당에 그의 율시 절창(絶唱)인 <독작유감(獨酌有感)>을 함께 첨부해 둔다. '薄酒時多酌 剛腸日九回 道爲當世棄 迹或後人哀 歸興生芳草 春愁付落梅 百年湖海願 莫受二毛催.'

① 淅瀝(석력) : 바람 부는 소리. 비 내리는 소리. 쓸쓸한 모양.
② 依俙(의희) : 어렴풋이 보이는 모양. 비슷한 모양. =依稀.
③ 二妃(이비) : 순(舜) 임금의 두 부인인 아황(娥皇)과 여영(女英). 순 임금이 죽자 두 왕비가 상강(湘江)에 피눈물을 흘리며 투사(投死)하였는데, 그 눈물이 떨어진 자리에 어룽거리는 반죽(斑竹)이 자라났다고 한다.

38 詠半月 영반월 – 黃眞伊*

誰斲①崑山玉　裁成②織女梳
牽牛③一去後　愁擲碧空虛

*** 황진이**(1516?~?) : 조선 시대의 명기(名妓). 자는 명월(明月). 개성(開城) 출생. 중종 때 진사(進士)의 서녀(庶女)로 태어났다. 서경덕, 박연폭포와 더불어 송도삼절(松都三絶)이라 불리었다. 지족선사(知足禪師), 서경덕(徐敬德), 벽계수(碧溪水), 소세양(蘇世讓) 등과의 일화가 전한다. 한시와 시조에 뛰어났으며 작품으로 <만월대회고(滿月臺懷古)>·<박연폭포(朴淵瀑布)>·<봉별소양곡(奉別蘇陽谷)>·<영반월(詠半月)> 등 한시 네 수와, ≪청구영언≫에 여섯 수의 시조가 실려 있다. '반월(半月)'로 제목한 것도 있다.

① 崑山(곤산) : 崑崙山. 중국의 서쪽에 있으며, 전설의 산이자 명옥(名玉)의 산지이다. 전국시대 말부터는 서왕모(西王母)가 사는 곳, 불사(不死)의 물이 흐른다고 믿어졌다. 바로 앞 글자 斲(착)은 '斷'의 뜻이다.
② 織女(직녀) : 견우직녀 설화에 나오는 여주인공. 자의(字意) 자체로 牽牛는 소를 끄는 이, 織女는 피륙을 짜는 여자, 곧 직부(織婦)라는 의미이다.
③ 一去(일거) : 한 차례 가 버림. 一은 또 강조를 위한 어조사로 볼 수도 있다. '離別'로 된 곳도 있다.

39 絶句 절구 – 李後白*

　　　　①　　　　　②
細雨迷歸路　　騎驢十里風

野梅隨處發　　魂斷暗香中

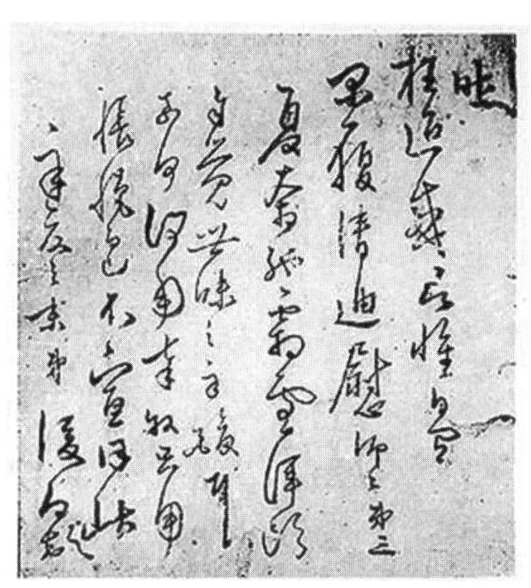

李後白의 筆跡

*** 이후백**(1520~1578) : 조선 중종과 선조 사이의 문신. 본관 연안(延安). 자는 계진(季眞). 호는 청련(靑蓮). 명종 10년(1555)에 문과에 급제한 후 벼슬이 대제학·이조판서·호조판서에 이르렀으며, 청백리에 선록(選錄)되었다. 이의건(李義健), 최경창(崔慶昌), 백광훈(白光勳) 등이 그 앞에 수학하였다. 시호는 문청(文淸)이고, 저서에 ≪청련집(靑蓮集)≫이 있다. 제목의 '절구(絶句)' 대신 '우음(偶吟)'이라 한 것도 있거니와, 청백(淸白)한 정치인으로서 뿐 아니라, 시인으로서 자연미에 심취하며 사는 그의 태도를 엿보기에 부족함이 없는 시이다. 소상팔경(瀟湘八景)을 노래한 여섯 수의 연시조(連時調)도 전한다.

① 迷(미) : (길을 잃어) 헤매다. (바른 길에 있지 못해) 방황하다. 여기서는 정신이 혼란 아득하다는 뜻.

② 騎驢(기려) : 나귀를 타다. 술목관계. 이 시어(詩語) 대신 수식관계로서의 '蹇驢(건려)', 즉 다리를 저는 나귀로 된 곳도 있는데, 이러할 때 그 정황은 더욱 절실해 보인다.

40 閨情 규정 – 李玉峰*

有約來何晩　庭梅欲①謝時

忽聞枝上鵲　虛②畫鏡中眉

*** 이옥봉**(1530?~?) : 선조 무렵의 여류 시인. 이름은 숙원(淑媛), 옥봉은 호이다. 선조 때 옥천(沃川) 군수를 지낸 소은(蘇隱) 이봉(李逢)의 서녀이면서, 남명 조식의 문인인 운강(雲岡) 조원(趙瑗, 1544~1595)의 소실이라 했으매, 그 생년(生年) 또한 1530년경쯤으로 가늠된다. 중국의 ≪명시종(明詩綜)≫·≪열조시집(列朝詩集)≫·≪명원시귀(名媛詩歸)≫ 등에 작품이 수록돼 있고, 조선 숙종 때 간행된 ≪가림세고(嘉林世稿)≫ 부록의 ≪옥봉집(玉峰集)≫에 32편이 실려 전하고 있다. 교산(蛟山) 허균(許筠)은 시의 맑고 굳센 풍이 분단장하는 부인네의 어투가 아니라 했고, 상촌(象村) 신흠(申欽) 또한 난설헌과 더불어 조선 제일의 여류 시인이었다고 평하였다. 그녀의 작중에 기다림을 주제로 한 칠언절구 다른 한 작품을 참고에 보탠다. '近來安否問如何 月到紗窓妾恨多 若使夢魂行有跡 門前石路半成沙.'

① 欲謝(욕사) : 謝는 떨어지다. 欲은 조동사로 ~하고자 하다, ~하려고 하다, ~할 참이다. '의도'가 아닌 '자연 상황'으로 이제나 저제나 꽃이 떨어질 기미임을 나타냈다.

② 虛畫(허화) : 虛는 공연히, 헛되이, 부질없이{부사}. 畫는 그리다{동사}.

41 閑山島夜吟한산도야음 – 李舜臣*

水國①秋光暮　驚寒雁陣高
憂心轉②輾夜　殘月照弓刀

*** 이순신(1545~1598)** : 조선 선조 때의 충신 명장(名將)으로, 자는 여해(汝諧). 시호(諡號)는 충무(忠武). 임진왜란(壬辰倭亂) 때 조선을 침노한 왜적을 물리치는데 가장 큰 공을 세운 인물이다. 이 시는 일명 <재해진영중(在海鎭營中)>으로도 불리는데, 한 사람의 자연인으로서 깊어가는 가을의 수심(愁心) 위에, 나라에 대한 근심으로 잠 못 이루는 애국자의 진실한 우국충정(憂國衷情)이 고스란히 전달된다. 동시에 이 오언시는 역시 그의 작이라는 한산도가(寒山島歌) 시조, "한산섬 달 밝은 밤에 수루에 혼자 앉아 / 큰 칼 옆에 차고 깊은 시름 하는 적에 / 어디서 일성 호가는 남의 애를 끊나니"와도 사뭇 이미지가 통한다.

① 水國(수국) : 넓은 바다 한산섬 일대를 이렇게 형상하였다.
② 轉輾(전전) : 잠 못 이뤄 뒤척이는 형용.

42 無語別 무어별 – 林悌*

十五①越溪女　羞人②無語別

歸來掩重門　泣向③梨花月

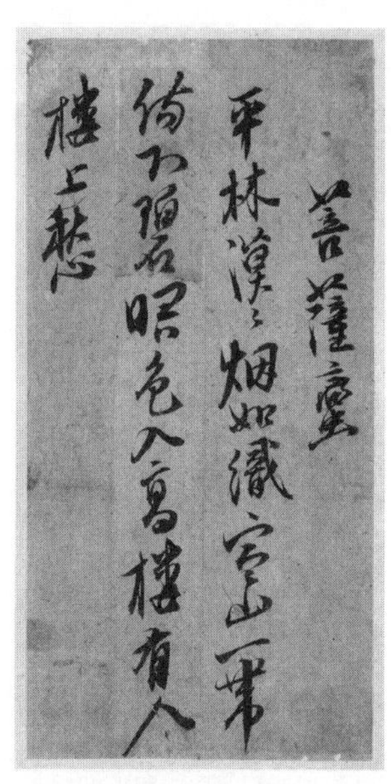
菩薩蠻
平林漠〻烟如織寒山一帶
傷心碧暝色入高樓有人
樓上愁

林悌의 글씨 – ≪槿墨≫ 출전

* **임제(1549~1587)** : 조선 선조 때의 시인. 자는 자순(子順). 호는 백호(白湖)·풍강(楓江)·겸재(謙齋). 1577년 문과에 급제하여 예조정랑을 지냈으나, 스승인 성운(成運)이 별세한 후 시주(詩酒) 방랑 등에 의탁한 방외인(方外人)의 삶을 살았다. 척당불기(倜儻不羈)한 기질로 호상(豪爽)한 시풍(詩風)을 나타냈으니, 당대 명기인 황진이의 무덤을 지나면서 읊은 시조 및 기생 한우(寒雨)와 화답한 시조도 남기는 등 풍류랑(風流郎)의 면모를 유감없이 발휘하였다. 허구적 산문작으로 <화사(花史)>, <수성지(愁城誌)>, <원생몽유록(元生夢遊錄)> 등이 유명하다. 이 시는 그의 문집 ≪백호집(白湖集)≫ 권1에 들어 있는데, 본 작품에 대해 '이화월(梨花月)', 혹은 '규원(閨怨)'이라는 부제(副題)가 전하기도 한다.

① 越溪女(월계녀) : 중국 월(越)나라에 미인이 많다는 고사를 이용하여 통상 '아름다운 여자'를 가리키는 말로 쓰인다. 중국 미녀사에 이름난 서시(西施)는 중국 월(越)나라 약야계(若耶溪) 출신이다. 또한 월나라와 오나라는 전통적인 미녀들의 고장으로, 월녀오희(越女吳姬)하면 미인을 지칭하는 성어이다.

② 無語別(무어별) : 말없이 이별하다. 어린 소녀인지라 연정을 품은 남자 앞에 제대로 말도 못하는 마음 상태를 표현한 말이다.

③ 梨花月(이화월) : 배꽃 너머의, 또는 배꽃 사이로 뜬 달. 혹은 배꽃처럼 하얀 달이라는 해석도 없지 않다.

43 佛日庵贈因雲釋 불일암증인운석 – 李達*

寺在白雲中　　白雲僧不掃

客來門始開　　萬①壑松花老②

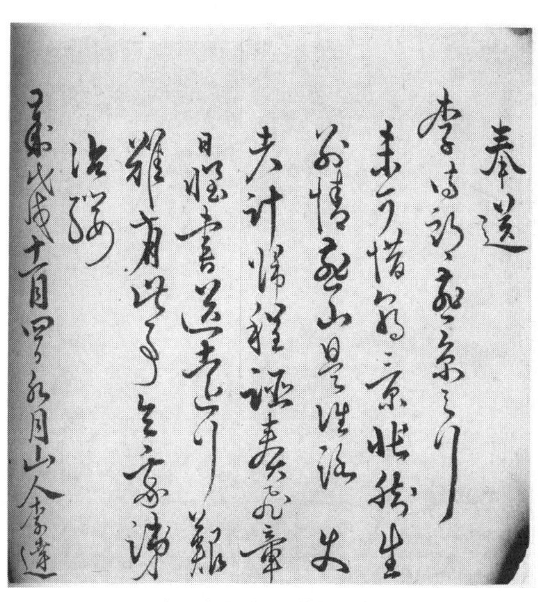

李達의 글씨 – ≪槿墨≫에서

*** 이달(1561~1618).** 자는 익지(益之), 호는 손곡(蓀谷). 쌍매당(雙梅堂) 이첨(李詹)의 후예로, 문장과 시에 능했으나 서자 출신의 불우함을 유랑으로 달랬다. ≪손곡집(蓀谷集)≫이 전한다. 최경창, 백광훈과 함께 당풍(唐風)으로 일가를 이루어 삼당시인(三唐詩人)이라 불리기도 한다. 허균과 난설헌에게 시를 가르친 시사(詩師)이기도 하니, 특히 허균은 스승을 위해 <손곡산인전(蓀谷山人傳)>이라는 한문 단편 한 작품을 남기기도 했다. 표제의 뜻은 '불일암의 인운 스님께.' 다른 문헌에 '산사(山寺)'로 제목한 곳도 있다. 홍만종(洪萬宗)은 ≪소화시평(小華詩評)≫에서 이 시가 '絶似唐韻[지극히 당나라 시의 운격을 빼닮았다]고 평하였다.

① 萬壑(만학) : 온 골짜기. 萬은 다수(多數)의 뜻.
② 老(로) : '오래되다. 지다, 시들다.' 혹은 '무르익었다'로 풀이한 곳도 있다.

44 旅燈여등 – 申欽*

旅館殘燈夜　孤城細雨秋

思君意不盡　千里大江流①

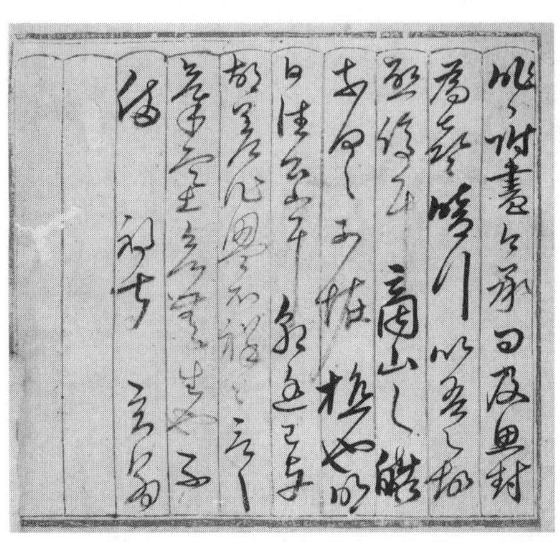

申欽의 서간. 성균관대학교박물관 소장, ≪槿墨≫ 수록

* **신흠**(1566~1628) : 조선 인조 때의 학자·문신. 자는 경숙(敬叔). 호는 상촌(象村)·여암(旅庵)·현옹(玄翁). 월사(月沙) 이정구(李庭龜), 계곡(谿谷) 장유(張維), 택당(澤堂) 이식(李植)과 함께 문장사가(文章四家)로 이름이 높았고, 정주(程朱) 성리학자로도 일가(一家)를 이뤘다. 선조 승하 시에 그 유명(遺命)을 받든 '유교칠신(遺敎七臣)'의 한 사람이기도 하였다. 저서에 ≪상촌집(象村集)≫이 있다. 이수광(李睟光)은 ≪지봉유설(芝峯類說)≫에서 상촌 시의 노성(老成)과 전중(典重)은 다른 이가 미치지 못할 바라고 칭찬한 바 있다. ≪해동시선(海東詩選)≫에도 이 시가 실려 있으나, 어찌된 영문인지 본 작품을 월산대군(月山大君, 1454~1489) 작(作)의 <기군실(寄君實)>로 소개된 곳도 있다.

① 千里大江流(천리대강류) : '끝없이 흐르는 저 강물같이.' 그리움의 끝없는 정서를 천리만리 흐르는 큰 강에 비유함으로써 문학적 형상화에 성공하였다.

45 龍湖용호 – 金得臣*

古木寒①烟裏　秋山白②雨邊

暮江風浪起　漁子急回船

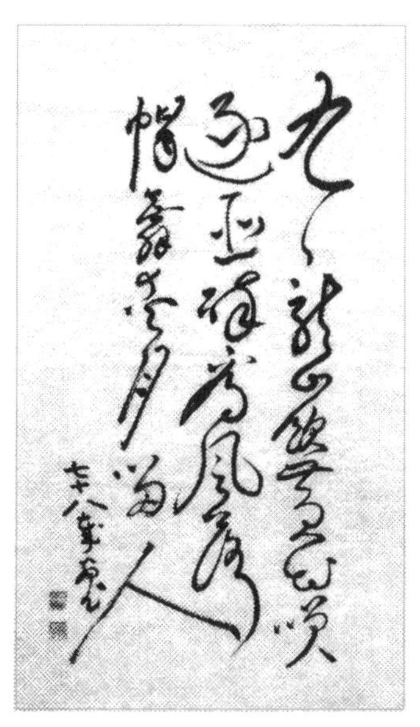
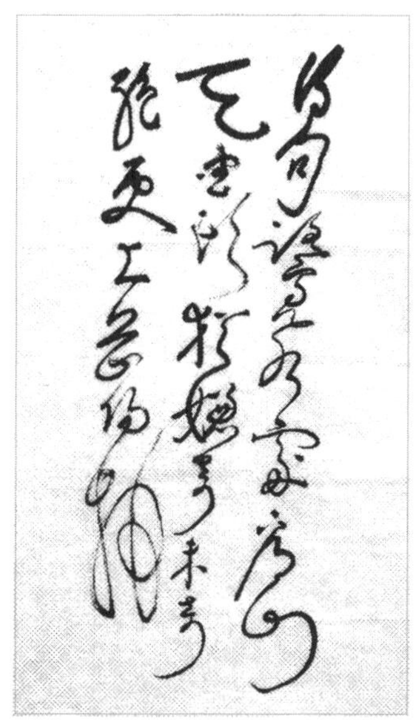

柏谷 金得臣의 필적

*** 김득신(1604~1684)** : 조선 중기의 시인. 자는 자공(子公), 호는 백곡(柏谷)·귀석산인(龜石山人). 진주목사 시민(時敏)의 손자이자 부제학 치(緻)의 아들이다. 충북 증평(曾坪) 출신으로, 노둔(魯鈍)과 다독(多讀)의 시인으로 유명하다. 1662년(현종 3) 증광문과에 급제하여 가선대부에 올랐고 안풍군에 봉해졌다. 일찍이 택당 이식으로부터 시재(詩才)를 인정받았으며, 정두경·홍만종·임유후·홍석기 등과 교제하면서 시와 술로 풍류를 즐겼다. ≪백곡집(柏谷集)≫의 저서와, 시화집(詩話集) ≪종남총지(終南叢志)≫가 있다.

① 寒烟(한연) : 寒은 쓸쓸하다. 서늘하다. 차갑다. 烟은 산에서 피는 푸르스름하고 흐릿한, 연기같은 기운. 이내. '寒雲'으로 한 것도 여러 군데 있다.

② 白雨(백우) : 소나기. 취우(驟雨).

46 金剛山 금강산 – 宋時烈*

山與①雲俱白　雲山不辨②容
雲歸③山獨立　一萬二千峰

謙齋 鄭敾의 <金剛全圖>

* **송시열**(1607~1689) : 조선 숙종 때의 문신·학자. 자는 영보(英甫). 호는 우암(尤庵). 효종의 장례 때 대왕대비의 복상(服喪) 문제로 남인과 대립하였고, 뒤에는 노론의 영수(領袖)로서 숙종 15년(1689)에 왕세자의 책봉에 반대하다가 사사(賜死)되었다. 이율곡을 조종(祖宗)으로 하는 기호학파(畿湖學派) 학맥(學脈)의 주자학과 예론(禮論)에 정통했으며, 글씨도 잘 써서 송준길(宋浚吉)과 더불어 양송체(兩宋體)를 이룩한 서예가로서도 이름을 남겼다. 저서에 ≪우암집(尤庵集)≫, ≪송자대전(宋子大全)≫ 등이 있다.

① 與(여) : 더불어(전치사), 주다(동사)로도 쓰이나, 여기서는 접속어 '~과.'
② 辨容(변용) : 辨은 구별하다. 容은 얼굴, 모습.
③ 歸(귀) : 돌아가다. 여기서는 '(구름이) 걷히고'의 뜻으로 통한다.

47 躱悲타비 – 李亮淵*

入門還①出門　舉頭忙②轉矚

南岸山杏花　西洲③鷺五六

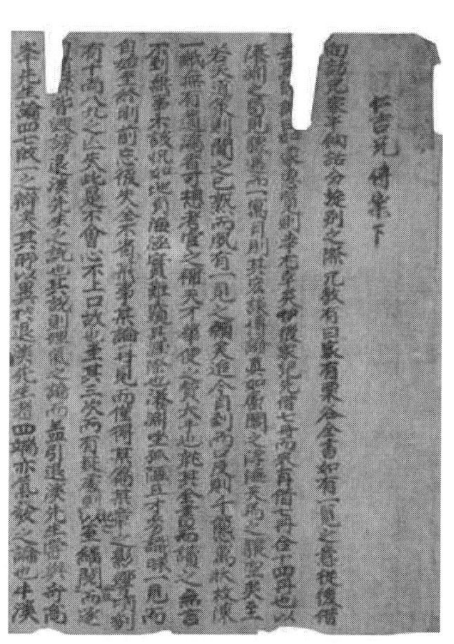

李亮淵이 仁吉이라는 이에게 보낸 간찰

* **이양연(1771~1853)** : 조선 정조·순조 연간의 문신. 호는 임연(臨淵). 저서로 ≪임연당집(臨淵堂集)≫이 있다. 내면적 애상과 정한, 비장 등의 정서적 관조에 바탕한 섬세한 필치의 시를 잘 썼다. 표제의 躱는 (몸을) 피한다는 뜻. '슬픔을 감추려.' 이 밖에 <촌부(村婦)>, <백로(白鷺)>, <자만(自挽)> 등이 많이 알려져 있다. 근세에는 서산대사(西山大師) 휴정(休靜, 1520~1604)의 창작인지 그의 작품인지 모호한 중에 다음의 <야설(夜雪)>이라는 시가 사뭇 회자되었다. '穿雪野中去 不須胡亂行 今朝我行跡 遂爲後人程.'

① 還(환) : '다시'라는 뜻의 부사로 쓰였다.
② 忙轉矚(망전촉) : 忙은 황급히, 황망하게{부사}의 뜻. 轉矚은 여기저기 엄한 곳을 보려 애쓴다는 의미. 轉은 (장소나 방향을) 바꾸다의 부사화. "여기저기 두리번거리며." 矚은 보다, 주시(注視)하다{동사}.
③ 西洲(서주) : 洲는 모래톱, 모래사장, 사주(沙洲). '서편 물가 넓은 모래벌판에는.'

48 沃溝金進士옥구김진사 – 金炳淵*

①沃溝金進士　與我二分錢

一死②都無事　平生恨有身

月田 張遇聖의 <金笠先生放浪之圖>

* **김병연**(1807~1863) : 조선 후기 순조·철종 연간의 방랑시인·풍자시인. 속칭 '김삿갓'으로 널리 알려져 있으며 삿갓 립(笠) 자를 써서 김립(金笠)이라고도 한다. 본관은 안동, 자는 성심(性深), 호는 난고(蘭皐)이다. 그의 조부 김익순(金益淳, 1764~1812)이 홍경래의 난(亂) 때 선천부사로 있다가 항복한 일을 두고 비난한 글로 장원 급제했음을 깨닫고 수치로 여겨, 삿갓과 죽장망혜(竹杖芒鞋)로 전국을 떠돌며 풍자·해학의 시를 남겼다. 칠언절구로 다음의 <사각송반(四脚松盤)>이 일품이다. '四脚松盤粥一器 天光雲影共徘徊 主人莫道無顔色 吾愛青山倒水來.'

① 沃溝(옥구) : 전라북도 북서쪽 소재의 지명. 본래 백제의 마서량현(馬西良縣)인데 통일신라 때 경덕왕이 이 이름으로 고쳤다. 군(郡)이었다가 1995년 1월 군산시에 통합되면서 폐지되었다.

② 都無事(도무사) : 都는 모두, 모조리, 일체. 無事는 이런 일은 없었다. 한 번 죽어지면 이런 따위의 일[모욕]은 없었으련만 하는 회한(悔恨)의 말이다.

49 拒霜花거상화 – 具滋武*

①群芳搖落後　一朶現梢上
艶態②偏臨水　幽姿獨拒霜

一史 具滋武의 <拒霜花> – 저자 소장

* **구자무**(1939~2013) : 문인화가. 자는 경승(景繩). 호는 일사(一史)·차애(此騃). 역당(亦堂) 구영회(具永會)의 자(子). 일중(一中), 심산(心汕), 월전(月田), 연민(淵民) 등 대가들을 사사, 전통의 선비 문인화가 침체 일로(一路)하는 시대에 시(詩)·서(書)·화(畵) 각 분야에 능통하여 올연(兀然)히 삼절(三絶)의 위릉(威稜)을 발휘하였다. 이 시는 작가의 임오세(壬午歲) 2002년 문인화 <거상화(拒霜花)>에 얹은 화제(畫題)이다. 시 왼쪽의 소제(小題)에, '花名拒霜 余嘗在中國旅游時 訪西湖 見此'로 행문(行文)하였다.
홍만선(洪萬選)의 ≪산림경제(山林經濟)≫ '양화지(養花志)'에 보면, 목부용(木芙蓉)이 중추(仲秋)에 꽃을 피우기에 이같은 별칭이 생겼고, 중국에서는 목말부용(木末芙蓉)으로 불린다고 했다.

① 群芳搖落(군방요락) : 芳은 향내(나다). 꽃답다. 꽃. 群芳은 모든 아름다운 꽃들. 搖落은 흔들어 떨어뜨림. 흔들리어 떨어짐. 늦가을에 나뭇잎이 떨어짐.
② 偏(편) : 치우치다, 한쪽으로 기울다란 뜻의 동사이나, 여기서는 臨(임하다)라는 동사 앞에서 부사어로 쓰였다. '기우뚱, 비스듬히.'

五律

50 送友人송우인 – 李白*

青山橫①北郭　白水繞東城

此地一爲別　孤蓬②萬里征

*** 이백**(701~762) : 중국 당(唐)나라 시인. 자는 태백(太白), 호는 청련거사(靑蓮居士). 두보(杜甫)와 함께 '이두(李杜)'로 병칭(竝稱)되는 중국 최대의 시인이며, 시선(詩仙)이라 불린다. 만유(漫遊) 중에 당현종을 만나 한림공봉(翰林供奉) 벼슬을 한 일도 있었으나, 안록산의 난 중에는 유배되는 등 불우한 만년을 보냈다. 칠언절구에 특히 뛰어났으며, 현종과 양귀비의 모란연(牡丹宴)에서 취중에 <청평조(淸平調)> 3수를 지은 이야기가 유명하다. ≪이태백시집≫ 30권이 있고, 1,100여 편의 작품이 현존한다. 위의 시는 기련(起聯)에서 청(靑)·백(白)의 색채의 대비를 꾀했고, 경련(頸聯)과 미련(尾聯)에서 석별(惜別)의 안타까움을 떠있는 구름, 지는 해, 말의 울음 속에 감정 이입(移入)시켰다.

① 橫北郭(횡북곽) : 北郭은 장안 북쪽의 성곽. 郭은 외성(外城). 여기서는 '廓'과 동일한 의미로 사용되었다. 본래 성곽의 안쪽을 城, 바깥쪽을 廓이라고 한다. 橫은 가로지르다. 동사로 쓰였다. 橫北郭과 짝을 이루는 다음 행의 '遶東城(요동성)'에서의 遶(두르다) 역시 동일 용법임.

② 孤蓬(고봉) : 홀로 자라는 다북쑥, 정처 없이 떠도는 작자 자신의 신세를 비유함. 또는 蓬 자체로 떠돌아다니다란 뜻이 있으니, '고독한 떠돌이 (신세)'로 풀이할 수 있다.

浮雲③遊子意　落日④故人情

揮手⑤自玆去　蕭蕭⑥班馬鳴

이태백의 친필 遺墨

③ 遊子(유자) : 나그네. 여기서 遊는 나그네로 다니다, 여행하다는 뜻. 子는 남자, 장부(丈夫)의 뜻.
④ 故人(고인) : 옛 친구. 여기서는 이백(李白) 자신을 말함.
⑤ 自玆(자자) : 自는 ~부터{전치사}. 玆(this)는 '여기, 이곳'이란 뜻의 공간대명사로 쓰였다.
⑥ 班馬(반마) : 대열에서 떨어진 말. 班은 別 즉 이별하다, 나뉘다, 떨어지다의 뜻으로 여기서는 벗을 먼저 떠나보내고 뒤에 남게 된 자신의 말을 가리킨다.

51 春望춘망 – 杜甫*

國破山河在　城春草木深
感時①花②濺淚　恨別鳥驚心

* **두보**(712~770) : 중국 성당(盛唐)의 시인. 자는 자미(子美). 호는 소릉(少陵)·두릉(杜陵). 이백(701~762)과 함께 중국 최고 시인으로 일컬어진다. 만년에 공부원외랑(工部員外郎)을 지냈으므로, 두공부(杜工部)라고 불리기도 한다. 오늘날 전해지는 시는 대략 1,470여 수이다. 보통 이백을 시선(詩仙)이라고 하는데 대해 두보를 시성(詩聖)이라 칭하니, 합하여 이두(李杜)라고 부른다. 백성들의 고난과 사회의 부조리 등 당시의 현실을 그대로 시로 읊었기에 후세 사람들이 시로 쓴 역사, 곧 '시사(詩史)'라고도 부른다. 저서에 ≪두공부집(杜工部集)≫이 있다. 757년, 안록산의 난으로 점령당한 장안(長安)에 머물던 두보 46세 때의 작품이다. 깨어진 산하(山河)와 우거진 초목(草木), 슬픔 같은 화조(花鳥)와 끝 모르는 봉화(烽火), 막막한 집 소식과 짧아지는 흰머리 등의 소재 열거(列擧)를 통해서 전란으로 인한 상심과 비애를 극진히 그려내었다.

① 感時(감시) : '시절을 느껴워하다.' 동사+목적어의 술목구조. 대구(對句)가 되는 다음 행의 '恨別'도 같다.
② 花濺淚(화천루) : 濺은 (눈물 등을) 뿌리다. "꽃도 눈물을 뿌린다." 의인적 형상화를 가하였다.

烽火連③三月　家書抵④萬金
白頭搔更短　渾⑤欲不勝簪

③ 連三月(연삼월) : 連은 이어지다. 여기의 三月은 세 달. "석달을 잇다."
④ 抵(저) : 닥뜨리다. 다다르다. 대저, 무릇.
⑤ 渾欲(혼욕) : 欲渾(조동사+본동사)의 도치. 渾은 가지런히 하다. 모두. 흐리다. '온전히 하고자 하다.'

52 離別 이별 – 陸龜蒙*

丈夫非無淚　　不灑離別間

仗①劍對樽酒　　恥爲游②子顔

蝮③蛇一螫手　　壯士疾解腕

所思在功名　　離別何足歎

*** 육귀몽(陸龜蒙, 847-881)** : 당나라 때 소주(蘇州) 출신의 시인 고사(高士)로 자(字)는 노망(魯望). 호주(湖州) 및 소주(蘇州) 자사(刺史)의 막료로 일하다 나중에 송강(松江)의 보리(甫里)에 은거하면서 강호를 유랑하니, 자호(自號)를 천수자(天隨子), 보리선생(甫里先生), 강호산인(江湖山人)이라 하였다. ≪육경(六經)≫과 ≪춘추(春秋)≫에 능했으며, ≪당보리선생문집(唐甫里先生文集)≫ 20권이 있다. 이 시는 ≪전당시(全唐詩)≫와 ≪당문수(唐文粹)≫ 등에도 수록되어 있는데, 제목이 '別離'로 되어 있다. 여느 이별의 시가 눈물과 탄식, 원망과 애한(哀恨)의 정서에 기반한 것과는 달리 이 시에서는 감상(感傷) 타파의 냉정(冷靜)한 결지(決志)와 도도(滔滔)한 강개(慷慨)의 념(念)이 충일하다.

① 仗(장) : 병장기. 지팡이. 기대다, 의지하다. '杖'으로 된 곳도 있다.
② 游子顔(유자안) : 떠도는 이의 수심에 찬 얼굴.
③ 蝮蛇(복사) : 독사(毒蛇).

53 浮碧樓부벽루 – 李穡*

昨過永明寺①　　暫登浮碧樓
城空月一片　　石老②雲千秋

* **이색**(1328~1396) : 고려 말기의 문신 학자. 자는 영숙(穎叔). 호는 목은(牧隱). <죽부인전(竹夫人傳)>의 작가인 이곡(李穀)의 아들이다. 중국 원나라에 가서 과거에 급제하고, 귀국하여 우대언(右代言)과 대사성(大司成) 등을 지냈다. 삼은(三隱)의 한 사람으로, 권근(權近)과 변계량(卞季良) 등을 배출하였고, 우왕(禑王)의 사부이기도 하다. 조선 개국 후 태조가 한산백(韓山伯)에 책봉했으나 나가지 않았다. ≪목은시고(牧隱詩藁)≫, ≪목은문고(牧隱文藁)≫ 등이 있다. 위의 시는 고구려의 흥망을 무한한 자연과 대비시키면서 인간의 유한성 및 역사의 허무함을 십분 고양시키고 있다.

① 永明寺(영명사) : 평양 금수산(錦繡山)에 있는 절 이름. 392년에 광개토대왕이 세웠으며 부벽루의 서편, 기린굴(麒麟窟) 위쪽에 있다.
② 石老(석로) : 바위가 오래되었음. 기린굴 남쪽의 큰 바위인 조천석(朝天石)을 가리킨다.

③麟馬去不返　④天孫何處有
長嘯倚⑤風磴　山靑江自流

牡丹臺 아래의 浮碧樓는 푸르른 물 위에 떠 있는 듯한 누각이란 뜻이다.
393년 永明寺의 附屬亭子로 세워졌을 당시의 이름은 永明樓였다고 한다.

③ 麟馬(인마) : 기린마(麒麟馬). 동명왕(東明王) 주몽(朱蒙)이 부벽루 아래의 기린굴에서 기린마를 타고 하늘로 올라갔다는 전설이 있다.
④ 天孫(천손) : 해모수(解慕漱)는 천제(天帝)의 아들로서 북부여의 시조가 된 전설상의 인물인데, 하백(河伯)의 딸 유화(柳花)와의 사이에서 고구려의 시조 주몽을 낳았다고 한다. 이에 따라 주몽 곧 동명왕을 천제(天帝)의 손자라 한 것이다.
⑤ 風磴(풍등) : 바람 부는 돌다리.

54 花石亭화석정 – 李珥*

林亭①秋已晩　騷客②意無窮
遠水連天碧　霜楓向日紅③

* 이이(1536~1584) : 조선 선조 때의 문신·학자. 자는 숙헌(叔獻). 호는 율곡(栗谷)·석담(石潭)·우재(愚齋). 16세에 어머니인 신사임당이 죽고, 계모 권씨가 들어온 뒤에 금강산에 들어가 삭발하고 중이 되기도 했다. 호조판서·이조판서·병조판서, 우찬성을 지냈다. 임진왜란의 이전에 작고했으나, 왜란이 발발하기 전에 십만양병설(十萬養兵說)을 주장했던 일로 그 명성이 더욱 높아졌다. 만물에 작용하는 것은 기(氣)뿐이고, 이(理)는 원리로서 그 안에 절로 타고 있다는 기발이승(氣發理乘)의 이기일원론(理氣一元論)을 발전시켜 이발기발(理發氣發) 곧 이(理)와 기(氣)가 다 작용하는 것이라고 보는 이황의 이기이원론(理氣二元論)과 대립하였다. 서인(西人)이었으되 당쟁의 조정에 노력을 기울였다. 저서에 ≪율곡전서(栗谷全書)≫, ≪성학집요(聖學輯要)≫, ≪경연일기(經筵日記)≫ 등이 있다.

① 林亭(임정) : 숲속의 정자. 여기서는 화석정(花石亭)을 말한다. 경기도 파주시 파평면(坡平面) 율곡리 임진강변에 위치한 조선 시대의 정자로, 1443년에 율곡의 5대 조부인 이명신(李明晨)이 처음 지었다. 임진왜란 때 불탔다가 1673년 이후지(李厚址) 등 율곡의 후손들에 의해 복원되었다. 다시금 6·25 전쟁 때 소실되었으나 1966년에 파주 유림들에 의해 지금의 모습으로 복원되었다.
② 騷客(소객) : 시인이나 묵객. 이에서는 작자 자신을 가리킴.
③ 向日紅(향일홍) : 向은 향하다. 마주보다. "햇살을 받아 붉구나."

山吐孤輪④月　江含萬里風
塞⑤鴻何處去　聲斷暮雲中

花石亭 前景 – 시도유형문화재 제61호. 문화재청 자료

④ 輪月(윤월) : 둥근달.
⑤ 塞鴻(새홍) : 변방의 기러기. 큰 기러기를 홍(鴻), 작은 기러기를 안(雁)이라고 한다.

七絶

55 回鄕偶書 회향우서 – 賀知章*

少①小離家老大回　鄕音無改鬢②毛衰

兒童相③見不相識　笑問客從④何處來

*** 하지장(659?~744?)** : 중국 당나라의 시인. 자는 계진(季眞)·유마(維摩). 태상박사, 비서감 등을 지냈다. 만년에 더욱 방탄(放誕)해지니 예도에 구애받지 않으면서 스스로 사명광객(四明狂客)이라 하였다. 장안에서 시인 이백과 상면 후 망형(忘形)의 벗을 삼고 '적선인(謫仙人)'이라 부른 당사자이다. 특히 칠언 절구가 청신(淸新)·완곡(婉曲)하여 운치를 갖췄다는 평을 듣는다. 두보가 지은 <음중팔선가(飮中八仙歌)>의 팔선(八仙) 중에 선두로 들어간 인물이다. 제목의 뜻은 '고향에 돌아와 우연히 짓다.'

① 少小(소소) : 少는 적다. 小는 작다. (나이가) 젊음, 젊은 사람. 바로 뒤의 '老大'와 상대어이다.
② 鬢(빈) : 귀밑털, 살쩍. 관자놀이와 귀 사이에 난 머리털.
③ 相(상) : 상대와 '마주' 하고 있음을 암시하는 관용적 표현으로, 따로 풀이하지 않아도 무방하다.
④ 從(종) : ~(으)로부터, ~에서(from). '何處' 명사 앞의 전치사.

56 閨怨 규원 – 王昌齡*

閨中少①婦不知愁　春日凝②妝上翠③樓
忽見陌④頭楊柳色　悔敎夫⑤婿覓⑥封侯

陸抑非의 <翠樓春思圖>

* **왕창령**(698~755?) : 성당(盛唐) 때의 시인. 자는 소백(少伯). 섬서성 장안(長安) 출신. 진사에 급제하여 중앙의 요직을 역임하기도 했으나 방만한 성품 때문에 한직으로 좌천되기도 하였고, 안록산의 난 때 귀향하였다가 자사(刺史) 여구효(閭丘曉)에게 살해 당했다. 고적(高適), 왕지환(王之渙)과 함께 변새파(邊塞派) 시인으로 알려졌다. 칠언절구에 능했으며, ≪왕창령집(王昌齡集)≫·≪시격(詩格)≫·≪시중밀지(詩中密旨)≫ 등의 저서가 있다. '규원(閨怨)'은 규방의 아내가 남편과 헤어져 있는 한과 슬픔이란 뜻. 이와 같은 종류의 시를 규원시(閨怨詩)라고 한다.

① 少婦(소부) : 나이 어린 신부. 少는 적다. (나이) 어리다.
② 凝妝(응장) : 곱게 차림. 치장함.
③ 翠樓(취루) : 푸른 비취색으로 단청되어 있는 누각.
④ 陌頭(맥두) : 밭 사이의 길. 길가. 陌은 동서로 통하는 밭두둑길. 거리.
⑤ 夫婿(부서) : 남편.
⑥ 覓封侯(멱봉후) : 覓은 찾다. =覔. 封侯는 벼슬자리. 나라에 공을 세워 제후에 봉해지는 것. 출세를 뜻한다. "벼슬자리를 구하러 가다."

57 送元二使安西 송원이사안서 – 王維*

渭①城朝雨浥輕塵　客舍青青柳②色新

勸君更進一杯酒　西出陽③關無④故人

* **왕유(699?~761?)** : 당나라의 시인·화가. 자는 마힐(摩詰). 벼슬은 상서우승(尙書右丞)에 이르렀고, 중국 자연시인의 대표로 꼽히며 남종화의 창시자로 불린다. 작품에 시집 ≪왕우승집(王右丞集)≫이 있다. 이 시는 ≪악부시집(樂府詩集)≫에 '위성곡(渭城曲)' 또는 '양관곡(陽關曲)'의 제목으로 실려 있다. 당나라 때 별리(別離) 시가의 절창이 되었으니, 하도 절실하여 양관제사성(陽關第四聲) 곧 맨 마지막의 '西出陽關無故人' 구(句)를 세 차례 되풀이하여 부른다고 해서 '양관 삼첩(陽關三疊)'이라 했다. 시상 전개가 전형적인 '선경 후정(先景後情)'의 방식에 입각해 있다. 원이(元二)는 원씨(元氏) 가(家)의 둘째 아들이란 의미. 왕유의 벗 원상(元常)을 가리킨다. 안서(安西)는 안서도호부, 지금 신강성(新疆省) 소재의 땅이다.

① 渭城(위성) : 장안(長安) 북서쪽의 지명. 진(秦) 시대에는 함양성(咸陽城)이었던 것을 한(漢) 대에 이르러 위성(渭城)으로 개칭하였다. 당나라 때에 경조부(京兆府) 함양현에 소속되었으니, 서안시(西安市)의 서북쪽 위수(渭水) 북쪽에 있다.

② 柳色新(유색신) : 버들잎이 비에 젖어 더욱 싱그럽게 보이는 모양. 옛 중국에서는 길 떠나는 이에게 버들가지를 꺾어 주면서 전송하는 관습이 있었다.

③ 陽關(양관) : 한(漢) 시대에 설치한 변경의 관문. 오늘날 감숙성(甘肅省) 돈황현(敦煌縣) 서남편의 허허벌판에 있다. 옛날 옥문관(玉門關)과 함께 국경 넘어 변경의 땅으로 나가는 경로로 유명하다.

④ 故人(고인) : 여기에서는 친구의 뜻

58 山中問答산중문답 – 李白*

問余何[①]事栖碧山　笑而不答心自閑
桃花流[②]水杳[③]然去　別有天地非人間

心田 安中植의 桃源問津

* 이백(701~762) : 중국 당(唐)나라 시인. 자는 태백(太白), 호는 청련거사(靑蓮居士). 두보(杜甫)와 함께 '이두(李杜)'로 병칭(竝稱)되는 중국 최대의 시인이며, 시선(詩仙)이라 불린다. 만유(漫遊) 중에 당현종을 만나 한림공봉(翰林供奉) 벼슬을 한 일도 있었으나 안록산의 난리 중에 유배되는 등 불우한 만년을 보냈다. 칠언절구에 특히 뛰어났으며, 현종과 양귀비의 모란연(牧丹宴)에서 취중에 <청평조(淸平調)> 3수를 지은 일화가 유명하다. ≪이태백시집≫ 30권이 있고, 1,100여 편의 작품이 현존한다. 윗 시의 제목을 '산중답속인(山中答俗人)'으로 한 판본도 있다. 산중의 한정(閒情)을 읊은 다음의 시도 도두보인다. '兩人對酌山花開 一杯一杯復一杯 我醉欲眠卿且去 明朝有意抱琴來.'

① 何事(하의) : 무슨 생각으로. '何意'로 된 판본도 있다.
② 流水(유수) : 流는 동사 흐르다로 해석. 곧, '물에 흘러.' 형용사 수식어 '흐르는'이 아님에 유의.
③ 杳然(묘연) : 아득히, 아스라이. =窅然(묘연).

59 望廬山瀑布 망여산폭포 – 李白*

日照香爐①生紫煙　　遙看瀑布掛長川
飛流直下三千尺　　疑是②銀河落九③天

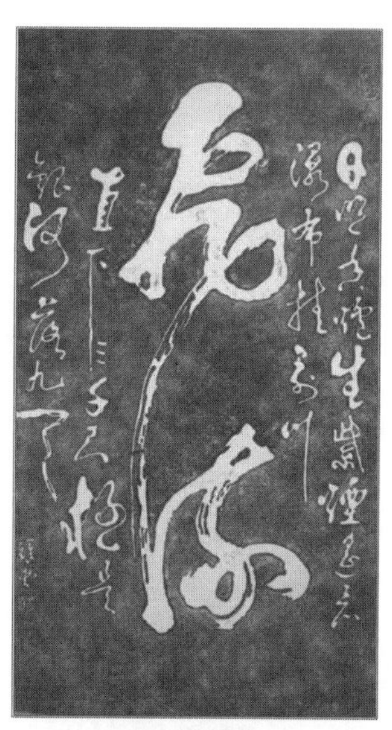

王鐸(1592~1652) 筆의 <飛流>

* **이백(701~762)** : 당나라 시인. 여산(廬山)은 강서성 구강현에 있는 명산으로, 동쪽으로는 심양호, 북쪽으로는 장강이 보이는 명승지로 알려져 있다. 소동파의 시구 중에 '不識廬山眞面目'하였듯이, 여산은 보는 위치에 따라 각기 달리 보인다고 한다. 여기서 '여산진면목(廬山眞面目)'이라는 관용어도 생겨났다. ≪전당시(全唐詩)≫에 실려 있는 <망여산폭포(望廬山瀑布)>는 원래 두 작품이 있으니, 하나는 오언고시이고, 하나는 칠언절구이다. 똑같이 여산의 향로봉(香爐峰)에서 폭포의 경치를 묘사한 것이지만, 칠언시 쪽이 압도적으로 애송된다. 이백이 20대 후반 고향인 사천을 떠난 장거리 여행 중 여산의 향로봉(香爐峰)에 올랐다가 봉우리 남쪽에 있는 여산폭포를 보고 읊은 것이다. 이후 안록산의 난이 있던 755년에도 이 산에 들어와 병풍첩(屛風疊)에 '태백독서당(太白讀書堂)'을 짓고 은거생활을 했다고 한다.

① 香爐(향로) : 멀리서 보는 모양이 향로와 흡사하다고 하여 붙여진 이름이다.
② 疑是(의시) : 疑는 아마도(부사). 是는 영어의 be 동사에 해당하니, '~이다.'
③ 九天(구천) : 하늘의 가장 높은 곳. 하늘에는 아홉 층이 있는데, 그 아홉 번째에 천제(天帝)가 계신다는 전설이 있다.

60 歸雁귀안 – 錢起*

瀟湘何事等①閑回　水碧沙明兩岸苔
二十五絃彈夜月　不勝淸怨却②飛來

玄堂 金漢永의 蘆雁圖 – 저자 소장

＊ 전기(722~780?) : 중국 당나라 중기의 시인. 자는 중문(仲文). 절강성(浙江省) 오흥(吳興) 출생. 청신(淸新) 수려한 시로써 당 중기초의 시인 그룹인 대력십재자(大曆十才子)의 필두로 칭송 받았다. 오언율시(五言律詩)에 뛰어났다. 751년 진사 시험 때 지었던 시 <상령고슬(湘靈鼓瑟)> 중의 '曲終不見人 江上數峰靑'이란 두 구(句)가 특히 유명하다. 주요 저서로 ≪전고공집(錢考功集)≫이 있다.

① 等閒(등한) : 마음에 두지 않음. 또는, 서로 사이가 멀어짐.
② 却(각) : =卻. '뒤로 물러나다'의 뜻인데, 부사화하여 가던 길 돌아서.

61 楓橋夜泊 풍교야박 – 張繼*

①月落烏啼霜滿天　②江③楓漁④火對愁眠
⑤姑蘇城外⑥寒山寺　⑦夜半鐘聲到客船

* 장계(? ~ ?) : 8세기 후반 경 중당(中唐)의 시인, 자는 의손(懿孫). 현종(玄宗) 때 진사(進士)가 되었고, 대력(大曆, 766~779) 연간에 검교사부원외랑(檢校祠部員外郞)을 지냈다. 약 40수의 시가 현존하는데, 대개 기행 유람 및 송별 수창(酬唱)의 것이다. 과거에 세 차례나 낙방하고 실의에 빠져 고향으로 돌아가던 중 풍교(楓橋)에서 잠을 청하다 쓴 시라는 설이 있다. 풍교는 강소성(江蘇省) 소주(蘇州) 서쪽 교외에 있는 다리. 옛날에는 밤이 되면 뱃길을 봉쇄했던 이유로 원래 이름은 '봉교(封橋)'였는데, 장계의 이 시로 인해 이렇게 고쳐 불리게 되었다고 한다.

① 月落烏啼霜滿天(월락오제상만천) : '日落烏啼霜滿江(일락오제상만강)'으로 된 곳도 있다.
② 江楓(강풍) : 강가의 단풍(丹楓). 또는 강교(江橋)와 풍교(楓橋)를 아우른 표현.
③ 漁火(어화) : 고기잡이를 위해 켜놓은 불. '漁父'로 표기된 곳도 있다.
④ 對愁眠(대수면) : 對는 마주하다. 愁眠은 근심이 서린 잠.
⑤ 姑蘇城(고소성) : 춘추시대 오(吳)나라의 서울. 현 강소성 소주(蘇州)의 옛 이름. 오왕 부차(夫差)가 월나라를 이기고 대(臺)를 세웠다.
⑥ 寒山寺(한산사) : 고소성의 서쪽 십리쯤에 있는 절. 풍교사(楓橋寺)라고도 함. 당의 시승(詩僧)인 한산자(寒山子)가 살았다고 하여 붙여진 이름이라 한다.
⑦ 夜半(야반) : 한밤중. 半은 가운데, 한창의 뜻.

62 清明청명 – 杜牧*

淸明①時節雨②紛紛　路上行③人欲④斷魂
借⑤問酒家何處有　牧童遙指⑥杏花村

*** 두목**(803~852) : 중국 당나라 말기의 시인. 자는 목지(牧之). 호는 번천(樊川). 벼슬은 중서사인(中書舍人)에 이르렀다. 두보(杜甫)와 성씨가 같아 '이두(二杜)'로 병칭된 중에, 소두(小杜)로 불리었다. ≪번천문집(樊川文集)≫이 있다. 시는 호방하면서도 자연스럽고 청신(淸新)·수려(秀麗)하다. 특히 칠언절구에 뛰어났으니, 이와 함께 <박진회(泊秦淮)>·<산행(山行)> 등이 애호 받는다. 청명(淸明)은 24절기의 하나로 양력 4월 5일 경이니, 한식(寒食)과 중복되기도 한다. 비 내리는 봄날의 서정을 극진하게 표현했다.

① 淸明(청명) : 24절기 중의 하나. 춘분(春分)의 다음이니, 대개 양력 4월 5, 6일 경.
② 雨紛紛(우분분) : 紛紛은 뒤섞여 어수선한 모양. 흩날리는 모양. "비가 부슬부슬 내림."
③ 行人(행인) : 길손. 여기서는 시인 자신을 가리킨다.
④ 斷魂(단혼) : 넋이 나감. 정신없는 모양. 상심한 모양.
⑤ 借問(차문) : 시험 삼아 물어봄. '묻노니.' 청문(淸問).
⑥ 杏花村(행화촌) : 살구꽃 핀 마을. 혹은 고유명사의 특정 지명(地名)이라는 설도 있다.

63 山行산행 – 杜牧*

遠上①寒山石②徑斜　白雲生處有人家
停車坐③愛楓林晚　霜葉紅④於二月花

≪六言唐詩畵譜≫ 중의 山行

* **두목(803~852)** : 중국 만당(晚唐)의 시인. 자는 목지(牧之), 호는 번천(樊川). 벼슬은 중서사인(中書舍人)에 이르렀다. 두보(杜甫)와 같은 성이라 '이두(二杜)'로 병칭된 중에, 소두(小杜)로 불리었다. 23세 때 진(秦)나라의 망국을 경계하는 뜻의 <아방궁부(阿房宮賦)>를 지었다. 풍류를 추구하여 세절(細節)에 구애받지 않았던 인물이다. 고시에서 국가의 대사를 논하고 이해를 지적하는 것이 적절했다는 평과 함께, 근체시에서는 서정적이며 방일(放逸)한 성향이 특색으로 지목된다. 이상은(李商隱)과 나란히 '소이두(小李杜)' 곧 작은 이백과 두보로 칭해지기도 한다. 저서로 ≪번천문집(樊川文集)≫이 있다.

① 遠上寒山(원상한산) : "멀리 한산에 오르다." 上은 오르다(동사). 寒山은 가을이 깊어 쓸쓸한 산.
② 石徑斜(석경사) : 비스듬히 경사진 돌밭길. '石徑'과 '斜'가 운율을 위해 도치되었다.
③ 坐愛(좌애) : '가만히 즐기다.' '坐'는 부사 역할로 쓰여 앉아서, 아무것도 하지 않고의 뜻. 또는 ~때문에, ~으로 인하여로 풀기도 한다. 늦가을 단풍 숲을 그윽히 완상(玩賞)하는 시인의 모습이다.
④ 紅於二月花(홍어이월화) : 음력으로 1, 2, 3월이 봄이다. 따라서 2월은 봄의 한가운데. '於'는 비교를 나타내는 전치사, '~보다.'

64 秋思추사 – 張籍*

洛陽城裏見秋風　欲作家書①意萬重②

復恐匆匆說不盡　行人臨發又開封

* **장적**(765~830) : 강소성 소주(蘇州) 사람으로, 당송팔대가(唐宋八大家)의 한사람인 한유(韓愈)의 제자이기도 했다. <정부원(征婦怨)>, <이부(離婦)>, <산농사(山農詞)> 등 사회성을 반영한 시를 많이 썼고, 악부시에도 능했다. 여기의 시는 '가을날 고향생각'이다. 평생 신약(身弱)했던 작가가 쓸쓸한 가을 날 고향에 대한 그리움을 한 장의 편지 소재로써 외로움에 허둥대는 자신을 곡진히 표현하고 있다. 이 시의 최종 결구(結句)는 세간에 많이 회자된 바로, <춘향전>에도 고스란히 재현되었다. 옥중 춘향의 서신을 가지고 한양으로 가는 방자더러 이몽룡이 건넨 대화가 그러하다. "이애 들어라, 행인(行人)이 임발(臨發) 우개봉(又開封)이란 말이 있나니라. 좀 보면 관계하냐."

① 家書(가서) : 집에 보내는 편지.
② 意萬重(의만중) : '일만 가지 생각이 떠오르네.' 생각이 복잡하다는 말. 重은 겹.

65 春宵 춘소 - 蘇軾*

春宵一刻①值②千金　花有清香月有陰
歌管③樓臺聲寂寂　鞦④韆⑤院落夜沈沈

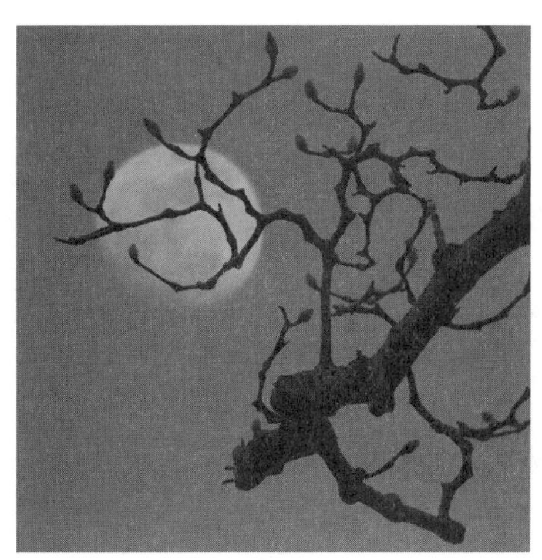

* **소식**(1037~1101) : 북송의 문인. 자는 자첨(子瞻). 호는 동파(東坡). 당송 팔대가의 한 사람으로, 스승인 구양수(歐陽修)와 함께 구법파(舊法派)의 대표자이며, 시·서·화에 두루 능하였다. 산문은 구양수와, 시가는 황정견과 이름을 나란히 하였다. 저서에 ≪동파전집(東坡全集)≫이 있다. 제목의 '춘소(春宵)'는 봄밤, 곧 춘야(春夜)와 유사한 뜻이지만 늦은 밤[夜晩]이 강조된 어휘이다. 인생의 짧음을 가장 아깝고 안타까운 소재인 봄과 밤의 시제에 맡긴 강조법 수사(修辭)이다. 소중한 봄밤 한순간이 천금에 값한다란 뜻인 '春宵一刻値千金'이 크게 회자되어 '춘소천금(春宵千金)'이란 별개의 어휘를 파생시키기도 했다.

① 一刻(일각) : 원래는 한 시간의 1/4인 15분을 이른다는 설도 있으나 원래 옛적 누호기(漏壺記)를 사용할 당시에 하루 밤낮을 일백 각(一百刻)으로 나눈 것 중의 하나이니, 아주 짧은 잠깐의 시간을 가리킨다.
② 値(치) : 값. 값하다. 값이 있다. 동사로 쓰였다.
③ 歌管(가관) : 노랫소리와 관악기(管樂器) 소리.
④ 鞦韆(추천) : 그네. =秋千.
⑤ 院落(원락) : 정원(庭院, 庭園)의 뒤편. 落은 울타리.

66 大同江대동강 – 鄭知常*

雨歇①長堤草色多　送君南浦②動③悲歌

大同江水何時盡　別淚年年添綠波

淵民 李家源 墨의 扇面 정지상의 <大同江> – 저자 소장

*** 정지상(?~1135)** : 서경(西京) 출신으로 처음 이름은 지원(之元). 호는 남호(南湖). 어려서 아버지를 여의고 편모슬하에서 성장했다. 금(金)나라를 정벌하고 고려의 왕도 황제로 칭할 것을 주장하였다. 시에 뛰어나 고려 12시인의 한 사람으로 꼽힌다. 서경 천도를 주창한 묘청(妙淸)의 난에 가담한바, 이에 연루되어 개경파 거수(渠帥)인 김부식에게 피살되었다. ≪정사간집(鄭司諫集)≫이 있다. 이 시의 본래 제목은 부전(不傳)인 채로 '대동강(大同江)', '송인(送人)' 등으로 불리거니와, 저 당나라 시인 왕유(王維)의 '위성삼첩(渭城三疊)'에 견주어 이른바 '해동삼첩(海東三疊)'의 칭송을 얻은 절창(絶唱)이다.

① 歇(헐) : 쉬다. 그치다. 완전히 그친 것이 아니라 중간에 잠깐 멈췄다는 뜻. cf.간헐(間歇).
② 南浦(남포) : 평안남도 진남포(鎭南浦)라는 설도 있으나, 보편의 시적 공간으로서의 남쪽 포구(浦口). 중국 양(梁)나라 문인인 강엄(江淹), 444~505)의 <별부(別賦)>에도 '春草碧色 春水淥波 送君南浦 傷如之何'라는 상사(相似)한 구절이 있다.
③ 動(동) : 감흥하다. 일어나다.

67 劍門道中遇微雨 검문도중우미우 – 陸游*

衣上征塵雜酒痕　遠遊無處不消魂①
此身合是詩人未②　細雨騎驢入劍門③

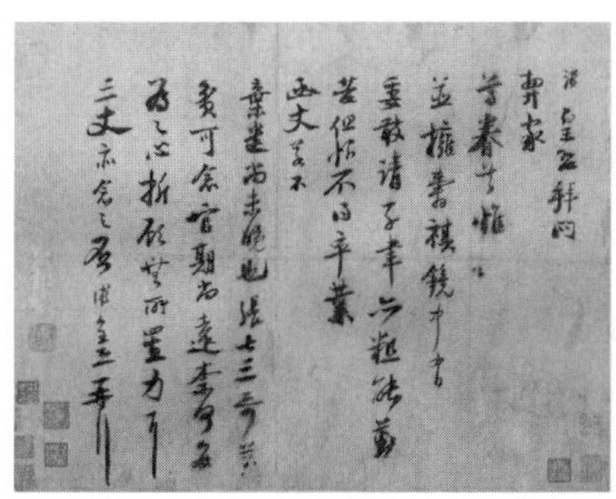

陸游의 필적과, 劍門關 요새

* **육유**(1125~1210) : 남송의 시인. 자는 무관(務觀), 호는 방옹(放翁)이다. 황정견(黃庭堅)을 중심으로 형성된 강서시파(江西詩派) 시풍의 영향력에서 벗어나 독자적 호준(豪俊)과 격정의 필치를 구사했다. 중원 회복과 오랑캐 섬멸을 주장하는 우국시인(憂國詩人)으로서의 면모와 함께, 전원의 한적한 생활을 주제로 한 시가 상응을 이루고 있다. 일만(一萬) 편에 달하는 최다 창작 시인으로서의 명성 또한 지녀 있고, 글씨도 독특(獨特)을 나타냈다. ≪검남시고(劍南詩稿)≫와 ≪위남문집(渭南文集)≫, 기행문 <입촉기(入蜀記)> 등이 있다. 위의 시의 표제는 '검문 가는 길에 가랑비를 만나'라는 뜻이다.

① 無處不消魂(무처불소혼) : 無(處)不~은 이중 부정, ~하지 않은 군데가 없다. 消魂은 근심과 슬픔 등으로 넋이 빠짐.
② 未(미) : (그런 것인가) 아닌가?[의문사]. '~否'도 같은 경우로 많이 쓰인다. 영어의 'or not?'에 해당한다.
③ 劍門(검문) : 사천성 검각현(劍閣縣) 북쪽의 산. 대검산(大劍山), 양산(梁山), 고량산(高梁山)이라고도 한다. 산세가 험준하여 역대로 유서 깊은 요새지였다고 한다.

68 偶成우성 – 朱熹*

少年易老學難成　①一寸光陰不可輕

②未覺③池塘春草夢　階前梧葉④已秋聲

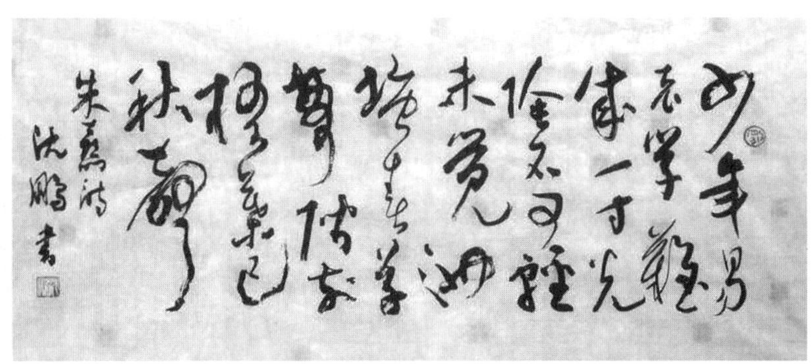

현대 중국의 書法家 沈鵬의 朱子詩 <偶成> 揮墨

*** 주희**(1130~1200) : 남송(南宋) 때의 학자, 자는 원회(元晦), 호는 중회(仲晦)·회암(晦菴). 학문이나 인격이 공자 이후 제 1인자로 일컬어져 주자(朱子)로 불리우며, 송나라 때의 이학(理學)을 집대성하여 유교에 철학적 기초를 세웠다. 저서에 ≪주자대전(朱子大全)≫이 있다. 표제의 '偶成'이란 우연히 짓는다는 뜻이니, 달리 말한다면 즉흥시라고 할 수 있다. 문집 중의 <권학문(勸學文)>에 나오는 시의 첫 구절로, 예로부터 학문 권장의 메시지로 널리 알려져 있다.

① 一寸光陰(일촌광음) : 一寸은 지극히 작음. 光陰은 세월, 시간.
② 未覺(미교) : 본래 覺은 '각'이 아닌 '교'로 읽음이 타당하다. 깨닫다의 뜻일 경우 '각', 잠에서 깨다 및 깨우다의 뜻일 경우 '교'로 독음한다. 그러나 '각'으로 일반화되었다.
③ 池塘(지당) : 못가의 둑.
④ 已秋聲(이추성) : 已는 이미, 어느새. 秋聲은 가을의 소리, 곧 오동나무에서 떨어지는 큰 잎사귀가 바람에 불려 소리가 나는 것. 봄인가 싶었는데 어느덧 가을이라는 뜻이니, 덧없이 흘러가는 세월을 말한다.

69 山中雪夜산중설야 – 李齊賢*

①紙被生寒佛燈暗　②沙彌一夜不鳴鐘

應嗔③宿客開門早　④要看庵前⑤雪壓松

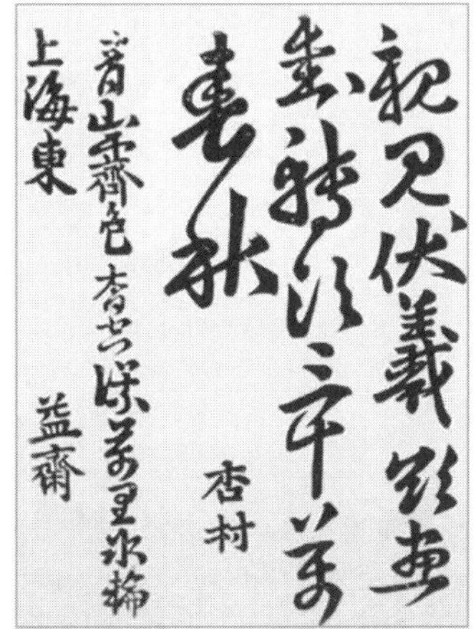

익재 이제현의 遺墨과, 국립중앙박물관 소장의 <騎馬渡江圖>

*** 이제현**(1287~1367) : 고려 공민왕 때 문신이며 학자·시인. 자는 중사(仲思), 호는 익재(益齋)·실재(實齋)·역옹(櫟翁). 벼슬은 문하시중에 이르렀으며 당대의 명문장가로 정주학(程朱學)의 기초를 닦았다. 왕명으로 실록을 편찬하였고 원나라 조맹부의 서체를 고려에 도입하여 유행시켰다. 이른바 소악부(小樂府)라고 하는 바, 고려의 민간 가요 17수를 한시로 번역하였다. 저서로 ≪익재집(益齋集)≫·≪익재난고(益齋亂藁)≫와, 패관문학 수필집 ≪역옹패설(櫟翁稗說)≫ 등이 있다.

① 紙被(지피) : 종이 이불. 종이처럼 얇은 이불을 뜻한다.
② 沙彌(사미) : 사미승. 불문(佛門)에 갓 들어온 어린 중.
③ 宿客(숙객) : 하룻밤 자는 나그네. 宿은 묵다, 숙박하다.
④ 要看(요간) : 보기를 원한다. 꼭 보고자 하다. 要는 구하다.
⑤ 雪壓松(설압송) : 눈이 소나무를 누르다. 또는, 눈 쌓인 소나무.

70 題僧舍 제승사 - 李崇仁*

山北山南細路分①　松花②舍雨落繽紛③
道人汲井歸茅舍④　一帶青烟染白雲⑤

* **이숭인**(1347~1392) : 고려 말의 학자로 자는 자안(子安), 호는 도은(陶隱). 목은(牧隱) 이색(李穡)의 제자이자, 삼은(三隱)의 한 사람이다. 밀직제학(密直提學)으로 정몽주와 함께 실록(實錄)을 편수하고 동지사사(同知司事)에 전임하였으나 친명(親明)·친원(親元) 두 파의 모함 속에 여러 옥사(獄事)를 겪었다. 조선이 개국할 때 정도전의 심복 황거정(黃巨正)에게 살해되었다. 문장이 전아(典雅)하여 중국의 명사들도 탄복하였다. ≪도은집(陶隱集)≫이 있다. 이 작품은 산 속 승려가 사는 집 곧 절을 소재로 지은 서경시로, 산사의 그윽한 저녁 풍광을 읊은 것이다. 어딘가 신비적이고 낭만적인 분위기에 신운(神韻)마저 감도는 것 같은 묘한 매력이 있는 은일 동경의 명품이다. 산사의 한가롭고 고즈넉한 저녁 풍경이 한 폭의 그림만 같으니, 이 회화성은 다름 아니라 오솔길, 흩날리는 송홧가루, 도인의 물지게, 띠풀 집, 하늘 저편의 구름, 저녁나절의 푸른 연기 등이 어우러져 시감각적(視感覺的)인 총화를 이루기 때문이다.

① 細路(세로) : 오솔길.
② 松花(송화) : 소나무의 꽃 또는 꽃가루. 송홧가루. =松黃.
③ 繽紛(빈분) : 어지럽게 흩뿌리는 모양.
④ 茅舍(모사) : 띠풀로 엮은 집. 초가집. 여기서는 제목의 승사(僧舍) 즉 승려가 사는 집과 연결하여 절이라 하겠다.
⑤ 一帶青烟染白雲(일대청운염백운) : 青烟은 푸른빛의 연기. 이내. 해 질 무렵 멀리 보이는 푸르스름하고 흐릿한 기운. "산에서 피어나는 한 가닥 푸른빛 이내는 흰 구름을 덮어 물들이네."

71 訪金居士野居 방김거사야거 – 鄭道傳*

①②
秋陰漠漠四山空　　落葉無聲滿地紅
③　　　④　　　⑤
立馬溪橋問歸路　　不知身在畵圖中

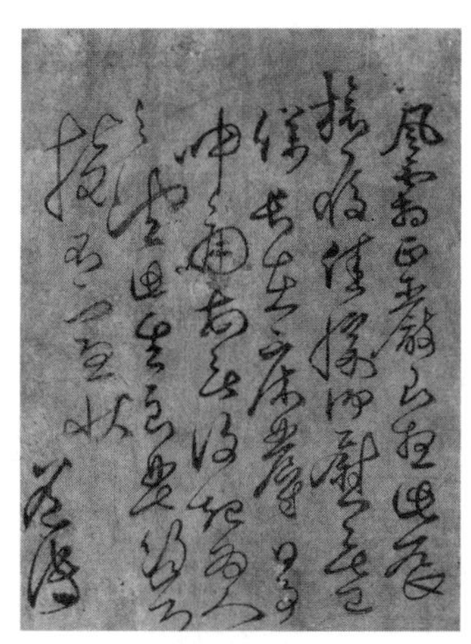

鄭道傳의 필적

* **정도전**(1342~1398) : 호는 삼봉(三峰). 여말선초(麗末鮮初)의 학자, 정치가. 이성계의 개국공신으로 새 나라의 문물제도와 국책의 대부분을 결정하였다. ≪조선경국전(朝鮮經國典)≫, ≪경제문감(經濟文鑑)≫ 등을 지어 모든 제도와 문물을 제정하였고, <납씨가(納氏歌)>, <문덕곡(文德曲)>, <정동방곡(靖東方曲)>, <신도가(新都歌)> 등의 악장을 지어 태조의 공덕을 찬양했다. ≪삼봉집(三峰集)≫의 저서가 있다. 표제의 居士는 벼슬하지 않는 선비. 처사(處士). 野는 여기서는 성 밖, 교외. 居는 거처.

① 陰(음) : 그늘져 어두운 것. 또는, 해를 가리는 구름을 뜻한다. '雲'으로 된 곳도 많다.
② 漠漠(막막) : 끝없이 넓어 아득한 모양.
③ 立(입) : 세우다. 타동사로 쓰였다.
④ 歸路(귀로) : 돌아가는 길. 김거사를 만나고 돌아가는 길. 혹은, 찾아가는 길로 보기도 한다.
⑤ 不知身在畵圖中(부지신재화도중) : "몰랐구나, 내 몸이 그림 속에 있는 줄을!" 아름다운 경치에 파묻힌 자신이 그림의 일부가 된 듯한 경지를 표현하였다.

72 北征북정 - 南怡*

白頭山石磨刀盡①　豆滿江水②飲馬無③

男兒二十未平國　後世誰稱大丈夫

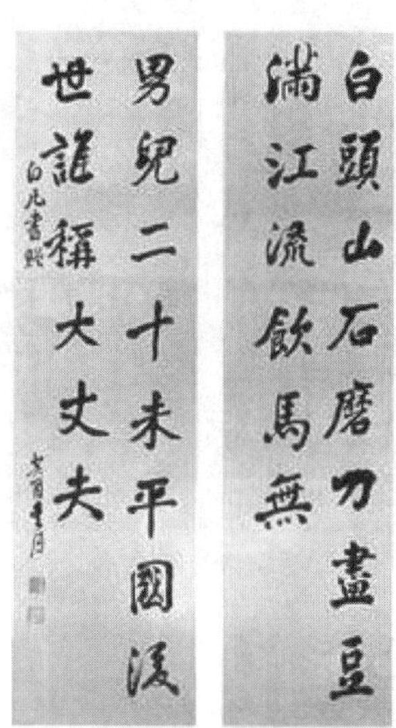

白凡 金九가 쓴 <北征>

***남이**(1441~1468) : 태종의 외손으로 17세에 무과에 급제하고, 25세 때 이시애(李施愛)의 난을 평정하였다. 여진족 이만주(李滿注)를 정벌할 때 으뜸 공을 세우고 돌아와 공조판서(工曹判書)가 되고, 그 이듬해 다시 병조판서(兵曹判書)에 올랐다. 바로 이 시 중의 '미평국(未平國)' 글귀를 '미득국(未得國)'으로 둔갑시킨 무함(誣陷)을 받아 영의정 강순(康純) 등과 함께 주살(誅殺)되었다.

① 盡(진) : 다하다가 아닌, '다하게 하다, 없애다{타동사}'의 뜻.
② 水(수) : '波' 혹은 '流'로 된 곳도 있다.
③ 無(무) : 없다가 아닌, '없애다{타동사}'로 풀이한다. 앞 구의 '盡'과 대자(對字)이다.

73 路傍松노방송 – 金宏弼*

一老蒼髥①任路塵　勞勞②迎送往來賓
歲寒與汝同心事③　經過人中見幾人

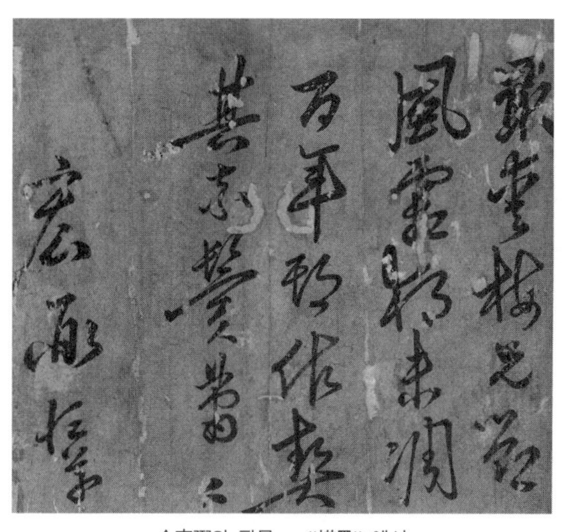

金宏弼의 필묵 – ≪槿墨≫에서

* **김굉필(1454~1504)** : 조선 전기의 성리학자. 자는 대유(大猷). 호는 한훤당(寒暄堂)·사옹(蓑翁). 김종직(金宗直)의 문인(門人)으로, 김일손(金馹孫)·정여창(鄭汝昌) 등과 함께 수학하였다. ≪소학≫에 심취하여 소학동자(小學童子)로 자처하였다. 형조좌랑을 지냈고, 1498년의 무오사화 때 유배되었다가 갑자사화 때 사사(賜死)되었다. 저서에 ≪한훤당집≫, ≪경현록(景賢錄)≫ 등이 있다. 직후 기묘사화(己卯士禍) 때 희생된 김정(金淨, 1486~1520)이 역시 소나무를 읊은 동일 시제(詩題)의 <노방송(路傍松)>을 소개해 둔다. '海風吹送悲聲遠 山月高來瘦影疎 賴有直根泉下到 霜雪標格未全除.'

① 蒼髥(창염) : 소나무의 별칭. 푸른 수염의 늙은이라는 뜻.
② 勞勞(노로) : 대단히 애쓰는 모양.
③ 同心事(동심사) : "심사를 같이하다." 同+心事의 관계로 된 술목구문이다.

74 紅桃花下寄金季珍 홍도화하기김계진 – 李滉*

晩雨①廉纖鳥韻悲　千花無語②浪辭枝

何人一笛吹春怨　芳草天涯無限思

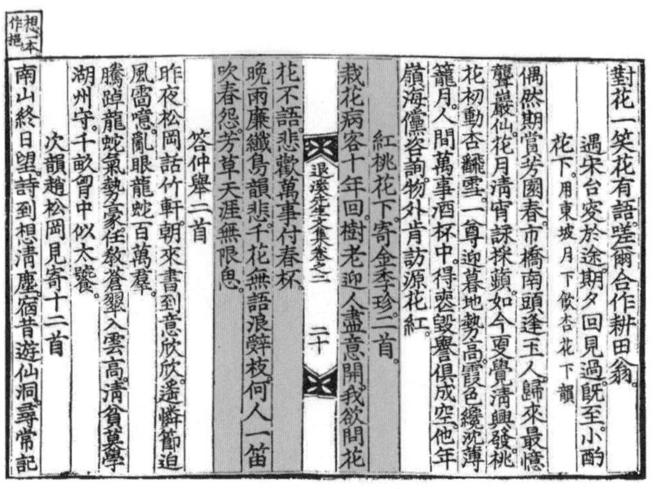

對花一笑花有語嗟爾合作耕田翁
遇宋台叟於途期夕回見過旣至小酌
花下用東坡月下飮杏花下韻
偶然期賞芳園春市橋南頭逢玉人歸來最憶
聾巖仙花月淸宵詠採蘋如今更覺淸興發桃
花初動杏飄雪一尊迎暮地勢高霞色纔兗薄
籠月人間萬事酒杯中得喪毁譽俱成空他年
嶺海儻容訶物外肯訪源花紅
紅桃花下寄金季珍二首
栽花病客十年回樹老迎人盡意開我欲問花
退溪先生文集卷之二　二十
花不語悲歡萬事付春杯
晩雨廉纖鳥韻悲千花無語浪辭枝何人一笛
吹春怨芳草天涯無限思
答仲擧二首
昨夜松岡話竹軒朝來書到意欣欣遙憐節追
風雷意亂眼龍蛇百萬羣
騰踔龍蛇氣勢豪任敎蒼翠入雲高淸貧莫學
湖州守千畝胷中似太饕
次韻趙松岡見寄十二首
南山終日望詩到想淸塵宿昔遊仙洞尋常記

≪퇴계집≫ 권2에 실린 <紅桃花下寄金季珍> 詩

* **이황**(1501~1570) : 조선 시대의 유학자. 자는 경호(景浩). 호는 퇴계(退溪)·도옹(陶翁)·청량산인(淸凉山人). 벼슬은 예조판서, 양관대제학(兩館大提學) 등을 지냈다. 정주(程朱)의 성리학 체계를 집대성하여 이기이원론(理氣二元論)과 사칠론(四七論) 등을 주장하였다. 저서에 ≪퇴계전서(退溪全書)≫와 연시조 ≪도산십이곡(陶山十二曲)≫ 등이 있다. 1555년에 도산서원(陶山書院)을 세워 후진양성과 학문 연구에 전심하였다. 위의 한시는 ≪퇴계선생문집≫ 권2 '詩'에 수록되어 있다. 2수(首) 중의 두 번째 것으로 영롱(玲瓏)한 서정(敍情)이 돋보이거니와, 첫 번째 시는 이러하다. '栽花病客十年回 樹老迎人盡意開 我欲問花花不語 悲歡萬事付春杯.'

① 廉纖(염섬) : 비가 부슬부슬 가늘게 내리는 모양.
② 浪辭枝(낭사지) : 浪은 어지러이[부사]. 辭는 작별하고 떠나다, 하직하다.

75 泣別慈母 읍별자모 – 申師任堂*

①慈親②鶴髮在③臨瀛　身向④長安獨去情
回首北村時一望　白雲飛下⑤暮山青

申師任堂의 <草蟲圖> 八曲屛中一

* **신사임당(1504~1551)** : 조선 중기의 여류 시인. 본명은 인선(仁善)이다. 본관은 평산(平山). 당호(堂號)인 사임당(師任堂)은 주나라 문왕의 어머니인 태임(太任)을 본받는다는 의미로 지은 것이다. 아버지 명화(命和)는 조광조 등과 친분이 있었으나 기묘사화 이후 강릉으로 낙향했다. 어머니는 용인 이씨 이사온(李思溫)의 딸이다. 19세에 덕수 이씨 이원수(李元秀)와 결혼한 바, 그 중 셋째 아들이 율곡 이이(李珥)이다. 시와 글씨, 그림이 모두 탁월했던 여류 문인이며 예술가이다.

① 慈親(자친) : 자기 어머니. 남의 어머니는 자당(慈堂).
② 鶴髮(학발) : 학처럼 흰 머리. 白髮.
③ 臨瀛(임영) : 강릉(江陵)의 옛 이름.
④ 長安(장안) : 당나라의 수도(首都)이나, 나라 수도 일반의 의미로 통용하니 이에선 한양(漢陽)을 가리킨다.
⑤ 暮山青(모산청) : "저무는 산 푸르러." 혹은 제목에 '눈물로 어머니를 떠나며'라고 했음에, 어머니를 두고 가는 슬픔에 눈시울이 뜨거워 밝은 낮이지만 저물녘의 산처럼 흐려 보이는 것이라 풀이하기도 한다.

76 寄夫江舍讀書 기부강사독서 － 許蘭雪軒*

①燕掠斜簷兩兩飛　落花②撩亂③撲羅衣
④洞房極目⑤傷春意　⑥草綠江南⑦人未歸

蘭雪軒의 手跡

* **허난설헌**(1563~1589) : 조선 선조 때 여류 시인. 본명은 초희(楚姬). 호는 난설헌(蘭雪軒). 별호(別號)는 경번(景樊). 허균의 누이. ≪난설헌집(蘭雪軒集)≫이 있고, 한시 <유선시(遊仙詩)>와 가사 <규원가(閨怨歌)>·<봉선화가(鳳仙花歌)> 등이 알려졌다. 이 작품은 지아비 김성립(金誠立, 1562~1592)이 한강 가의 서재로 독서하러 가서 돌아오지 않으매 보낸 시라고 하거니와, 작가의 또 다른 시인 <강남곡(江南曲)> 한 편이 이와 비슷한 분위기를 자아낸다. '人言江南樂 我見江南愁 年年沙浦口 腸斷望歸舟.'

① 燕掠斜簷(연략사첨) : 掠은 노략질하다. 매질하다. 여기서는 '채다'로 의역한다. 斜는 비끼다, 경사지다. 비스듬하다. 또는 掠을 꾸미는 부사로 풀이하여 비스듬히, 비껴.
② 撩亂(요란) : 어지럽다 · 산란하다는 뜻인데, 뒤의 동사 撲을 꾸미는 부사 용법으로 쓰였다. '어지러이.'
③ 撲羅衣(박라의) : 撲은 부딪치다. 羅는 비단. "비단옷을 스친다."
④ 洞房極目(동방극목) : 洞房은 깊숙한 데 있는 방, 부인의 침실. 極目은 '볼 수 있는 껏'의 뜻이나, 의역하여 '눈 가는(보이는) 곳마다.'
⑤ 傷春意(상춘의) : 봄 생각을 다치게 한다. 곧 봄 시름을 돋우어 애태우게 한다는 뜻.
⑥ 草綠江南(초록강남) : 草綠은 주술(主述) 관계이다. "강남에 풀 푸르건만."
⑦ 人未歸(인미귀) : 人은 남편 김성립(金城立)을 염두한 표현. 未는 '아직 ~하지 않다'는 부정의 조동사.

77 過鄭松江墓有感과정송강묘유감 – 權韠*

空山落木雨蕭蕭①　　相國②風流此寂寥

惆悵③一杯難更進　　昔年歌曲即今朝④

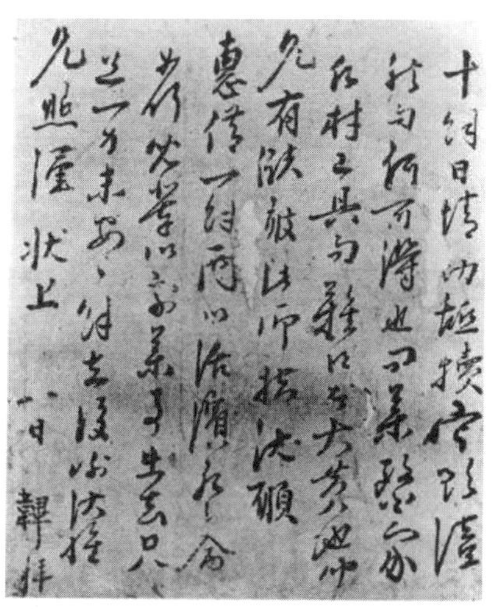

權韠의 글씨

*** 권필(1569~1612)** : 조선 선조·광해조의 문인. 자는 여장(汝章). 호는 석주(石洲). 습재(習齋) 권벽(權擘, 1520~1593)의 아들. 송강 정철을 종유(從遊)하였고, 이안눌(李安訥)·조찬한(趙纘韓) 등과 교유하였다. 시문에 모두 뛰어났는데, 광해군 척족(戚族)을 풍자한 <궁류(宮柳)> 시가 발견되어 광해의 친국(親鞫)을 받고 귀양길에 오르다 동대문 밖에서 폭음으로 죽었다. 저서로 ≪석주집(石洲集)≫이 있고, 한문소설 <주생전(周生傳)>·<위경천전(韋敬天傳)>·<주사장인전(酒肆丈人傳)> 및 가전(假傳) <곽삭전(郭索傳)>을 남겼다.

① 蕭蕭(소소) : 나뭇잎이 떨어지는 소리. 바람이 부는 소리. 또는 쓸쓸한 모양. 여기서는 흩뿌리는 빗소리를 나타내는 의성어.

② 相國(상국) : 정승. 여기서의 相은 재상(宰相)의 뜻.

③ 惆悵(추창) : '怊愴'이라 한 곳도 있다. 같은 의미로되, ≪석주집(石洲集)≫에는 '惆悵'으로 되어 있다.

④ 即今朝(즉금조) : 오늘 아침을 위한 것이다, 바로 오늘 불러야 할 노래이다 등으로 풀기도 하나, 여기서 朝는 동사로서, 뵙다. 호출하다(부르다). 또는, 모이다. 흐르다의 뜻으로서 타당하다.

78 光海亂政譏詩 광해난정기시 – 趙都司

淸香旨①酒千人血　細切②珍羞萬姓膏

燭淚落時人淚落　歌聲高處怨聲高

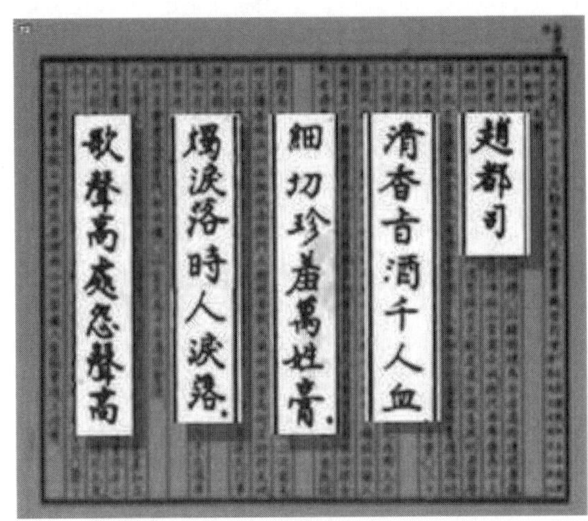

≪난중잡록≫ 중 광해 2년, 2월 3일의 일기

* 중국 명(明)나라 장수 조도사(趙都司)가 조선 광해군(光海君, 재위 1608~1623) 때 조선에 사신으로 와서 당시의 난정(亂政)과 사회상을 풍자적으로 읊은 시라고 한다. 원래 임진왜란 당시 남원의 의병장이던 조경남(趙慶南)의 ≪난중잡록(亂中雜錄)≫에 실렸던 것을 이긍익이 ≪연려실기술≫ 23권 광해난정 조에 재수록한 내용 안에 들어 있다. 다만 이보다 앞서, 명나라 때 구준(邱濬)의 오륜전비(伍倫全備) 중의, '燭淚落時人淚落 歡聲高處怨聲高' 등에서 힘입은 바가 있을 것으로 보기도 한다. 훗날 18세기 이후에 발생한 <춘향전>의 절정부에서 변학도의 생일잔치에 말석(末席)으로 앉은 이몽룡이 변학도를 겨냥한 다음의 풍자시와 더불어 긴밀하기 그지없다. '金樽美酒千人血 玉盤佳肴萬姓膏 燭淚落時民淚落 歌聲高處怨聲高.' 그런가 하면 당나라 시인 이태백의 악부시인 <행로난(行路難)> 첫 수에, '金樽淸酒斗十千 玉盤珍羞直萬錢' 한 것 또한 <춘향전>의 암행어사 시와도 무관해 보이지 않는다.

① 旨酒(지주) : 맛이 훌륭한 술.
② 細切(세절) : 섬세하게 잘라 요리했다는 뜻.

79 訪俗離山 방속리산 – 金昌翕*

江南遊子不知還① 古寺秋風杖屨②間

笑別鷄龍餘興在 馬前猶③有俗離山

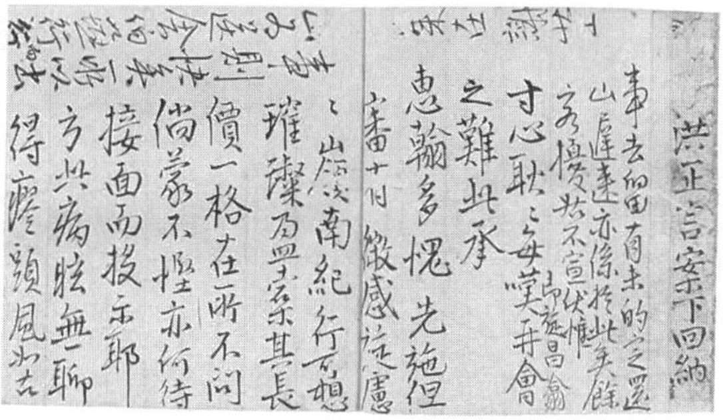

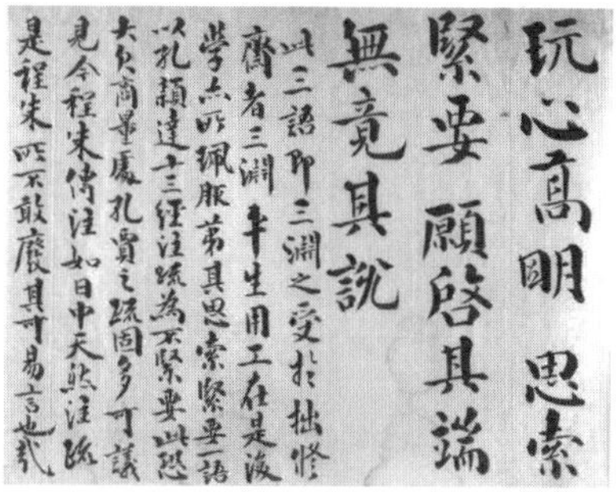

玩心高明 思索

緊要 願啓其端

無竟其說

三淵 金昌翕의 간찰(左)과, 秋史 金正喜가 쓴 三淵의 어록

* 김창흡(1653~1722) : 조선후기의 학자·시인. 자는 자익(子益), 호는 삼연(三淵). 좌의정 김상헌(金尙憲)의 증손자이며, 영의정 김수항(金壽恒)의 셋째 아들이다. 21세에 진사가 되었으나 벼슬에 나가지 않고 평생 산림처사로 지냈다. 성리학에 뛰어나 형 창업(昌業)과 함께 율곡 이이(李珥) 이후 성리학자로 이름을 떨쳤으며, 조선 후기 가장 영향력이 높은 시인으로 평가를 받고 있다. 신임사화(辛壬士禍)로 유배된 형 창집(昌集)이 사사되자 지병(持病)이 악화되어 죽었다. ≪삼연집(三淵集)≫과 ≪심양일기(瀋陽日記)≫ 등이 있다. 영의정 김창집(金昌集), 대제학 김창협(金昌協), 유학자이며 시인인 김창흡(金昌翕), 문인이자 화가인 김창업(金昌業), 생원시에 합격했으나 벼슬에 나가지 않은 김창즙(金昌緝), 시문에 능했으나 요절한 김창립(金昌立) 등 6형제가 모두 시문에 능해 '6창(六昌)'으로 칭송되었다.

① 還(환) : 여기서는 돌아오다가 아닌, 돌아가다로서 타당하다.
② 杖屨(장구) : 지팡이와 짚신. 나그네의 행장(行裝)을 지시하는 대유법(代喩法)임.
③ 猶(유) : 오히려, 아직도, 계속하여.

80 元朝對鏡원조대경 – 朴趾源*

忽然添得數莖鬚　　全不加長六尺軀

鏡裏顔容隨歲異　　穉心猶自去年吾

* **박지원**(1737~1805) : 자는 미중(美仲) 또는 중미(仲美), 호는 연암(燕巖) 또는 연상(煙湘), 열상외사(洌上外史). 그는 시보다 문에 능장이 있었고 특히 논설 중심의 문장에 주력하였기에, 남긴 시는 매우 적다. '설날 아침에 거울을 대하고.' 정월 초하룻날 아침에 거울을 보면서, 한 해 한 해 늙어가는 자신의 모습을 통해 우러나는 자기연민과 울가망한 감회를 읊은 시이다. 여전히 정신적으로는 아무런 성장도 못하였노라는 말에 다소의 겸손마저 느껴진다. 1구와 2구, 그리고 3구와 4구에 대조법을 구사하면서 자신의 위축됨을 효과적으로 강조했다. 즉 '자라는 수염'에 비해 '자라지 않는 키', 세월 따라 변이하는 '늙은 얼굴'에 비해 전혀 변하지 않는 '어린 마음'을 대비시키는 속에 그 뜻을 곡진히 하는데 성공했다. 그렇게 비감한 내용인데도 그 안에 문득 해학미가 깃들어 있음도 이 시의 묘한 매력이라 하겠다.

① 添得數莖鬚(첨득수경빈) : "몇 가닥의 수염만 더 생겨났다."
② 全不加長(전불가장) : 전혀 길이가 더해지지 않았다, 키가 더 자라남이 없다. 자라는 수염에 비해 키는 변함이 없이 그대로라는말.
③ 穉心(치심) : 치기 어린 마음 . 유치한 마음. 거울 속 얼굴은 세월다라 달라져도 자신의 철없는 내면은 작년의 내자신 그대로라는 뜻.

81 百濟백제 – 柳得恭*

①浴槃零落涴臙脂　②石室藏書事可疑
時見荒原秋草裏　行人駐馬讀③唐碑

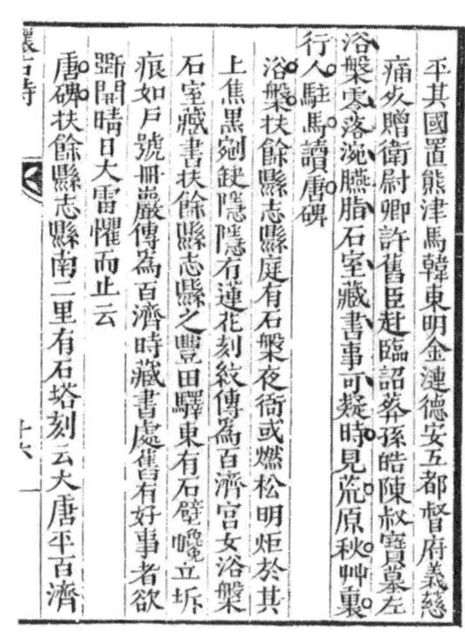
平其國置熊津馬韓東明金漣德安五都督府義慈
痛死贈衛尉卿許舊臣赴臨詔葬孫皓陳叔寶墓左
浴槃零落涴臙脂石室藏書事可疑時見荒原秋艸裏
行人駐馬讀唐碑
浴槃扶餘縣志縣庭有石槃夜徜或燃松明炬於其
上焦黑剜鈌隱隱有蓮花刻紋傳為百濟宮女浴槃
石室藏書扶餘縣志縣之豐田驛東有石壁巉立坼
痕如戶號冊巖傳為百濟時藏書處舊有好事者欲
斲開晴日大雷懼而止云
唐碑扶餘縣志縣南二里有石塔刻云大唐平百濟

≪二十一都懷古詩≫ 중의 '백제' 詩

*** 유득공(柳得恭, 1749~?)** : 조선 정조 때의 실학자. 자는 혜풍(惠風)·혜보(惠甫). 호는 영재(泠齋)·영암(泠庵). 박지원의 문하생으로 사가(四家)의 한 사람이다. 실사구시의 일환으로 산업 진흥을 주장하였고, 벼슬은 규장각검서·풍천부사에 이르렀다. 저서에 ≪영재시초(泠齋詩抄)≫·≪발해고(渤海考)≫ 등이 있다. 또한 ≪이십일도회고시(二十一都懷古詩)≫는 단군 때부터 고려시대까지의 왕도(王都) 21개의 사적에 대하여 43편의 칠언절구를 지어 펴낸 한시집이다. 각 시의 서(序)에 각 도읍의 고사(故事)를 자세히 적었으며 책머리에 자서(自序) 두 편을 써 넣었다. 게시 작품은 그 곳 '百濟四首' 가운데 네 번째 시이다. 참고로 두 번째 시도 함께 실어 둔다. '落日扶蘇數點烽 天寒白馬怒濤洶 奈何不用成忠策 却恃江中護國龍.'

① 浴槃(욕반) : ≪부여현지(扶餘縣志)≫에 돌로 된 석반(石槃)이라고 했거니와, 백제 궁녀들이 목욕하던 목욕통이라고 한다.
② 石室藏書(석실장서) : ≪부여현지≫에 보면, 현의 동쪽 높다란 석벽에 지게문처럼 벌어진 틈이 있어 그것을 책암(冊巖)이라고 했다 한다. 백제 당시 장서를 보관한 곳이라고 하는데, 호사가가 짜개서 보려고 하자 맑은 날씨에 갑자기 천둥이 치는 통에 두려워 그만두었다고 한다.
③ 唐碑(당비) : 당나라 무장으로 나·당 연합군 대총관이었던 소정방(蘇定方, 592~667)의 비를 말한다.

82 配所輓妻喪 배소만처상 – 金正喜*

那①將②月老③訟冥司　來世夫妻易④地爲

我死君生千里外　使⑤君知我此心悲

秋史 金正喜의 <歲寒圖>

* 김정희(1786~1856) : 조선 후기의 문신·서화가·금석학자. 자는 원춘(元春). 호는 완당(阮堂)·추사(秋史)·시암(詩庵) 등등 그 수가 허다하다. 순조 19년(1819)에 문과에 급제하여 벼슬이 이조참판에 이르렀다. 그러나 정쟁(政爭)에 휘말려 안동 김씨 세력에 의해 제주도와 북청으로 두 차례에 걸친 유배를 겪었다. 실사구시(實事求是)를 주장하였고, 서예에서는 추사체를 완성하였다. 고증학, 금석학에도 밝아 북한산에 있던 진흥왕 순수비를 고증하였다. 서화에 <묵죽도(墨竹圖)>, <묵란도(墨蘭圖)>, <세한도(歲寒圖)> 등이 꼽히고, 저서에 《완당집(阮堂集)》, 《금석과안록(金石過眼錄)》 등이 있다. 시 제목의 뜻은 '유배지에서 아내의 죽음을 애도하다.'

① 那將(나장) : 那=何. 어떻게 하면. 將은 하여금. =使. 사역동사. 아래 각주 ⑤의 '使'와 중복을 피했다.
② 月老(월로) : 월하노인(月下老人)의 줄임말. 부부의 인연을 맺어 준다는 전설상의 인물. 중국 당나라 사람 위고(韋固)가 달밤에 어떤 노인을 만나 장래의 아내에 대한 예언을 들었다는 데서 유래한다.
③ 訟冥司(송명사) : 訟은 송사하다의 뜻이나, 여기서는 공적(公的)으로 말하다. 강변하다, 주장하다의 뜻. 예컨대 송언(訟言)은 공언(公言)하다, 명언(明言)하다라는 의미이다. 冥司는 저승의 관리.
④ 易地爲(역지위) : 易地는 처지를 바꾸다. 여기서의 爲는 ~는가?, ~련가? 의문조사로 쓰였다.
⑤ 使君知我(사군지아) : 使는 사역의 조동사. 知가 본동사. 君이 목적어. 我 이하가 목적보어. "당신이 이 내 마음의 슬픔을 알게끔 할 것이다."

83 絶命절명 – 黃玹*

鳥獸哀鳴海嶽①嚬　槿花世界②已沈淪

秋燈掩卷懷千古　難作③人間④識字人

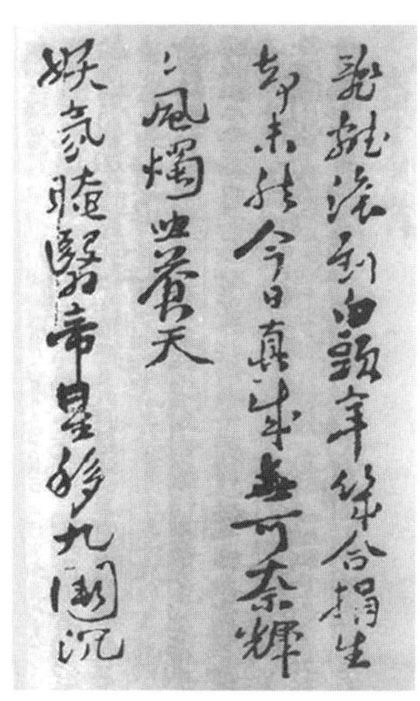

梅泉 黃玹의 遺筆

＊황현(1855~1910) : 조선 후기의 시인·학자. 자는 운경(雲卿), 호는 매천(梅泉). 강위(姜瑋), 이건창(李健昌), 김택영(金澤榮)과 함께 한말 사대가(四大家)의 한 사람으로 불린다. 성균관 생원으로 지내다가 갑신정변 이후 정치에 환멸을 느껴 벼슬을 단념, 귀향하여 시작(詩作)에 전념하였다. 1910년 8월, 한일병합의 국치(國恥)에 울분을 이기지 못하고 음독자살하였다. ≪매천야록(梅泉野錄)≫이 있다. 위에 든 시는 절명시(絶命詩) 네 수 가운데 세 번째 작품이다. 아울러 그 첫 번째 시도 소개해 둔다. '亂離滾到白頭年 幾合捐生却未然 今日眞成無可奈 輝輝風燭照蒼天.'

① 海嶽(해악) : 바다와 산악. 강산(江山).
② 槿花世界(근화세계) : 무궁화의 경계(境界). 작자의 조국 강토인 조선을 가리킴.
③ 難作(난작) : (행위·노릇 등을) 하기 어려움.
④ 人間(인간) : 여기서는 인간세상의 뜻.

84 記夢 기몽 – 李家源*

儒敎叛徒①二巨魁　胡爲②翩颯夢中來
滔滔黃濁③今猶古　悼憶奇才衆④所猜

淵民 이가원의 自作 揮墨

* 이가원(1917~2000) : 국문학자·한문학자. 자는 철연(悊淵), 호는 연민(淵民). 퇴계 이황의 14세손. 안동의 도산서원에서 조부로부터 한학의 기초를 닦은 후에 1940년 명륜학교에 입학하였다. 20대에 위당 정인보(鄭寅普), 육당 최남선(崔南善), 벽초 홍명희(洪命熹) 등과 교유하며 문장가로 이름을 알렸다. 1958년 심산(心山) 김창숙(金昌淑)과 대통령 이승만의 하야를 요구하다가 파면당하였다. 이후 연세대학교 문과대학 교수로 1964년부터 1982년까지 재직하였다. ≪연암소설연구≫·≪조선문학사≫ 등을 위시한 굉박(宏博)한 저서에다, 한문장(漢文章)과 한시에 두루 연박(淵博)하였고, 서예에도 일가(一家)를 이루었다. 소개된 작품은 <기몽이절(記夢二絶)>, 즉 꿈속의 일을 적은 시 두 편 중에 두 번째 것이다. 참고로 첫 번째 시도 함께 옮겨 보인다. '鬼人之火兩然疑 民怒怒民推敲奇 贄也妖禪筠也譎 語皆瑰奇事堪噫.'

① 儒敎叛徒(유교반도) : 유교의 반란자. 여기서는 문학사상 반유교 이단아로 알려진 중국 명나라의 탁오(卓吾) 이지(李贄, 1527~1602)와 조선의 교산(蛟山) 허균(許筠, 1569~1618)을 뜻한다.
② 胡爲(호위) : 어찌. 어찌하여. 어이타.
③ 黃濁(황탁) : 누렇게 흐림.
④ 衆所猜(중소시) : 무리에게 시기를 입다. '爲衆所猜' 즉 爲(A)所(B) 용법인 바, '爲'가 생략된 형태이다.

85 芍藥島 작약도 – 金昌龍*

秋水茫茫①天色同　一望佇思②客船中
人生須臾③何羈處　洒落④拂襟西颸風

芍藥島 前景

*** 김창룡(1952~)** : 호는 경유(景游)·몽벽산사(夢碧散士). 한국고전문학을 전공, 1985년 연세대학교에서 ≪한중가전문학의 연구≫로 문학박사 학위를 취득하였다. 현재 한성대학교 한국어문학부 교수로 재직 중이다. ≪한국 옛 문학론≫, ≪고구려문학을 찾아서≫, ≪인문학 옛길을 따라≫ 등의 저서가 있다.

① 茫茫(망망) : 넓고 멀어 아득함. 아스라함.
② 佇思(저사) : 佇는 우두커니 서다. 잠시 멈춰 서다.
③ 須臾(수유) : 잠깐의 시간. 須 · 臾 둘 다 잠깐의 뜻이 있다.
④ 洒落(쇄락) : (기분이나 몸이) 상쾌하고 깨끗함. (마음이 티없고 미련없이) 시원함.

七律

86 登高등고 - 杜甫*

風急天高猿嘯哀　渚清沙白鳥飛回
無邊落木①蕭蕭下　不盡長江滾滾來
萬里悲秋常②作客　百年多病獨登臺
艱難苦恨繁③霜鬢　潦④倒新⑤停濁酒杯

*** 두보**(712~770) : 당나라 시인. 등고(登高)란 음력 9월 9일 중양절(重陽節)에 높은 데 올라 국화주를 마시며 액땜을 하는 명절 행사이다. 이는 두보가 767년, 56세 때 사천성(四川省)의 기주(夔州)에서 중양절을 맞아 홀로 산위 누각에 올라가서 지은 시이다. 자신의 삶이 쇠잔(衰殘)에 들어섰다고 생각하는 두보가 내면의 초췌하고 비감한 심사를 늦가을의 쓸쓸한 풍광과 조화시켰다. 율시는 3,4,5,6행인 함련(頷聯)과 경련(頸聯)만큼 원칙적으로 대우(對偶)를 맞추도록 되어 있는데, 여기서는 1,2행의 수련(首聯) 에서도 대구(對句)를 쓰고 있다. 명나라의 호응린(胡應麟)은 이 시를 두고 "고금 칠언율시 중에서 제일이다"라고 했고, 청나라의 양륜(楊倫) 또한 "두집(杜集) 칠언율시의 제일이다"라고 고평(高評)했다. 조선 성종 12년(1481)에 유윤겸 등이 묶어 낸 ≪두시언해(杜詩諺解)≫에도 이 시가 선정 수록되었다.

① 落木(낙목) : 낙엽.
② 常作客(상작객) : 오래 나그네 신세로 있다. 두보의 오랜 유랑 생활이 고스란히 반영된 대목이다.
③ 繁霜鬢(번상빈) : 하얀 서리 같은 두 귀밑의 살쩍머리가 갈수록 더 많아짐.
④ 潦倒(요도) : 늙어서 정신이 희미한 모습. 또는, 병으로 쇠퇴해진 모양.
⑤ 新停(신정) : 병 때문에 비로소 술을 멈췄다 곧 계주(戒酒)라는 해석과, 새삼 술잔을 손에 든 채 생각에 잠기다로 수용하는 측면이 있다.

87 山園小梅산원소매 – 林逋*

①衆芳搖落②獨暄姸 ③占盡風情向小園
④疎影橫斜⑤水淸淺 ⑥暗香浮動月黃昏

檀園 金弘道가 林逋의 고사를 그린 <西湖放鶴>

* **임포**(967~1028) : 북송(北宋)의 시인. 자는 군복(君復). 시호는 화정선생(和靖先生). 당시의 부패한 정치에 불만을 품고 서호(西湖)의 고산(孤山)에 은거하였다. 주로 풍화설월(風花雪月)을 청신(淸新) 담백(淡白)한 시풍으로 읊은 삼백 여 수가 전한다. 그 가운데 매화를 노래한 작품에 걸작이 많이 있으며, 또한 학(鶴)을 사랑하여 스스로 '매처학자(梅妻鶴子)'를 표방하였다. ≪임화정집(林和靖集)≫이 있다. 위의 시는 '산 속 동산에 핀 작은 매화'를 읊은 것으로, 3·4 구의 함련(頷聯)이 천고(千古)에 영매(咏梅)의 절창(絶唱)이 되었다.

① 衆芳搖落(중방요락) : 衆芳은 온갖 꽃. 搖落은 흔들려 떨어지는 것. 늦가을 바람에 나뭇잎이 떨어짐.
② 獨暄姸(독훤연) : 獨은 홀로(부사). 暄은 따뜻하다는 뜻이지만, 여기선 姸과 합하여 곱고 아름답다는 뜻. 매화는 다른 꽃들 다 진 뒤에도 홀로 피어 다사롭고 아름다운 자태를 뽐낸다는 의미이다.
③ 占盡(점진) : 占은 차지하다. 盡은 모두, 모든 것.
④ 疎影橫斜(소영횡사) : 疎影은 매화나무 가지의 성긴 그림자. 橫斜는 비스듬히 기욺.
⑤ 水淸淺(수청천) : 물이 얕고 맑다. '疎影橫斜'의 보어 구실을 하였다. "얕고 맑은 물에."
⑥ 暗香浮動(암향부동) : 暗香은 그윽히 풍기는 매화의 향기. 浮動은 떠서 움직임. 퍼져 진동한다는 뜻.

⑦霜 ⑧禽欲 ⑨下先偸眼　⑩粉蝶 ⑪如知 ⑫合斷魂
幸有微吟可相狎　⑬不須檀板共金尊

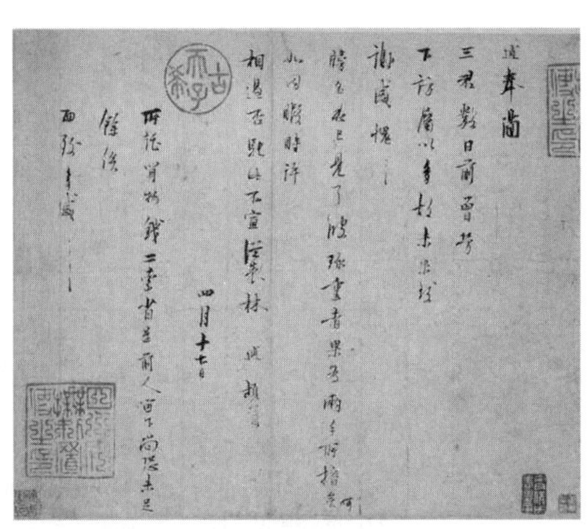

林逋의 글씨

⑦ 霜禽(상금) : 서리 내릴 때의 금조(禽鳥), 곧 겨울새를 이름.
⑧ 欲下(욕하) : 欲은 하고자 하다{조동사}. 下는 본동사 내려가다. "매화나무 가지에 앉고 싶어서."
⑨ 偸眼(투안) : 훔쳐보다. 偸는 훔치다를 부사화시킨 것. 眼은 눈. 보다{동사}. 눈치 살펴 주변을 둘러보다.
⑩ 粉蝶(분접) : 흰 나비. 아름다운 나비. 粉은 곡식의 분말. 채색. 꾸미다. 분(가루).
⑪ 如知(여지) : 如는 여기서 만약(만일)의 뜻이 아니라 ~처럼, ~인양의 뜻. '(나비인) 줄 알고.' 시의 시간적 배경이 겨울인데 실제 나비일 리가 없다.
⑫ 合斷魂(합단혼) : 斷魂은 애끊는다. 화들짝 놀라다. 合은 알맞다, 적합하다. 그렇게 되기 딱 알맞다는 말.
⑬ 不須檀板共金尊(불수단판공금준) : 不須는 반드시 필요치는 않다. 꼭 그럴 필요는 없다는 말. 檀板은 박자를 맞추는 판(板). 共은 함께하다. 구색을 갖춘다는 의미. 金尊은 금 술동이. =金樽.

88 秋日偶成추일우성 – 程顥*

閑來①無事復從容② 睡覺③東窓日已紅
萬物靜觀皆自得④ 四時佳興⑤與人同

* **정호**(1032~1085) : 중국 북송의 유학자. 자는 백순(伯淳). 호는 명도(明道). 일찍이 송대 이학(理學)의 창시자인 염계(濂溪) 주돈이(周敦頤)에게 수학(受學)했다. 이천(伊川) 선생으로 통하는 아우 정이(程頤, 1033~1107)와 함께 이정(二程)으로 불린다. 도덕설을 주장하여 우주의 천성(天性)과 인성(人性)이 본래 동일하다고 보았거니와, 형제가 주자(朱子)에게 큰 영향을 주어 송대 성리(性理) 유학의 기초가 되었고, 정주학(程朱學)의 중핵(中核)을 이루었다. ≪정성서(定性書)≫, ≪식인편(識仁篇)≫ 등과 함께 시문 어록 등이 ≪이정전서(二程全書)≫에 수록되어 있다. 제목의 '우성(偶成)'은 뜻하지 않게 이루어짐. 즉흥시라는 뜻이다.

① 閑來(한래) : 한가로이. '來'는 의미 없는 형식형태소, 곧 허사(虛辭)이다.
② 復從容(부종용) : 復는 다시. 거듭. 從容은 조용하고 차분한 모양.
③ 覺(교) : 깨닫다, 드러나다의 뜻일 때는 '각'으로, 깨(우)다의 뜻일 때는 '교'로 읽는다.
④ 自得(자득) : 스스로 깨달음. 만족하게 여김. 의기양양함. 제 분수대로 편안함.
⑤ 佳興(가흥) : 멋진 흥치.

道通天地有形外⑥　思入風雲變態中⑦
富貴不淫貧賤樂⑧　男兒到此是豪雄⑨

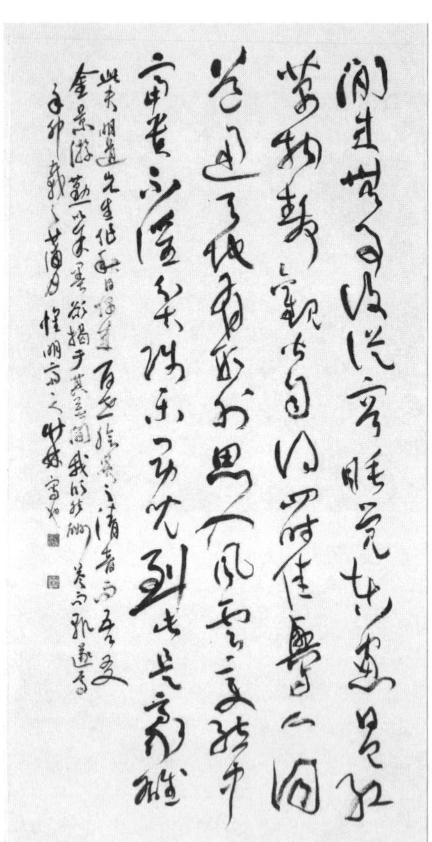

竹林 鄭雄杓의 草書 <秋日偶成>
款識에 저자를 위해 썼다는 사연을 적었다.

⑥ 有形外(유형외) : 有形은 형태 있는 것. 外는 너머. "형태 너머의 것."
⑦ 變態中(변태중) : "끊임없이 변화하는 가운데에."
⑧ 富貴不淫(부귀불음) : "부귀에 현혹되지 않음." 淫은 음란하다 외에, 지나치다. 탐하다의 뜻이 있다.
⑨ 豪雄(호웅) : 뛰어난 인물. 영웅 호걸.

89 乍晴乍雨사청사우 – 金時習*

乍①晴還雨雨還晴　　天道猶然況世情

譽②我便③應還毁我　　逃名却④自爲求名

* **김시습(1435~1493)** : 조선 전기의 학자, 자는 열경(悅卿). 호는 매월당(梅月堂)·동봉(東峯). 법호(法號)는 설잠(雪岑)이다. 21세 때 삼각산(三角山) 중흥사(中興寺)에서 수학하던 중 수양대군의 왕위 찬탈 소식을 듣고 승려의 행색으로 방랑 생활을 하며 절의를 지켜 생육신(生六臣)의 한 사람이 되었다. 유(儒)·불(佛)·도(道) 삼교(三敎)를 통섭(統攝)한 사상과 탁월한 문장으로 일세를 풍미하였다. 저서에 ≪매월당집(梅月堂集)≫이 있고, 31세 때 남산인 경주 금오산(金鰲山)에 들어가 7년간 칩거하는 기간에 자신의 울분과 경륜을 우의(寓意)한 한국 최초의 기록소설 ≪금오신화(金鰲新話)≫를 지었다.

① 乍晴還雨(사청환우) : 乍는 잠깐, 還은 다시. 雨는 (비나 눈이) 내리다.
② 譽(예) : 명예. 좋은 평판. 기리다, 칭찬하다(동사).
③ 便應還毁我(변응환훼아) : 便은 문득. 應은 응당, 당연히. 還은 다시. 모두 부사로 쓰였다.
④ 却(각) : 물러나다. 도리어, 반대로(부사).

花開花謝⑤春何管⑥　雲去雲來山不爭

寄語世人須⑦記認　取歡無處得⑧平生

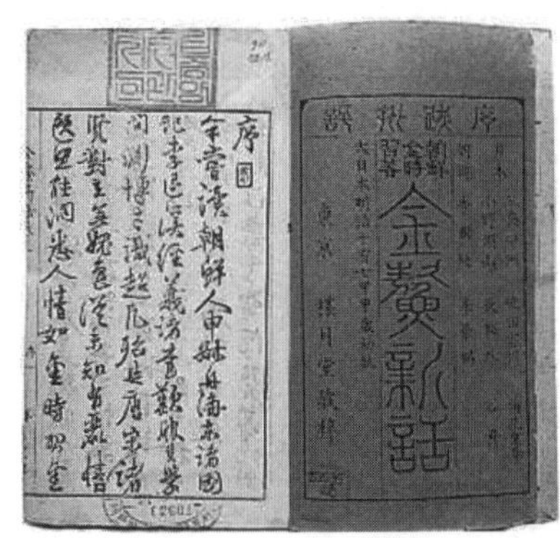
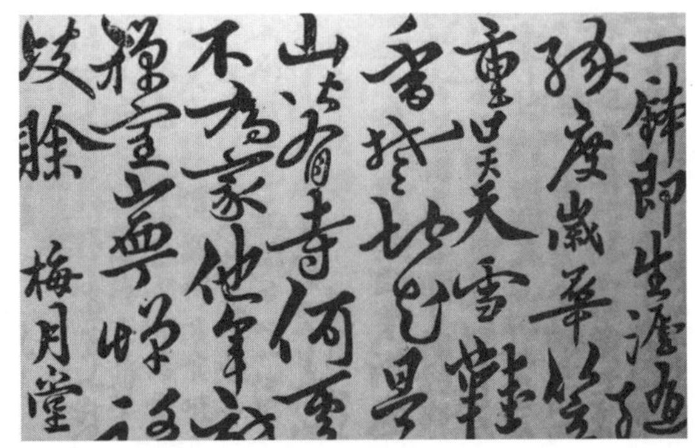

김시습이 지은 한문소설 ≪금오신화(金鰲新話)≫와, 김시습의 필적

⑤ 謝(사) : 거절하다, 떠나다. 물러나다. (꽃이) 지다.
⑥ 管(관) : 길고 가는 대의 도막, 붓대. 맡다. 단속하다, 구속하다.
⑦ 須記認(수기인) : 須는 모름지기, 마땅히. 記認은 기억하고 인식하다.
⑧ 得平生(득평생) : 평생을 누리다. 得은 대동사(代動詞).

90 林亭遣閑 임정견한 – 申緯*

地僻林亭似遠郊　　更無門鑰①客來敲
墻頭每過鵞兒酒②　　簾額③偏當燕子巢

신자하의 墨竹圖

* 신위(申緯, 1769~1847) : 조선 후기의 시인·서화가. 자는 한수(漢叟). 호는 자하(紫霞)·경수당(警修堂). 서장관(書狀官)으로 청나라에 갔다가 옹방강(翁方綱)의 감화를 입었고, 곡산과 춘천의 부사·병조참판·강화유수·도승지·대사간·이조참판 및 병조참판 등을 역임하는 동안 적지 않은 정치적 곡절을 겪었다. 시(詩)·서(書)·화(畫) 삼절(三絶)로 추대받은바, 산수화와 더불어 묵죽(墨竹)에 특히 능하여 이정(李霆)·유덕장(柳德章)과 함께 조선시대 3대 묵죽화가로 손꼽힌다. ≪경수당전고(警修堂全藁)≫에 신위의 한시 4,069수가 수록되어 있는바, 창강 김택영은 자하를, '신오(神悟)가 치닫고 만상(萬象)이 갖춰 있으니 우리 조선조 오백년에 제일가는 대가'라고 극찬하였다. 위 칠언율시는 ≪경수당전고≫ 24책 '축성오고(祝聖五藁)'의 안에 들어 있다.

① 門鑰(문약) : 문 자물쇠.
② 鵞兒酒(아아주) : 아황주(鵞黃酒). 담황 빛깔을 띤 좋은 탁주. 아황(鵞黃)은 담황색. 널리 노랗고 아름다운 사물에 대한 비유어이다.
③ 簾額(염액) : 가리개 발의 상단. 대발 등의 윗부분.

④一霎東風芳⑤杜岍　　⑥半窺明月杏花梢
詩⑦逋畵債春來甚　　懶惰從嗔筆硯抛

紫霞 신위의 산수화 대표작인 <訪戴圖>

④ 一霎東風(일삽동풍) : "건듯 부는 봄바람." 霎은 가랑비. 빗소리. 잠시. 건듯. 一霎은 한바탕 내리는 비. 東風=春風.
⑤ 杜(두) : 팥배나무. 흰색 꽃을 피우고 10월에 열매가 난다. 감당(甘棠), 당리(棠梨)라고도 한다.
⑥ 半規(반규) : 반원(半圓). 여기서는 반달을 뜻한다.
⑦ 逋(포) : 달아나다. 바치지 아니하다, 갚지 못하다.

제2부 散文篇

禧苑堂 金明順의 <靑娘尋蓮圖>

經典

91 論語* 논어(抄)

*논어 : 유교 경전인 사서(四書)의 하나. 공자(孔子, B.C.551~B.C.479)와 그의 제자들의 언행을 적은 것으로, 공자 사상의 요체(要諦)라 할 수 있는 인(仁)을 핵심으로 한 효제(孝悌)와 충서(忠恕), 정명(正名) 등 윤리 도덕과 정치 철학의 당위론에 대하여 설명하고 있다. 모두 7권 20편으로 구성되어 있다. 공자는 춘추시대 노(魯)나라 사상가. 성은 공(孔), 이름은 구(丘), 자는 중니(仲尼)이다. 주(周)나라의 봉건질서와 사회 기강이 문란해지자 주왕조 초기 제도로의 복고(復古)를 강력히 주장하였다. 인(仁)을 정치와 윤리의 이상으로 하고 극기복례(克己復禮)를 그것의 실천 요령으로 삼았다. 만년에는 교육에 종사하며 ≪시경≫·≪서경≫ 등의 고전을 정리하였다.

子曰 學而時①習之 不亦說②乎 有朋③自④遠方來 不亦樂乎 人不知而不慍⑤ 不亦君⑥子乎. <學而>

① 時習之(시습지) : 時는 그때그때. 之는 앞의 '學'을 받는 목적격 대명사. "수시로 익힘."
② 說(열) : 여기서는 '悅'(열)의 뜻. 기쁘다.
③ 朋(붕) : '友'가 일반적인 사귐의 벗이란 뜻임에 비해, 각별히 정치나 학문 등에서 뜻을 같이하는 벗을 의미한다. 동류(同類). 동지(同志).
④ 自(자) : ~부터(from){전치사}.
⑤ 慍(온) : 성내다. 고까워하거나 노여워하다.
⑥ 君子(군자) : 학문과 덕행을 갖춘 사람. 다른 경우에 치자(治者)의 뜻으로도 쓰인다.

吾日三省吾身 爲①人謀而不忠乎 與朋友交而不信乎 傳②不習乎. <學而>

① 爲人(위인) : 爲는 위해서. 人은 '남'으로 풀이한다.
② 傳不習(전불습) : 전수(傳受) 받은 것을 익히지 않음. 혹은 제대로 익히지 않은 것을 남에게 전함의 뜻으로 새기는 경우도 있다.

子曰 ①弟子入則孝 出則②弟 謹而信 汎愛衆 而親③仁 行有餘力 則以學④文. <弟子>

① 弟子(제자) : 나이 어린 사람, 또는 배움의 위치에 있는 사람.
② 弟(제) : '悌'(제)의 뜻. 공경하다.
③ 仁(인) : 여기서는 '仁人'(인인). 곧, 어진 사람의 뜻.
④ 文(문) : 여기서는 시(詩) · 서(書) · 예(禮) · 악(樂) · 역(易) · 춘추(春秋)의 육경(六經)의 글.

子曰 吾十①有五而志于學 三十而②立 四十而③不惑 五十而④知天命 六十而⑤耳順 七十而從心所欲 ⑥不踰矩. <爲政>

① 有(유) : 이 경우 '와(과)', '하고' 정도의, 수 단위를 세는 데 쓰이는 연결의 어조사.
② 立(립) : 자립을 뜻한다. 사회인으로서 성숙한 단계에 이른 것. 인격의 독립. 인생관의 확립.
③ 不惑(불혹) : 미혹하지 않음. 신념으로 흔들림이 없는 부동심(不動心).
④ 知天命(지천명) : 天은 우주 자연의 의지(意志). 하늘이 내게 부여한 운명을 알다.
⑤ 耳順(이순) : 생각이 원만하고 이치에 통하여 어떤 일을 들으면 곧 이해가 되는 일.
⑥ 不踰矩(불유구) : 踰는 넘어 감. 矩는 규범상의 한계, 법도. 애써 생각하지 않고도 들으면 저절로 사리를 분별하여 아는 단계. 뒷시대 용어인 중용(中庸)의 경지라고 할 수 있다.

子曰 ①溫故而知新 可②以爲師矣. <爲政>

① 溫(온) : 익히다. 과거의 일을 연구하다. 또는, '蘊'(온)과 통하여 복습하다. 쌓는다는 뜻. (학식을) 많이 쌓아 늘림. 온축(蘊蓄), 온장(蘊藏).
② 以爲(이위) : 以는 앞뒤 문장 사이 부드러운 연결을 위한 접속어. 爲는 되다.

學而不思則罔① 思而不學則殆②. <爲政>

① 罔(망) : 흐리다. 어둡다. 맹목적인 수용의 어리석음을 의미함.
② 殆(태) : 위태하다. 선현의 지혜가 없는 혼자 생각의 위태로움.

見賢①思齊②焉 見不賢而內自省也. <里仁>

① 賢(현) : 여기서는 어진이, 현자(賢者)의 뜻.
② 齊(제) : 가지런함. (본받아) 같아짐. 제일(齊一).

子曰 飯疏①食飮水 曲肱②而枕③之 樂亦在其中矣 不義而富且貴 於我如浮雲. <述而>

① 疏食(소사) : 거친 밥. 食이 '밥'의 뜻으로 쓰이면 '사'로 읽는다.
② 肱(굉) : 팔뚝. 팔꿈치부터 손목까지의 부분.
③ 枕(침) : 베개. 베개(로) 삼다. 베개의 동사형으로 쓰였다.

子貢問政 子曰 足食① 足兵② 民信之矣 子貢曰 必不得已而去③ 於斯三者 何先④ 曰去兵 子貢曰 必不得已而去 於斯二者何先 曰 去食 自古皆有死 民無信不立⑤. <顔淵>

① 足食(족식) : 식량을 충족하게 함.
② 足兵(족병) : 군비(軍備)를 충실히 함.
③ 去(거) : 버리다. 없애다. 제거(除去).
④ 先(선) : 우선하다(동사).
⑤ 無信不立(무신불립) : 立은 존립(하다). "신의가 없으면 지탱하여 설 수 없다."

子曰 吾嘗①終日不食 終夜不寢以②思 無益 不如學也. <衛靈公>

① 嘗(상) : 일찍이. 과거의 경험을 뜻하는 시간부사.
② 以(이) : 문맥을 부드럽게 연결 짓는 구실로서의 접속사로 쓰였다.

孔子曰 君子有三戒 少之時 血氣未定 戒①之在色 及其壯也 血氣方剛② 戒之在鬪 及其老也 血氣旣衰 戒之在得. <季氏>

① 戒(계) : 戒는 경계하다, 주의하다. 여기서는 동명사형으로 '경계할 것'. 여기서의 之는 주격조사 이/가.
② 方剛(방강) : 方은 바야흐로, (이제) 한창. 剛은 힘이 세다. 지조가 굳다. '强'과 통함.

孔子曰 生而知之者①上也 學而知之者 次也 困而學之者②又其次也 困而不學 民斯爲下③矣. <季氏>

① 生而知之(생이지지) : 나면서부터 앎. 之는 의미 없는 조사. 또는 진리, 천리(天理).
② 困而學之(곤이학지) : 고생하면서 배움. 곤학(困學). 고학(苦學)의 뜻. 困은 나무[木]가 사방으로 에워쌈을 당해 자유로이 벋어 나가지 못함을 형상한 글자이다.
③ 民斯爲下(민사위하) : 民斯에 대해서는 대개 해석을 피해 온 경향이 있으나, 民은 어리석다, 斯는 천하다, 爲는 되다의 뜻으로 소통이 가능하다. 下=下愚, 천치. 대단히 미련함. 또는, 그런 사람.

我非生而知之者① 好古敏以②求之者也. <述而>

① 生而知之者(생이지지자) : "나면서부터 아는 자." 천재(天才). 生而는 나면서부터. 之는 무의미한 허사.
② 敏以(민이) : 敏은 민첩하다. 재빨리{부사}. 以는 앞의 부사어 뒤에서 말의 경색을 피하고 어조(語調)를 돕기 위해 쓰인 말로 앞의 동사와 합하여 부사 역할을 하였다.

知之①者② 不如好之者 好之者 不如樂之者. <雍也>

① 之(지) : 특정한 뜻을 갖지 않는 불완전대명사. '무언가'라고 풀 수 있지만, 일차적인 의미는 '도(道)', 혹은 '학문적 진리' 정도가 내포된 의미로 이해 가능하다. 여기서의 도(道)란 당연 유가적 진리의 세계를 말한다.
② 者(자) : '사람'으로 풀어도 좋고, 추상적인 뜻을 나타내는 불완전대명사 '~것'이라 해도 무방하다.

92 孟子* 맹자(抄)

* 맹자(B.C. 372~B.C. 289) : 중국 전국시대 추(鄒)나라 사상가. 성은 맹(孟), 이름은 가(軻). 자는 자여(子輿)·자거(子車, 子居). 시호는 추공(鄒公). 공자의 손자인 자사(子思)를 배워 공자의 정통 유학을 계승·발전시킨바 아성(亞聖)으로 불린다. 제(齊)나라 등 각국을 순회하며 패도(霸道) 정치 대신 인정(仁政)에 바탕한 왕도(王道) 정치를 역설하였다. 성선설(性善說)을 제창하였으며, 사단(四端) 및 오륜(五倫)의 개념을 정립시켰다. 책 이름으로서의 ≪맹자(孟子)≫는 유교 경전인 사서(四書)의 하나. 제자들이 맹자의 언행을 기록한 것으로, <양혜왕(梁惠王)>, <공손추(公孫丑)>, <등문공(滕文公)>, <이루(離婁)>, <만장(萬章)>, <고자(告子)>, <진심(盡心)>의 7편이 14권으로 조성되었다.

孟子見梁惠王① 王曰 叟②不遠③千里而來 亦將有以利④吾國乎 孟子對曰 王何必曰利 亦有仁義而已矣⑤ 王曰 何以⑥利吾國 大夫曰 何以利吾家 士庶人⑦曰 何以利吾身 上下交征⑧利而國危矣.

<梁惠王 上>

① 梁惠王(양혜왕) : 위(魏)나라 혜왕(惠王). 대량(大梁)에 거처했기에 양혜왕이라 했다.
② 叟(수) : 노인. 어른. 또는 학덕이 높은 사람을 부르는 2인칭 존대어.
③ 遠(원) : 멀다고 여기다(타동사).
④ 利(리) : 이롭게 해주다(타동사).
⑤ 而已矣(이이의) : ~일 뿐이다(종결조사).
⑥ 何以(하이) : 어떻게 하면. 이(以)는 수단, 방법(명사).
⑦ 士庶人(사서인) : 중국 고대의 신분 층위는 크게 천자(天子), 제후(諸侯), 경(卿), 대부(大夫), 사(士), 서인(庶人)의 순으로 구별하였다.
⑧ 交征(교정) : 交는 서로(부사). 征은 (이익을 위해) 상대를 치다. 신분의 높고 낮음 없이 서로의 것을 빼앗음을 의미한다.

孟子對曰 王好戰 請而戰喩 ①塡然鼓之 兵刃旣接 棄甲曳兵而走 或百步而後止 或五十步而後止 以五十步笑百步則何如 曰不可 ②直不百步耳 是亦走也 曰王③如知此則④無望民之多於隣國也.

<梁惠王 上>

① 塡然鼓之(전연고지) : 塡然은 요란하게. 북소리의 형용이지만 여기서는 부사 역할을 하였다. 鼓는 여기서는 동사로 쓰였다. 북을 치다. 之는 의미 없는 허사. 또는 지시대명사.
② 直(직) : 겨우, 근근히.
③ 如(여) : 만약, 만일.
④ 無(무) : '毋'와 통용되는 부정사(不定詞), '하지 마라.' 금지를 나타내는 기원구의 맨 앞에 놓인다.

<孟子見梁惠王圖>

敢問①何謂浩然之氣 曰 ②難言也 ③其爲氣也 ④至大至剛 ⑤以直養而無害 則⑥塞于天地之間 其爲氣也 ⑦配義與道 無是⑧餒也.

<公孫丑 上>

① 何謂(하위) : 謂는 말하다. 뜻하다. ‘무엇을 말하는가.’ ‘무엇을 의미하는가.’
② 難言(난언) : 말로 하기 어렵다. (관념으로는 알지만) 언어로 형용하기 어렵다.
③ 其爲氣也(기위기야) : 其는 여기서는 호연지기. “호연지기에서 기라고 하는 것은[기의 속성은].”
④ 至大至剛(지대지강) : 至는 지극히{부사}. “헤아릴 수 없을 만큼 크고, 휘게 할 수 없을 만큼 강하다.”
⑤ 以直養而無害(이직양이무해) : “정직으로 기르고 작위(作爲)로써 해치지 않는다.”
⑥ 塞于天地之間(색우천지지간) : 塞은 채워지다{피동형}. 于는 ~에{전치사}. “천지 사이에 가득 채워지다.”
⑦ 配(배) : 짝을 이루다{동사}. 합하여 도움이 된다는 의미.
⑧ 餒(뇌) : 굶주리다. (호연지기가) 결여되다.

惻隱之心 ①仁之端也 羞②惡之心 義之端也 辭讓之心 禮之端也 是非之心 智之端也.

<公孫丑 上>

① 仁之端(인지단) : 인 · 의 · 예 · 지 네 가지 덕 중의 첫째인 인이 밖으로 드러나는 단서(端緖). 인이 있다는 증거적 실마리. 인간에게 네 가지 덕[四德]이 있음을 증거해 주는 단서를 사단(四端)이라고 한다.
② 惡(오) : 나쁘다는 뜻이면 ‘악’이나, 여기서는 미워하다의 의미이다.

居天下之廣①居 立天下之正位 行天下之大道 得志 與②民由之 不得志 獨行其道 富貴不能淫③ 貧賤不能移④ 威武不能屈 此之謂大丈夫.

<滕文公 下>

① 廣居(광거) : 居는 거처, 곳{명사}. '넓은 곳.'
② 與民由之(여민유지) : 與는 ~와(과), 더불어{전치사}. 由는 자득(自得)하다, 행하다.
③ 淫(음) : 미혹하다. 혹하게 하다.
④ 移(이) : 옮기다, 옮겨가게 하다, 변경시키다. 마음을 움직이다는 뜻.

孟子曰 自暴①者 不可與②有言也 自棄者 不可與有爲③也 言非禮義 謂之自暴也 吾身不能居④仁由義 謂之自棄也 仁 人之安宅也 義 人之正路也 曠⑤安宅而弗居 舍⑥正路而不由 哀哉.

<離婁 上>

① 暴(포) : 함부로 하다{동사}. 나타나[내]다, 드러나[내]다의 뜻일 경우에는 '폭'으로 읽는다. cf. 폭로(暴露).
② 與有言(여유언) : 與는 더불어. 有는 가지다{동사}. 言은 언어, 대화{목적어}.
③ 爲(위) : 행위, 행동{명사}.
④ 居仁由義(거인유의) : 居는 살다. 由는 말미암다. 따르다.
⑤ 曠(광) : 비다. 비우다{타동사}.
⑥ 舍(사) : 버리다. =捨.

孟子曰 世俗所謂不孝者五 惰其四肢 不顧父母之養 一不孝也 ①博奕好飮酒 不顧父母之養 二不孝也 好貨財 ②私妻子 不顧父母之養 三不孝也 從耳目之欲 以爲父母 ③戮 四不孝也 好勇④鬪狠 以危父母 五不孝也. <離婁 下>

① 博奕(박혁) : 쌍륙(雙六)과 바둑. 널리 '도박'의 뜻. 쌍륙은 여러 사람이 편을 갈라 차례로 두 개의 주사위를 던져서 나오는 사위대로 말을 써서 먼저 궁에 들여보내는 놀이.
② 私(사) : 편애하다. 치우치게 사랑하다.
③ 戮(륙) : 죽이다. 욕보이다. 죄주다.
④ 鬪狠(투한) : 쌈박질. 원래 狠은 개 싸우는 소리의 의성어.

孟子曰 君子有三樂 而①王天下不②與存焉 父母俱存 兄弟 ③無故 一樂也 仰不愧於天 俯不怍於人 二樂也 得天下英才而敎育之 三樂也 君子有三樂 而王天下不與存焉.<盡心 上>

① 王(왕) : 왕 노릇 하다. 동사로 쓰였다.
② 與存(여존) : 더불어 존재한다. 포함되다. 관계되다.
③ 故(고) : 사고(事故). 문제. 병에 걸리거나 불화, 액운, 사망 등 좋지 않은 일.

93 大學* 대학(抄)

* 대학 : 공자가 찬술한 것을 제자인 증자(曾子, B.C. 506~B.C. 436)가 정리하고, 그의 문인들이 붙인 해설을 후대에 수정 보완하여 완성한 것으로 추정된다. 북송(北宋) 대의 사마광(司馬光, 1019~1086)이 ≪예기(禮記)≫ 전체 49편 중 제42편에 들어있는 대학편(大學篇)을 독립시켜 ≪대학광의(大學廣義)≫를 만들었다. 직후 정명도(程明道, 1032~1085)·정이천(程伊川, 1033~1107) 형제의 검토를 거치고, 남송(南宋) 대의 주자(朱子, 1130~1200)에 와서 ≪대학장구(大學章句)≫가 이루어지면서 사서(四書) 안에 포함되었다.

大學之道 在明明德① 在親民② 在止於至善.

① 明明德(명명덕) : 앞의 明은 밝히다(타동사), 뒤의 明은 밝은, 현명한의 뜻으로 德의 형용사 역할을 하였다. "본래의 순명(純明)한 덕을 밝히다."
② 親民(친민) : 親은 친애하다, 사랑하다(타동사). 한편 '新民', 즉 '백성을 새롭게 하다'로 된 곳도 있다.

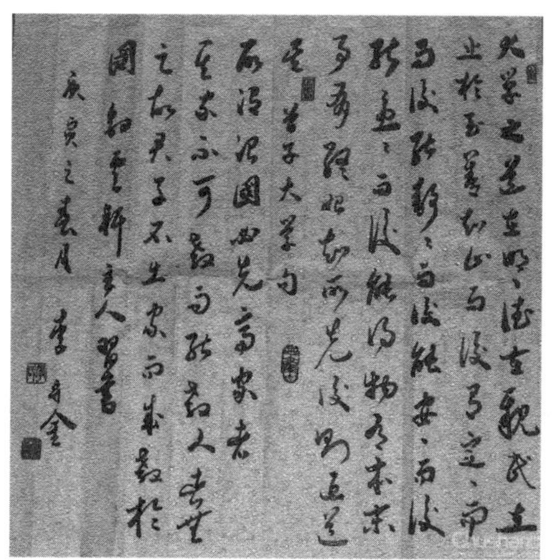

李守金이 ≪大學≫ 허두를 쓴 글씨

所謂誠其意者 毋[①]自欺也 如惡[②]惡臭 如好[③]好色 此之謂自謙[④] 故君子必愼其獨也 小人閒居爲[⑤]不善 無所不至 見君子而后 厭然揜其不善 而著其善 人之視己 如見其肺肝 然則何益矣 此謂誠於中 形於外 故君子必愼其獨也 曾子曰十目所視 十手所指 其嚴乎 富潤屋 德潤身 心廣體[⑥]胖故君子必誠其意

① 毋自欺(무자기) : 毋는 금지를 나타내는 부정사. "자기 자신을 속이지 않는다."
② 惡惡臭(오악취) : 앞의 惡(오)는 '미워하다'(타동사), 뒤의 惡(악)은 '나쁜'(형용사)의 뜻.
③ 好好色(호호색) : 위와 같은 용법임. 앞의 好는 동사, 뒤의 好는 형용어 '美'의 뜻. "미색을 좋아하다."
④ 謙(겸) : 겸손하다, 사양하다. 공경하다, 삼가다. 또 쾌족(快足)으로 설명하기도 하는데, 이 경우엔 덜다, 가볍게 하다의 뜻으로서 타당하다.
⑤ 爲(위) : 하다, 행하다(타동사). '行'의 뜻.
⑥ 體胖(체반) : 몸이 살찌다. 주술(主述)관계.

94 中庸* 중용(抄)

***중용** : 공자의 손자인 자사(子思)로 불리는 공급(孔伋, B.C. 483~B.C. 402)이 지었다고 알려져 있다. 대개 자사 및 그의 문하에서 지은 것을 후대에 수정 보완하여 완성했으리라 추정된다. 오늘날 전해지는 것은 송대에 ≪예기(禮記)≫에 있는 중용편(中庸篇)을 뽑아다가 독립된 경서로 만든 것이다. 이에 정자(程子)가 사서(四書)에 넣었으며, 주자(朱子)가 장구(章句)를 만들었다. 일반적으로 불편불의(不偏不倚)하고 과부족(過不足)이 없이 도리에 맞음을 '中'으로, 평상(平常)·불변(不變)함을 '庸'으로 풀이한다.

天命之謂性 率①性之謂道 修道之謂敎 道也者 不可須臾②離也 可離非道也 是故君子戒愼乎其所不睹 恐懼乎其所不聞 莫見乎隱③ 莫顯乎微 故君子愼其獨也 喜怒哀樂之未發謂之中 發而皆中節 謂之和 中也者 天下之大本也 和也者天下之達道也 致中和 天地位④焉 萬物育焉.

① 率(솔) : 따르다.
② 須臾(수유) : 잠깐 수, 잠깐 유. 잠깐의 시간.
③ 莫見乎隱(막현호은) : 見은 나타나다. 나타나다, 뵙다의 뜻으로 통할 때 '현'으로 읽는다. 隱은 명사로 사용되었다. 어두운 곳. 乎는 전치사, ~보다. "감춰진 것보다 더 잘 나타남이 없다."
④ 位(위) : 제 위치에 안정되다, 바르게 되다(동사).

95 書經* 서경(抄)

* 서경 : ≪시경(詩經)≫·≪서경(書經)≫·≪역경(易經)≫·≪예기(禮記)≫·≪춘추(春秋)≫의 유가 5경(五經) 가운데 하나. 중국 고대의 성군인 요순(堯舜) 때로부터 주(周)나라에 이르기까지의 정사(政事)에 관해 편찬한 경전(經典)이니, 가장 오래된 역사서이기도 하다. 처음에는 '書(서)', 한대(漢代) 이후 '尙書(상서)'라고 불리다가, 송대(宋代) 이후에 '서경(書經)'으로 불리게 되었다. 전 20권 58편인데, 처음의 5편은 중국의 전설적인 태평시대에 나라를 다스렸다는 요(堯)·순(舜)의 말과 업적을 서술한 것이다. 6~9편은 하(夏)나라에 대한 기록이지만 역사적으로는 아직 불투명하다. 다음 17편은 은(殷)나라의 건국과 몰락에 대해, 마지막 32편은 B.C. 771년까지 중국을 다스렸던 서주(西周)에 대해 기록하고 있다.

其一曰 皇祖有訓 民可近 不可下① 民惟邦本 本固②邦寧 予視天下 愚夫愚婦 一能勝③予 一人三失④ 怨豈在明⑤ 不見是圖⑥ 予臨兆民⑦ 懍乎若朽索之馭六馬 爲人上者 柰何不敬.

其二曰 訓有之 內作色荒 外作禽荒 甘酒⑧嗜音 峻宇雕牆⑨ 有一于此 未或不亡.

<夏書, 五子之歌>

① 下(하) : 낮추다, 내리보다.
② 本固(본고) : 근본이 견고하다. 주술(主述)관계 어휘.
③ 勝(승) : 이기다, 낫다, 훌륭하다.
④ 一人三失(일인삼실) : 한 사람이 세 가지를 잃는다. 잃은 것이 많음을 나타내는 말.
⑤ 怨豈在明(원기재명) : 원망이 어찌 밝은 데 있겠는가. 백성들 원망의 진실은 바깥에 드러난 상태에서 알 수 있는 것이 아니라는 뜻.
⑥ 不見是圖(불견시도) : 일이 아직 드러나지 않았을 때 이를 도모하여 해결해야 한다는 말.
⑦ 兆民(조민) : 모든 백성. 兆는 수의 단위이나, 전(轉)하여 수가 많음을 이른다. =萬民.
⑧ 甘酒(감주) : 술에 매료되다. 술목관계이니, 甘은 달게 여기다[동사].
⑨ 峻宇彫牆(준우조장) : 역시 술목+술목의 구조이니, "집을 높이 짓고 담장을 아로새긴다." 사치한 주거 생활을 형상한 표현이다.

王庸作書以誥曰 以台正于四方 台恐德弗類 玆故弗言 恭默思道 夢帝賚予良弼 其代予言 乃審厥象 俾以形 旁求于天下 說築傅巖之野 惟肖 爰立作相 王置諸其左右 命之曰 朝夕納誨 以輔台德 ①若金用汝作礪 若濟巨川 用汝作舟楫 若歲大旱 用汝作霖雨 啓②乃心 沃③朕心 若藥弗④瞑眩 厥疾弗⑤瘳 若跣弗視地 厥足用傷 惟⑥暨乃僚 罔不同心 以⑦匡乃辟 ⑧俾率先王 ⑨迪我高后 以康兆民 嗚呼 欽予⑩時命 其惟有終 說復于王曰 惟木從繩則正 后從諫則聖 后⑪克聖 臣不命其承 疇敢不祗若王之休命. <商書, 說命>

① 若金用汝作礪(약금 용여작려) : 여기서의 用은 '以'와 통한다. ~로써. 作은 삼다. 따라서 用汝는 '그대로써.' "만약 내가 쇠라면 그대를 숫돌로 삼겠으며."
② 乃(내) : 2인칭 대명사 그대.
③ 朕(짐) : 1인칭 대명사 나.
④ 瞑眩(명현) : 어질하다. 약 기운이 돌다. 또는 정신이 아득하고 어지럽다는 뜻.
⑤ 瘳(추) : 병이 낫다. 남보다 낫다. 줄다, 감소하다.
⑥ 暨乃僚(기내료) : 暨는 미치다, 다다르다. 동료와 마음이 통한다는 의미. 乃는 2인칭대명사. 僚는 동료.
⑦ 匡乃辟(광내벽) : 匡은 바로잡다. 乃는 역시 2인칭 대명사 그대. 辟은 임금.
⑧ 俾率(비솔) : 俾는 하여금. 率은 따르게 하다. (임금으로 하여금 선왕을) 따르게 하다.
⑨ 迪我高后(적아고후) : 迪은 나아가다. 高后는 우리 높으신 임금.
⑩ 時(시) : '是'와 통한다. 이~{관형사}.
⑪ 克(극) : 조동사 能과 동일한 용도로 사용된다.

六 三德 一曰正直 二曰剛克 三曰柔克 平康①正直 彊弗②友剛克③ 燮④友柔克 沈潛⑤剛克 高明⑥柔克.

九 五福 一曰壽 二曰富 三曰康寧 四曰攸⑦好德 五曰考終命⑧ 六極⑨ 一曰凶短折 二曰疾 三曰憂 四曰貧 五曰惡⑩ 六曰弱⑪. <周書, 洪範>

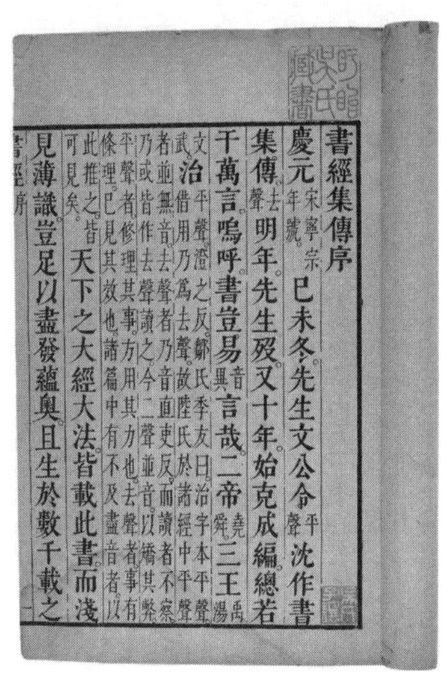
書經集傳序
慶元(宋寧宗年號)己未冬先生文公令(平聲)沈作書
集傳(去聲)明年先生歿又十年始克成編總若
干萬言嗚呼書豈易(音異)言哉二帝(堯舜)三王(禹湯文武)
治(平聲澄之反鄭氏季友曰治字本平聲借用乃爲去聲故陸氏於諸經中平聲者並無音去聲者乃音直吏反而讀者不察乃或皆作去聲讀之今二聲並音以矯其弊平聲者修理其事方用其力也去聲者事有條理已見其效也諸篇中有不及盡音者以此推之皆可見矣)
天下之大經大法皆載此書而淺
見薄識豈足以盡發蘊奧且生於數千載之
書經序 一

≪書經集傳≫.
주자의 제자 蔡沈이
≪서경≫을 정리 해설한 책.

① 平康(평강) : 걱정이나 탈이 없음. 또는 무사히 잘 있음. =平安.
② 彊弗友(강불우) : 彊=强 友=順으로 풀었다. 순순함, 잘 호응한다는 뜻. "뻣뻣하여 순순히 따르지 않는 이"
③ 克(극) : 능히 감당할 수 있다. 이기다, 극복하다. 해결하여 다스린다는 의미.
④ 燮友(섭우) : 옛 주에 '燮友者 和柔委順者也'라 하였다. 곧 화하면서 부드럽게 순하는 자이다.
⑤ 沈潛(침잠) : 옛 주에 '沉潛者 沉深潛退 不及中者也'라 했다. 곧 깊이 가라앉아서 숨고 뒤로 빠져 중용에 미치지 못하는 사람이란 말이니, 주뼛주뼛하는 내성적 소심하고 소극적인 사람을 가리킨다.
⑥ 高明(고명) : 옛 주에 '高明者 高亢明爽 過乎中者也'라 했다. 곧 남보다 훌쩍하게 잘나서 환히 드러내어 중용 중도를 넘은 사람이란 말이니, 자신감 넘치는 외향적 활달하고 적극적인 사람들을 가리킨다.
⑦ 攸好德(유호덕) : 덕을 행하기를 즐거움으로 삼는 일. 攸는 어조사 ~바[所]의 뜻이 있고, '修'와 통하는가 하면, '자득(自得)'의 뜻도 있다.
⑧ 考終(고종) : =善終, 즉 마지막을 잘 마무리 짓는 것. 考는 상고하다. 이루다, 완성하다. 마치다, 끝내다.
⑨ 極(극) : 용마루. 맨 끝 자리. 흉사(凶事). 감추다. 나쁜 상황에 처하다. 급하다.
⑩ 惡(악) : 추하고 비천한 것.
⑪ 弱(약) : 몸이 비정상적이며 열등한 것이다.

96 周易* 주역(抄)

*** 주역** : 유교의 경전인 삼경(三經)의 하나. 주(周)의 문왕이 지었다고 전해진다. 역경(易經) 또는 역(易)이라고도 한다. 역이란 말은 '變易(변역)', 즉 '바뀌다', '변화하다'는 의미이며, 천지 만물이 끊임없이 변화하는 자연 현상의 원리를 설명하고 풀이한 것이다. 만상(萬象)을 음양 이원으로써 설명하여 그 으뜸을 태극이라 하였고 거기서 64괘를 만들었는데, 이에 맞추어 철학·윤리·정치상의 해석을 덧붙였다. 경(經)·전(傳) 합하여 대략 2만 4,000자이다. 괘(卦)와 효(爻) 두 가지 부호를 중첩하여 이루어진 64괘·384효, 괘사(卦辭), 효사(爻辭)로 구성되어 있는데, 괘상(卦象)에 따라 길흉화복을 점쳤다.

①一陰一陽之謂道 ②繼之者③善也 成之者性也 仁者見之謂之仁 知者見之謂之知 百姓日用而不知 故君子之道鮮矣 ④顯諸仁 藏諸用 ⑤鼓萬物 而不與聖人同憂 盛德大業 至矣哉 富有之謂大業 日新之謂盛德 ⑥生生之謂易 ⑦成象之謂乾 ⑧效法之謂坤 ⑨極數知來之謂占 通變之謂事 陰陽不測之謂神.

<繫辭 上>

① 一陰一陽之謂道(일음일양지위도) : "한 번 음으로 가게 하고 한 번 양으로 가게 하는 것을 도라고 한다." 곧 서로 갈마듦, 교호(交互)·대대(待對)의 순환을 가리킨다. 之는 여기서 도의 본체이며 근원인 태극(太極). 이하 구절에서의 '之'들 역시 각각 앞의 단어를 받는 목적격 대명사로 일관한다.
② 繼之者(계지자) : 그것[之]을 잇는 것. 여기의 '之'는 목적격 지시대명사인바, 바로 앞의 '道'를 지칭함.
③ 鮮(선) : 드물다, 거의 없다.
④ 諸(저) : '之於'의 줄임말. 이 경우 '제' 아닌 '저'로 발음한다.
⑤ 鼓(고) : 고동(鼓動)시키다. 북돋우다. 생명을 불어넣다.
⑥ 生生之(생생지) : 생명을 탄생시키도록 하는 것. 앞의 生은 타동사, 뒤의 生은 명사.
⑦ 成象之(성상지) : 형상을 이루게 하는 것. 술목관계.
⑧ 效法之(효법지) : 법을 본받도록 하는 것. 술목관계.
⑨ 極數(극수) : 極은 용마루. 끝. 이르다, 다다르다. 극진하게 하다, 헤아려 알다. 數는 변화의 운수(運數).

易有聖人之道四焉 以言者尚其辭 以動者尚其變 以制器者尚其象 以卜筮者尚其占 是以君子將有爲也 將有行也 問焉而以言 其受命也如①嚮 无有遠近幽深 遂知②來物 非天下之至精 ③其孰能與於此 ④參伍以變 錯綜其數 通其變 遂成天下之文 極其數 遂定天下之象 非天下之至變 其孰能與於此 易⑤无思也 无爲也 ⑥寂然不動 感而遂通天下之故 非天下之至神 其孰能與於此 夫易 聖人之所⑦以極深而研幾也 唯深也 故能通天下之志 唯幾也 成天下之務 唯神也 故⑧不疾而速 不行而至 子曰 易有聖人之道四焉者此之謂也.

<繫辭 上>

① 嚮(향) : 여기서는 메아리, 음향을 뜻하는 '響'의 글자와 통용하였다.

② 來物(내물) : 다가올 일, 미래. 物은 일, 사실.

③ 其孰能與於此(기숙능여어차) : 영문법으로는 能이 조동사, 與는 더불어 가다, 함께 가다의 뜻이니 본동사가 된다. "그 어느 것이 능히 이것[易]과 더불 수 있으리오?" 그 어느 것도 역에 견줄 수 없다는 뜻.

④ 參伍(삼오) : 3과 5. 혹은 삼삼오오(三三五五), 삼오삼오(三五三五). 즉 무리 지어 가거나 무슨 일을 함. 또는 그런 모양. '참오'로 읽으면서 뒤섞이는 모양을 의미하기도 한다.

⑤ 无思(무사) : (역은 그 자체가 인정적인 편견이나 선입견 등은 없이) 무심하다. (인위적 · 의식적인) 사려가 없다. 바로 뒤의 '無爲' 또한 인위적이지 않다는 뜻.

⑥ 寂然不動(적연부동) : 아주 고요하여 움직이지 아니함.

⑦ 極深而研幾(극심이연기) : 술목+술목의 구조임. 極은 이르다, 다다르다. 극진하게 하다, 헤아려 알다. 深은 심오한 곳. 幾는 기미. 어떤 일이 되어 가는 묘한 낌새. 研은 캐다, 연구하다.

⑧ 不疾(부질) : 疾은 빠르다. 따라서 '빠르게 하지 않는다, 서두르지 않는다.' 한글 발음 'ㅈ' 앞에 있기에 '부'로 읽는다.

諸子

97 老子* 노자(抄)

* 노자(?~?) : 중국 춘추시대의 사상가. 성은 이(李). 이름은 이(耳). 자는 담(聃). 도가(道家)의 시조로서, 인의와 도덕에 구애되지 않고 만물의 근원인 도(道)를 좇아 살 것을 역설하고 무위자연(無爲自然)을 존중하였다. 실존 인물이 아니라는 설도 있다. 노자의 저서로 알려진 ≪도덕경(道德經)≫은 춘추 시대 말기에 그가 난세를 피하여 함곡관에 이르렀을 때 윤희(尹喜)가 도를 묻는 데에 대한 대답으로 적어 준 책이라 전하나, 전국시대 도가의 언설을 모아 한(漢)나라 초기에 편찬한 것으로 보기도 한다. 우주 간에 존재하는 이법(理法)을 도(道)라 하며, 무위(無爲)의 치(治)와 처세훈(處世訓)을 서술하였다.

道可道① 非常道 名可名② 非常名 無名③ 天地之始 有名萬物之母. <體道>

① 道可道(도가도) : 앞의 道는 만물의 본원과 원리{명사}, 뒤의 道는 말하다, 말로 한정짓다{동사}.
② 名可名(명가명) : 앞의 名은 도의 실재, 실상{명사}, 뒤의 名은 일컫다, 말로 나타내다{동사}.
③ 無名(무명) : 이름 붙일 수 없는 것. 이름없는 존재. 뒤의 '有名'은 이름을 갖춘 것.

谷神①不死 是謂玄牝② 玄牝之門③ 是謂天地根④ 緜緜若存⑤ 用之不勤⑥. <成象>

① 谷神(곡신) : 골짜기의 신령. 이는 노자 '道'의 관념을 형상으로 나타내 보인 한 예가 된다. 谷은 공허, 허무의 뜻. 만물 양육의 신령.
② 玄牝(현빈) : 玄은 현묘(玄妙). 牝은 짐승의 암컷. 생성의 원천.
③ 玄牝之門(현빈지문) : 보이지 않는 속에 신비의 조화를 부리는 곡신. 곧 여성적인 도(道)의 문(門).
④ 天地根(천지근) : "천지 만물의 근원."
⑤ 緜緜若存(면면약존) : 緜은 연이어 끊이지 아니하다, 연속하다. =綿. 若存은 보이지는 않으나 있다는 뜻. "연면(連綿)히 끊이지 않고 (영원히) 존재하는 듯하다."
⑥ 不勤(불근) : 勤은 다하다[盡], 또는 걱정하다[憂]의 뜻. 길이 존재하여 다하지 않으니 걱정할 바가 아니라는 의미. 하나의 말로 두 가지 이상의 의미를 나타낸 중의법(重義法)이라고 할 수 있다.

①天長地久 天地②所以能長且久者 ③以其不自生 故能長生 是以聖人④後其身而⑤身先 ⑥外其身而身存 非以其無⑦私耶 故能成其私. <韜光>

① 天長地久(천장지구) : "천지가 장구(長久)하다." 우주 · 천지가 영원무궁한 존재라는 뜻.
② 所以(소이) : 근거, 이유. 까닭.
③ 以其不自生(이기부자생) : '以'는 ~때문이다, ~까닭이다. "스스로 산다는 의식을 하지 않는 까닭에." 또는, "자신을 위해 사는 것이 아닌 까닭에."
④ 後(후) : 뒤로 하다{동사}.
⑤ 身先(신선) : 주어+동사의 주술(主述) 관계이다. 身은 자기, 자신. 자신이 (남보다) 앞에 있다.
⑥ 外(외) : (관심) 밖에 두다, 열외로 하다{동사}.
⑦ 私(사) : 자기, 자신.

①上善若水 水②善利萬物而不爭 處衆人之所③惡 故④幾於道. <易性>

① 上善(상선) : 上은 지상(至上), 최상(最上). 善은 선덕(善德), 훌륭함.
② 善利(선리) : 善은 '能'의 뜻. 능히, 잘{부사}. 利는 이롭게 하다. 혜택을 주다{동사}.
③ 惡(오) : 꺼리다, 싫어하다{동사}.
④ 幾(기) : 거의. 가깝다{동사}.

①知者不言 言者不知. <玄德>

① 知者(지자) : 지식(知識)이 있는 사람이란 뜻의 지식인이 아닌 지혜(智慧)로운 이. 또는 도(道)를 터득한 사람. 또한 정치적으로는 치리(治理)를 밝게 아는 임금.

信言不美① 美言不信 善者不辯② 辯者不善 知者不博③ 博者不知.

<顯質>

① 美(미) : 미려하다. 훌륭하게 꾸미다.
② 辯(변) : 말 잘하다. 또는, 변명하다.
③ 博(박) : 넓다. 해박(該博)하다의 뜻이나, 여기서는 많다. 도의 근본이 아닌 지엽, 말단적인 잡다란 지식이 많음을 나타낸 부정적인 의미.

명대 文徵明이 그린 老子像(右)과, 조선조 金弘道의 <老子出關圖>

98 莊子* 장자(抄)

* **장자**(B.C. 369?~B.C. 286) : 중국 전국시대 초(楚)나라의 도가(道家) 사상가로 이름은 주(周). 맹자(孟子)와 비슷한 시대에 활약한 것으로 전한다. 혜자(惠子)와 교유했다. 초(楚)나라의 위왕(威王)이 그를 맞아들이려 하였으나 사양하였다고 한다. 책 이름으로서의 ≪장자(莊子)≫는 일명 ≪남화경(南華經)≫이라고도 한다. 내편(內編), 외편(外編), 잡편(雜編)으로 나뉘는데, 대부분 우언(寓言)의 형태를 취하고 있다. 일반적으로 장자 자신이 내편을 썼고, 그 후계자들이 외편과 잡편을 썼다고 본다. 특히 내편 중에서도 <소요유(逍遙遊)>, <제물론(齊物論)>, <대종사(大宗師)>가 장자 사상의 중추인 것으로 이해된다. 그 사상은 대체로 노자의 사유와 통하여 흔히 노장사상(老莊思想)으로 통칭되고 있다. 인지(人智)와 인위(人爲)에서 탈피한 판단중지(判斷中止) 및 무위자연(無爲自然), 사생(死生) 초월 등을 강설한다.

惠子謂①莊子曰 吾有大樹 人謂之樗 其大本擁腫 而不中繩墨 其小枝卷曲 而不中規矩 立之塗 匠者不顧 今子之言大而無用 衆所②同去也 莊子曰 子獨③不見狸狌乎 卑身而伏 以候④敖者 東西跳梁 不辟⑤高下 中⑥於機辟 死於網罟 今

① 謂(위) : ~에게. ‘謂A曰B’의 용법, A더러 B의 내용을 말하다.
② 所同去(소동거) : 所의 뒤에는 반드시 동사가 온다. 同[함께]은 동사인 去[떠나다, 버리다]를 꾸몄다.
③ 獨(독) : (여럿 가운데) 홀로, 유독. 문법상 한정부사이지만, 의문부사 ‘어찌’ 정도의 뉘앙스를 내포한다.
④ 候敖(후오) : 候는 기다리다. 敖는 움직거리며 노는 닭이나 쥐 같은 동물.
⑤ 辟(피) : ‘피(避)’와 통용하여 피하다. 가리다. 물러나다, 놀라서 물러나다의 의미 적용시엔 ‘벽’으로 읽는다.
⑥ 中於機辟(중어기벽) : 덫에 걸리다. ‘中’은 들어맞다. 걸리다{동사}.

夫⑦斄牛 其⑧大若垂天之雲 此能爲大矣 而不能執鼠 今子有大樹 ⑨患其無用 何不⑩樹之於⑪無何有之鄕 廣莫之野 彷徨乎無爲其側 逍遙乎寢臥其下 不夭斤斧 物無害者 無所可用 ⑫安所困苦哉.

<逍遙遊>

> ⑦ 斄牛(태우) : 들소. 본래 斄는 주나라의 후직(后稷)이 받은 나라.
> ⑧ 大(대) : 크기{명사}.
> ⑨ 患(환) : 걱정하다{동사}.
> ⑩ 樹(수) : 여기서는 심다{동사}의 뜻이다.
> ⑪ 無何有之鄕(무하유지향) : 인위와 인공을 가하지 않은 자연 그대로의 도가적 이상향.
> ⑫ 安(안) : 어찌{의문부사}. 安~哉는 '어찌 ~하겠는가?'

昔者莊周夢爲胡蝶 栩栩然胡蝶也 自①喩適志與 不知周也 ②俄然覺 則③蘧蘧然周也 不知周之夢爲胡蝶④與 胡蝶之夢爲周與 周與胡蝶 則必有分矣 此之謂⑤物化.

<齊物論>

> ① 喩適志與(유적지여) : 喩는 깨닫다. 좋아하다, 기뻐하다. 適은 가다. 마음에 들다. 與는 ~인가? ~아닌가? 뜻의 의문사, 또는 추측사(推測辭).
> ② 俄然覺(아연교) : 俄然은 갑자기, 급히. 覺은 깨닫다의 뜻이면 '각'이나, 잠이나 꿈에서 깨어난다의 뜻이면 '교'로 읽는다.
> ③ 蘧蘧(거거) : 놀라 흠칫하는 모양. 자득(自得)한 모양.
> ④ 與(여) : '~인가?' 반문의 어조사.
> ⑤ 物化(물화) : 사물의 변화. 한 가지 사물이 다른 사물로 변화하는 기(氣)의 움직임.

莊子行於山中 見大木枝葉盛茂 伐木者止其旁而不取也 問其故 曰 無所可用 莊子曰 此木以不材得終其天年 夫子出於山 ①舍於故人之家 故人喜 命豎子殺雁而烹之 豎子請曰 其一能鳴 其一不能鳴 請②奚殺 主人曰 殺不能鳴者 明日 弟子問於莊子曰 昨日山中之木 以不材得終其天年 今主人之雁 以不材死 先生將何處 莊子笑曰 周將③處乎材與不材之間 材與不材之間 似之而非也 故未免乎累. <山木>

<莊周夢蝶圖>

① 舍(사) : 집. 버리다. 머무르다. 머물러 휴식하다.
② 奚(해) : 어느 것(의문대명사).
③ 處(처) : 처하다. 처신하다(동사).

99 荀子* 순자(抄)

* 순자(B.C.298?~B.C.238?) : 중국 전국시대 조(趙)나라의 사상가. 이름은 황(況). 유가(儒家) 사상을 독창적으로 계발해 내었고, 존경을 받아 순경(荀卿)으로도 불리었다. 저서 이름 역시 ≪순자(荀子)≫인바, 맹자의 성선설(性善說)에 맞서서 성악설(性惡說)을 제창하였다. 인간의 본성은 악한 것이기에 방임해서는 안되고 예의의 수양으로 사람의 성질을 교정할 것을 주장하였다. 곧 외재적인 규정인 예(禮)와 의(義)에 의한 인간 규제를 중시하는 예치주의(禮治主義)를 강조하였다. 후에 한비자(韓非子) 등이 계승하여 법가(法家) 사상을 창출했다.

人之性惡 其善者僞也 今人之性 生而有好利焉 順是 故爭奪生 而辭讓亡①焉 生而有疾惡②焉 順是 故殘賊生 而忠信亡焉 生而有耳目之欲 有好聲色焉 順是 故淫亂生 而禮義文理③亡焉 然則從人之性 順人之情 必出於爭奪 合於犯分亂理④而歸於暴 故必將有師法之化⑤ 禮義之道 然後出於辭讓 合於文理而歸於治 用⑥此觀之 然則人之性惡明矣 其善者僞也.

<性惡>

① 亡(무) : 없다는 뜻. 이 경우 '무'로 읽는다.
② 疾惡(질오) : 疾은 미워하다. 질투하다. 惡 역시 미워하다, 증오하다는 뜻. 이 경우 '오'로 읽는다.
③ 文理(문리) : 文은 문채(文采). 훌륭한 도리.
④ 犯分亂理(범분난리) : 술목(述目)+술목(述目)의 구문(構文). "분수를 범하고 도리를 어지럽힌다."
⑤ 師法之化(사법지화) : 化는 교화(敎化). "스승의 법도에 따른 교화."
⑥ 用(용) : '以'와 통용. 동사가 아닌 전치사로 쓰였다.

100 墨子* 묵자(抄)

* 묵자(B.C.480?~B.C.391?) : 중국 전국시대 노(魯)나라의 사상가로, 성은 묵(墨), 이름이 적(翟)이다. 일찍이 유가를 공부하였으나 인(仁)의 차등성을 반대하고 보편애(普遍愛)를 주장하는 등 따로이 묵가학파를 세웠다. 저서인 ≪묵자(墨子)≫는 정치·윤리·종교적인 가르침을 겸애(兼愛), 비공(非攻), 상현(尙賢), 상동(尙同), 천지(天志), 명귀(明鬼), 비악(非樂), 비명(非命), 절용(節用), 절장(節葬) 등 10가지 덕목 안에서 정치·윤리·철학 사상을 반영하고 있다.

若使天下兼相愛 愛人若愛其身…①惡施不孝…故天下兼相愛則治 ②交相惡則亂 故子墨子曰 不可以不勸愛人者此也.

<兼愛>

① 惡(오) : 어찌. 반문(反問)하기 위한 의문부사.
② 交相惡(교상오) : 交는 서로. 相 역시 서로, 상대하며. 惡는 미워하다(동사).

至殺人也 罪①益厚於竊其桃李 殺一人謂之不義 今至大爲攻國 則②弗知非 從而譽之謂之義 此可謂知③義與不義之別乎.

<非攻>

① 益厚(익후) : 益은 더욱. 厚는 두텁다, 크다.
② 弗知非(불지비) : 弗은 不과 통한다. 非는 허물, 잘못(명사). "잘못인 줄을 모른다."
③ 義與不義之別乎(의여불의지별호) : 여기의 與는 '와(과)'의 뜻인 접속사. 別은 구별. 乎는 반어종결사.

有力者 疾①以助人 有財者 勉②以分人 有道者 勸③以敎人.

<尙賢 下>

① 疾以(질이) : 疾은 아프다, 미워하다의 뜻 외에 빠르다란 뜻이 있다. cf. 疾走. 疾風. 빠르다를 부사화 시킨 것. '빠르게, 신속하게'. 以는 바로 앞 부사어 뒤에서 말의 경색을 피하고 부드럽게 어조를 돕기 위해 쓰인 허사(虛辭).

② 勉(면) : 힘쓰다. 여기선 그것의 부사화. '힘써.'

③ 勸(권) : '인도하여, 힘써.' 권하다, 인도하다, 힘쓰다의 부사화.

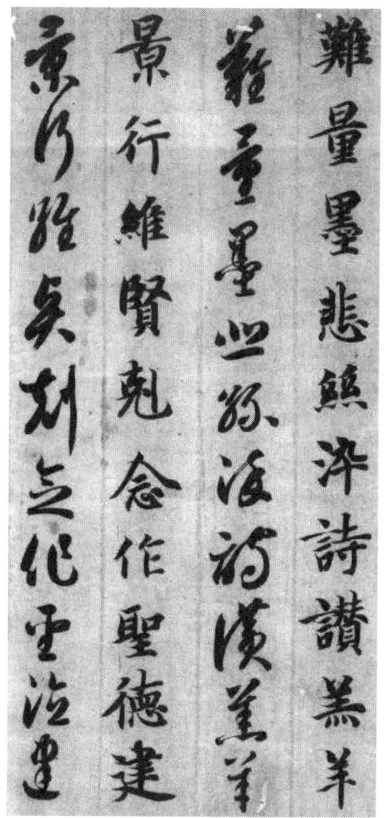

釋 智永이 쓴 ≪眞草千字文≫ 중의 '墨悲絲染'

101 韓非子* 한비자(抄)

* 한비자(B.C.280?~B.C.233) : 중국 전국시대 말기 한(韓)나라의 공자(公子)로, 본명은 한비(韓非). 처음에 순자(荀子)의 문하에서 나중 진(秦)나라의 승상이 된 이사(李斯)와 함께 공부했으나, 벗어나 현명(賢明)과 법술(法術)로 중앙집권적 제국의 체제를 창도한 법가(法家) 이론의 집대성자. ≪한비자(韓非子)≫는 한비 또는 그 일파의 논저 이름이기도 하다. 원래 ≪한자(韓子)≫라 불리던 것을 당(唐)의 문장가인 한유(韓愈)와 구별하기 위해 지금의 책 이름으로 통용되어 왔다.

昔者韓昭侯①醉而寢 典冠者②見君之寒也 故③加衣於君之上 覺寢而說④ 問左右曰 誰加衣者⑤ 左右答曰 典冠 君因兼罪⑥典衣與典冠 其罪典衣 以爲⑦失其事也 其罪典冠 以爲越其職也 非不惡寒⑧也 以爲⑨侵官之害甚於寒⑩ 故明主之畜臣

① 韓昭侯(한소후) : 한(韓) 애후(哀侯)의 손자로, 신불해(申不害)를 등용하여 선치(善治)하니 다른 제후들이 침벌(侵伐)하지 못했다고 한다.
② 典冠者(전관자) : 임금의 관모(冠帽)에 관한 일을 맡은 내관(內官).
③ 故(고) : 까닭에. 짐짓.
④ 說(열) : 말씀 '설.' <u>기뻐하다</u> '열.' 달래다 '세.'
⑤ 誰加衣者(수가의자) : "옷을 덮어 준 자가 누구더냐." '加衣者誰'의 도치문으로 보면 무난하다.
⑥ 罪典衣(죄전의) : 罪는 <u>벌하다</u>. <u>견책하다</u>(동사). 典衣는 임금의 의상을 담당하는 내관. 典衣者의 약칭.
⑦ 以爲(이위) : ~으로써 이유를 삼다. ~때문이다.
⑧ 非不惡寒(비불오한) : "추운 것을 싫어하지 않음은 아니지만." 非不은 이중부정. 惡는 미워하다, 싫어하다. 寒은 <u>추위</u>. 춥다를 전성(轉成)시켜 명사화했다.
⑨ 以爲(이위) : 삼다. <u>여기다</u>, <u>판단하다</u>.
⑩ 甚於寒(심어한) : 於는 전치사 ~보다. "추위보다 심하다."

臣不得越官而有功 ⑪不得陳言而不當 越官則死 不當則罪 守業其官 所言者貞也 則群臣不得⑫朋黨相爲矣. <二柄>

⑪ 不得陳言而不當(부득진언이부당) : "진언을 하되 사리에 당치 않은 것을 못하게 하다." 不得이 동사, 그 이하는 목적구로 본다.
⑫ 朋黨相爲(붕당상위) : 붕당끼리 서로 위하는 것. 붕당의 작당 행위.

昔者 鄭武公欲伐胡 故先以其女①妻胡君 以②娛其意 因問於群臣 吾欲用兵 ③誰可伐者 大夫關其思對曰 胡可伐 武公怒而戮之 胡兄弟之國也 子言伐之④何也 胡君聞之 ⑤以鄭爲親己 遂不備鄭 鄭人襲胡取之 宋有富人 天⑥雨牆壞 其子曰 不築 必將有盜 其鄰人之父亦⑦云 暮而果大⑧亡其財 其家甚智其子 而疑鄰人之父 此二人說⑨者 皆當矣 厚者爲戮 薄者⑩見疑 則非⑪知之難也 ⑫處知則難也. <說難>

① 妻(처) : 아내. 시집보내다, 아내로 삼게 하다{타동사}.
② 娛(오) : 기쁘게 하다{타동사}.
③ 誰(수) : 누구를. 주격이 아닌, 목적격으로 사용되었다.
④ 何(하) : 어째서인가? 무슨 이유인가?
⑤ 以鄭爲親己 : 以爲는 여기다. =以爲鄭親己. 동사+목적어+목적보어의 구문인데, 목적어인 정나라가 그 사이에 들어갔다고 보면 된다. "정나라를 자기와 친하다고 생각했다."
⑥ 雨(우) : 비가 내리다{동사}.
⑦ 云(운) : 말하다{동사}.
⑧ 亡(망) : 없어지다. 망실(亡失)하다.
⑨ 者(자) : 추상명사 '것'이라는 의미로 쓰였다.
⑩ 見疑(견의) : 見은 입다, 당하다. 피동의 조동사(見)+본동사(疑)의 결합이다. "의심을 받다."
⑪ 知之(지지) : 之가 동명사 역할을 하였다. '아는 것.'
⑫ 處知(처지) : 處는 결정하다. 분별하다. 아는 것을 처변(處變)하다, 앎을 상황에 따라 변통하다.

昔者 彌子瑕有寵於衛君 衛國之法 竊駕君車者罪刖⑬ 彌子瑕母病 人聞有夜告彌子 彌子矯⑭駕君車以出 君聞而賢之曰 孝哉 爲母之故 忘其犯刖罪 異日 與君遊於果園 食桃而甘 不盡⑮ 以其半啗⑯君 君曰 愛我哉 忘其口味 以啖寡人 及彌子色衰愛弛 得罪於君 君曰 是固嘗矯駕吾車 又嘗啗我以餘桃 故彌子之行未變於初也 而以前之所以見賢⑰ 而後獲罪者 愛憎之變也 故有愛於主 則智當⑱ 而加親 有憎於主 則智不當 見罪而加疏⑲ 故諫說談論之士 不可不察愛憎之主而後說焉.

<說難>

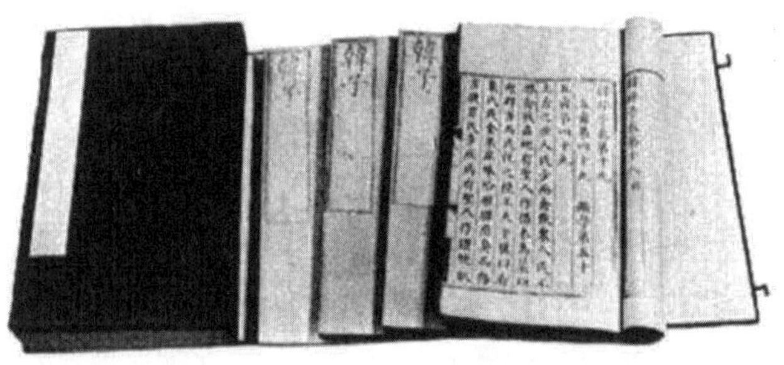

⑬ 刖(월) : 발꿈치 베다. 또는 발꿈치 베는 형벌(에 처하다).
⑭ 矯(교) : 바로잡다. 속이다. (군명이라고) 사칭하다. 높이 들어 올리다.
⑮ 不盡(부진) : 다하지 아니함. 다하지 못함. 이 문맥 안에서는 (먹다가) 남게 되었다는 뜻.
⑯ 啗(담) : 먹다. 먹이다. 마시다. 이익으로 꾀다.
⑰ 見賢(견현) : 어질게 보이다. 見은 여기서는 피동태, 보이다. (눈에) 띄다.
⑱ 智當(지당) : 지혜가 합당하다. (보여준) 지혜가 임금의 뜻에 맞음을 말함.
⑲ 見罪以加疏(견죄이가소) : 見은 피동의 조동사. 加는 더욱(부사). "죄를 받게 되어 더욱 소원해지다."

故事

102 矛盾* 모순

楚人有鬻①盾與矛者 譽②之曰 吾盾之堅 莫能陷③也 又譽其矛曰 吾矛之利④ 於⑤物無不陷也 或曰 以子之矛 陷子之盾 何如⑥ 其人弗⑦能應也.

≪韓非子, 難一≫

* "창과 방패(防牌)"라는 뜻으로, 어떤 사실의 앞뒤, 또는 두 사실이 이치상 어긋나서 서로 맞지 않음. 나아가, 말이나 행동의 앞뒤가 서로 일치되지 아니함을 뜻하는 말.

① 鬻(육) : 팔다. 사다의 뜻으로도 쓰인다.
② 譽(예) : 기리다. 칭찬하다. 자랑하다.
③ 陷(함) : 뚫다. 망가뜨리다.
④ 利(리) : 날카롭다. 예리(銳利)하다.
⑤ 於(어) : '~중에'{전치사}.
⑥ 何如(하여) : 어떠한가? 어찌 될까?
⑦ 弗(불) : '不'과 통용된다.

103 蛇足* 사족

楚有祠者 賜其舍人①巵酒② 舍人相謂曰 數人飮之不足 一人飮之有餘 請畫地爲蛇 先成者飮酒 一人蛇先成 引酒且飮之 乃左手持巵 右手畫蛇曰 吾能爲之足 未成一人之蛇成 奪其巵曰 蛇固③無足 子安④能爲之足 遂飮其酒 爲蛇足者 終亡⑤其酒.

≪戰國策, 齊策≫

* "뱀의 발을 그리다." 뱀을 다 그리고 나서 있지도 아니한 발을 덧붙여 그려 넣는다는 뜻인 화사첨족(畫蛇添足)의 줄임말. 쓸데없는 일을 더하다가 도리어 일을 그르침을 이르는 뜻, 또는 쓸데없는 일을 함. 초(楚)나라의 소양(昭陽)이 위(衛)나라를 치고 다시 제(齊)나라를 치려하자 제나라의 세객(說客)인 진진(陳軫)이 소양을 찾아와 설복(說服)할 때 나온 말이다.

① 舍人(사인) : 한 집안의 잡무를 맡은 사람. 가인(家人).
② 巵酒(치주) : 잔에 따른 술, 배주(杯酒).
③ 固(고) : 본디, 원래{부사}.
④ 安(안) : 어찌. 어찌하여{의문부사}.
⑤ 亡(망) : 잃다, 망실(亡失)하다

104 塞翁之馬* 새옹지마

①夫禍福之轉而相生 其變難見也 近②塞上之人 有③善術者 馬無故④亡而入胡 人皆弔之 其父曰 此⑤何遽不爲福乎 ⑥居數月 其馬將胡駿馬而歸 人皆賀之 其父曰 此何遽不能爲禍乎 家⑦富良馬 其子好騎 墮而折其髀 人皆弔之 其父

* "변방 노인의 말"이라는 뜻으로, 세상사에 변화가 많아 어느 것이 화(禍)가 되고, 복(福)이 될는지 예측하기 어렵다는 말. 또는, 인생의 길흉화복은 늘 바뀌어 변화가 많음을 이르는 말. 새옹화복(塞翁禍福).

① 夫(부) : 무릇. 대저. 발어사(發語詞).
② 塞上(새상) : 塞는 변방. 上은 가장자리, 변두리의 뜻.
③ 善術(선술) : 善은 잘하다. 착하다. 능하다. 術은 점술(占術), 복술(卜術). 술수(術數).
④ 亡(망) : 도망하다.
⑤ 何遽(하거) : 何詎. 遽=詎(어찌 거). 어찌하여, 어째서. =何渠
⑥ 居數月(거수월) : 居는 본래 공간개념의 '있다' 뜻이나, 여기선 시간개념으로 쓴 것임. "수개월 있다가, 몇 달 지나서."
⑦ 富(부) : 넉넉하다. 가멸지다. 형용동사로 쓰였다.

曰此何遽不爲福乎 居一年 胡人大入塞 ⑧丁壯者引弦而戰 近塞之人 死者⑨十九 此獨以跛之故 父子⑩相保 故福之爲禍 禍之爲福 化不可⑪極 深不可測也. ≪淮南子, 人間訓≫

淮南子卷一 武進莊逵吉校刊
漢涿郡高誘注
原道訓
夫道者覆天載地 廓四方柝八極
高不可際 深不可測
包裹天地 稟授無形
原流泉浡 沖而徐盈 混混滑滑 濁而徐清
故植之而塞于天地 橫之而彌于四海 施之無窮而無所朝夕
舒之幎於六合 卷之不盈於一握

전한시대 淮南王 劉安과, 그의 저서 ≪淮南子≫

⑧ 丁壯(정장) : 장정(壯丁). 청장년(靑壯年). 丁은 20세, 壯은 30세.
⑨ 十九(십구) : 십중팔구(十中八九). 열에 아홉. cf. 열아홉은 '十有九'
⑩ 相保(상보) : 相은 서로, 같이. 保는 보전(保全)하다. 지키다.
⑪ 極(극) : 최종의 곳. 극진(極盡)히 하다. 다다르다. 끝까지 알다.

105 漁父之利* 어부지리

①趙且伐②燕 ③蘇代爲燕 謂④惠王曰 今日臣來 過⑤易水 蚌方出
⑥曝而鷸啄其肉 蚌⑦合而⑧箝其喙 鷸曰 今日⑨不雨 明日不雨
⑩卽有死蚌 蚌亦謂鷸曰 今日不⑪出 明日不出 卽有死鷸 兩

* "어부의 이익"이란 뜻으로, 둘이 다투는 틈을 타서 엉뚱한 제삼자가 애쓰지 않고 이익을 가로챔을 이르는 말.

① 趙(조) : 전국시대(戰國時代) 칠웅(七雄)에 속했던 나라. 지금 산서성(山西省) 소재.
② 燕(연) : 역시 전국칠웅(戰國七雄)에 들었던 나라. 지금 하북성(河北省) 소재.
③ 蘇代(소대) : 전국시대의 유세객. 소진(蘇秦)의 아우.
④ 惠王(혜왕) : 조나라의 임금인 혜문왕(惠文王).
⑤ 易水(역수) : 중국 하북성(河北省)에 있는 강 이름.
⑥ 曝(폭) : 햇볕에 쬐다.
⑦ 合(합) : (조개가 껍질을) 닫다.
⑧ 箝(겸) : 재갈을 물리다(먹이다). 꽉 물다.
⑨ 不雨(불우) : 비가 오지 않는다. 여기의 '雨'는 '비 내리다.' 결국 조개가 말라죽게 된다는 말.
⑩ 卽有(즉유) : 卽은 즉시, 바로. ~만이 있을 뿐이다.
⑪ 出(출) : 달아나다. 탈출(脫出)하다.

者⑫不肯相舍 漁者得而幷擒之 今趙且伐燕 燕趙久相攻以⑬敝大衆 ⑭臣恐强秦之爲漁父也 願王熟計之也 惠王曰 ⑮善 乃止.

≪戰國策, 燕策≫

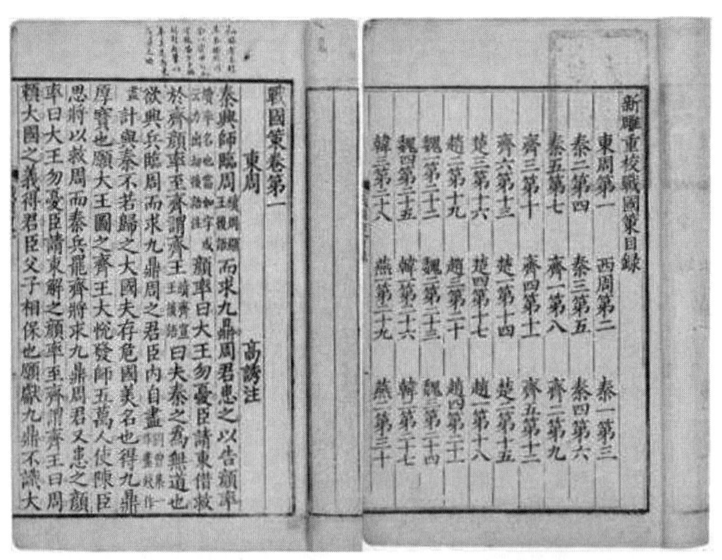
戰國策卷第一

東周 高誘注

秦興師臨周而求九鼎周君患之以告顏率 顏率曰大王勿憂臣請東借救於齊顏率至齊謂齊王曰夫秦之爲無道也欲興兵臨周而求九鼎周之君臣內自畫計與秦不若歸之大國夫存危國美名也得九鼎厚寶也願大王圖之齊王大悅發師五萬人使陳臣思將以救周而秦兵罷齊將求九鼎周君又患之顏率曰大王勿憂臣請東解之顏率至齊謂齊王曰周賴大國之義得君臣父子相保也願獻九鼎不識大

新雕重校戰國策目錄

≪戰國策≫. 한나라 劉向이 지은 전국시대 종횡가의 행적을 東周, 西周, 燕, 楚, 秦 등 12개 나라에 나누어 엮은 策略書이다.

⑫ 不肯相舍(불긍상사) : 肯은 긍정적으로, 기꺼이(부사). 舍는 '捨'와 같음. 놓(아주)다.
⑬ 敝(폐) : (옷 등이) 해지다. 지치게 하다(타동사).
⑭ 臣恐强秦之爲漁父也(신공강진지위어부야) : 주어(臣)+동사(恐)+목적절의 구문. 之는 주격조사. 爲는 되다.
⑮ 善(선) : 좋다. 옳게 여기다. 좋다고 인정하다.

106 朝三暮四* 조삼모사

①宋有狙公者 愛狙 養之成群 能解狙之意 狙亦②得公之心 損其家口 充狙之欲 ③俄而匱焉 將限其食 恐衆狙之不馴於己也 先誑之曰 ④與若芧 朝三而暮四 足乎 衆狙皆起而

* "아침에 세 개, 저녁에 네 개"라는 말이니, 당장 눈앞에 나타나는 차별(差別) 만을 알고 그 결과가 같음을 모르는 일에 대한 비유. 또는 간사한 꾀를 써서 남을 속임을 이르는 말.

① 宋(송) : 춘추시대에 주(周)나라의 제후국 중 하나. 혁명에 의해 붕괴된 은(殷)나라 주왕(紂王)의 서형(庶兄)인 미자계(微子啓)에게 은나라 유민을 다스리게 하고자 세운 나라. 춘추시대 12제후에 들었으나 기원전 286년에 멸망하였다.

② 得(득) : 대동사(代動詞). 알다. 알아차리다.

③ 俄(아) : 이윽고, 얼마 안 있다가.

④ 與若芧(여약서) : 與는 주다. 若은 2인칭대명사. 여기선 복수로 쓰였다. '너희들.' 동사+간접목적+직접목적의 구조로 영어의 4형식 문장에 해당한다. 芧는 상수리, 곧 상수리나무의 열매.

怒 俄而曰 與若芧 朝四而暮三 足乎 衆狙皆伏而喜 物之以能⑤鄙相籠⑥ 皆猶此也 聖人 以智籠群愚 亦猶狙公之以智籠衆狙也 名實不虧⑦ 使⑧其喜怒哉. ≪列子, 黃帝≫

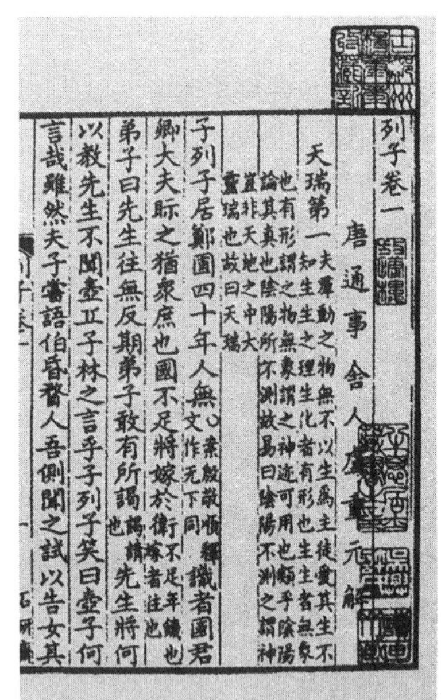

列子卷一 唐通事舍人盧重元解

天瑞第一 夫羣動之物無不以生爲主徒愛其生不知生生之理生化者有形也生生者無象也有形謂之物無象謂之神迹可用也類乎陰陽論其真也陰陽所不測故易曰陰陽不測之謂神豈非天地之中大靈瑞也故曰天瑞

子列子居鄭圃四十年人無文作无下同識者國君卿大夫眎之猶衆庶也國不足年饑也將嫁於衛嫁者往也弟子曰先生往無反期弟子敢有所謁謁請也先生將何以教先生不聞壺丘子林之言乎子列子笑曰壺子何言哉雖然夫子嘗語伯昏瞀人吾側聞之試以告女其

戴敦邦의 ≪도교인물집≫ 안에 그려진 전국시대 사상가 列子와, 그의 저서 ≪列子≫

⑤ 能鄙(능비) : 재능과 비우(鄙愚). 즉 똑똑함과 어리석음. 두 개의 명사가 병렬 관계 안에 있으면서 대립의 의미를 띠는 짜임새이다.

⑥ 籠(롱) : (속에 넣어) 싸다. 가두어 넣는다는 뜻.

⑦ 虧(휴) : 이지러지다. (덜어져) 줄다.

⑧ 使其喜怒哉(사기희노재) : 사역동사(使)+목적어(其)+목적보어(喜怒)의 구문. 영어의 5형식 문장에 해당한다. 哉는 감탄을 나타내는 종결어조사. “그들로 하여금 기쁘게도 노하게도 하는구나!”

107 管鮑之交* 관포지교

管仲曰 吾始①困時 嘗與鮑叔賈② 分財利 多自與③ 鮑叔不以我爲貪 知我貧也 吾嘗爲鮑叔謀事 而更窮困 鮑叔不以我爲愚 知時有利不利也 吾嘗三仕 三見④逐於君 鮑叔不以我爲不肖 知我不遭時也 吾嘗三戰三走 鮑叔不以我爲怯

* 중국 춘추시대 제(齊)나라 환공(桓公, B.C.685~B.C.643) 시절에 "관중(管仲)과 포숙(鮑叔)의 사귐." 친구 사이의 깊은 믿음과 이해에 바탕을 둔 우정을 이르는 말. 금석교(金石交). 금석계(金石契). 금란지교(金蘭之交).

① 始(시) : 처음에(부사).
② 賈(고) : 장사를 하다. 사다. 팔다. 또는 장사, 상인, 상품.
③ 自與(자여) : 與는 주다. '자기 앞으로 돌리다'는 뜻.
④ 見逐(견축) : 見은 '당하다'는 뜻의 수동(受動)을 나타내는 동사.

知我有老母也 公子糾⑤敗 召忽⑥死之 吾幽囚⑦受辱 鮑叔不以我爲無恥 知我不羞小節 而恥功名不顯于天下也 生我者父母 知我者鮑子也.

≪史記, 管晏列傳≫

≪東周列傳故事≫에 收載된 管鮑之交 插圖

⑤ 公子糾(공자규) : 춘추시대 제(齊)나라 양공(襄公) 무지(無知)의 아우. 화를 피해 노(魯)나라로 갔다가 양공이 살해됐음을 알고 제나라로 진군코자 하였다. 그러나 여(莒)에 있던 소백(小白)에게 선수를 놓쳐 외려 노나라 사람들에게 죽임을 당한 인물.

⑥ 召忽(소홀) : 공자규의 신하로, 관중과 함께 싸움에 나섰다가 전사했다.

⑦ 幽囚(유수) : 幽는 가두다. 囚 역시 가두다. 갇히다. 두 글자 모두 피동사(被動詞)로 쓰였다. '잡혀 갇히다.'

108 指鹿爲馬* 지록위마

趙高[①] 持鹿獻於二世[②]曰 馬也 二世笑曰 丞相誤耶 指鹿爲馬 問左右 或默或言 高陰中[③]諸[④]言鹿者以法 後羣臣皆畏高無敢言其過.

≪十八史略≫

* "사슴을 가리켜 말이라고 하다"의 뜻으로, 윗사람을 농락하여 권세를 마음대로 함을 이르는 말. 사실이 아닌 것을 사실인양 강압(强壓)하여 인정하게 함. 나아가, 모순된 것을 끝까지 우겨서 남을 속이려는 짓.

① 趙高(조고) : 중국 진(秦)나라의 환관(?~B.C.207). 시황제가 죽은 뒤에 시황제의 장자인 부소(扶蘇)를 죽이고, 둘째 아들 호해(胡亥)를 이세(二世) 황제로 삼았다. 그 뒤 이세 황제를 죽이고 자영(子嬰)을 즉위시킨 후 정승이 되어 권력을 휘두르다 자영에게 일족이 살해되었다.

② 二世(이세) : 진(秦)나라 시황의 막내아들로, 두 번째 황제가 된 호해(胡亥).

③ 陰中(음중) : 陰은 몰래{부사}. 中은 중상하다, 해치다{동사}.

④ 諸(저) : 여기서는 '여러 제'가 아닌, 어조사 '之於'의 축약어로 쓰였다. 이 경우 '저'로 읽는다.

109 白眼視* 백안시

籍①不拘禮敎 能爲靑②白眼 見禮俗之士 白眼對之 及嵇③喜來 卽籍爲白眼 喜不懌而退 喜弟康④聞之 乃齎酒挾琴造⑤焉 籍大悅 乃見靑眼 由是 禮法之士 疾⑥之若讎. ≪晉書, 阮籍傳≫

阮籍

* "남을 업신여기거나 무시하는 태도로 흘겨봄." 진(晉)나라 때 죽림칠현의 한 사람인 완적(阮籍)이 마음에 안드는 객(客)은 백안(白眼)으로 대하고, 마음에 드는 객은 청안(靑眼)으로 대한 데서 유래한다.

① 籍(적) : 완적(阮籍, 210~263). 진(晉)대 죽림칠현(竹林七賢) 중의 한 사람.
② 靑白眼(청백안) : 청안(靑眼)과 백안(白眼). 청안은 정상적인 눈으로 반가이 맞아 본다는 말로 쓰임. 백안은 흰자위만 보이는 눈이니, 미워하여 흘겨보는 눈초리.
③ 嵇喜(혜희) : 위진남북조 시대 서진(西晉) 사람. 혜강의 형(兄).
④ 康(강) : 혜강(嵇康, 223~262). 삼국 시대 위(魏)나라의 문인. 자는 숙야(叔夜). 죽림칠현의 한 사람으로, <유분시(幽憤詩)>·<금부(琴賦)> 등의 작품을 남겼다.
⑤ 造(조) : 이르다. 도달하다. 가다.
⑥ 疾(질) : 병(病). 빠르다. 미워하다.

110 狐假虎威* 호가호위

虎求百獸而食之 得①狐 狐曰 子無②敢食我也 天帝使我長③百獸 今子食我 是逆天帝命也 子以我爲不信 吾爲子先行 子隨我後 觀百獸之④見我而敢不走乎 虎以爲⑤然故 遂與之行 獸見之⑥皆走 虎不知獸畏己而走也 以爲畏狐也.

≪戰國策, 楚策≫

* "여우가 호랑이의 위엄 또는 위세를 빌린다"는 뜻으로, 실력이나 능력이 없는 사람이 남의 권세나 세력(勢力)을 빌어 위세를 부리는 일의 비유.

① 得(득) : 손에 넣다. 또는, 만나다. 후자의 경우 영어의 대동사(代動詞) 'get' 쯤에 해당한다.
② 無(무) : '毋'와 통하는 금지의 조동사.
③ 長(장) : 우두머리 노릇하게 하다. 동사로 쓰였다.
④ 之(지) : 주격조사 '이/가'의 뜻으로 쓰였다.
⑤ 以爲(이위) : 생각하다. 여기다. think of [that].
⑥ 之(지) : 목적격 지시대명사. 여우를 지칭함.

111 猫項懸鈴* 묘항현령

群鼠會話曰 穿庾捿廩 生活可潤 但所怕①獨猫 有一鼠言曰 猫項若懸②鈴子 庶得聞聲而③遁死矣 群鼠喜躍曰 子言是矣 吾何所怕耶 有大鼠徐言曰 ④是則是矣 然猫項 誰能⑤爲我懸鈴耶 群鼠愕然.

≪禦眠楯≫

* 쥐가 "고양이 목에 방울을 단다"는 뜻으로, 실행하지 못할 일을 공연히 의논만 한다는 말. 실행할 수 없는 헛된 논의. 묘두현령(猫頭懸鈴). 탁상공론(卓上空論).

① 獨(독) : 다만. 유독.
② 鈴子(영자) : 방울. 子는 사물을 뜻하는 접미사. cf. 의자(椅子), 탁자(卓子), 모자(帽子), 주전자(酒煎子).
③ 遁死(둔사) : 도망쳐 살아 남다.
④ 是則是矣(시즉시의) : "옳기는 옳지만." 'A則A矣' 용법. A(하)기는 A(하)지만.
⑤ 爲我(위아) : 爲는 위해서. 我는 여기선 '나'의 뜻이 아니라 복수형으로서의 '우리'란 뜻으로 새긴다.

112 和氏之璧* 화씨지벽

楚人和氏得玉璞①楚山中 奉而獻之厲王② 厲王使玉人相之③ 玉人曰 石也 王以和爲誑 而刖其左足 及厲王薨 武王④卽位 和又奉其璞 而獻之武王 武王使玉人相之 又曰 石也 王又以和爲誑 而刖其右足 武王薨 文王⑤卽位 和乃抱其

* "화씨(和氏)의 구슬." 초나라의 변화(卞和)가 여왕(厲王) 앞으로 바친 명옥(明玉). 천하의 귀중한 보배라는 뜻으로, 뛰어난 인재를 비유적으로 이르는 말이기도 하다. 벽(璧)이란 상서로운 옥환(玉環), 곧 가운데 둥근 구멍이 편평(扁平)한 원형의 옥기(玉器)를 말한다. 수주(隋侯)가 뱀을 살려준 뒤 뱀으로부터 받은 보주(寶珠)라는 '수후지주(隋侯之珠)'도 있는가 하면, 이 둘의 첫 글자를 딴 '수화지재(隋和之材)'라는 말도 있다.

① 玉璞(옥박) : 옥덩이. 가공하기 이전의 옥의 원석.
② 厲王(여왕) : 춘추시대 초려왕(楚厲王)이니, 제(齊)나라에 끌려가 죽임을 당하였다.
③ 玉人相之(옥인상지) : 옥인은 옥의 전문가. 옥장(玉匠). 相은 서로, 보다(동사). 돕다. 형상.
④ 武王(무왕) : 초려왕의 아우 초무왕(楚武王)이니, 반란을 당해 굶어죽었다.
⑤ 文王(문왕) : 초무왕의 아들. 등(鄧)·채(蔡) 등을 정벌하여 주변 소국(小國)들에 위세를 떨쳤다.

璞而哭於楚山之下 三日三夜 淚盡而繼之以血 王聞之使人問其故曰 天下之刖者多矣 子奚哭之悲也 和曰 吾非悲刖也 悲⑥夫寶玉而⑦題之以石 貞士而名之以誑 此吾所以悲也 王乃使玉人⑧理其璞而得寶焉 遂命曰 和氏之璧.

≪韓非子, 卞和≫

⑥ 夫(부) : 저(기). 사물을 지시하는 말로 쓰였다.
⑦ 題(제) : 품평하다. 평가하여 규정 짓다.
⑧ 理(리) : (옥을) 갈다. (옥, 일 등을) 다스리다. 수선하다. 장식하다.

113 刻舟求劍* 각주구검

楚人有涉江者 其劍①自舟中墜於水 ②遽刻其舟曰 ③是吾劍之所從墜 舟止 ④從其所刻者 入水求之 舟已行矣 而劍不行 求劒若此 ⑤不亦惑乎.

≪呂氏春秋, 察今≫

* "(움직이는 배의) 뱃전에 새겨두고 (배 밖에 떨어뜨린) 칼을 찾으려 한다"는 말이니, 시세의 변천도 모르고 구태의연한 어리석음을 뜻한다. 결주구검(契舟求劍)이라고도 한다. 이 경우 契은 '계'가 아닌, '새기다, 조각하다'의 뜻을 지닌 '결'로 읽는다.

① 自(자) : ~부터. 명사나 대명사 앞에 두는 전치사(前置詞).
② 遽(거) : 급히, 당황하여, 허둥지둥하며.
③ 是吾劍之所從墜(시오검지소종추) : 是는 여기(this), 장소를 뜻하는 지시대명사. 之는 주격조사 이/가. 所는 영어의 to부정사와 같이, 그 뒤에 반드시 동사가 따르는바, 墜[떨어지다]가 동사. 從은 동사에 붙는 부사. ~를 따라서(through).
④ 從(종) : 따르다. 좇다{동사}.
⑤ 不亦~乎(불역~호) : 강조법의 관용구로, 강한 긍정을 나타낸다. '~이 아니겠는가!'의 뜻.

114 螢雪之功* 형설지공

晉車胤 字武子 幼恭勤博覽 家貧①不常得油 夏月以②練囊 ③盛數十螢火 照書讀之 以夜繼日 後官至④尙書郞 今人以書窓爲螢窓 由此也 晉孫康 少⑤淸介 交游不雜 家貧無油 嘗映雪讀書 後官至⑥御史大夫 今人以書案爲雪案 由此也.

≪晉書, 車胤孫康≫

* "반딧불이나 눈과 함께 하는 노력." 가난한 사람이 반딧불과 눈빛으로 글을 읽어 가며 고생 속에서 공부(工夫)함을 일컫는 말이다. 형창설안(螢窓雪案)이란 성어(成語) 역시 반딧불이 비치는 창과 눈에 비치는 책상이란 말. 공부하는 서재란 의미이나, 나아가 어려움 속에서 학문에 힘씀을 비유하는 뜻이 있다.

① 不常(불상) : 항상 ~하지는 않다. 부분부정을 나타내는 부사. 영어의 not~always. cf. 전체부정은 '常不.'
② 練囊(연낭) : 練은 연습하다. 누이다(표백하다). 누인 명주. 표백한 흰 명주로 만든 주머니.
③ 盛(성) : 그릇. 담다. 성하다.
④ 尙書郞(상서랑) : 상서성(尙書省)의 고위 관리로 조서(詔書) 등 문서를 관장함.
⑤ 淸介(청개) : 마음이 깨끗하여 남과 섞이지 않음.
⑥ 御史大夫(어사대부) : 어사대(御史臺) 소속의 관원으로, 관리의 행정을 규찰(窺察)하고 부정을 탄핵할 수 있는 권한이 있었다.

115 伯牙絶絃* 백아절현

伯牙善①鼓琴 鍾子期善聽 伯牙鼓琴 志在登高山 子期曰 善哉 峩峩兮若泰山 志在流水 鍾子期曰 善哉 洋洋兮若江河 伯牙所念② 子期必得③之. ≪列子, 湯問≫

鍾子期死 伯牙破琴絶絃 終身不復鼓琴 以爲④無足爲鼓者. ≪呂氏春秋, 本味≫

* 중국 춘추시대 거문고의 명인 "백아(伯牙)가 거문고 줄을 끊다." 자기를 알아주는 절친(切親)의 벗인 지음(知音), 곧 지기지우(知己之友)가 문득 세상에서 사라짐에 슬퍼함을 이르는 말.

① 善鼓琴(선고금) : 善은 착하다. 친하다. 잘하다. 여기선 부사적 용법으로 '잘.' 鼓는 북. (악기의 줄 따위를) 뜯다. 두드리다. 琴이 목적어. ≪순자(荀子)≫ 「권학편(勸學篇)」에는 백아가 거문고를 타면 임금의 수레 끄는 여섯 필의 말이 고개를 들고 풀을 뜯으면서 들었다고 적혀 있다.
② 所念(소념) : 생각하는 바, 염두한 바. 所는 영어의 to부정사에 해당, 뒤에 반드시 동사가 온다.
③ 得(득) : 대동사(代動詞)이니, 문맥상 '이해하다'의 뜻으로서 무난하다.
④ 以爲(이위)~ : ~(라)고 생각하다. 여기다.

116 苛政猛於虎* 가정맹어호

孔子過泰山側 有婦人哭於墓者而哀 夫子式①而聽之 使子路問之 曰子之哭也 壹②似重有憂者 而曰然 昔者 吾舅③死於虎 吾夫又死焉 今吾子又死焉 夫子曰 何爲不去也 曰無苛政 夫子曰 小子識④之 苛政猛於虎也. ≪禮記, 檀弓≫

* "가혹(苛酷)한 정치는 호랑이보다 더 사납다"는 말이니, 혹독한 정치의 폐해(弊害)를 비유하는 뜻.

① 式而聽之(식이청지) : 式은 삼가다의 뜻. 而와 합쳐 '삼가'{부사}의 뜻임.
② 壹似重(일사중) : 壹은 하나같이, 한결같이. 역시 부사어로 쓰였다. 似는 ~처럼 보인다(look like). 重은 심히, 대단히{부사}.
③ 舅(구) : 시아버지. 외삼촌. 장인.
④ 識之(지지) : 識는 여기서는 기록하다. 之는 허사. 혹은 앞의 내용을 가리키는 지시대명사로 보아도 무방함.

117 臥薪嘗膽* 와신상담

①伍員字子胥 楚人伍奢之子 奢②誅而奔吳 以吳兵入③郢 吳伐越
④闔廬傷而死 子夫差立 子胥復事之 夫差志復讐 朝夕臥薪中
出入使人呼曰 夫差 ⑤而忘越人之殺而父耶 周敬王二十六年
夫差敗越于夫椒 越王句踐以餘兵 棲會稽山 ⑥請爲臣妻爲妾
子胥言不可 太宰伯嚭受越賂 說夫差赦越 句踐反國 懸膽於
⑦坐 臥卽仰膽嘗之曰 ⑧女忘會稽之恥耶 擧國政 ⑨屬大夫種而

* "섶에 누워 잠 자고, 쓰디쓴 쓸개를 맛보다." 의지를 관철하기 위해 갖은 고초를 참고 견딤을 비유적으로 이르는 말. ≪사기(史記)≫ 및 ≪십팔사략(十八史略)≫의 출전이다. 춘추시대 오나라의 왕 부차(夫差)가 아버지의 원수를 갚기 위하여 장작더미 위에서 잠자면서 월나라의 왕 구천(句踐)에게 복수할 것을 맹세하였고, 그에게 패배한 월나라의 왕 구천이 쓸개를 핥으면서 복수를 다짐한 데서 유래한다.

① 伍員(오원) : 오자서의 본명. 중국 춘추 시대의 초나라 사람(?~B.C.484). 아버지 오사(吳奢)와 형 오상(吳尙)이 초나라 평왕(平王)에게 피살되자 오나라를 도와 초를 쳐서 원수를 갚았다. 이를 '伍員復仇(오원복구)'라 한다.
② 誅(주) : 주살되다. 문맥상 글자 자체로 피동의 의미를 지닌다.
③ 郢(영) : 춘추시대 초나라의 수도. 지금의 호북성(湖北省) 강릉현내(江陵縣內)이다.
④ 闔廬(합려) : 춘추전국시대 오나라의 24대 왕(?~B.C.496). 이름은 광(光). 기원전 515년에 오나라 왕 요(僚)를 죽이고 즉위, 초나라를 쳐서 중원까지 위세를 떨쳤으나 뒤에 월나라 왕에게 패하여 죽었다.
⑤ 而(이) : 2인칭 대명사 너, 그대.
⑥ 請爲臣妻爲妾(청위신처위첩) : "자신은 (오왕의) 신하가 되고, (자신의) 처는 오왕의 첩이 되기를 청하다."
⑦ 坐(좌) : 앉은 곳. 앉다{동사}를 전성(轉成)시킨 어휘이다.
⑧ 女(여) : 2인칭대명사 너.
⑨ 屬(촉) : 맡기다, 부탁하다, 위임하다. 이 경우 '속'이 아닌 '촉'으로 읽음에 유의한다.

與范蠡⑩ 共治兵事 謀吳 吳宰嚭譖 子胥恥謀不用怨望 夫差乃賜子胥屬鏤之劍 子胥告其家人曰 必樹⑪吾墓檟 檟可材也 抉吾目 懸東門 以觀越兵之滅吳 乃自刎 夫差取其尸 盛⑫以鴟夷 投之江 吳人憐之 立祠江上 命曰胥山 越十年生⑬聚 十年教訓 周元王四年 越伐吳 吳三戰三北⑭ 夫差上⑮姑蘇 亦請⑯成於越 范蠡不可 夫差曰 吾無以見子胥 爲幎⑰冒乃死.

≪十八史略≫

⑩ 范蠡(범려) : 춘추 시대 월나라의 재상(B.C.517?~?). 자는 소백(少伯). 회계(會稽)에서 패한 구천(句踐)을 도와 오왕(吳王) 부차(夫差)를 멸망시켰다. 후에 미인 서시(西施)와 함께 탈출하여 산동(山東)의 도현(陶縣)에 가서 도주공(陶朱公)으로 자칭하고 큰 부(富)를 쌓았다.
⑪ 樹吾墓檟(수오묘가) : "내 무덤 곁에 오동나무를 심어." 樹는 심다[동사]. 吾墓는 앞에 '於'가 생략된 상태 안에서 부사구로 쓰였다. 檟는 개오동나무.
⑫ 盛以鴟夷(성이치이) : 盛은 담다[동사]. 鴟夷는 말가죽으로 만든 술부대.
⑬ 生聚(생취) : 백성을 기르고 재물을 모으다. (국력을) 충실히 쌓다.
⑭ 北(배) : 지다, 패배하다.
⑮ 上姑蘇(상고소) : 上은 오르다. 姑蘇는 강소성 오현(吳縣)의 서쪽에 있는 고소산(姑蘇山).
⑯ 請成(청성) : 술목관계로 풀어서 '(화친이) 이뤄지기를 청하다.'
⑰ 幎冒(멱모) : 얼굴을 가리다. 幎은 덮다, 가리다. 冒 또한 (덮어) 가리다.

118 四面楚歌* 사면초가

項王軍 ①壁垓下 兵少食盡 漢軍及諸侯兵 ②圍之數重 夜聞漢軍 四面皆楚歌 項王乃大驚曰 漢皆已③得楚乎 是何楚人④之多也.

≪史記, 項羽本紀≫

* "사방에서 들리는 초(楚)나라의 노래." 적에게 둘러싸인 상태나 누구의 도움도 받을 수 없는 고립무원(孤立無援) 상태에 빠져 듦을 뜻한다. 항우(項羽)가 기원전 202년 안휘성 소재의 해하(垓下) 성에서 한나라 군에게 포위당한 밤에 자신의 고향인 초(楚)의 노래가 사면에서 들렸다. 이에 패잔한 초나라 병사들이 동요해서 군영을 이탈하였고, 항우는 끝내 비극적인 최후를 맞이하였다.

① 壁(벽) : 벽. 절벽 외에 진(陣)의 뜻이 있다. 여기서는 이것의 동사화. 진을 치다.
② 圍之(위지) : 에워싸다, 포위하다. 之는 무의미 허사. 또는 항왕군(項王軍).
③ 得(득) : 대동사(代動詞) 차지하다, 점령하다 정도의 뜻으로 적절하다.
④ 之(지) : 여기서는 '이/가'{주격조사}.

119 推敲* 퇴고

①島 ②赴擧至京 騎驢③賦詩 得僧推月下門之句 ④欲改推作敲 ⑤引手作推敲之勢 未決 不覺衝大尹韓愈 乃具言 愈曰 敲字佳矣 遂⑥並轡論詩.

≪唐詩紀事≫

* "推와 敲." 당나라 시인 가도(賈島)가 '僧推月下門'이란 시구를 지으면서 '推'를 '敲'로 바꿀까 말까 망설이다가 한유(韓愈)의 조언에 따라 '推'로 결정하였다는 데서 유래한 것으로, 글을 지을 때 여러 번 생각하여 고치고 다듬는 일을 말하는 뜻이 되었다. '옮기다'의 뜻일 때 '추'로 읽고 '밀어젖히다'의 뜻일 경우 '퇴'로 읽으니, '추고'가 아닌, '퇴고'로 읽음이 옳다. 해당 시의 제목은 <제이응유거(題李凝幽居)>이다.

① 島(도) : 가도(賈島, 779?~843)를 말한다. 자는 낭선(浪仙). 무본(無本)이라는 승려로 있다가 환속하여 장강(長江)의 주부(主簿)가 되었다. 오언율시를 잘하였으며, ≪장강집(長江集)≫, ≪시격(詩格)≫ 등이 있다.

② 赴擧(부거) : 赴는 나아가다. 다다르다. 擧는 과거(科擧).

③ 賦(부) : (글을) 짓다(동사).

④ 欲改推作敲(욕개추작고) : 改A作B = A를 고쳐 B로 하다. "밀다[推]를 두드리다[敲]로 고치려 하다."

⑤ 引(인) : 끌어당기다. 이끌다. 추천하다.

⑥ 並轡(병비) : 並은 나란히 서다. 나란히 하다. 나란히, 가지런히. 아우르다. 轡는 고삐.

說話

120 古朝鮮 고조선 - 一然*

①魏書云 乃往二千②載 有壇君王儉 立都③阿斯達 開國號朝鮮 與④高同時 ⑤古記云 昔有桓因 庶子桓雄 ⑥數意天下 貪求人世 父知子意 下視⑦三危太伯可以弘益人間 乃授⑧天符印三箇 遣往理之 雄率徒三千 降於⑨太伯山頂⑩神壇樹下 謂之神市 是謂桓雄天王也 將⑪風伯雨師雲師 而主穀主命主病主刑主善惡 凡主人間三百六十餘事 在世理化

* **일연**(1206~1289) : 고려시대의 승려, 학자. 경주 김(金)씨로, 이름은 견명(見明). 처음의 자는 회연(晦然)이었으나, 나중에 일연(一然)으로 바꾸었다. 호는 목암(睦菴) · 무극(無極). 고종 때 대선사(大禪師)가 되었고, 충렬왕 때에는 운문사(雲門寺) 주지로 있으면서 국존(國尊)으로 추대되었고, 왕법(王法)을 강론하였다고 한다. 고대 한국의 문화사 및 역사 종교 자료집인 ≪삼국유사(三國遺事)≫를 비롯하여, ≪어록(語錄)≫ · ≪게송잡서(偈頌雜書)≫ · ≪중편조동오위(重編曹洞五位)≫ · ≪조도(祖圖)≫ · ≪대장수지록(大藏須知錄)≫ · ≪제승법수(諸乘法數)≫ · ≪조정사원(祖庭事苑)≫ 등의 저서가 있다.

① 魏書(위서) : 북제(北齊)의 위수(魏收)가 편찬한 위나라의 역사. ≪후위서(後魏書)≫라고도 한다.
② 載(재) : 해, 연세. '年'을 쓰기 이전 시대에 사용했던 글자.
③ 阿斯達(아사달) : 단군이 조선을 세울 때의 도읍지.
④ 高(고) : 중국 요(堯) 임금. 당고(唐高). 고려 정종(定宗)의 이름이 같은 '堯'이기에 유사음으로 대체한 것임.
⑤ 古記(고기) : ≪단군고기(檀君古記)≫를 줄인 표현. 단군의 사적(史績)을 기록한 가장 오랜 문헌으로 알려진바, ≪단군본기(檀君本紀)≫라고도 한다.
⑥ 數意(삭의) : 여기서의 數은 '자주 삭'으로 읽는다. 意는 뜻을 두다(동사).
⑦ 三危太伯(삼위태백) : 삼위산(三危山)과 태백산(太伯山)을 아울러 이르는 말. 삼위산은 중국 감숙성(甘肅城) 돈황현(敦煌縣) 남쪽에 있고, 태백산은 장백산(長白山)이라고도 한다.
⑧ 天符印(천부인) : 신의 권위를 상징하는 부적과 인장.
⑨ 太伯山(태백산) : 지금의 묘향산(妙香山).
⑩ 神壇樹(신단수) : 신령을 제사 지내는 단인 신단(神壇)에 서있는 나무. 신성한 지역을 표상한다.
⑪ 風伯雨師雲師(풍백우사운사) : 바람 · 비 · 구름을 담당한 주술사(呪術師). 모두 농경 관련의 자연 조건이다.

時有一熊一虎 同穴而居 常祈于神雄 願化爲人 時神遺靈艾一炷蒜二十枚曰 爾輩食之 不見日光百日 ⑫便得人形 熊虎得而食之 ⑬忌三七日 熊得女身 虎不能忌 而不得人身 熊女者 無與爲婚 故每於壇樹下 呪願有孕 雄乃⑭假化而婚之 孕生子 號曰壇君王儉 以⑮唐高卽位五十年庚寅都平壤城 始稱朝鮮 又移都於白岳山阿斯達 又名弓忽山又今彌達 御國一千五百年.

≪三國遺事, 古朝鮮≫

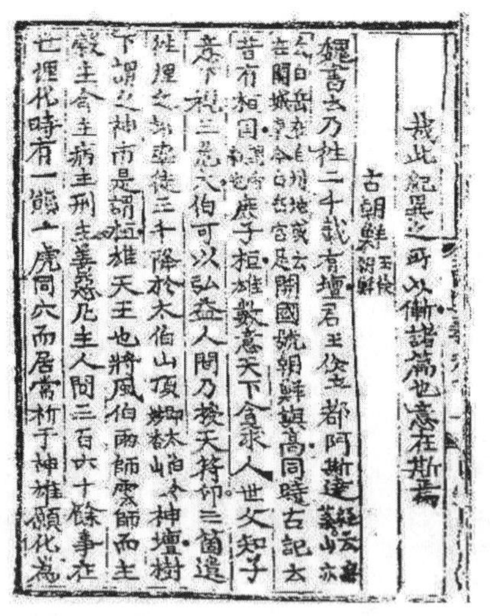

敍此紀異之所以備諸篇也意在斯焉
古朝鮮 王儉朝鮮
魏書云乃往二千載有壇君王儉立都阿斯達 經云無葉山亦云白岳在白州地或云在開城東今白岳宮是 開國號朝鮮與高同時古記云
昔有桓因 謂帝釋也 庶子桓雄數意天下貪求人世父知子
意下視三危太伯可以弘益人間乃授天符印三箇遣
往理之雄率徒三千降於太伯山頂 卽太伯今妙香山 神壇樹
下謂之神市是謂桓雄天王也將風伯雨師雲師而主
穀主命主病主刑主善惡凡主人間三百六十餘事在
世理化時有一熊一虎同穴而居常祈于神雄願化爲

≪삼국유사≫ 권1 紀異 1 <古朝鮮>

⑫ 便得(변득) : 便은 문득, 得은 '되다' 정도의 의미를 갖는 대동사(代動詞).
⑬ 忌(기) : 몸과 마음을 깨끗이 하고 삼가다.
⑭ 假化(가화) : 잠깐 변화함. 假는 잠시(부사).
⑮ 唐高(당고) : 당요(唐堯), 곧 요 임금. 위 각주 ④의 고(高)를 말함.

121 東明王 동명왕 - 一然*

國史高麗本記云 始祖東明聖帝姓高氏 諱朱蒙 先是北扶餘王解夫婁 旣避地于東扶餘 及夫婁薨 金蛙嗣位 于時得一女子於太伯山南優渤水 問之 云我是河伯之女 名柳花 與諸弟出遊 時有一男子 自言天帝子解慕漱 誘我於熊神山下鴨綠邊室中私①之 而往不返 父母責我無媒而從人 遂謫居于此 金蛙異之 幽閉於室中 爲②日光所照 引身避之 日影又逐而照之 因而有孕 生一卵 大③五升許 王棄之 與犬猪 皆不食 又棄④之路 牛馬避之 棄之野 鳥

*≪삼국유사≫ 소재의 동명왕 이야기는 약 한 세기 앞서 나온 ≪삼국사기≫의 것을 고스란히 저본 삼고 따라간 작문임이 역연(歷然)하다. 일연 스스로가 이 기록이 ≪국사(國史)≫ 안의 고려본기(高麗本紀)에서 인용했다고 한바, 바로 ≪삼국사기≫일 터이다. 다만 양적으로 다소 축소한 자취만이 보이니, 이를테면 주몽의 탈출 동기에 대해 사기에서는 금와왕의 왕자들이 주몽의 사냥 능력을 보고 동명을 도모하려 했다고 했지만, 여기서는 함께 어울려 노는 중에 재주가 못 미치자 죽일 계획을 한 것으로 달라졌다. 비류국 송양(松讓)과의 대결담도 없으며, 아들 유리(琉璃) 태자와의 상봉담도 없다. 하지만 그 나머지는 수사상(修辭上)의 뉘앙스 약간만을 달리했을 뿐 최대한의 추종(追踵)을 보이고 있기에, 이 한 편의 기록으로 두 문헌을 동시 열람하는 효과를 기할 수 있다. 동명왕 이야기는 고구려 개국신화이면서 동시에 한국 영웅신화의 첫 남상이 된다는 의미가 있고, 중국의 역대 사서(史書)에도 꾸준히 소개가 되어 왔다. 문학에서는 조선 후기의 소설 <홍길동전>에 원형적(原型的)인 반향(反響)이 틈지(闖知)된다.

① 私(사) : 사사로움[이]. 사사롭다. 편애하다. 간통하다, 사통하다. 은혜. 비밀히.
② 爲日光所照(위일광소조) : 爲A所B 용법이다. 햇빛에 의해 비침을 당하다. 햇빛이 비치다.
③ 大五升許(대오승허) : 다섯 말 쯤. 大는 크기{명사}. 許는 허락(하다). 쯤, 정도. 얼마(만큼).
④ 棄之路(기지로) : 棄之於路인데, 어조사 於를 생략한 형태이다. 바로 뒤의 '棄之野'도 동일.

獸覆之 王欲剖之 而不能破 乃還其母 母以物裹[⑤]之 置於暖處 有一兒 破殼而出 骨表英奇 年甫七歲 岐[⑥]嶷異常 自作弓矢 百發百中 國俗謂善射爲朱蒙 故以名焉 金蛙有七子 常與朱蒙遊戲 技能莫及 長子帶素言於王曰 朱蒙非人所生 若不早圖 恐有後患 王不聽 使之養馬 朱蒙知其駿者 駿食令瘦 駑者善養令肥 王自乘肥 瘦者給蒙 王之諸子與諸臣將謀害之 蒙母知之 告曰 國人將害汝 以汝才略 何往不可 宜速圖之 於時蒙與烏伊等三人爲友 行至淹[⑦]水 告水曰 我是天[⑧]帝子河[⑨]伯孫 今日逃遁 追者垂[⑩]及 奈何 於是 魚鼈成橋 得渡而橋解 追騎不得渡 至卒本州 遂都[⑪]焉.

≪三國遺事, 紀異≫

⑤ 裹(과) : 포장하다, 싸다.
⑥ 岐嶷異常(기억이상) : 岐嶷은 두 글자 다 높다는 말이니, 뛰어나게 영리함. 異常은 일반(사람)과 다르다.
⑦ 淹水(엄수) : 삼국사기에는 엄호수(淹滬水)로 되어 있다.
⑧ 天帝子(천제자) : 하느님의 아들. 무격신앙에서의 천신(天神)이다을 뜻한다.
⑨ 河伯孫(하백손) : 역시 샤머니즘 상의 물의 신. 하신(河神),수신(水神).
⑩ 垂及(수급) : 垂는 드리우다. 거의{부사}. 及은 미치다, 다다르다.
⑪ 都)도_ ; 도읍. 도읍을 정하다.{동사}.

122 好童호동 – 金富軾*

夏四月 王子好童 遊於沃沮 樂浪王崔理出行 因見之 問曰 觀君顔色 非常人 ①豈非北國神王之子乎 遂同歸 以女②妻之 後好童還國 潛遣人告崔氏女曰 ③若能入④而國武庫 割破鼓角 則我以禮迎 不然則否 先是 樂浪有鼓角 若有敵兵則自鳴 故⑤令破之 於是 崔女⑥將利刀 潛入庫中 割鼓面角口 以報好童 好童勸王襲樂浪 理⑦以鼓角不鳴不備 ⑧我兵掩至城下 然後知鼓角皆破 遂殺女子 出降 或云欲滅樂浪 遂請婚 娶其女 爲子妻 後使歸本國 壞其兵物

*** 김부식(1075~1151)** : 고려 시대의 학자 · 정치가. 자는 입지(立之). 호는 뇌천(雷川)으로, 산문체의 대가이다. 인종 13년(1135) 서경천도(西京遷都) 세력이 일으킨 묘청(妙淸)의 난을 평정하여 수충정난정국공신(輸忠定難靖國功臣)의 호를 받았으며, 관직에서 물러난 뒤에 인종의 명을 받아 1145년에 사마천의 ≪사기(史記)≫를 본받은 ≪삼국사기(三國史記)≫를 완성하였다.

① 豈非~ 乎(기비~ 호) : 강조법 문장. '어찌 ~이 아니겠는가?'
② 妻(처) : 시집보내다, 아내로 주다(동사).
③ 若(약) : '만약'으로 읽어도 되고, 2인칭대명사 '너'로 읽어도 무방하다.
④ 而(이) : 여기서는 2인칭대명사 너의 뜻임에 주의한다.
⑤ 令破之(령파지) : (사역의) 조동사+동사+목적격대명사의 구조이다. 之는 鼓角.
⑥ 將利刀(장리도) : 여기서 將은 소지하다, 가지고 가다. '利'는 예리하다, 날카롭다.
⑦ 以(이) : 까닭, 이유를 나타내는 전치사.
⑧ 我兵(아병) : 아군(我軍). 해당 내용이 고구려본기(高句麗本紀)인 까닭에 여기의 아군은 고구려 군대가 된다.

冬十一月 王子好童自殺 好童王⑨之次妃曷思王孫女所生也 顔容美麗 王甚愛之 故名好童 元妃恐奪嫡爲太子 乃讒於王曰 好童不以禮待妾 ⑩殆欲亂乎 王曰 ⑪若以他兒憎疾乎⑫ 妃知王不信 恐禍將及 乃涕泣而告曰 請大王密⑬候 若無此事 妾自伏罪 於是 大王⑭不能不疑 將罪之 或謂好童曰 子何不自釋乎 答曰 我若釋之 是顯母之惡 ⑮貽王之憂 可謂孝乎 乃伏劍而死.

≪三國史記, 高句麗本紀 大武神王≫

⑨ 王之次妃曷思王孫女(왕지차비갈사왕손녀) : "왕의 두 번째 비(妃)이자 갈사왕의 손녀." 두 구(句)가 동격이다.
⑩ 殆(태) : 아마도. 거의.
⑪ 若(약) : 2인칭대명사 너.
⑫ 乎(호) : 의문사로 보아도 좋고, 감탄사로 풀어도 무방하다.
⑬ 密候(밀후) : 密은 몰래{부사}. 候는 살피다.
⑭ 不能不(불능불) : 이중부정, '~하지 않을 수 없다.'
⑮ 貽王之憂(이왕지우) : 貽는 주다. 끼치다. 之는 여격(與格)조사 '에게'로 가능하다. 따라서 영어 4형식 문장과 같은 방식인 수여동사+간접목적+직접목적으로 이해하면 무난하다.

123 都彌* 도미 – 金富軾

都彌 百濟人也 雖①編戶小民 而頗知義理 其妻美麗 亦有節行 ②爲時人所稱 蓋婁王聞之 召都彌與語曰 凡婦人之德 雖以貞潔爲先 若在幽昏無人之處 誘之以巧言 則能不動心者③鮮矣乎 對曰 人之情 不可測也 而若臣之妻者 雖死④無貳者也 王欲試之 ⑤留都彌以事 使一近臣 ⑥假王

* 본래 ≪삼국사기≫ 개루왕 본기(本紀)에 보이는 개루왕은 '性恭順有操行', 곧 성품이 공순하고 좋은 품성과 행실을 갖추었다 하였고, 역시 일국의 왕으로서 이렇다 할 결점이 보이지 않았던 인물임에도, 이 이야기 안에서는 야비한 호색한으로 그려져 있음이 특이하다. 도미 처는 조선조 ≪동국여지승람(東國輿地勝覽)≫ '남원(南原)' 조에 나오는 <지리산녀(智異山女)>와 동일 인물일 개연성과 함께, <춘향전>의 열녀형 근원설화로서 거론되기도 한다. 부수하여, 내용상 사실은 도미보다는 그의 처가 이야기의 적극적이고 능동적인 주체가 되고 있으니, 표제의 타당성 또한 도미보다는 도미 처 쪽에 있어야 할 것 같음에도 굳이 남편의 이름을 올린 것은 대개 남성 본위적 관념에서 기인한 것으로 보인다.

① 編戶小民(편호소민) : 일반 평민을 말한다. =編戶民. 본디 編戶는 책적(冊籍)에 민간의 호적으로 편열(編列)됨을 말하고, 小民은 소시민(小市民)을 뜻한다.
② 爲時人所稱(위시인소칭) : "그 시절 사람들에 의해 칭찬을 받다." 爲A所B, 즉 A에 의해서 B를 입다의 구문이다. 時人은 그 시대 사람. 稱은 칭찬[칭송]하다.
③ 鮮(선) : 드물다. 거의 없다(few)는 뜻.
④ 無貳者(무이자) : 두 가지가 없는 사람. 의지를 바꾸지 않는 존재라는 말.
⑤ 留(류) : 머무르다. 지체하다 같은 자동사이나, 여기서는 '머무르게 하다{타동사}'로 변용시켰다. 나아가 억류(抑留)하다의 뉘앙스마저 포함된 느낌이다.
⑥ 假(가) : 빌려주다.

衣服馬從 夜抵其家 使人先報王來 謂其婦曰 我久聞爾
⑦好 與都彌⑧博得之 來日入爾爲宮人 自此後 爾身吾所有
也 遂將⑨亂之 婦曰 國王無妄語 吾敢不順 請大王先入
室 吾⑩更衣乃進 退而雜飾一婢子⑪薦之 王後知⑫見欺大怒
誣都彌以罪 ⑬矐其兩眸子 使人牽出之 置小船泛之河上
遂引其婦 强欲淫之 婦曰 今⑭良人已失 單獨一身 不能
自持 ⑮況爲王御 豈敢相違 今以月經 渾身汚穢 請俟他日
薰浴而後來 王信而許之 婦⑯便逃至江口不能渡 呼天慟哭

⑦ 好(호) : 아름답다, 미려하다. 좋다. 좋아하다.
⑧ 博得(박득) : 博은 도박. 得은 이기다, 따다.
⑨ 亂之(난지) : 亂은 어지럽다. 어지럽히다. 간음하다. 之는 목적격대명사. 또는 무의미 허사.
⑩ 更衣(경의) : 옷을 고쳐 입다. '다시'라는 부사로 쓸 경우 '갱'으로 읽으나, 동사 용법으로 고치다, 바꾸다 같은 뜻으로 쓰일 때 '경'으로 읽는다. =改衣.
⑪ 薦之(천지) : 薦는 바치다, 진상하다. 천거하다. 之는 목적격대명사로 쓰였다.
⑫ 見欺(견기) : 속임을 당하다. 見은 영어 be동사+p.p.의 be동사에 해당하는 수동형의 조동사이다.
⑬ 矐其兩眸子(확기양모자) : 矐은 눈을 빼다. 兩眸子는 두 눈동자. 여기의 子는 의자(椅子), 탁자(卓子), 모자(帽子), 주전자(酒煎子) 등에서와 같은 사물접미사이다.
⑭ 良人(양인) : 어질고 착한 사람. 양민(良民). 여기서는 부부가 서로 상대를 이르는 말.
⑮ 況爲王御(황위왕어) : "하물며 왕의 괴임을 받는데." 爲A 所 B 구문으로서 해석의 타당성이 보장된다. 이 용법의 활용에 간혹 所가 생략되는 수가 있으니, '爲王所御'의 뜻이다. 이때 御는 어거하다. 부리다. 모시다. 괴다, 총애하다.
⑯ 便(변) : 문득. 곧(바로){부사}.

⑰忽見孤舟隨波而至 乘至泉城島 ⑱遇其夫未死掘草根以喫 遂與⑲同舟 至高句麗蒜山之下 麗人哀之 丐以衣食 遂苟活 終於⑳羈旅.

≪三國史記, 列傳≫

室人矣喜遂約異日相會與之偕老
都彌百濟人也雖編戶小民而頗知義理其妻
美麗亦有節行爲時人所稱蓋婁王聞之召都
彌與語曰凡婦人之德雖以貞潔爲先若在幽
昏無人之處誘之以巧言則能不動心者鮮矣
乎對曰人之情不可測也而若臣之妻者雖死
無貳者也王欲試之留都彌以事使一近臣假
王衣服馬從夜抵其家使人先報王來謂其婦
曰我久聞爾好與都彌博得之來日入爾爲宮

≪삼국사기≫ 권48 列傳8 소재의 <都彌>와, 1995년 정부 공인의 표준영정 <都彌婦人像>

⑰ 忽見孤舟隨波而至(홀견고주수파이지) : 見이 동사. 孤舟는 목적어. 隨波而至는 목적보어. "홀연 물결 따라 오고 있는 한 척의 배를 보았다."
⑱ 遇其夫未死掘草根以喫(우기부미사굴초근이끽) : 문법상 위의 문장과 같은 경우이다. 遇가 동사. 其夫가 목적어. 未死掘草根以喫은 목적보어가 된다.
⑲ 同舟(동주) : 배를 함께 타다. 同은 함께하다. 舟는 목적어. 수식관계가 아닌, 술목관계이다.
⑳ 羈旅(기려) : 타향의 나그네. =羈客. 羈는 굴레. 매다. 고삐. 타관살이(하다). 旅는 나그네.

124 百結先生* 백결선생 – 金富軾

百結先生 不知何許人 居狼山下 家極貧 ①衣百結 若懸鶉 時人號爲②東里百結先生 嘗慕③榮啓期之爲人 以琴自隨 凡喜怒悲歡不平之事 皆以琴宣之 歲將暮 鄰里④舂粟 其妻杵聲曰 人皆有粟舂之 我獨無焉 ⑤何以卒歲 先生仰天嘆曰

* 백결선생은 신라 자비왕(慈悲王) 시절 거문고의 명인으로 알려져 있다. 매월당 김시습의 ≪징심록추기(澄心錄追記)≫에 관련 기사가 있는바, 평생의 소회를 거문고 연주로 펼쳤으되 필경 세인이 그 뜻을 알지 못했다고 한다. 또, 그 가운데 낙천악(樂天樂)과 지금 위의 글로 소개된 대악(碓樂)이 전해진다고 했다.

① 衣(의) : 옷. <u>입다</u>{동사}.
② 東里(동리) : 마을의 고유한 이름인지, 아니면 보통명사로 경주의 동쪽 마을이란 뜻인지 분명하지 않다.
③ 榮啓期(영계기) : 춘추시대 공자와 동시대의 현인. ≪열자(列子)≫ <천서편(天瑞篇)>과 ≪공자가어(孔子家語)≫ <육본편(六本篇)>에 거의 같은 내용이 전한다. 공자가 태산에 놀러 갔을 때에 그는 사슴가죽 옷에 새끼 띠를 두른 채 거문고 뜯으며 노래를 불렀다. 즐거움에 대한 공자의 물음에, "내가 즐기는 것이 심히 많으나 하늘이 만물을 낳음에 오직 사람이 귀한 것인데 난 사람으로 태어났으니 첫째 즐거움이요, 남자는 높고 여자는 낮은 것인데 나는 남자임이 둘째 즐거움이요, 사람이 태어나 해와 달을 보지 못하기도 하고 기저귀를 면하기 전에 죽기도 하는데 나는 나이 이미 구십이 넘었으니 셋째 즐거움이라네"라 했다.
④ 舂粟(용속) : 舂은 찧는다. 粟은 곡식.
⑤ 何以卒歲(하이졸세) : 何는 무슨, 어떤. 以는 <u>수</u>, <u>방법</u>{명사}. '무슨 수로.' 卒은 마치다.

⑥夫死生有命 富貴在天 其來也 不可拒 其往也 不可追 汝何傷乎 吾爲汝作杵聲以慰之 乃鼓琴作杵聲 世傳之名⑦爲碓樂.

≪三國史記, 列傳≫

百結先生不知何許人居狼山下家極貧衣百
結若懸鶉時人號爲東里百結先生嘗慕榮啓
期之爲人以琴自隨凡喜怒悲歡不平之事皆
以琴宣之歲將暮鄰里舂粟其妻聞杵聲曰人
皆有粟舂之我獨無焉何以卒歲先生仰天嘆
曰夫死生有命富貴在天其來也不可拒其往
也不可追汝何傷乎吾爲汝作杵聲以慰之乃
鼓琴作杵聲世傳之名爲碓樂

≪삼국사기≫ 권48 列傳8 소재의 <百結先生>

⑥ 夫(부) : 무릇, 대저{發語辭}.
⑦ 爲(위) : 하다. 부르다{代動詞}.

125 溫達온달 – 金富軾*

溫達高句麗①平岡王時人也 容貌龍鍾可笑 中心則②睟然 家甚貧 常乞食以養母 ③破衫弊履 往來於市井間 時人④目之爲愚溫達 平岡王少女兒好啼 王戲曰 汝常啼 聒我耳 長必不得爲士大夫妻 當⑤歸之愚溫達 王每言之 及女年二八 欲下嫁於上部高氏 公主對曰 大王常語 汝必爲溫達之婦 今何故改前言乎 匹夫猶不欲食言 ⑥況至尊乎 故曰 王者

* 김부식(1075~1151) : 고려 시대의 학자·정치가. 자는 입지(立之), 호는 뇌천(雷川). 서경(西京) 천도 세력이 일으킨 이른바 묘청(妙淸)의 난을 평정하여 수충정난정국공신(輸忠定難靖國功臣)의 호를 받았으며, 인종 23년(1145) 관직에서 물러난 뒤에 ≪삼국사기≫를 편찬하였다. <온달>은 바로 이 책 열전(列傳)의 안에 들어 있다. 열전은 사마천(司馬遷)이 ≪사기(史記)≫의 편찬 과정에 고안해 낸 형식인데, 이후의 역사가들이 답습하였고, 이후 문학의 범주에까지 확대되어 다양한 전(傳) 양식이 전개될 수 있었던 중요한 발판이 되었다.

① 平岡王(평강왕) : 고구려 25대 평원왕(平原王)의 동인이칭(同人異稱)이다. 岡=原, 언덕의 뜻.
② 睟(수) : 순수하다. 맑다. 윤이 나다. '曉(효)'로 된 판본도 있다.
③ 破衫弊履(파삼폐리) : "찢어진 적삼과 해진 신발."
④ 目(목) : 여기서는 보다(동사)의 뜻이다.
⑤ 歸之(귀지) : 이 두 글자가 합쳐 통상 시집가다란 관용어로 통용된다.
⑥ 況~乎(황~호) : 하물며~이겠습니까?

無戲言 今大王之命謬矣 妾不敢祗承 王怒曰 汝不從我敎 則固不得爲吾女也 ⑦安用同居 ⑧宜從汝所適矣 於是 公主以寶釧數十枚繫肘後 出宮獨行 路遇一人 問溫達之家 乃行至其家 見盲老母 ⑨近前拜 問其子所在 老母對曰 吾子貧且陋 非⑩貴人之所可近 今聞子之臭 芬馥異常 接子之手 柔滑如綿 必天下之貴人也 因誰之侜 以至於此乎 惟我⑪息不忍饑 取楡皮於山林 久而未還 公主出行 至山下 ⑫見溫達負楡皮而來 公主⑬與之言懷 溫達⑭悖然曰 此非

⑦ 安用同居(안용동거) : 安은 어찌{부사}. '用'은 以(접속사)와 통용. 同은 함께{부사}. 居는 살다.
⑧ 宜從汝所適(의종여소적) : 宜는 마땅히. 從은 따르다. '所' 뒤에는 영어의 to부정사처럼 반드시 동사가 따른다. 適은 가다.
⑨ 近前(근전) : 近은 가까이{부사}, 前은 동사 앞으로 나아가다 뜻으로 쓰였다.
⑩ 貴人之所可近(귀인지소가근) : 여기의 之는 주격조사(이/가)로 쓰였다. 所 뒤에는 동사가 따른다. 近이 동사. 可는 조동사. "귀인께서 가까이할 바."
⑪ 息(식) : 자식. 아들.
⑫ 見溫達負楡皮而來(견온달부유피이래) : 동사(見)+목적어(溫達)+목적보어(負楡皮而來)의 구문. 영어의 5형식 문장에 해당한다. "느릅나무 껍질을 등에 지고 오는 온달을 보았다."
⑬ 與之言懷(여지언회) : 與는 여격(與格) 조사 '에게.' 之는 온달을 가리키는 지시대명사. 言懷는 술목(述目) 구조로 보아 '생각을 말하다.' "온달에게 (자신의) 생각을 말하였다."
⑭ 悖然(발연) : 발끈 화를 냄. =勃然(발연). 어그러지다의 뜻이면 '패', 우쩍 일어나다의 뜻이면 '발'로 읽는다.

幼女子所宜行 必非人也 狐鬼也 勿迫我也 遂行不顧 公主獨歸 宿柴門[15]下 明朝更入 與母子備言之 溫達依違[16]未決 其母曰 吾息至陋 不足爲貴人匹 吾家至窶 固不宜貴人居 公主對曰 古人言 一斗粟猶可舂[17] 一尺布猶可縫 則苟爲同心[18] 何必富貴然後可共乎 乃賣金釧 買得田宅奴婢牛馬器物 資用完具 初買馬 公主語溫達曰 愼勿買市人馬 須擇國馬病瘦而見放者[19] 而後換之 溫達如其言 公主養飼甚勤 馬日肥且壯 高句麗常以春三月三日 會獵樂浪

⑮ 柴門(시문) : 사립문. 사립짝. 나뭇가지를 엮어서 만든 문짝.
⑯ 依違(의위) : 마음이 정해지지 않은 모양. 꾸물거려 망설이는 모양.
⑰ 舂(용) : (곡식을) 찧다.
⑱ 苟爲同心(구위동심) : '苟'는 참으로{부사}. 同心은 동사+목적어의 술목(述目) 구조, '마음을 같이 하다.' 爲는 음운 효과를 위한 조어(助語)거나 강조하기 위한 대동사(代動詞). 또는 더불어[與]의 뜻. "진정 마음을 함께 할 것 같으면." 또는, 爲同心을 동사+형용사+명사로 보아 '한 마음을 먹다'로 해도 무방하다.
⑲ 見放者(견방자) : 쫓겨 난 놈. '見'은 본동사 放 앞에 붙은 피동의 조동사. 放은 추방(追放)의 뜻.

之丘 以所獲猪鹿 祭天及山川神 至其日 王出獵 羣臣及五部兵士皆從 於是 溫達以所養之馬隨行 其馳騁常在前 所獲亦多 ⑳他無若者 王召來問姓名 驚且異之 時後周武帝㉑出師 伐遼東 王領軍㉒逆戰於拜山之野 溫達爲先鋒 ㉓疾鬪斬數十餘級 諸軍乘勝 奮擊大克 及論功 無不以溫達爲第一 王嘉歎之曰 是吾女壻也 備禮迎之 賜爵爲㉔大兄 由此寵榮㉕尤渥 威權日盛 及㉖陽岡王卽位 溫達奏曰 ㉗惟新

⑳ 他無若者(타무약자) : 若은 같다. "다른 이는 그만한 사람이 없었다."
㉑ 出師(출사) : 출병. 師는 군사(軍士)의 단위, 또는 군대의 통칭. '군대를 출동하다.'
㉒ 逆戰(역전) : 맞이하여 싸우다. 逆은 맞다. 맞이하여 받다.
㉓ 疾(질) : 병. 앓다. 미워하다. 빠르다.
㉔ 大兄(대형) : 고구려 직제(職制)에서 5품 해당의 벼슬.
㉕ 尤渥(우악) : 은혜가 매우 넓고 두터움. = 優渥.
㉖ 陽岡王(양강왕) : 고구려 26대 영양왕(嬰陽王)의 다른 이름. 동인이명(同人異名)이다.
㉗ 惟(유) : 생각건대. 자기의 의견을 말할 때의 겸사(謙辭). '복유(伏惟)'와 같은 의미.

羅 割我漢北之地爲郡縣 百姓痛恨 未嘗忘父母之國 願大王 不以愚不肖 授之以兵 一往必還吾地 王許焉 臨行誓曰 雞立峴 竹嶺已西 不歸於我 則不返也 遂行 與羅軍戰於㉘阿旦城之下 ㉙爲流矢所中路而死 欲葬 ㉚柩不肯動 公主來撫棺曰 死生決矣 ㉛於乎歸矣 遂擧而㉜窆 大王聞之悲慟.

≪三國史記, 列傳≫

㉘ 阿旦城(아단성) : '旦'과 '且' 사이에 혼란이 있다. 서울 광진구 광장동(廣壯洞) 소재의 아차산성(阿且山城)이라는 견해의 반면에, 충청북도 단양(丹陽) 소재의 온달산성(溫達山城)으로 간주하기도 한다.

㉙ 爲流矢所中(위유시소중) : 爲A所B 용법. A(명사/대명사)에 의해서 B(동사)를 당하다. 流는 (별 · 총탄 · 화살 등이) 날아 지나감. 流矢는 지나가는[빗나간] 화살.

㉚ 柩不肯動(구불긍동) : 柩는 널. 속에 들어가는 널인 관(棺)과 겉의 널인 곽(槨)을 통틀어 일컫는 말. 肯은 기꺼이, 선뜻, 내켜서{부사}.

㉛ 於乎(오호) : 아아. 이때의 '於'는 乎와 나란히 오홉다{감탄사}인바, '오'로 발음한다.

㉜ 窆(폄) : 하관(下棺)하다. 시신을 묻기 위해 관을 무덤의 구덩이 안에 내려놓는 일.

126 庾信斬馬 유신참마 - 無名氏*

萬明金庾信母夫人 庾信①爲②兒時 母日加嚴訓 不妄交遊 一日 偶宿女妓天官家 母曰 我望女成長立功名 今與小兒遊戲妓房酒肆耶 庾信卽③於母前 自誓不復過其門 一日 被④酒還家 馬解⑤舊路 誤至娼家 妓兒且忻且怨 垂淚出迎 公旣⑥醒 斬馬棄鞍而返 女作怨辭一曲 傳志. ≪東京雜記, 古蹟≫

* 본래 ≪동경지(東京誌)≫에 수록된 것이지만, 책의 작자는 미상이다. 1669년(현종 10)에 이를 증수하여 ≪동경잡기(東京雜記)≫를 간행하였다. 1711년(숙종 37)에 거듭 간행하였고, 1845년(헌종 11)에 다시 증보하여 중간(重刊)하였다. 권1에 진한기(辰韓記), 신라기(新羅記) 등 27항목, 권2에 불우(佛宇), 고적(古蹟) 등 11항목, 권3에 우거(寓居), 과목(科目) 등 12항목으로 구성되어 있다. 성종 때의 지리서인 ≪신증동국여지승람(新增東國輿地勝覽)≫에도 이 이야기가 실려 있다.

① 庾信(유신) : 신라 선덕여왕과 태종 무열왕 때의 명장 김유신으로, 삼국통일에 공이 많음.
② 爲兒時(위아시) : 爲는 ~라 이르다. (일정한 모양이) 되다. 어린 나이 되었을 때. "소년이었을 때."
③ 卽(즉) : 나아가다(동사).
④ 被酒(피주) : 술을 많이 마심. 크게 취함. 被는 더하다(加)의 뜻.
⑤ 解(해) : 이해하다. (익숙하게) 통하다.
⑥ 旣(기) : 이미. 천관이 눈물로 맞이하기 전의 시제(時制)로 보면 된다.

127 龜兎之說* 구토지설 – 無名氏

昔 東海龍女病①心 醫言 得兎肝合②藥 則可療也 然海中無兎 不奈之何③ 有一龜 白龍王言 吾能得之 遂登陸見兎言 海中有一島 清泉白石 茂林佳菓 寒暑不能到 鷹隼不能侵 爾若得至 可以安居無患 因負兎背上 游行二三里許④ 龜顧謂兎曰 今龍女 被病 須兎肝爲藥 故不憚勞 負爾來耳 兎曰 噫 吾神明之後 能出五臟 洗而納之 日者 少覺心煩 遂出肝心洗之 暫置巖石之底 聞爾甘言徑來 肝尚⑤在彼

* 신라의 김춘추가 자기 딸과 사위의 원수를 갚고자 고구려 보장왕에게 함께 백제를 치자고 제안하러 갔다가 오히려 고구려 옛 땅에 대한 반환을 요구 받고 그 빌미로 감금을 당했다. 그때 왕의 총신인 선도해(先道解)가 찾아와 넌짓 거북과 토끼의 이야기를 아는가 하면서 들려주었다는 이야기가 바로 이것이다. 그리하여 김춘추가 그 들은 바를 이용해 탈출에 성공했다는 것으로, 이 설화의 효력이 한결 돋보인다. 이 설화가 삼국시대의 7세기라는 시간대 인에서 수수된 것으로 되어 있으되, 소급해서 한반도 안에 언제 유입되었고 또 정착이 되었는지 모색해 볼 길은 막연하다. 구토지설의 원천과 발원은 멀리 인도의 ≪자타카경≫과 ≪대도집경(大度集經)≫ 같은 불경 설화집 안의 악어가 원숭이의 심장을 구하려다가 낭패 보는 이야기 유형 속에 있다고 보인다. 이것이 중국으로 유입되어서는 용 또는 도룡뇽이 원숭이의 심장을 노리는 형상으로 슬그머니 바뀌어든다. 그리고 한국에 건너와서 거북이가 토끼의 간을 구하는 이야기로 변양(變樣)된 형상을 통해 각 민족성의 일단(一端)을 유추해 볼 수 있다.

① 病心(병심) : 病은 병. 앓다. 心은 마음. 심장. 술목관계이다. "심장을 앓다."
② 合(합) : 맞다, 적합하다.
③ 不奈之何(부내지하) : "어찌할 길이 없다." '無可奈何'와 동일한 의미. 어떻게 하다의 뜻인 '奈何'는 목적어가 이 두 글자 사이에 들어간다. 여기서는 之(대명사)가 목적어로서, 그것, 그 일.
④ 許(허) : 쯤, 정도(접미사). 일부 명사나 명사구의 뒤에 붙어, 정도의 뜻을 더하는 말.
⑤ 尙(상) : =猶. 오히려(부사). 일반적인 기준이나 짐작, 기대와는 전혀 반대되거나 다르다는 말.

何不回歸 取肝則汝得所求 吾雖無肝尙活 豈不兩相宜哉 龜信之 而還 纔⑥上岸 兎脫入草中謂龜曰 愚哉 汝也 豈有無肝而生者乎 龜憫默而退.

⑥ 纔(재) : 겨우, 가까스로. '~하자(마자)'란 의미의 접속사로도 볼 수 있다.

128 花王戒화왕계 – 薛聰*

昔①花王之始來也 植之以香園 護之以翠幕 當三春而發艷 凌百花而獨出 於是②自邇及遐 艷艷之靈 ③夭夭之英 無不奔走上謁 唯恐不及 忽有一佳人 朱顔玉齒 ④鮮粧靚服 ⑤伶俜而來 綽約而前曰 妾履雪白之沙汀 對鏡淸之海 而沐春雨以去垢 快淸風而自適 其名曰薔薇 聞王之令德 期

* 설총(655?~?) : 호는 빙월당(氷月堂). 자는 총지(聰智). 원효대사(元曉大師)와 요석공주(瑤石公主) 사이에 태어났다. 신라 십현(十賢)의 한 사람으로, 한림(翰林)을 지냈다. 경사(經史)에 널리 통하였으며, 우리말을 살린 경전 읽기 방식인 이두(吏讀)를 개척하였다. 국학(國學)에서 학생들을 가르쳐 유학의 발전에 공헌하였으며, 당시 왕들의 자문 역할을 하였다. 1022년(현종 13) 홍유후(弘儒侯)에 추봉, 문묘(文廟)에 배향되었고 경주의 서악서원(西岳書院)에 제향되었다. 제목의 '화왕계(花王戒)'는 후대에 임의로 지어붙인 것이니, ≪동문선(東文選)≫ 권52 주의(奏議)에는 '풍왕서(諷王書)'라는 이름으로 실린 것만 보아도 알 수 있다. 이야기 창작의 배경은 설총이 신문왕(神文王)을 깨우치기 위해 만들어낸 것이라 하니, 설화의 대중성에서 벗어난 개인 창작설화의 희한(稀罕)하고 귀중한 사례에 든다 하겠다.

① 花王之(화왕지) : 화왕은 화중왕(花中王). 모란(牧丹)을 가리킴. 之는 주격조사.
② 自(자) : ~부터{전치사}.
③ 夭夭(요요) : 나이가 젊고 예쁜 모양. 화색이 도는 모양.
④ 鮮粧靚服(선장정복) : "고운 화장에 잘 꾸민 옷."
⑤ 伶俜(영빙) : 외로운 모양. 초라한 모양.

薦枕於香帷 王其容我乎 又有一丈夫 布衣韋帶 戴白持杖 ⑥龍鍾而步 傴僂而來曰 僕在京城之外 居大道之旁 下臨蒼茫之野景 上倚嵯峨之山色 其名曰⑦白頭翁 竊謂左右供給雖足 膏粱以充腸 茶酒以淸神 ⑧巾衍儲藏 須有良藥以補氣 ⑨惡石以蠲毒 故曰 雖有⑩絲麻 無棄⑪菅蒯 凡百君子⑫無不代匱 不識王亦有意乎 或曰 二者之來 何取何捨 花王曰 丈夫之言 亦有道理 而佳人難得 將如之何 丈夫進而言曰 吾謂王聰明識理義 故來焉耳 今則非也 凡爲君者

⑥ 龍鍾(용종) : 노쇠한 모양. 또는, 뜻을 잃은 모양.
⑦ 白頭翁(백두옹) : '백두옹초(白頭翁草)'의 인격화. 그 털빛깔이 순백색을 띠고 있어 완연히 노옹(老翁)의 머리카락과 같다 하여 붙여진 이름이다. 자극성의 독 성분은 약용으로 쓰인다. 백두옹이 '할미꽃'의 뿌리 부분을 이르는 명칭이라는 설도 있다.
⑧ 巾衍(건연) : 여분의 것을 싸 두다. 巾은 헝겊으로 싸거나 덮어 가리다. 衍은 넉넉하다, 넘치다, 남다. 여기서는 명사형으로 '남는 것.'
⑨ 惡石(악석) : 병을 다스리는 처방약과 돌침. 모든 약제(藥劑)의 총칭.
⑩ 絲麻(사마) : 명주실과 삼실. 옷을 만드는 재료이니, 여기선 인재(人材)에 대한 비유로 썼다.
⑪ 菅蒯(간괴) : 菅은 사초. 줄기로 삿갓, 도롱이 등을 만든다. 蒯는 기름사초. 줄기로 자리 등을 만든다. 인재로서의 능력이 떨어짐을 비유한 뜻으로 썼다. ≪좌전(左傳)≫의 「성구(成九)」에, '雖有絲麻 無棄菅蒯.'
⑫ 無不代匱(무불대궤) : 無不은 이중부정, ~하지 않음이 없다. 代는 대신하다. 匱는 다하(여 없어지)다, 결핍하다. "모자람에 대비하지 않음이 없다."

鮮⑬不親近邪佞 疏遠正直 是以孟軻⑭不遇以終身 馮唐⑮郎潛⑯而皓首 自古如此 吾其奈何 花王曰 吾過矣 吾過矣.

≪三國史記, 列傳, 薛聰≫

梅萱堂 鄭星姬의 <石牡丹圖>

⑬ 鮮不親近邪佞(선불친근사녕) : 鮮은 적다. 거의 없다(scarcely)는 뜻(부사). 近은 가까이 하다. 타동사로 쓰였다. 邪佞은 간사하고 아첨을 잘함. 여기서는 그러한 사람.

⑭ 孟軻(맹가) : 맹자(孟子)의 본명. 전국시대 유가의 사상가. 공자 사상을 바탕으로 왕도정치 및 인의정치를 유세하였으나, 당시에 용납되지 못하였다.

⑮ 馮唐(풍당) : 한(漢)나라의 명신(名臣). 문제(文帝) 때 중랑서장(中郎署長)을 지냄.

⑯ 郎潛(낭잠) : 郎은 중랑서장(中郎署長). 潛은 가라앉다. 몸을 감추다. 한무제 때 이미 나이 90이 넘었기에 관직에 나아가지 못하였다. 그의 고사는 연로한 신하가 자신의 노쇠함을 비유하는 근거로 이용되었다.

129 孝女知恩* 효녀지은 – 金富軾

孝女知恩 韓歧部百姓連權女子也 性至孝 少喪父 獨養其母 年三十二 猶不從人 定省不離左右 而無以爲養 或傭作 或行乞 得食以飼之 日久不勝困憊 就富家請賣身爲婢 得米十餘石 窮日行役於其家 暮則作食歸養之 如是三四日 其母謂女子曰 ①向食麤而甘 今則食雖好 味不如昔 而②肝心若以刀刃刺之者 是③何意耶 女子以實告之 母曰 以我故使爾爲婢 ④不如死之速也 乃放聲大哭 女子

* ≪삼국사기≫의 열전 중에 실린 이 이야기는 ≪삼국유사≫ 소재 <빈녀양모(貧女養母)> 설화와 동일한 대상을 다룬 것으로 본다. 양자를 대조해 보면 서로 간에 별다른 차이를 발견하기 어렵고, 다만 김부식과 일연 사이에 가로놓인 일백 년 정도의 시간적인 상거(相距)로 인한 정보상의 차이가 약간 있을 뿐이다. 예컨대 지은은 나이 32세, 빈녀는 20 전후. 그리고 나중 단계의 것엔 '盲母'의 모티브가 추가되어 있는바, 설화의 유동성(流動性)·적층성(積層性)을 입증하는 훌륭한 본보기라 할 만하다. 아울러 조선시대 판소리계 소설인 <심청전(沈淸傳)>의 근원설화 무리 중에 가장 오랜 형태로 언거된 사실도 간과할 수 없다.

① 向(향) : 지난번(시간부사).
② 肝心(간심) : 간과 심장.
③ 何意耶(하의야) : "무슨 영문이냐?" 何意는 무슨 의미, 곧 속의미를 알 수 없다는 말이다. 耶는 의문조사.
④ 不如死之速(불여사지속) : 之는 주격조사. 죽는 것이 신속함만 같지 않다. 곧 (이런 꼴을 겪는 것보다는 차라리) "빨리 죽느니만 못하다."

亦哭 哀感行路 時孝宗郎出遊見之 歸請父母 輸家粟百石及衣物⑤予之 又償買主以從良 郎徒幾千人 各⑥出粟一石爲贈 大王聞之 亦賜⑦租五百石家一區 復除征役 以粟多恐有⑧剽竊者 ⑨命所司差兵番守 標榜其里曰孝養坊.

≪三國史記, 列傳≫

효녀 지은 설화의 결말부를 묘사한 그림 – ≪中世女性逸話集≫에서

⑤ 予(여) : 나. 주다[동사].

⑥ 出(출) : 내어놓다. 추렴의 뜻.

⑦ 租(조) : 귀족이 국가에서 받은 토지를 백성에게 소작하게 하여 그 수확물을 일정한 비율로 나누어 받던 일.

⑧ 剽竊(표절) : 오늘날은 시나 글, 노래 따위를 지을 때에 남의 작품의 일부를 몰래 따다 쓴다는 뜻으로 쓰이나, 여기서는 어의(語義) 그대로 훔친다는 뜻임.

⑨ 命所司差兵番守(명소사차병번수) : "담당 관리로 하여금 병사를 가려 교대로 지키라고 하다." 命은 사역의 조동사. 所司는 담당하고 있는 바의 사람 즉 담당자, 담당관. =有司. 差는 가려 뽑다, 차출하다. 番守는 지키는 일을 번들다. 番은 교대(로 하다).

130 調信 조신 - 一然*

昔新羅爲京師①時 有世逵寺之莊舍② 在溟州㮈李郡 本寺遣僧調信爲知③莊 信到莊上 悅太守金昕公之女 惑之深④ 屢就洛山大悲前 潛祈得幸 方數年間 其女已有配矣 又往堂前 怨大悲之⑤不遂己 哀泣至日暮 情思倦憊⑥ 俄成假寢 忽夢金氏娘 容豫入門 粲然啓齒而謂曰 兒早識上人於半面 心乎愛矣 未嘗暫忘 迫於父母之命 强從人矣 今願爲

* **일연**(1206~1289) : 고려시대의 승려·학자. 경주 김(金)씨로, 이름은 견명(見明). 처음의 자는 회연(晦然), 나중에 일연(一然)으로 바꾸었다. 호는 목암(睦菴)·무극(無極). 고종 때 대선사(大禪師)가 되었고, 충렬왕 때에는 운문사(雲門寺) 주지로 있으면서 국존(國尊)으로 추대되었으며, 왕법(王法)을 강론하였다고 전해진다. 고대 한국의 문화사 및 역사 종교 자료집인 ≪삼국유사(三國遺事)≫는 충렬왕 3년(1277) 왕명에 따라 착수한 것이다. 이 밖에 ≪어록(語錄)≫·≪게송잡저(偈頌雜著)≫·≪중편조동오위(重編曹洞五位)≫·≪조도(祖圖)≫·≪대장수지록(大藏須知錄)≫·≪제승법수(諸乘法數)≫·≪조정사원(祖庭事苑)≫ 등의 저서가 있다. 시호는 보각(普覺)이다.

① 京師(경사) : 京은 서울, 크다의 뜻. 師에는 중인(衆人), 대중(大衆)의 뜻이 있는바, 가장 많은 대중이 모여 사는 서울이란 의미.
② 莊舍(장사) : 봉건 제도 하에서 귀족이나 사원이 소유하던 대규모의 토지.
③ 知(지) : 맡다. 주재하다.
④ 惑之深(혹지심) : 之는 주격조사. "미혹함이 심각하였다."
⑤ 之(지) : 이 경우 역시 주격조사.
⑥ 情思倦憊(정사권비) : 情思는 생각, 심정. 倦憊는 고달픔.

⑦同穴之友 故來爾 信乃顚喜 同歸鄕里 計活四十餘霜 有兒息五 家徒四壁 ⑧藜藿不給 遂乃落魄扶携 糊其口於四方 如是十年 周流草野 ⑨懸鶉百結 亦不掩體 適過溟州蟹縣嶺 大兒十五歲者忽餧死 痛哭⑩收瘞於道 從率餘四口 到羽曲縣 結茅於路傍而⑪舍 夫婦老且病 飢不能興 十歲女兒巡乞 乃爲里獒所噬 號痛臥於前 父母⑫爲之歔欷 泣下數行 婦乃⑬皺澁拭涕 ⑭倉卒而語曰 予之始遇君也 色美年芳 衣袴稠鮮 一味之甘 ⑮得與子分之 數尺之⑯煖 得與子共之 ⑰出處五十年 ⑱情鍾莫逆 恩愛⑲綢繆 可謂厚緣 ⑳自比年來

⑦ 同穴之友(동혈지우) : 同穴은 술목(述目) 관계로 해석한다. 무덤을 함께 하는 벗. 죽은 뒤 같은 무덤에 묻히는 부부를 뜻한다.
⑧ 藜藿(여곽) : 명아주 잎과 콩잎. 악식(惡食), 곧 맛없고 거친 음식을 뜻한다.
⑨ 懸鶉百結(현순백결) : "메추리를 매단 것같이 백번을 꿰매다." 누더기를 말한다. 남루(襤褸).
⑩ 收瘞(수예) : 거두어 묻음. 장사 지냄.
⑪ 舍(사) : 집. 거처. 집으로 삼다{동사}. 버리다.
⑫ 爲之歔欷(위지허희) : 爲는 ~으로 인해, ~때문에. 之는 지시대명사. 歔欷는 흐느껴 울다.
⑬ 皺澁拭涕(추삽식체) : 皺는 주름(지다). 澁은 껄끄럽다, 막히다. "주름진 얼굴로 더듬거려 말하다." 拭涕는 눈물을 훔치다.
⑭ 倉卒(창졸) : 갑자기 창. 갑자기 졸.
⑮ 得(득) : 얻게 되면. 또는, 뒤의 본동사 分[나누다] 및 共[함께하다] 앞의 조동사(can)로 볼 수도 있다.
⑯ 煖(난) : 따뜻하(게 하)다 뜻의 동사이지만, 동명사형인 '따뜻한 것', '옷감'의 의미로 응용을 가했다.
⑰ 出處(출처) : 出은 나가서 벼슬하는 것, 處는 물러나 집에 처해 있다는 의미지만, 보다 광의적으로 집밖에 나감과 집안에 머묾의 뜻으로 무난함.
⑱ 情鍾(정종) : 鍾은 모으다의 뜻. '정이 쌓인 것이.'
⑲ 綢繆(주무) : 서로 얽힘. 綢와 繆 모두 '얽다, 동여매다.'
⑳ 自比年(자비년) : 自는 ~(으)로부터{전치사}. 比年은 '근래 몇 년'. 比는 이마적, 근래, 작금의 뜻.

衰病歲益深 飢寒日益迫 ㉑傍舍壺漿 人不容乞 千門之恥重似丘山 兒寒兒飢 ㉒未遑計補 何暇有愛悅夫婦之心哉 紅顔巧笑 草上之露 約束芝蘭 柳絮飄風 君有我而爲累 我㉓爲君而足憂 細思昔日之歡 ㉔適爲憂患所階 君乎予乎 奚至此極 ㉕與其衆鳥之同㉖餧 焉知㉗隻鸞之有鏡 寒棄炎附 情所不堪 然而行止非人 離合有數 請從此辭 信聞之大喜 各分二兒將行 女曰 我向㉘桑梓 君其㉙南矣 ㉚方分手進途

㉑ 傍舍壺漿(방사호장) : 傍은 곁. 舍는 집. 漿은 미음, 마실 것. "곁방살이와 병 안의 적은 음식."

㉒ 未遑計補(미황계보) : 遑은 한가하다, (마음에) 여유가 있다는 뜻. 未遑의 未는 조동사, 遑이 본동사. '~할 여유가 없다.' 計補는 생계 보완책이란 말. "생계 대책을 챙길 겨를이 없었습니다."

㉓ 爲君而足憂(위군이족우) : 여기서의 君은 부인이 남편에 대한 호칭. "나는 그대를 위하느라(=그대 때문에) 근심이 족해지고(많아지고)."

㉔ 適爲憂患所階(적위우환소계) : 適은 마침, 다만{부사}. 爲는 爲A所B 용법. 이 경우 의해서{전치사}. 所 뒤에는 반드시 동사가 나오고, 동시에 피동형(입다, 당하다)임. 근심에 의해서 징검다리 구실을 당하다. 근심으로 가는 길이라는 의미.

㉕ 與(其)A~焉知B : A하느니보다는 (차라리) B가 낫다. 與는 ~보다는{접속사}. 焉知~는 (~이 나을 줄) 어찌 알랴.

㉖ 餧(뇌) : 먹이다 위, 굶주리다 뇌.

㉗ 隻鸞之有鏡(척난지유경) : 之는 주격조사. "외로운 난조(鸞鳥)가 거울을 대하다." 난새가 짝을 잃고 슬피 울매 거울을 비추어 주자 거울에 비친 모습을 자기 짝으로 알고 부르다가 죽었다는 이야기에서 나온 말. 간절한 부부애를 뜻한다.

㉘ 桑梓(상자) : 뽕나무와 가래나무. ≪시경(詩經)≫에 있는 표현으로, 옛날 이 나무들을 집 담 밑에 심었으므로 조상의 무덤이 있는 고향, 또는 고향집을 이른다. 상자지향(桑梓之鄕).

㉙ 南(남) : 여기서는 남쪽으로 가다{동사}.

㉚ 方(방) : 바야흐로, 장차{부사}.

而形開㉛ 殘燈翳吐㉜ 夜色將闌 及旦鬢髮盡㉝白 惘惘然㉞ 殊㉟無人世意 已厭勞生 如飫百年辛苦 貪染之心 洒然㊱氷釋 於是慚對聖容 懺滌無已㊲ 歸撥蟹峴所埋兒塚 乃石彌勒也 灌洗奉安于隣寺 還京師 免莊任 傾私財 創淨土寺 懃修白業㊳ 後莫知所終.

≪三國遺事, 塔像≫

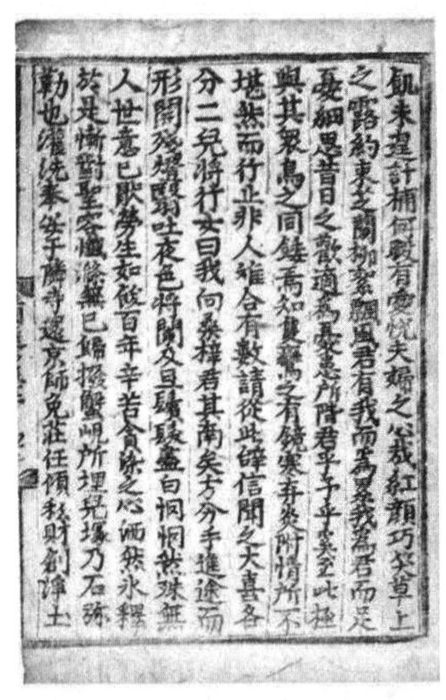

飢來遑計補何暇有愛悅夫婦之心哉紅顔巧笑草上
之露約束芝蘭柳絮飄風君有我而爲累我爲君而足
憂細思昔日之歡適爲憂患所階君乎予乎奚至此極
與其衆鳥之同餧焉知隻鸞之有鏡寒弃炎附情所不
堪然而行止非人離合有數請從此辭信聞之大喜各
分二兒將行女曰我向桑梓君其南矣方分手進途而
形開殘燈翳吐夜色將闌及旦鬢髮盡白惘惘然殊無
人世意已厭勞生如飫百年辛苦貪染之心洒然氷釋
於是慚對聖容懺滌無已歸撥蟹峴所埋兒塚乃石彌
勒也灌洗奉安于隣寺還京師免莊任傾私財創淨土

≪삼국유사≫ 권3 塔像4에 수록된 調信 설화

㉛ 形開(형개) : 형체가 열렸다, 곧 자신의 몸이 보였다는 뜻.
㉜ 殘燈翳吐(잔등예토) : 殘燈은 꺼지려고 하는 등불. 翳는 흐리다, 어슴프레하다. "가물가물한 등잔불이 어슴푸레한 빛을 토해내고 있었다."
㉝ 盡(진) : 모두, 모조리(부사).
㉞ 惘惘然(망망연) : 정신을 잃고 멍하니 있는 모양.
㉟ 殊(수) : '특(별)히' 또는 '크다'란 뜻이 있는데, 그것의 부사화로서 '크게'란 뜻.
㊱ 洒然(쇄연) : 시원하게. 洒는 물 뿌리다. 시원하다. 然은 사물을 형용하는데 붙이는 어미(語尾).
㊲ 懺滌無已(참척무이) : 懺은 뉘우치다. 참회하다. 滌은 닦다. 씻어내다. 세척(洗滌). 已는 그치다. 그만두다.
㊳ 白業(백업) : 선업(善業). 악업(惡業)은 흑업(黑業)이라고도 한다.

131 崔致遠최치원(抄) － 朴寅亮*

崔致遠 字孤雲 年十二西學於唐 乾符甲午① 學士裵瓚掌試 一擧魁科 調授溧水縣尉② 嘗遊縣南界招賢館 館前岡有古塚 號雙女墳 古今名賢遊覽之所 致遠題詩石門曰 誰家二女此遺墳 寂寂泉扃幾怨春 形影空留溪畔月 姓名難問塚頭塵 芳情儻許通幽夢 永夜何妨慰旅人 孤館若逢雲雨會 與君繼賦洛川神 題罷到館 是時 月白風清 杖藜③徐步 忽覩一女 姿容綽約 手操紅袋 就前曰 八娘子 九娘子

* **박인량**(1024~1096) : 고려의 문신·학자로 자는 대천(代天), 호는 소화(小華). 원래 ≪수이전(殊異傳)≫의 작자로 알려져 있다. 신라 말의 학자·문장가인 최치원이 당나라에 유학하고 과거에 급제하여 첫 율수현(溧水縣) 관리로 있을 때를 배경으로 삼은 허구의 이야기를 문헌에 실은 문헌설화이다. 구성의 측면에서는 다분히 소설적인 면모를 띠고 있다. 하지만 작자나 수록자는 상고할 길이 없다. ≪수이전(殊異傳)≫ 안의 이 내용이 뒤에 성임(成任)의 ≪태평통재(太平通載)≫ 권68에 '최치원(崔致遠)'이라는 제하(題下)에 전재(轉載)되어 있고, 그 뒤 권문해(權文海)의 ≪대동운부군옥(大東韻府群玉)≫ 권15에는 대폭 축약되어 '선녀홍대(仙女紅袋)'라는 이름으로 수록하였다. 중국 남송(南宋) 때의 ≪육조사적편류(六朝事迹編類)≫의 분릉문(墳陵門) 제13 <쌍녀분기(雙女墳記)> 및 당나라의 전기소설인 <유선굴(遊仙窟)>과도 영향관계를 검토할 만하다. 그러면 이같은 중국의 설화 내지 소설의 전파 과정에서 신라 지성인의 상징인 최치원에 결부될 가능성을 타진해 볼 수 있다. 한편, 이 설화와 직접성은 없지만, 조선시대 <최치원전(崔致遠傳)> 또는 <최고운전(崔孤雲傳)>·<최문헌전(崔文獻傳)> 등은 모두 최치원을 주인공으로 한 소설이었다.

① 乾符甲午(건부갑오) : 서기 874년. 乾符는 당나라 희종(僖宗)의 연호.
② 溧水縣尉(율수현위) : 율수현은 중국 강소성(江蘇省) 소재. 남경시(南京市)에서 남쪽 50키로 지점에 있다. 현위는 현의 치안(治安)을 맡은 관리.
③ 杖藜(장려) : 지팡이를 짚다. 杖은 지팡이. 짚다. 잡다. 의지하다. 藜는 명아주란 말이지만, 그 줄기로 지팡이를 만들기에 곧장 '여장(藜杖)'의 의미로 쓰였다.

傳語秀才 朝來④特勞玉趾 兼賜瓊章 各有酬答 謹令奉呈 公回顧驚惶 再問 何姓娘子 女曰 朝間拂石題詩處 卽二娘所居也 公乃悟 見第一袋 是八娘子奉酬秀才 其詞曰 幽魂離恨寄孤墳 桃臉柳眉猶帶春 鶴駕難尋三島路 鳳釵空墮九泉塵 當時在世長羞客 今日含嬌未識人 深愧詩詞知妾意 一回延首一傷神 次見第二袋 是九娘子 其詞曰 往來誰顧路傍墳 鸞鏡鴛衾盡惹塵 一死一生天上命 花開花落世間春 每希⑤秦女能拋俗 不學⑥任姬愛媚人 ⑦欲薦襄王雲雨夢 千思萬憶損精神 又書於後幅曰 莫怪藏名姓 孤魂畏俗人 欲將心事說 能許暫相親 公旣見芳詞 頗有喜色 乃問其女名字 曰翠襟 公悅而⑧挑之 翠襟怒曰 秀才⑨合與回書 空欲累人 致遠乃作詩付翠襟曰 偶把狂詞題古墳

④ 特勞玉趾(특로옥지) : 勞는 수고로움을 감당하다. 玉趾는 남의 발이나 발걸음을 높여 이르는 말.
⑤ 秦女(진녀) : 진목공(晉穆公)의 딸인 농옥(弄玉). 그녀가 퉁소 잘 부는 소사(蕭史)라는 이를 좋아하매 왕이 사위로 삼았더니 어느날 두 사람은 봉황을 타고 떠나버렸다.
⑥ 任姬愛媚人(임희애미인) : 태임(太任)은 계력(季歷)의 부인이자, 주문왕(周文王)의 어머니. 계력의 어머니인 태강(太姜)과 나란히 어진 어머니로 알려져 있다. "태임이 사람들에게 자애롭게 함."
⑦ 欲薦襄王雲雨夢(욕천양왕운우몽) : 여기의 薦은 여자가 윗사람의 잠자리를 모신다는 말. 초(楚)나라의 양왕이 고당(高唐)에서 노닐었을 때 무산(巫山)의 여인이 꿈에 나타나서 잠자리를 같이 했고, 이튿날 아침에 떠나면서 자신이 아참에는 구름이 되고, 저녁에는 비가 된다고 말한 고사를 따온 대목임.
⑧ 挑(조) : 도전하다의 뜻일 때는 '도'로 읽으나, 여기서는 유혹하다, 지분대다의 뜻. 이 경우는 '조'로 읽는다.
⑨ 合(합) : 합당하다, 경우에 맞다.

豈期仙女問風塵 翠襟猶帶瓊花艶 紅袖應含玉樹春 偏隱姓名寄俗客 巧裁文字惱詩人 斷腸唯願陪歡笑 祝禱天靈與萬神 繼書末幅云 [10]青鳥無端報事由 暫時相憶淚雙流今宵若不逢[11]仙質 判却殘生入地求 翠襟得詩還 迅如飇逝致遠獨立哀吟 久無來[12]耗 乃詠短歌 [13]向畢 香氣忽來 良久二女齊至 正是一雙明玉 兩朶瑞蓮 致遠驚喜如夢 拜云致遠海島微生 風塵末吏 豈期仙侶 猥顧[14]凡流 輒有戲言便垂芳躅 二女微笑無言 致遠作詩曰 芳宵幸得暫相親何事無言對暮春 將謂得知[15]秦室婦 不知元是[16]息夫人 於是紫裙者曰 始欲笑言 便蒙輕蔑 息嬀曾從二壻 賤妾未事一夫 公言 夫人不言 言必有中 二女皆笑 致遠乃問曰

⑩ 靑鳥(청조) : 여기서는 사자(使者) 또는 서간의 뜻으로 사용함. 동방삭(東方朔)이 날아든 푸른새를 보고 서왕모(西王母)의 사자(使者)라고 한 데서 유래하였다.

⑪ 仙質(선질) : 선자옥질(仙姿玉質). 신선, 선녀 같은 모습과 옥 같은 바탕. 고상한 미인에의 형용.

⑫ 耗(모) : 여기서 耗는 동정, 동태.

⑬ 向畢(향필) : "마칠 때 쯤." 向은 '향하여 가다'의 뜻. 술목구조이다.

⑭ 凡流(범류) : 평범한 무리. 속류(俗流).

⑮ 秦室婦(진실부) : 진나부(秦羅敷). 전국시대 조(趙)나라 왕인(王仁)의 처 진나부(秦羅敷)가 뽕을 따러 나갔는데 마침 조왕(趙王)이 대상(臺上)에서 뛰어난 미모의 나부를 보고 첫눈에 반하여 유혹을 하였으나 <맥상상(陌上桑)>을 지으면서 물리쳤다고 한다. <나부행(羅敷行)>이라고도 한다.

⑯ 息夫人(식부인) : 춘추시대의 작은 나라였던 식국(息國) 군주의 부인. 초나라 문왕이 식나라를 멸망시키고 식부인을 강제로 차지하였다. 아이를 두 명이나 낳았으나 문왕과는 말 한 마디 하지 않았다. 여인으로서 두 지아비를 섬기니, 죽지는 못할지언정 무슨 할 말이 있겠는가고 한 고사.

娘子居在何方 [17]族序是誰 紫裙者隕淚曰 兒與小妹 漂水縣楚城鄉張氏之二女也 先父不爲縣吏 獨占鄉豪 富似[18]銅山侈同[19]金谷 及姉年十八 妹年十六 父母論嫁 阿奴則定婚鹽商 小妹則許嫁茗估 姉妹每說[20]移天 未滿于心 鬱結難伸遽至夭亡 所冀仁賢 勿萌猜嫌 致遠曰 玉音昭然 豈有猜慮乃問二女 寄墳已久 [21]去館非遙 如有英雄相遇 何以示現美談 紅袖者曰 往來者 皆是鄙夫 今幸遇秀才 氣秀[22]鼇山可與談玄玄之理 致遠將進酒 謂二女曰 [23]不知俗中之味可獻物外之人乎 紫裙者曰 不飡不飮 無飢無渴 然幸接瓌姿 得逢[24]瓊液 豈敢辭違 於是飮酒 各賦詩 皆是淸絶不世之句 是時 明月如晝 淸風似秋 其姉改令曰 便將月[25]爲題以風爲韻 於是致遠 作起聯曰 金波滿目泛長空 千里愁

⑰ 族序是誰(족서시수) : “어느 집안의 사람인가?”
⑱ 銅山(동산) : 한나라 문제(文帝) 때에 돈을 주조하던 곳.
⑲ 金谷(금곡) : 하남성 낙양현(洛陽縣) 서북쪽에 있는 골짜기. 진(晉)의 대부호였던 석숭(石崇)의 금곡원(金谷園) 별장이 있다
⑳ 移天(이천) : 대권을 함부로 움직인다는 뜻이지만, 여기서는 남편을 바꾼다는 말.
㉑ 去館(거관) : “초현관에서.” 去가 전치사 격 ‘~에서, ~으로부터’의 뜻으로 쓰였다.
㉒ 鼇山(오산) : 호남성 상덕현(常德縣) 에 있는 산 이름으로, 여기에 세 사람의 승려가 놀다가 도를 깨달았다 한다. 여기서는 세 사람과 같은 품성을 뜻한다.
㉓ 不知俗中之味 可獻物外之人乎 : “속세의 음식 맛을 속세 너머의 사람에게 드려도 좋을는지 모르겠군요.”
㉔ 瓊液(경액) : 좋은 술. 미주(美酒).
㉕ 便將月爲題(변장월위제) : “달로 시제를 삼고.” 여기서 ‘便’은 곧, 즉시{부사}. ‘將’은 ‘以’와 통용.

心處處同 八娘曰 輪影動無迷舊路 桂花開不待春風 娘曰 圓輝漸皎三更外 離思偏傷一望中 致遠曰 練色舒時分錦帳 珪模映處透珠? 八娘曰 人間遠別腸堪斷 泉下孤眠恨莫窮 九娘曰 每羨㉖孀娥多計較 能抛香閣到仙宮 公歎訝尤甚 乃曰 此時無笙歌奏於前 能事未能畢矣 於是紅袖乃顧婢 翠襟 而謂致遠曰 ㉗絲不如竹 竹不如肉 此婢善歌 乃命訴 衷情詞 翠襟斂袵一歌 清雅絶世 於是三人半酣 致遠乃 挑二女曰 嘗聞㉘盧充逐獵 忽遇良姻 ㉙阮肇尋仙 得逢嘉配 芳情若許 姻好可成 二女皆諾曰 ㉚虞帝爲君 雙雙在御 ㉛周郎作將 兩兩相隨 彼昔猶然 今胡不爾 致遠喜出望外 乃相與排三淨枕 展一新衿 三人同衿 繾綣之情 不可具談

㉖ 孀娥(상아) : 항아(姮娥)·상희(孀羲)라고도 한다. ≪회남자(淮南子)≫에는 예(羿)가 서왕모(西王母)로부터 불사약을 구해왔는데 그의 아내인 항아가 그 불사약을 훔쳐 달로 달아나 두꺼비가 되었다는 이야기가 있다. ≪초사(楚辭)≫ 등에는 두꺼비 대신 토끼라고 되어 있다.

㉗ 絲不如竹 竹不如肉(사불여죽 죽불여육) : "현악(絃樂)은 관악(管樂)만 같지 못하고, 관악(管樂)은 사람의 육성(肉聲)만 못하다."

㉘ 盧充(노충) : ≪수신기(搜神記)≫ 권16에 있는 노충 설화의 내용을 취한 것이다. 범양(范陽) 사람인 노충이 최소부(崔少府)의 딸 무덤가에서 사냥하다가 여인의 혼백과 만나 아들을 얻었다고 한다.

㉙ 阮肇尋仙 得逢嘉配(완조심선 득봉가배) : 후한 시대 사람. 영평(永平) 연간에 유신과 더불어 약을 캐러 가서 두 여인을 만나 하룻밤 자고 돌아와서 보니 집에는 7대 후손이 살고 있었다고 한다.

㉚ 虞帝爲君 雙雙在御(우제위군 쌍쌍재어) : "(요 임금으로부터) 순 임금이 천하를 물려받았을 때 요 임금의 두 딸인 아황(娥皇)과 여영(女英) 자매도 나란히 순을 모셔 아내가 되었다."

㉛ 周郎作將 兩兩相隨(주랑작장 양양상수) : "오나라 주유(周瑜)가 장군이 되니, 여인 둘이 따랐다."

致遠戲二女曰 不向[32]閨中作黃[33]公之子婿 飜來塚側夾陳[34]氏之女奴 未測何緣 得逢此會 女兄作詩曰 聞語知君不是賢 應緣慣與女奴眠 弟應聲續尾曰 無[35]端嫁得風狂漢 强被輕言辱地仙 公答爲詩曰 五百年來始遇賢 且歡今夜得雙眠 芳心莫怪親狂客 曾向春風占謫仙 小頃 月落鷄鳴 二女皆驚 謂公曰 樂極悲來 離長會促 是人世貴賤同[36]傷 況乃存沒異途 升沈殊路 每慙白晝 虛擲芳時 只應拜一夜之歡 從此作千年之恨 始喜同衾之有幸 遽嗟破鏡之無期 二女各贈詩曰 星斗初回更漏闌 欲言離緒淚闌[37]干 從玆更結千年恨 無計重尋五夜歡 又曰 斜月照窓紅臉冷 曉風飄袖翠眉攢 辭君步步偏腸斷 雨散人歸入夢難 致遠見詩 不覺垂淚 二女謂致遠曰 倘或他時 重經此處 修掃荒塚 言訖卽滅 明旦 致遠歸塚邊 彷徨嘯咏 感歎尤甚 作長歌自慰.

㉜ 向(향) : 저번에, 지난날.
㉝ 黃公之子婿(황공지자서) : 춘추시대 제나라 황공이 두 딸이 절색이었음에도 겸손으로 못생겼다고 주변에 말해왔는데 위나라의 한 홀아비가 소문을 무시하고 장가들었다던 고사가 있다. 子婿는 사위.
㉞ 陳氏之女奴(진씨지여노) : 진(陳)나라 선제(宣帝)의 딸이 몹시 아름다워 수문제(隋文帝)의 궁빈이 되어 선화부인(宣華夫人)이란 호칭을 받았다. 문제가 죽자 태자 광(廣)에게 욕을 당하고 29세에 죽었다.
㉟ 無端(무단) : 까닭 없이. 뜻밖에.
㊱ 同傷(동상) : “아픔을 함께 하다.” 여기서 同은 부사 ‘함께’의 뜻이 아닌 함께하다(동사).
㊲ 闌干(난간) : 눈물이 주르륵 흐르는 모양.

132 兄弟投金형제투금 – 無名氏*

高麗恭愍王時 有民兄弟 偕行 弟得黃金二錠 以其一與兄至孔巖津① 同舟②而濟 弟忽投金於水 兄怪而問之 答曰 吾平日 愛兄篤 今而分金 忽萌③忌兄之心 此乃不祥之物也 不若投諸④江而忘之 兄曰 汝言誠⑤是 亦投金於水 時同舟者皆愚民 故無有⑥問其姓名邑里云. ≪新增東國輿地勝覽, 陽川縣≫

* 1481년(성종 12)에 편찬된 ≪동국여지승람(東國輿地勝覽)≫(50권)을 1530년(중종 25)에 이행(李荇) · 윤은보(尹殷輔) · 신공제(申公濟) · 홍언필(洪彦弼) · 이사균(李思均) 등이 새로 증수(增修) 편찬하였다. 그것이 ≪신증동국여지승람(新增東國輿地勝覽)≫ 55권이니, 바로 이 안에 수록되어 있다.

① 孔巖津(공암진) : 지금의 서울 강서구(江西區)에 자리했던 나루터 이름. 옛 이름은 제차파의현(齊次巴衣縣). 巴衣는 바위의 고어(古語)라고 한다. 縣은 고을, 골로 읽으매 '제차바위골.'

② 同舟(동주) : 同은 함께하다(동사). 배를 함께 타다. 술목(述目)관계임.

③ 萌(맹) : 싹트다. (어떤 생각이나 일이) 생겨나다.

④ 諸(저) : 之於의 줄임말. 이 경우 '저'로 읽는다.

⑤ 誠(성) : 진실로, 참으로(부사).

⑥ 無有(무유) : 존재가 없다. 여기서 有는 (어떤 일의) 존재, 현상, 발생.

133 覓珠完鵝멱주완아 – 李肯翊*

尹淮茂松人 字淸卿 號淸香堂 少時有鄕里之行 暮投①逆旅 主人不許止宿 坐於庭畔 主人兒持大眞珠出來 落於庭中 傍有白鵝 卽呑之 ②俄而主人索珠不得 疑公竊取縛之 朝將告官 公不與辨 只云 彼鵝亦繫吾傍 明朝珠從③鵝後出 主人慙④謝曰 昨何不言 公曰 昨若言之 則主人必剖鵝覓珠 故忍辱而待.

≪燃藜室記述≫

* 이긍익(1736~1806) : 조선 후기의 학자로 이광사(李匡師)의 아들. 자는 장경(長卿). 호는 완산(完山)·연려실(燃藜室). 적극적인 소론파(少論派)로서 노론(老論)이 집권하자 여러 차례 귀양을 갔다. 고증학파 실학자의 처지로 쓴 ≪연려실기술(燃藜室記述)≫은 정조 때에 조선의 역사를 기사본말체(紀事本末體)로 엮은 역사서이다. 태조 이래 현종까지의 중요한 역사적 자료를 400여 가지에 달하는 야사(野史)에서 수집·분류하였으니, 원집(原集) 33권, 별집(別集) 19권, 속집(續集) 7권 총 59권 42책으로 된 대 저술이다. 이야기 속 주인공인 윤회(尹淮, 1308~1436)는 조선 세종 때의 명신·학자. 자는 청경(淸卿). 호는 청향당(淸香堂). 세종 14년(1432) 왕명으로 맹사성 등과 ≪팔도지리지(八道地理志)≫를 편찬했으며, 그 뒤 중추원사(中樞院使) 겸 성균관대사성이 되어 사대문서(事大文書)를 감장(監掌)하였다. 1434년 집현전에서 왕명으로 ≪자치통감훈의(資治通鑑訓義)≫의 편찬을 맡고 병조판서, 예문관대제학에 이르렀다. ≪청경집(淸卿集)≫이 있다. 표제는 '구슬을 찾고 거위도 온전케 하다(살리다)'의 뜻이다.

① 投逆旅(투역여) : 逆旅는 나그네를 맞이하는 곳. =旅館, 客館. 逆은 맞이하다. 投는 투숙하다.
② 俄而(아이) : 잠시 후에, 얼마 안 되어.
③ 從鵝後出(종아후출) : "거위의 뒤에서 나오다." 從은 鵝後 앞의 전치사인 ~(을/를) 따라서. 영어의 'through'에 해당한다. 後는 여기서 거위의 배설구, 항문을 지칭하는 말이다.
④ 謝(사) : 거절하다. 사양하다. 떠나다. 시들다. 사죄하다. 사례하다.

記

134 桃花源記도화원기 – 陶淵明*

①晉太元中 ②武陵人捕魚爲業 ③緣溪行 忘路之遠近 忽逢桃花林 ④夾岸數百步 中無雜樹 芳草鮮美 ⑤落英繽紛 漁人甚⑥異之 復前行 欲窮其林 林盡水源 ⑦便得一山 山有小口 ⑧彷彿若有光 便捨船從口入 初極狹 ⑨纔通人 復行數十步 ⑩豁然開朗 土地平曠 屋舍⑪儼然 有良田美池桑竹之屬 ⑫阡

* **도연명(365~427)** : 중국 동진(東晋)의 시인. 이름은 잠(潛). 호는 오류선생(五柳先生). 연명은 자(字). 405년에 팽택현(彭澤縣)의 현령이 되었으나, 80여 일 뒤에 <귀거래사(歸去來辭)>를 남기고 관직에서 물러나 귀향하였다. 자연을 노래한 시가 많으며, 당나라 이후에 문단에서 육조(六朝) 최고의 시인이라는 정평을 내렸다. 산문 명작으로 <오류선생전(五柳先生傳)>, <도화원기(桃花源記)> 등을 꼽는다.

① 晉太元(진태원) : 晉은 동진(東晋). 太元은 효무제(孝武帝)의 연호(376~396).
② 武陵(무릉) : 현재 호남성(湖南省) 상덕현(常德縣)에 있는 지명.
③ 緣(연) : 좇다, 따르다.
④ 夾岸(협안) : 좌우 양쪽 언덕.
⑤ 落英繽紛(낙영빈분) : 英은 꽃. 繽紛은 어지러이 나부끼다.
⑥ 異之(이지) : 異는 기이하게 여기다(타동사). 之는 허사 내지 목적격대명사.
⑦ 便得(변득) : 便은 문득(부사), 得은 대동사(代動詞)로 여기선 문맥상 '만났다.'
⑧ 彷彿(방불) : =髣髴. 비슷하다. 어렴풋하다의 뜻이나, 여기선 '어렴풋이'로 부사화 되었다.
⑨ 纔(재) : 간신히. 겨우. =才.
⑩ 豁然開朗(활연개랑) : 豁然은 환하게 터져서 시원스런 모양. 開朗은 탁 트여 환하다.
⑪ 儼然(엄연) : 단정하고 엄숙한 모양.
⑫ 阡陌(천맥) : 논밭의 길. 동서로 난 길을 맥(陌), 남북으로 난 길을 천(阡)이라 한다.

陌交通 雞犬相聞 其中往來種作 男女⑬衣著 悉如外人 ⑭黃髮垂髫 並⑮怡然自樂 見漁人 乃大驚 ⑯問所從來 具答之 ⑰便要還家 設酒殺鷄作食 村中聞有此人 咸來問訊 自云 先世避秦時亂 率妻子邑人 來此絶境 不復出焉 遂與外人間隔 問 今是何世 乃不知有漢 ⑱無論魏晉 此人一一爲具言所聞 皆⑲歎惋 餘人各復⑳延至其家 皆出酒㉑食 停數日辭去 此中人語云 ㉒不足爲外人道也 旣出 得其船 便扶㉓向路 處處㉔志之 及㉕郡下 詣太守 說如此 太守卽遣人隨其往

⑬ 衣著(의착) : 의복(衣服). 여기의 著은 옷, 의복의 뜻임.
⑭ 黃髮垂髫(황발수초) : 초(髫)는 더벅머리. 늙은이의 누런 머리와 어린아이의 늘어진 더벅머리란 뜻.
⑮ 怡然(이연) : 즐거운 모양.
⑯ 問所從來(문소종래) : 所는 영어의 to부정사와 같아 뒤에 반드시 동사가 온다. 來가 동사. 從은 ~부터, ~를 따라서{전치사}. 동사와 전치사의 만남인 從來는 영어의 'come from(through)'에 해당한다.
⑰ 便要(변요) : 便은 문득. 要는 맞이한다는 뜻의 '요(邀)'와 통함.
⑱ 無論(무론) : =勿論(물론). ~은 말할 것도 없이.
⑲ 歎惋(탄완) : 한탄하다. 놀라며 탄식하다.
⑳ 延(연) : 맞아들이다. 초대하다.
㉑ 食(사) : 밥. 먹이다. 기르다. 이 경우 모두 '사'로 읽는다.
㉒ 不足爲外人道也(부족위외인도야) : 不足은 '不可'와 통용된 뜻으로 쓰였다. 爲는 ~에 의해서{전치사}. 道는 말하다. '爲A所B'(A에 의해 B를 당하다) 용법인 바, 여기서는 道 앞에 所가 생략된 형상이다. 따라서 道는 '말해지다'{피동}로 해석된다.
㉓ 向路(향로) : 여기의 向은 접때, 이전. =嚮. '먼젓번 길, 이전에 왔던 길.'
㉔ 志之(지지) : 志는 기록하다. =誌. 之는 조운(調韻)을 위한 무의미 허사.
㉕ 郡下(군하) : 군(郡)의 관할 하에 있는 땅.

尋向所志 遂迷 不復得路 南陽[26]劉子驥[27] 高尙士也 聞之 欣然親[28]往 未果 尋[29]病終 後遂無問津[30]者.

≪陶淵明集≫

淸代 樊圻가 그린 <桃花源圖>

㉖ 南陽(남양) : 하남성(河南省)에 속해 있는 남양현(南陽縣).

㉗ 劉子驥(유자기) : 유인지(劉驎之). 자기(子驥)는 자(字). 진(晋) 말엽에 시상(紫桑)의 령(令)이 되었다. 도연명, 주속지(周續之)와 더불어 심양(潯陽)의 삼은(三隱)으로 불렸다.

㉘ 親(친) : 친히, 몸소. 親 대신 '規'(규)라 한 것도 있는데, 이 경우 '꾀하다'로 통한다.

㉙ 尋(심) : 찾다. 이윽고, 그 뒤에.

㉚ 問津(문진) : 나루터가 있는 곳을 물음. 전(轉)하여 인생이나 학문의 길잡이 역할을 청한다는 뜻으로도 쓰인다. 원래 ≪논어(論語)≫ <미자(微子)> 편(篇)의 '使子路問津焉'에서 유래한 말이다.

135 岳陽樓記악양루기 – 范仲淹*

慶曆①四年春 滕子京②謫守巴陵郡 越明年 政通人和 百廢俱興 乃重修岳陽樓 增其舊制 刻唐賢今人詩賦于其上 屬予作文以記之 予觀夫巴陵勝狀③ 在洞庭一湖 銜遠山 呑長江 浩浩蕩蕩 橫無際涯 朝暉夕陰④ 氣象萬千 此則岳陽樓之大觀也 前人之述備矣 然則北通巫峽 南極瀟湘 遷客騷人 多會于此 覽物之情 得無異乎 若夫霪雨霏霏

*** 범중엄**(989~1052) : 북송 때의 정치가·학자. 자는 희문(希文), 시호는 문정(文正)이다. 인종 때에 참정(參政) 지사(知事)가 되어 개혁 10개 조를 상소하였으나 이루지 못하였다. ≪범문정공집(范文正公集)≫이 있다. 당(唐)의 개원(開元) 4년(716) 중서령(中書令) 장열(張說)이 여기 호남성 악양현(岳陽縣) 파릉군(巴陵郡)의 태수로 부임해서 놀던 자취가 있고, 그 뒤 등자경(滕子京)이란 이가 경력(慶曆) 6년(1046)에 이를 중수(重修)하면서 자신에게 부탁하여 지은 문장이 이 <악양루기>라고 서두에 적어놓았다. 정확한 날짜까지 기록돼 있는바, 바로 그 해 9월15일이라 하였다. 당류(黨類)인 소순흠(蘇舜欽)이 그 사실을 기록으로 남기고 소소(邵竦)가 글씨를 썼다고 한다. 특히 작중의 '先天下之憂而憂 後天下之樂而樂'과 '不以物喜 不以己悲'는 후대에 문인들 회자(膾炙)의 명구(名句)가 되었다.

① 慶曆(경력) : 북송(北宋) 때 인종(仁宗)의 연호. 1041~1048.
② 滕子京(등자경) : 등종량(滕宗諒). 990~1047. 자경은 자(字). 공금 유용의 혐의와 탄핵을 받았으나 범중엄의 변호 덕에 호남성 악주(岳州) 파릉군의 태수가 되었다.
③ 勝狀(승상) : 빼어난 경치. 승경(勝景), 절경(絶景).
④ 夕陰(석음) : 저녁의 구름. 陰은 음기(陰氣). 그늘. 그림자. 시간. 구름(이 끼다), 흐리다.

連月不開 陰風怒號 濁排浪空 日星隱曜 山岳潛形 商旅不行 檣傾楫摧 ⑤薄暮冥冥 虎嘯猿啼 登斯樓也 則有去國懷鄉 憂讒畏譏 滿目蕭然 感極而悲者矣 至若春和景明波瀾不驚 ⑥上下天光 ⑦一碧萬頃 沙鷗翔集 錦鱗游泳 岸芷汀蘭 郁郁靑靑 而或⑧長煙一空 皓月千里 浮光躍金 靜影沈璧 漁歌互答 此樂何極 登斯樓也 則有⑨心曠神怡 寵辱俱忘 把酒臨風 其喜洋洋者矣 ⑩嗟夫 予嘗求古仁人之心或異二者之爲 何哉 ⑪不以物喜 不以己悲 居廟堂之高 則

⑤ 薄暮(박모) : 땅거미가 져서 어두컴컴할 때. 薄에는 엷다 기본 외에 가까이 하다, 이르다, 침범하다의 뜻이 있다. 暮 또한 저물다, 해가 지다, 늦다 등의 뜻 외에 '모야(暮夜)'에서처럼 밤이란 의미도 있다.

⑥ 上下天光(상하천광) : =上天下光. 위쪽 하늘과 아래 수면 위에 비친 빛.

⑦ 一碧萬頃(일벽만경) : 一은 전체, 다, 오로지의 뜻. 따라서 一碧은 전체 푸른 빛, 푸른 빛 일색. 萬頃은 백만 이랑이라는 뜻으로, 땅 뿐만 아니라 수면의 드넓음을 나타내기도 한다.

⑧ 長煙一空(장연일공) : "긴 아지랑이 하늘에 그득하다." 煙은 연기라는 뜻 한 가지에만 국한하지 않고 전(轉)하여 구름, 안개, 아지랑이, 먼지 등 자욱하게 끼거나 피어오르는 일체의 기운을 의미한다. 一空은 술목구조. 一은 고르게 하다, 하나로 하다{동사}. 고루 덮었음을 말한다. 空은 천공(天空) 즉 하늘.

⑨ 心曠神怡(심광신이) : "마음이 확 트이고 정신이 흐뭇해지다." 曠은 공허하다, 허송하다 같은 부정적인 뜻이 아닌 밝다, 광활하다, 요원하다 같은 긍정적 의미로 쓰였다. 神 또한 여기서는 정신.

⑩ 嗟夫(차부) : '그러하구나.' 嗟乎, 嗟呼할 때의 嗟는 자체로 '아아!' 같은 단독의 감탄사 구실을 하지만, 여기서는 감탄조사 夫 앞의 탄식하다, 감탄하다{동사}로서 타당하다. '悲夫'(슬프고나!)가 일례이다.

⑪ 不以己悲(불이기비) : '以己不悲'가 도치된 구절이다. 자기(의 일)로써 슬퍼하지 않는다. 己의 안에 자기의 개인적인 불행, 혹은 자신의 불행한 신세를 함축시켰다.

憂其民 處江湖之遠 則憂其君 是進亦憂 退亦憂 然則何時而樂耶 其必曰 先天下之憂而憂 後天下之樂而樂歟噫 微斯人 ⑫吾誰與歸.

≪范文正公集≫

<岳陽樓大觀圖>

⑫ 吾誰與歸(오수여귀) : 문법상은 誰의 앞에 與가 타당하나 음운 기준에서 이같은 도치가 가능하다. 歸에는 '(오던 길) 돌아가다[還, 返]'의 뜻 외에, '시집가다 · 죽다 · 잔치하다 · 살아가다 · 의지(귀의)하다[依歸]' 등의 다양한 의미가 있다. 한국 고대가요 <황조가(黃鳥歌)> 제4구의 '誰其與歸'도 같은 경우이다.

136 醉翁亭記 취옹정기 – 歐陽修*

①環滁皆山也 其西南諸峰 林壑尤美 望之蔚然而②深秀者 ③瑯琊也 山行六七里 漸聞水聲 潺潺而瀉出于兩峰之間者 釀泉也 ④峰回路轉 有亭⑤翼然 臨于泉上者 醉翁亭也 作亭者誰 山之僧智仙也 名之者誰 太守自謂也 太守與客 來飮于此 飮少輒醉 而年又最高 故自號曰醉翁也 醉

*** 구양수(1007~1072)** : 중국 송나라의 정치가·문인. 자는 영숙(永叔). 호는 취옹(醉翁)·육일거사(六一居士). 정치적으로는 당시대 최고의 논란거리였던 왕안석(王安石)의 신법(新法)에 반대하고, 문학적으로는 격식과 수사(修辭)를 따지는 태학체(太學體)를 거부하였다. 한유의 고문체를 추구하여 소식(蘇軾 : 蘇東坡)·소철(蘇轍) 형제와 증공(曾鞏) 등으로 연결되는 송대 문학의 새로운 판도를 확립한바, 당송 팔대가의 한 사람으로 꼽힌다. 저서에 ≪신당서(新唐書)≫, ≪신오대사(新五代史)≫, ≪모시본의(毛詩本義)≫ 등이 있다. 중앙 조정에서 직언과 엄정한 비평으로 말미암아 정적이 많은 구양수가 39세 때인 경력(慶曆) 5년(1045)에는 조카딸과의 불륜관계 전력이 의심스럽다는 탄핵을 받아 재판에 회부되는 등 정치적 좌초를 겪고는 물러나 안휘성 저주(滁州)의 지사(知事)가 되었다. 그렇게 태수로 폄적된 이듬해인 1046년, 풍년을 맞이한 백성들과 함께 인근 낭야산(瑯琊山) 계곡에 자신이 세웠던 두 개의 정자 중 하나인 취옹정(醉翁亭)으로 유람 나갔다가 돌아와서 지은 작품이다.

① 環滁(환저) : 環은 옥, 고리. 두르다. 돌다, 선회하다. 滁는 저주(滁州). 안휘성 소재의 땅. '저주를 에워싸다.'
② 深秀(심수) : (산이) 깊고 수려하다.
③ 瑯琊(낭야) : 안휘성 청류현(淸流縣) 남쪽에 있는 명승산. =琅邪.
④ 峰回路轉(봉회노전) : "봉우리를 돌아 길이 새로 바뀌어드는 곳에."
⑤ 翼然(익연) : 새가 두 날개를 넓게 펴는 모양.

翁之意 不在酒 在乎山水之間也 山水之樂 ⑥得之心而寓之酒也 ⑦若夫日出而林霏開 雲歸而巖穴暝 晦明變化者 山間之朝暮也 ⑧野芳發而幽香 嘉木秀而繁陰 風霜高潔 水落而石出者 ⑨山間之四時也 朝而往 暮而歸 四時之景不同 而樂亦無窮也 至於負者歌于途 行者休于樹 ⑩前者呼 後者應 ⑪傴僂提携 往來而不絶者 滁人遊也 臨溪而漁 溪深而漁肥 ⑫釀泉爲酒 ⑬泉冽而酒香 ⑭山肴野蔌 雜然而前陳者 太守宴也 宴酣之樂 ⑮非絲非竹 射者中 奕者勝 ⑯觥籌

⑥ 得之心而寓之酒(득지심이우지주) : 마음으로 얻어서 (그 뜻을) 술에다 부친다.
⑦ 若夫(약부) : 화두를 바꾸는 전어사(轉語詞) 내지 발어사(發語辭)이다. 若이 만약의 뜻이 아님에 유의한다.
⑧ 野芳發而幽香(야방발이유향) : 野芳은 들꽃. 幽香은 그윽이(부사)+향기 풍긴다(동사)로 본다. "들꽃이 피어 그윽이 향기 풍기고."
⑨ 水落而石出(수락이석출) : 겨울에 물이 줄어들거나 말라서 바위가 드러나는 형상을 묘사한 것. 落은 여기서 적어지다, 감소하다의 뜻이니, 水落은 하천에 물의 양이 줄어듦을 말한다.
⑩ 前者(전자) : 앞서 가는 자. 前은 앞. 인도하다. 앞으로 나가다. 앞서.
⑪ 傴僂提携(구루제휴) : 허리를 구부려서 손 붙들고 도와줌.
⑫ 釀泉爲酒(양천위주) : "샘물로 빚어 술을 만들다." 述補+述目의 구조로 본다.
⑬ 泉冽而酒香(천렬이주향) : "샘물이 맑으니 술이 향긋하다." 주술(主述) 관계의 연속 문장으로 본다.
⑭ 山肴野蔌(산효야속) : 산에서 나는 안주인 산나물과, 들에서 나는 푸성귀.
⑮ 非絲非竹(비사비죽) : 絲竹은 현악기와 관악기. 음악이 중요한 게 아니라는 뜻.
⑯ 觥籌交錯(굉주교착) : 觥籌는 뿔로 만든 큰 술잔과 산가지. 벌주를 행할 때 다루는 기물들이다. 交錯은 이리저리 엇갈려 뒤섞임.

交錯 起坐而諠譁者 衆賓歡也 ⑰蒼顔白髮 頹乎其間者 太守醉也 ⑱已而夕陽在山 人影散亂 太守歸而賓客從也 樹林陰翳 ⑲鳴聲上下 遊人去而禽鳥樂也 然而禽鳥知山林之樂 而不知人之樂 人知從太守遊而樂 而⑳不知太守之樂其樂也 醉能同其樂 醒能述以文者 太守也 太守謂誰 ㉑廬陵歐陽修也.

≪歐陽文忠公文集≫

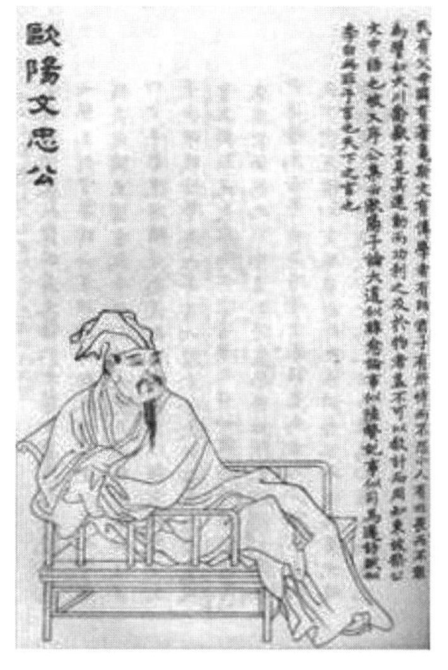

구양수의 照影과, 취옹정 風光

⑰ 蒼顔(창안) : 창백한 얼굴. 늙어서 여윈 얼굴.
⑱ 已而(이이) : 그 후 얼마 안 되어, 이윽고.
⑲ 鳴聲上下(명성상하) : 여기의 上下는 동사, 오르락내리락하다. "새 울음소리가 여기저기 들린다."
⑳ 不知太守之樂其樂(부지태수지낙기락) : 不知 이하가 목적절. 之는 주격조사 이/가. 樂 뒤의 其樂도 목적절. 其는 지시대명사 '그[백성]들.' "(백성들은) 태수가 백성들이 즐기는 것을 즐긴다는 사실을 알지 못한다."
㉑ 廬陵歐陽修(여릉구양수) : 작가가 자신의 고향을 들어 말한 것이다. 여릉은 강서성 길안현(吉安縣) 남쪽의 땅으로 아름다운 산수경이 많다. 작자인 구양수와 문천상(文天祥, 1236~1282) 등이 여기서 생장했다.

137 舟行記 주행기 – 李穀*

①己丑之歲 ②仲夏旣望 自鎭江圓山 夜半登舟 泝流至龍淵 天猶未明 已有松亭田居士與林州潘使君 ③候于岸上 與之俱行 ④折旋而北 晩泊古城 明日至扶餘城落花巖下 昔唐遣⑤蘇將軍 伐前百濟 扶餘實其故都也 時被圍甚急 君臣棄⑥宮娥而走 義不汚于兵 群至此巖 墮水而死 故以名之 扶餘⑦監務 設食于巖隈僧舍 日已午 解纜而小西 則有磯石⑧穹然 其下⑨淵澄 深不可測 唐兵旣至 隔江而陣 欲渡則雲霧

* 이곡(1298~1351) : 고려 말의 학자. 자는 중보(仲父). 호는 가정(稼亭). 목은(牧隱) 이색(李穡)의 부(父). 충숙왕 복위 2년(1333)에 원나라 과거에 급제한 후, 원제(元帝)에게 건의하여 고려에서의 처녀 징발을 중지시켰다. 충렬·충선·충숙왕 3조(朝)의 실록 편찬에 참여하였으며, 백이정(白頤正)·우탁(禹倬)·정몽주(鄭夢周) 등과 함께 경학(經學)의 대가로 꼽힌다. 저서에 ≪가정집(稼亭集)≫이 있고, 죽부인을 의인화한 가전(假傳) <죽부인전(竹夫人傳)>이 본인의 문집 및 ≪동문선(東文選)≫에 전한다.

① 己丑之歲(기축지세) : 작가 이곡의 생애 안에서의 기축년은 충정왕(忠定王) 재위의 때인 1349년이다.
② 仲夏旣望(중하기망) : 음력 5월 16일. 仲夏는 음력으로 5월. 旣望은 보름[望]이 지난 16일.
③ 候(후) : 기다리다.
④ 折旋而北(절선이북) : 折은 꺾다. 旋은 회전하다. 北은 북으로 나아가다. 동사로 쓰였다.
⑤ 蘇將軍(소장군) : 당나라 장군 소정방(蘇定方)을 말함. 592~667. 자가 정방이고, 본명은 소열(蘇烈)이다.
⑥ 宮娥(궁아) : 궁녀(宮女). 娥는 예쁘다. 아름다움. 미인의 뜻.
⑦ 監務(감무) : 고려 중기 및 조선 전기에 중앙의 관원을 파견하지 못한 지방의 작은 현(縣)을 다스리기 위하여 두었던 지방관. 태종 13년(1413)에 현감(縣監)으로 이름이 바뀌었다.
⑧ 穹然(궁연) : 穹은 하늘. 크다. 높다. 깊다. 활꼴. 然은 사물을 형용하는 데 붙이는 형용 어사(語辭).
⑨ 淵澄(연징) : 깊고 맑음.

晦冥 不知所措 使覘之 云 有龍穴其下 衛護本國故也 唐人用術者 ⑩計餌而取之 龍初拒而不⑪上 竟力致之 石爲之剞今有⑫深廣尺餘 長僅一丈 ⑬自水際達于石頂 若斲而爲之者謂之釣龍臺 自臺而西五里許 江之南岸 有僧舍曰虎巖 巖石⑭壁立 寺負巖 巖有虎迹 宛然若拏而上者 巖之西有斷崖千尺 崖頭曰天政臺 蓋百濟時 得與天通 每當用人書其名置臺上 君臣具⑮袍笏 列伏于北岸沙渚以候 天點其名 然後 取而用之 土人相傳如此 自虎巖 步至其臺 臺無遺址 惟石聳于半空耳 此所謂扶餘之四詠 ⑯一方之勝境 而好事之人 不遠千里而至者也 余鄕去此⑰才六十餘里 自少經過

⑩ 計餌(계이) : 計는 계교를 쓰다. 꾀하다. 餌는 먹이. 미끼. 낚다.
⑪ 上(상) : 오르다. 동사로 쓰임.
⑫ 深廣(심광) : 깊이와 넓이. '깊다', '넓다'가 명사로 바뀐 전성명사(轉成名詞)이다.
⑬ 自水際達于石頂(자수제달우석정) : 自~于는 ~에서부터~까지. "물가에서부터 바위 꼭대기까지."
⑭ 壁立(벽립) : (절벽 같은 것이) 벽 모양으로 서 있음.
⑮ 袍笏(포홀) : 조복(朝服) 차림에 홀(笏)을 쥐다. 홀은 상아, 또는 나무를 약 60cm, 나비 약 6cm 길이로 얄팍 길쭉하게 만든 것으로 벼슬아치가 조복(朝服)·제복(祭服)·공복(公服) 등에 갖춰 사용하였다. 1~4품관은 상아홀(象牙笏), 5~9품관은 목홀(木笏)을 사용했고, 향리(鄕吏)는 공복에만 목홀을 갖추었다.
⑯ 一方(일방) : 여기서는 한 지방의 의미.
⑰ 才(재) : 겨우. =纔.

又非一再 而不曾寓一目焉 頗自謂不好事 今乃當農月 載歌舞 盛賓客 供給將百人 往還踰三日 其爲好事何如也 雖然 史失其事 又無碑紀可考 而事亦近怪 ⑱土人之言 不知信否 ⑲況凡所見多不及所聞 余因記之 以爲後來好事者之戒 且⑳志余過云. ≪稼亭集≫

檀園 金弘道의 <丙辰年畫帖>에서

⑱ 土人(토인) : 그 지방 사람. 혹은 대대로 그 땅에서 붙박이로 사는 사람.
⑲ 況凡所見多不及所聞(황범소견다불급소문) : 況은 하물며, 더구나. 凡은 대략, 대체로. 多는 많은 부분. 상당히. "하물며 대개 눈으로 본 것이 귀로 들은 소문에 훨씬 미치지 못한데야 (일러 무엇하겠는가)."
⑳ 志(지) : 기록하다{동사}의 뜻.

說

138 師說사설 – 韓愈*

古之學者 必有師 師者① 所以②傳道授業解惑也 人非生而知之者 孰能無惑 惑而不從師 其爲惑也 終不解矣 生乎③吾前 其聞道也 固④先乎吾 吾從而師⑤之 生乎吾後 其聞道也 亦先乎吾 吾從而師之 吾師道也 夫⑥庸知其年之先後生於吾乎 是故 無貴無賤 無長無少 道之⑦所存 師之所存也 嗟乎 師道之不傳也久矣 欲人之⑧無惑也難矣 古之聖

* 한유(768~824) : 당나라의 문인·정치가. 자는 퇴지(退之). 호는 창려(昌黎). 당송팔대가(唐宋八大家)의 대표적 인물로, 운율 위주의 변려문(騈儷文)을 비판하면서 유종원(柳宗元)과 함께 고문(古文)으로의 복귀를 주장하였다. 유가의 사상을 존중하고 도교·불교를 배격하였으며, 송대 성리학의 발판 역할을 하였다. ≪한창려집(韓昌黎集)≫의 저서가 있다. 문체의 한 종류로서의 설(說)은 사물의 이치를 설명, 또는 해설한다는 뜻이다. 비유와 우의적 표현을 위주로 하는 우언체(寓言體)와 직서체(直敍體) 설로 구분하는 수도 있다. 자신의 의견이 덧붙기도 하지만 논(論)보다는 부드럽고 평이한 성격을 띤다.

① 者(자) : (~이란) 존재, 것. 사물·일·현상 등에 대한 해설에 쓰는 후치사(後置詞). 의존명사.
② 所以(소이) : 이유, 근거, 바탕.
③ 乎(호) : ~에(전치사).
④ 固先乎(고선호) : 固는 진실로(부사). 先은 앞서다(동사). 乎는 ~보다(전치사).
⑤ 師之(사지) : 師는 스승으로 삼다(타동사). 之는 목적격 대명사.
⑥ 夫庸知(부용지) : 夫는 대저, 무릇(발어사). 庸은 어찌(반어형 부사). "어찌 ~을 아랑곳하랴."
⑦ 之(지) : 주격조사 이/가로 쓰였다.
⑧ 之(지) : ~에게. 처소격 조사처럼 쓰인 경우이다.

人 其⑨出人也遠矣 猶且從師而問焉 今之衆人 其⑩下聖人也亦遠矣 而恥學於師 是故 ⑪聖益聖 愚益愚 聖人之所以爲聖 愚人之所以爲愚 其皆出於此乎 愛其子 擇師而敎之於其身也 則恥師焉 惑矣 彼童子之師 授之書而習其⑫句讀者也 非吾所謂傳其道解其惑者也 句讀之不知 惑之不解 或師焉 或不焉 ⑬小學而大遺 吾未⑭見其明也 巫醫樂師百工之人 不恥相師 士大夫之族 曰師曰弟子云者 則羣聚而笑之 問之則曰 彼與彼 年相若也 道相似也 位卑則

공자가 노자에게 道를 구하는 장면

⑨ 出人(출인) : 出은 <u>뛰어나다</u>, <u>출중하다</u>. 다른 사람보다 뛰어남.
⑩ 下(하) : <u>떨어지다</u>, <u>못하다</u>.
⑪ 聖益聖(성익성) : 益은 더욱(부사). “성인은 더욱 성인이 된다.”
⑫ 句讀(구두) : 글을 쓸 때 문장에 매기는 부호. 또는 부호를 매김.
⑬ 小學而大遺(소학이대유) : ‘學小而遺大’가 도치된 문장임. “하찮은 것을 배우고 중대한 것을 버려두다.”
⑭ 見(견) : 알다. 영어의 ‘see’와 그 경우가 똑같다.

足羞 官盛則近諛 嗚呼 師道之不[15]復 可知矣 巫醫樂師百工之人 君子[16]不齒 今其智乃反不能及 其可怪也歟 聖人[17]無常師 孔子師郯子萇弘師襄老聃 郯子之徒 其賢不及孔子 孔子曰 三人行則必有我師 是故 弟子[18]不必不如師 師不必賢於弟子 聞道有先後 術業有專攻 如是而已 李氏子蟠 年十七 好古文 [19]六藝經傳 皆通習之 不拘於[20]時 請學於余 余嘉其能行古道 作師說以貽之. 《韓昌黎集》

공자가 장홍에게 음악에 대해 묻다.

⑮ 復(복) : (원상태로) 돌아가다.

⑯ 不齒(불치) : 같게 보지 않는다. 멸시하다. 齒는 나란히 서다. 비견하다.

⑰ 無常師(무상사) : 여기서 常은 '일정한, 정해진'의 뜻. "스승을 고정하지 않는다."

⑱ 不必(불필) : '반드시 ~하는 것은 아니다.' 영어의 not ~ necessarily. 부분부정을 나타내는 부사.

⑲ 六藝(육예) : 예(禮) · 악(樂) · 사(射) · 어(御) · 서(書) · 수(數) 등 여섯 가지 기예. 쉽게 말하면 예도, 음악, 궁술, 승마, 서법, 수학이다. 또한 《시경(詩經)》 · 《서경(書經)》 · 《예기(禮記)》 · 《악기(樂記)》 · 《역경(易經)》 · 《춘추(春秋)》의 육경(六經)을 지칭하기도 한다.

⑳ 時(시) : 시세(時勢). 시대 풍조, 시대 조류.

139 雜說잡설 – 韓愈*

世有①伯樂 然後有千里馬 千里馬常有 而伯樂②不常有 故雖有名馬 ③秖辱於奴隷人之手 ④駢死於槽櫪之間 不以千里稱也 馬之千里者 一食或盡粟一⑤石 ⑥食馬者不知其能千里而食也 是馬也 雖有千里之能 食不飽 力不足 ⑦才美不

*** 한유(768~824)** : 당나라의 문인·정치가. 자는 퇴지(退之). 호는 창려(昌黎). 당송팔대가(唐宋八大家)의 대표적 인물로, 운율 위주의 변려문(騈儷文)을 비판하면서 문학 동지(同志)인 유종원(柳宗元)과 함께 고문(古文)으로의 복귀를 주장하였다. 유가의 사상을 존중하고 도교·불교를 배격하였으며, 송대 성리학의 발판 역할을 하였다. ≪한창려집(韓昌黎集)≫의 저서가 있다. <잡설>은 이 전집 중 제2책 권11 '雜著'의 안에 들어 있다. 전체 네 편인 바, 첫째는 용(龍)에 관해, 둘째는 의(醫)에 관해, 셋째는 외모에 관해, 넷째는 말[馬]에 관해 이야기하고 있다. 이 중 네 번째의 내용이 한결같이 <잡설>의 전부인양, 또는 대명사처럼 인용 습독(習讀)되매 여기서도 그 글을 얹도록 한다.

① 伯樂(백락) : 진(秦)나라 때 명마의 감식으로 이름난 사람. 본명은 손양(孫陽). B.C.680(?)~B.C.610(?). 여기서 말미암아 어떤 인물이 명군(名君) 내지 현상(賢相)의 지우(知遇)를 받는다는 뜻의 '백락일고(伯樂一顧)'라는 고사가 생겨났다.
② 不常有(불상유) : 항상 존재하는 것은 아니다. 不常은 부분부정. not always.
③ 秖辱(지욕) : 한갓 욕이나 당하다. 秖는 한갓, 다만. 辱은 스스로 피동사 역할을 했다.
④ 駢死(변사) : 駢은 나란히 하다. 늘어서다. 바로 뒤의 동사 死 앞에서 부사화되어 '나란히.'
⑤ 石(석) : 여기서는 용량의 단위인 '섬.' 열 말[斗].
⑥ 食馬(사마) : 말을 먹이다. 이처럼 食이 먹이다(타동사)의 뜻일 경우 '사'로 읽는다.
⑦ 才美不外見(재미불외현) : "재능의 빼어남이 겉에 나타나지 않는다." 見은 여기서 동사, 드러나다. 나타나다. 이 경우 '현'으로 발음한다.

外見 且⑧欲與常馬等不可得 ⑨安求其能千里也 策之不以其道 食之不能盡其材 ⑩鳴之而不能通其意 執策而臨之曰 天下無馬 嗚呼 其眞無馬⑪邪 其眞不知馬也. ≪韓昌藜集≫

張生鏞의 <伯樂相馬圖>

⑧ 欲與常馬等(욕여상마등) : 欲은 조동사 ~(하)고자 하다. 等이 본동사 같다, 대등하다. 常은 일반, 여느 "여느 말과 같고자 하다."

⑨ 安求其能千里(안구기능천리) : 安은 어찌. 其는 3인칭대명사 '그' 여기서는 천리마를 지칭한다. 能千里에서의 能은 동사적 용법으로 전용(轉用)했다. "어찌 능히 천리를 가기를 바라겠는가?"

⑩ 鳴之而不能通其意(명지이불능통기의) : 鳴之 곧 '울다'의 숨은 주어는 천리마, 不能通其意의 주체는 천리마를 다루는 사람이다. 通은 환히 알다. "암만 울어도 마부는 그 뜻을 알지 못한다."

⑪ 邪(야) : 그런가?(의문사). =耶.

140 愛蓮說 애련설 – 周敦頤*

水陸草木之花 可愛者甚蕃 晉陶淵明[①]獨愛菊 自李唐來[②] 世人甚愛牧丹 予獨愛蓮之出於淤泥[③]而不染 濯淸漣而不夭 中通[④]外直 不蔓不枝[⑤] 香遠益淸 亭亭淨植[⑥] 可遠觀而不

* 주돈이(1017~1073) : 북송(北宋)의 유학자. 자는 무숙(茂叔). 호는 염계(濂溪). 당대(唐代)에 미만(彌滿)했던 경전 주석의 경향에서 탈피, 불교와 도교의 개념을 수용하여 유교 철학인 성리학을 창시하였다. 그 요체는 만물의 근원은 태극(太極)이며, 태극으로부터 음(陰)과 양(陽)이 생겨나고, 음양의 상호작용으로 오행(五行 : 金·木·水·火·土)이 일어나며, 음양과 오행이 융합하여 만물이 발생·진화한다는 것이다. 염계(濂溪)의 언저리에서 출생했고, 만년에 여산(廬山) 기슭에다 염계서당을 세웠기에 염계선생이라 하였다. 산곡(山谷) 황정견(黃庭堅, 1045~1105)은 그의 흉회(胸懷)의 쇄락(灑落)함이 '광풍제월(光風霽月)'같다고 칭송하였다. ≪태극도설(太極圖說)≫, ≪통서(通書)≫ 등의 저서가 있다.

① 陶淵明(도연명) : 중국 동진(東晋)의 전원시인. 365~427. 이름은 잠(潛), 연명(淵明)은 자(字)이다. 호는 오류선생(五柳先生). ≪도연명집(陶淵明集)≫의 저서가 있다.
② 自李唐來(자이당래) : 自는 전치사 '~부터.' 李唐은 이씨(李氏)의 당(唐)나라. 당나라는 이연(李淵)에 의해서 건국되었기에 하는 말. 來는 이래, 이후{의존명사}.
③ 淤泥(어니) : 진흙. 물 밑바닥의 더러운 진흙.
④ 中通(중통) : 연화(蓮花)의 속이 관통되어 있는 것을 뜻함. 군자(君子)가 마음을 비운 것을 비유한다.
⑤ 不蔓不枝(불만부지) : 넝쿨지지 않고 가지도 뻗지 않는다. '蔓'과 '枝'가 동사로 쓰였다. 통상 초본(草本) 식물의 줄기는 길고 가늘게 얽히지만 연은 그렇지 않다. 여기서 넝쿨과 가지는 세인들이 부귀 권세에 붙는 일의 비유. 不은 통상 'ㄷ, ㅈ' 앞에서 '부'로 읽는다.
⑥ 淨植(정식) : 말쑥하게 서 있다. 植은 동사 '심다'라는 뜻 외에 '세우다, 수립하다'의 뜻이 있다. 뿌리내려서 있음을 형용한 표현임.

可褻⑦翫焉 予謂菊 花之隱逸者也 牧丹 花之富貴者也 蓮花之君子者也 噫 菊之愛 陶後鮮⑧有聞 蓮之愛 同予者何人 牧丹之愛 宜⑨乎衆矣.

≪古文眞寶≫

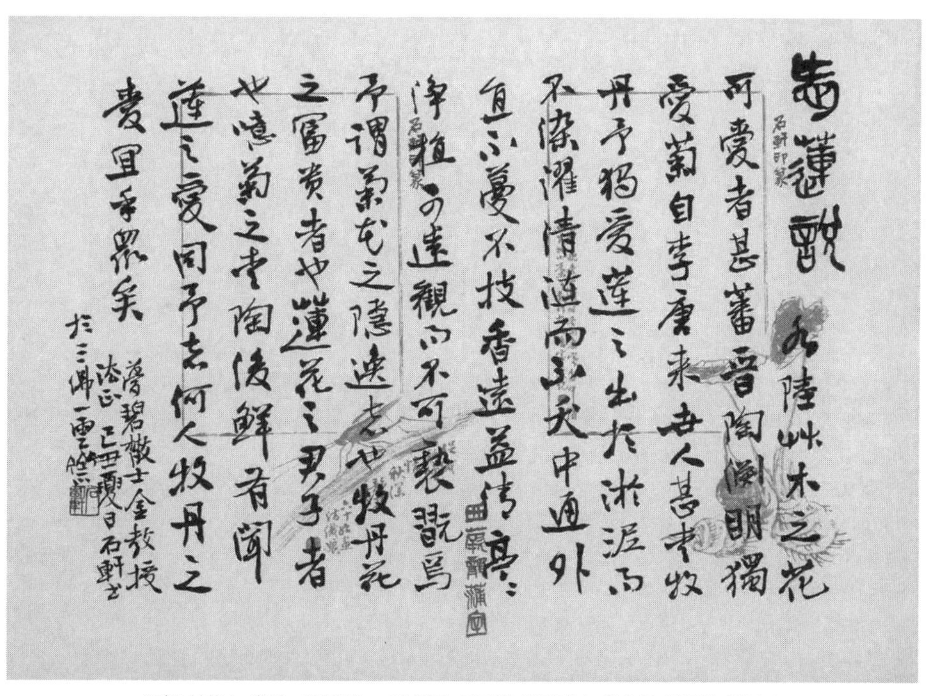

石軒 林栽右 書의 <애련설>. 이 책의 저자인 夢碧散士 앞으로 惠墨한 것이다.

⑦ 褻翫(설완) : 가까이 두고서 마음껏 놀다. 褻은 지나치게 가까이 하다, 무람없다는 뜻.
⑧ 鮮(선) : 드물다. 거의 없다(scarcely).
⑨ 宜乎衆矣(의호중의) : “마땅하구나, 많음은!” ‘많은 게 당연하다’를 도치시킨 표현.

141 鏡說경설 – 李奎報*

居士有鏡一枚 ①塵埃侵蝕 掩掩②如月之翳雲 然朝夕覽觀 ③似若飾容貌者 客見而問曰 鏡所以鑒形 ④不則君子對之以取其淸 今吾子之鏡 ⑤濛如霧如 旣不可鑑其形 又無所取其淸 然吾子尙⑥炤不已 ⑦豈有理乎 居士曰 鏡之明也 姸

* 이규보(1168~1241) : 고려시대의 문신·문인. 자는 춘경(春卿), 호는 백운거사(白雲居士), 지헌(止軒). 평소 시·술·거문고를 몹시 즐긴다 하여 삼혹호선생(三酷好先生)이라는 별호도 있다. 호방·활달한 시풍(詩風)이 당대를 풍미했다. 최충헌의 인정을 받았으며, 특히 벼슬에 새로 임명될 때마다 그 감상을 즉흥시로 읊었다. 몽골군의 침입을 <진정표(陳情表)>로써 격퇴하기도 하였다. ≪동국이상국집(東國李相國集)≫의 저서가 있다. 다양한 장르를 개척한바, 패관문학인 ≪백운소설(白雲小說)≫과, 서시시 <동명왕편(東明王篇)>, 탁전(托傳) <백운거사전(白雲居士傳), 가전(假傳) <국선생전(麴先生傳)>·<청강사자현부전(淸江使者玄夫傳)>, 수필 <경설(鏡說)>·<슬견설(虱犬說)> 등이 유명하고, 최초의 경기체가인 <한림별곡(翰林別曲)>의 창작에도 가담하였다.

① 塵埃(진애) : 塵은 가는 먼지, 埃는 굵은 먼지.
② 如月之翳雲(여월지예운) : "달이 구름에 가려진 것과 같다." 之는 주격조사, 翳는 피동형으로 쓰였다.
③ 似若(사약)~ : 흡사 ~과 같다.
④ 不則(부즉) : 그렇지 않다면.
⑤ 濛如(몽여) : 如는 '然'과 같이 사물을 형용하는 데 붙이는 어사(語辭). 濛然은 흐릿한 모양. 가랑비가 자욱이 내리는 모양.
⑥ 炤(조) : '밝다'는 뜻이면 '소'로 읽지만, 여기선 '비추다'의 뜻이기에 '조'로 읽는다. 조(照)와 통용.
⑦ 豈(기) : '어찌'가 아닌, '바로'[其]의 뜻임에 주의한다.

者喜之 醜者忌之 然姸者少 醜者多 若一見 必⑧破碎後已 ⑨不若⑩爲塵所昏 塵之昏 ⑪寧蝕其外 未喪其淸 萬一遇姸者 而後磨拭之 亦未晩也 ⑫噫 ⑬古之對鏡 ⑭所以取其淸 吾之對鏡 所以取其昏 ⑮子何怪哉 客無以對.

≪東國李相國集≫

고려시대 靑銅鏡의 편린들 – 국립중앙박물관 소장.
고려조는 중국에서의 수입을 바탕으로 銅鏡의 제작과 사용이 가장 왕성했던 시절이다.

⑧ 破碎後已(파쇄후이) : 已는 그만두다{동사}. "깨뜨려 부순 다음에야 그만두다."
⑨ 不若(불약)~ : ~만 못하다. 비교 선택형.
⑩ 爲塵所昏(위진소혼) : '爲A所B' 용법. A에 의해 B를 당하다. A에는 (대)명사, B에는 피동형의 동사가 들어간다. "먼지에 의해 흐려지다."
⑪ 寧(녕) : 차라리. 비교 용법에 쓰는 접속사.
⑫ 噫(희) : '아!'{감탄사}.
⑬ 古之(고지) : 古는 선조, 조상. 또는 고인(古人)의 축약어. 之는 주격조사 이/가.
⑭ 所以(소이) : 이유(로 삼다).
⑮ 子何怪哉(자하괴재) : "그대는 무엇이 괴이한가." 哉는 의문 또는 반어(反語)의 뜻을 지닌 종결사.

142 盜子說도자설 – 姜希孟*

民有業①盜者 敎其子盡其術 盜子亦負②其才 自以爲③勝父遠甚 每行盜 盜子必先入而後出 舍輕而取重 耳能聽遠 目能察暗 爲群盜譽④ 誇於父曰 吾無爽⑤於老子⑥之術 而強壯過之 以此而往 何憂不濟 盜曰 未也 智窮於學成⑦而裕於自得⑧ 汝猶未也 盜子曰 盜之道 以得財爲功 吾於老子 功

* 강희맹(1424~1483) : 조선 세종 때의 문신. 자는 경순(景醇). 호는 사숙재(私淑齋)·운송거사(雲松居士)·국오(菊塢). 이조 판서, 좌찬성 등을 지냈으며, 경사(經史)에 밝고 문장에 뛰어나 ≪세조실록(世祖實錄)≫, ≪동국여지승람(東國輿地勝覽)≫의 편찬에 참여하였다. 사대부 문인이면서도 농촌사회의 민요 및 설화에 관심하여 농요를 채집·정리한 ≪농구십사장(農謳十四章)≫이 특히 뛰어나다는 평을 받았으며, 또한 산수화와 송죽(松竹)을 잘 그렸다. 저서에 ≪사숙재집(私淑齋集)≫과 해학집인 ≪촌담해이(村談解頤)≫, 농서(農書)인 ≪금양잡록(衿陽雜錄)≫ 등이 있다.

① 業(업) : 업으로 삼다. 여기서는 동사로 활용했다.
② 負(부) : 믿다. 자부하다.
③ 以爲(이위)~ : ~라고 여기다. 생각하다(think of, think that~).
④ 爲群盜譽(위군도예) : '爲A所B' 용법의 구문인데, 동사 譽(칭찬하다) 앞에 '所'가 생략된 형태로 본다.
⑤ 爽(상) : 어그러지다. 어긋나다.
⑥ 老子(노자) : 여기서는 아버지를 이르는 말.
⑦ 學成(학성) : 공부를 이룸.
⑧ 自得(자득) : 스스로 터득함.

常倍之 且吾年尙少 得及老子之年 當有別樣手段矣 盜曰 未也 行吾術 重城可入 秘藏可探也 然一有蹉跌 禍敗隨之 若夫無形跡之可尋⑨ 應變機⑩而不括⑪ 則非⑫有所自得者 不能也 汝猶未也 盜子猶未之念聞 盜後夜與其子 至一富家 令子入寶藏中 盜子耽取寶物 盜闔戶下鑰⑬ 攪使⑭主聞 主家逐盜返 視鎖鑰猶故也 主還內 盜子在藏中 無

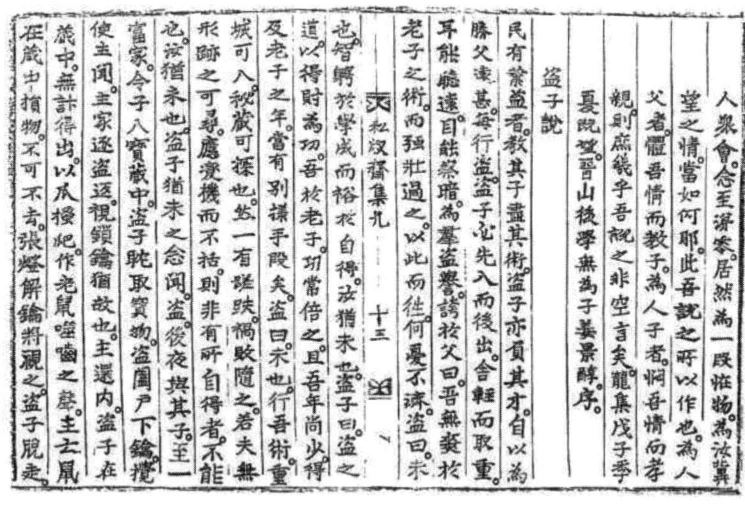
人衆會念至濟參居然爲一段粧物爲汝冀
望之情當如何耶此吾說之所以作也爲人
父者體吾情而敎子爲人子者恫吾情而孝
親則庶幾乎吾說之非空言矣龍集戊子季
夏既望晉山後學無爲子姜景醇序
盜子說
民有業盜者敎其子盡其術盜子亦負其才自以爲
勝父遠甚每行盜盜子必先入而後出舍輕而取重
耳能聽遠目能察暗爲羣盜譽誇於父曰吾無爽於
老子之術而强壯過之以此而往何憂不濟盜曰未
私淑齋集九 十三
也智竆於學成而裕於自得汝猶未也盜子曰盜之
道以得財爲功吾於老子功常倍之且吾年尙少得
及老子之年當有別樣手段矣盜曰未也行吾術重
城可入秘藏可探也然一有蹉跌禍敗隨之若夫無
形跡之可尋應變機而不括則非有所自得者不能
也汝猶未也盜子猶未之念聞盜後夜與其子至一
富家令子入寶藏中盜子耽取寶物盜闔戶下鑰攪
使主聞主家逐盜返視鎖鑰猶故也主還內盜子在
藏中無計得出以爪搔爬作老鼠噬齧之聲主云鼠
在藏中損物不可不去張燈解鑰將視之盜子脫走

≪私淑齋集≫ 卷9 訓子五說 중의 盜子說

⑨ 尋(심) : 찾아내다. 탐색하다.
⑩ 應變機(응변기) : 기변(機變)에 응하다. 임기응변을 하다.
⑪ 不括(불괄) : 묶이지 않다. 얽매이지 않다. 括은 묶다, 속에 넣고 닫는다는 뜻.
⑫ 非(비)~ : ~(이) 아니라면. 부정적인 가정(假定)을 나타내는 접속사.
⑬ 下鑰(하약) : 자물쇠를 내려서 잠그다. 下는 내리다(동사).
⑭ 攪使主聞(교사주문) : 攪는 동사 '흔들다'를 부사화한 것. 사역동사(使)+목적어(主)+목적보어(聞)의 5형식구문. "흔들어서 주인이 듣게끔 하다."

計得出 以爪⑮搔爬 作老鼠⑯噬嚙之聲 主云 鼠在藏中損物不可不去 ⑰張燈解鑰 將視之 盜子脫走 主家共逐 盜子窘度不能免 繞池而走 投石於水 逐者云 盜入水中矣 ⑱遮欄尋捕 盜子由是⑲得脫歸 怨其父曰 禽獸猶知庇子息 ⑳何所負相軋乃爾 盜曰 而後 乃今汝當獨步天下矣 凡人之技學於人者 其分有限 得於心者 其應無窮 而況困窮㉑咈鬱能堅人之志而熟人之仁者乎 吾所以㉒窘汝者 乃所以安汝也 吾所以陷汝者 乃所以拯汝也 ㉓不有入藏迫逐之患 汝㉔安能出鼠嚙投石之奇乎 汝因困而成智 臨變而出奇 心源

⑮ 搔爬(소파) : 두 글자가 나란히 '(손톱 따위로) 긁다'는 뜻. 유사어로서 병렬 관계를 이루었다.
⑯ 噬嚙(서교) : 두 글자가 나란히 '깨물다'. 역시 유사 병렬 관계의 짜임으로 된 어휘이다.
⑰ 張燈(장등) : 張은 펴다, 펼쳐 놓다의 뜻. 등불을 켜다. 등불을 밝혀 들다.
⑱ 遮欄(차란) : 난간을 차단하다.
⑲ 得(득) : 할 수 있었다. 영어의 can 조동사에 해당한다.
⑳ 何所負相軋乃爾(하소부상알내이) : 負는 약속을 어기다. 저버리다. 軋은 삐걱거리다. 반목하다. 乃爾=若此, 이와 같이. "어찌 약속을 깨시고 (저를 상대로) 이처럼 나쁜 관계를 만드셨나요?"
㉑ 咈鬱(불울) : 일이 어그러져 심사가 틀리고 답답하다.
㉒ 窘汝(군여) : 너를 궁지에 몰아넣다. 窘은 군색하(게 하)다. 괴롭(히)다. 여기서는 타동사로 써서 술목(述目) 관계가 된다.
㉓ 不有(불유)~ : '~함이 없(었)다면.' 가정(假定)을 나타내는 접속사로 쓰인다.
㉔ 安能~乎(안능~호) : 어찌 능히 ~(할) 수 있(었)으랴. 乎는 반문의 조사. '安能~哉'와 같다.

一開 不復更迷 汝當獨步天下矣 後果爲天下難當賊 夫盜賊 惡之術也 猶必自得然後 乃能無敵於天下 而況士君子之於道德功名者乎.

≪私淑齋集≫

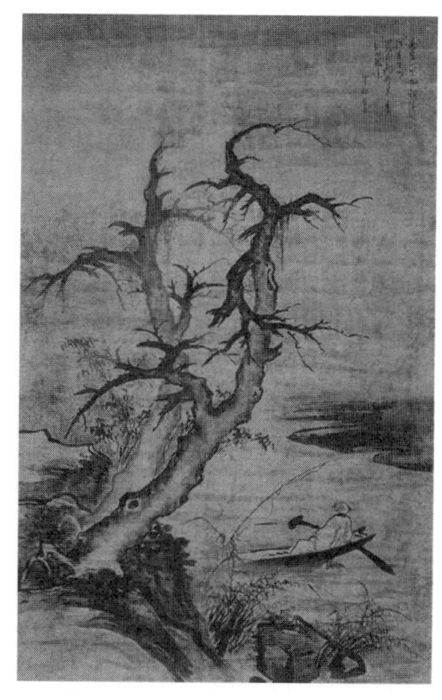

강희맹의 <山水圖>(左)와, <獨釣圖>. 家兄인 姜希顔도 詩·書·畫 三絶로 이름 높았다.

辭

143 漁父辭 어부사 – 屈原*

屈原既放 遊於江潭 行吟澤畔 顏色憔悴 形容枯槁 漁父見而問之曰 子非三閭大夫與 何故至於斯 屈原曰 擧世皆濁 我獨淸 衆人皆醉 我獨醒 是以見放 漁父曰 聖人不凝滯於物 而能與世推移 世人皆濁 何不淈其泥而揚其波 衆人皆醉 何不餔其糟而歠其釃 何故深思高擧 自令放

* 굴원(B.C.343?~B.C.277?) : 전국시대 초나라의 정치가·시인. 이름은 평(平), 원(原)은 자. 초나라의 회왕(懷王)과 경양왕(頃襄王)의 직신(直臣)으로서 모함을 받아 자신의 뜻을 펴지 못하고 방랑하다가 멱라수(汨羅水)에 빠져 죽었다고 한다. 초사(楚辭)라고 하는 운문 양식을 처음 시작하였으니, ≪한서(漢書)≫ 예문지(藝文志)에 굴원의 부(賦)는 25편으로 기록되어 있으나 확실하다고 인정을 얻는 것은 <이소경(離騷經)>과 <구장(九章)> 정도라고 보는바, 내용 전반은 울분에 찬 서정성을 띤다. 따라서 이 <어부사>는 <원유(遠遊)>·<복거(卜居)> 등과 함께 굴원의 진작(眞作)으로 믿기 어려운 개연성이 내재된 작품이다. 다만, 굴원이 호남성 상수(湘水)의 지류인 멱라수(汨羅水)에 투사(投死)한 5월 5일이 그에 대한 추모의 제일(祭日)이 되고 단오절(端午節)의 유래가 되었다고 한다.

① 既放(기방) : 既는 이미, 그렇게. 여기의 放은 자체로 피동(被動)의 뜻을 담고 있다. 추방당하다(見放).
② 非~與(비~여) : ~이 아닌가? 與(歟)는 반문(反問)의 어조사.
③ 三閭大夫(삼려대부) : 춘추시대 초(楚)의 왕족인 소씨(昭氏)·굴씨(屈氏)·경씨(景氏) 세 집안을 맡은 장관.
④ 擧世(거세) : 온 세상. 여기의 擧는 모든(관형사).
⑤ 見(견) : 입다. 당하다. 피동(被動)의 조동사.
⑥ 淈其泥(굴기니) : 淈은 흐리게 하다, 어지럽히다. 泥는 진흙. "진흙탕을 만들다."
⑦ 餔其糟(포기조) : 餔는 먹다(=哺). 糟는 술지게미, 술찌끼, 재강.
⑧ 歠其釃(철기리) : 歠은 마시다. 釃는 전국술을 걸러내고 남은 술. 또는 묽은 술, 박주(薄酒).
⑨ 深思高擧(심사고거) : 심각하게 생각하고 고상하게 행동하다. 여기의 擧는 거동, 행동.
⑩ 自令放爲(자령방위) : 令은 영어의 사역동사 have, make, let에 해당한다. '하게 하다.' 放은 원형동사. 여기선 글자 자체로 피동형 추방되다(見放)의 뜻. 爲는 의문사 역할을 하였다. "스스로 쫓겨나게끔 하였는가?"

爲 屈原曰 吾聞之 新沐者必彈冠 新浴者必振衣 ⑪安能以身之⑫察察 受物之⑬汶汶者乎 ⑭寧赴湘流 葬於江魚之腹中 安能以皓皓之白 而蒙世俗之塵埃乎 漁父⑮莞爾而笑 ⑯鼓枻而去 乃歌曰 ⑰滄浪之水淸兮 可以濯吾纓 滄浪之水濁兮 可以濯吾足 遂去 不復與言.

≪楚辭章句≫

⑪ 安~乎(안~호) : 어찌~하는가? 安은 의문부사 '어찌.' 乎는 의문조사.
⑫ 察察(찰찰) : 결백한 모양. 맑고 깨끗함. 너무 세밀하여 까다로운 모양.
⑬ 汶汶(문문) : 수치스러운 꼴. 지저분한 형상.
⑭ 寧(녕) : 차라리{부사}.
⑮ 莞爾(완이) : 빙그레. 笑를 꾸미는 부사로 쓰였다. 莞은 빙그레 웃다. 여기서의 爾는 '然'이나 '如' 등과 같이 형용을 나타내는 어조사. ≪논어(論語)≫에, '夫子莞爾而笑.'
⑯ 鼓枻(고예) : 鼓는 두드리다. 枻는 배를 젓는 막대기. 노(櫓). 노로 (뱃전을) 두드리다라는 뜻.
⑰ 滄浪(창랑) : 한수(漢水)의 하류 이름.

144 歸去來辭 귀거래사 – 陶淵明*

①歸去來兮 田園將蕪②胡不歸 既自③以心爲形役 ④奚惆悵而獨悲 ⑤悟已往之不諫 ⑥知來者之可追 ⑦實迷途其未遠 ⑧覺今是而昨非 舟⑨搖搖以輕⑩颺 風飄飄而吹衣 問⑪征夫以前路

* **도연명(365~427)** : 중국 동진(東晉)의 시인. 이름은 잠(潛). 호는 오류선생(五柳先生). 연명(淵明)은 자. 은거시인으로서 자연을 노래한 시가 많으며, 당(唐) 이후의 문단에서 그를 육조(六朝) 최고의 시인 내지 고금 은일시인의 종(宗)으로 평가하기도 한다. 시 외의 산문 명작에 <오류선생전(五柳先生傳)>, <도화원기(桃花源記)> 등이 있다. 이 <귀거래사>의 본 내용에 들어가기 전의 서(序)를 보면, 자신이 가난하여 집에서 일백 리 떨어진 곳의 팽택(彭澤) 고을의 현령(縣令)으로 갔다가 80여일만에 사직하면서 지은 것이라 한바, 을사세(乙巳歲) 11월, 곧 405년으로, 그의 나이 41세 때의 작품이라 하였다.

① 歸去來兮(귀거래혜) : '돌아가리'의 뜻. 來는 조사. 兮는 어기(語氣)를 조절하는 조사. 이 네 글자가 작품의 원래 제목이었는데, 나중에 '兮'가 생략되었다가, 그 뒤 문체 이름으로서의 '辭'가 더해진 것이다.
② 胡不歸(호불귀) : 胡는 반문을 표하는 부사, 어찌. "어찌 돌아가지 않으랴."
③ 以心爲形役(이심위형역) : 形役은 육체에 의한 사역(使役). 육체로 인해 생겨나는 고역(苦役). "정신을 육체의 노예로 만들다."
④ 奚惆悵(해추창) : 奚는 어찌. 惆悵은 실망하여 탄식하다. 슬퍼하다.
⑤ 悟已往之不諫(오이왕지불간) : 已往은 이미 간 것, 지난 일. 諫은 (앞의 잘못된 일을) 뉘우쳐 탓하다의 뜻. "지난 일을 탓해 봤자 별 도리 없음을 깨닫다."
⑥ 知來者之可追(지내자지가추) : 來者는 오는 것, 다가올 일. "미래는 가히 추구하여 좇을 수 있음을 알다."
⑦ 實迷塗(실미도) : 實은 진실로, 참으로. =寔. 迷塗는 길을 잘못 듦.
⑧ 今是而昨非(금시이작비) : "지금이 옳고 지난날이 잘못되었다."
⑨ 搖搖(요요) : 흔들리는 모양.
⑩ 颺(양) : 날(리)다. (배가) 느리게 가다.
⑪ 征夫(정부) : 원정하여 타관에 머무는 군사의 뜻으로 많이 쓰이나, 여기서는 길 가는 나그네. 행인.

⑫恨晨光之熹微 乃⑬瞻衡宇 ⑭載欣載奔 僮僕歡迎 稚子⑮候門 ⑯三徑⑰就荒 松菊猶存 携幼入室 有酒盈樽 引⑱壺觴以自酌 ⑲眄庭柯以怡顔 倚南牕以⑳寄傲 ㉑審容膝之易安 園㉒日涉以成趣 門雖設而常關 ㉓策扶老以㉔流憩 ㉕時矯首而遐觀 雲無心以出㉖峀 鳥倦飛而知還 ㉗景翳翳以將入 撫孤松而㉘盤桓 歸

⑫ 恨晨光之熹微(한신광지희미) : "새벽빛 아직도 (앞길 보이지 않게) 희미함이 안타깝다."
⑬ 衡宇(형우) : 衡門宇屋. 대문과 추녀끝. 누추한 집.
⑭ 載欣載奔(재흔재분) : 載는 무의미 어조사. 또는 그제야, 비로소.
⑮ 候(후) : 기다리다.
⑯ 三徑(삼경) : 뜨락 앞 세 개의 길. 은사의 거처. 전한(前漢)의 장후(蔣詡)란 이가 송경(松徑), 죽경(竹徑), 국경(菊徑)의 세 길을 만들어 지기(知己)의 벗을 맞이했다는 고사에서 유래한 말.
⑰ 就荒(취황) : 거칠어지다. 就는 향하여 가다.
⑱ 壺觴(호상) : 호(壺)는 (술)병. 상(觴)은 잔.
⑲ 眄庭柯(면정가) : 眄은 보다. 庭柯는 정원의 나뭇가지.
⑳ 寄傲(기오) : 寄는 의탁하다, 의지하다. 傲는 오만함. 즐거이 놂. 맘껏 공상하여 마음 속 회포를 풀다.
㉑ 審容膝之易安(심용슬지이안) : 審은 깨닫다, 깨달아 알다. 容膝은 겨우 무릎을 들여놓을 정도의 비좁은 공간. 之는 주격조사. 易安은 간편하고 편안함.
㉒ 日涉(일섭) : 하루하루 지날수록.
㉓ 策扶老(책부로) : 책(策)은 지팡이를 짚다. 부로(扶老)는 노인의 지팡이. 노인을 부축함.
㉔ 流憩(유게) : 이리저리 거닐며 쉼. 流는 옮겨 가다. 방랑하다.
㉕ 時矯首(시교수) : 時=때로는(부사). 矯는 높이 들어 올리다. 矯首=고개를 높이 들다.
㉖ 岫(수) : 산봉우리. 산의 암혈(岩穴).
㉗ 景翳翳(경예예) : 여기서 景은 햇빛. 翳翳는 해질 무렵의 어스레한 모양. 어둑어둑해지다.
㉘ 盤桓(반환) : 서성이다. 盤은 돌다, 선회하다. 桓은 머뭇거리다.

去來兮 請㉙息交以絶游 世與我而相違 ㉚復駕言兮焉求 悅親戚之情話 樂琴書以消憂 農人告余以春及 將㉛有事于西疇 或命㉜巾車 或㉝棹孤舟 旣㉞窈窕以尋壑 亦崎嶇而經丘 木欣欣以向榮 泉㉟涓涓而始流 羨萬物之得時 感吾生之㊱行休已矣乎 ㊲寓形宇內復幾時 ㊳曷不委心任去留 ㊴胡爲乎遑遑欲何之 富貴非吾願 ㊵帝鄕不可期 ㊶懷良辰以孤往 或㊷植杖而耘

㉙ 息交(식교) : 세상과의 교유를 끊음. 息은 그만두다. 끊다.

㉚ 復駕言兮焉求(부가언혜언구) : 復는 돌아가다. 다시{부사}. 이 경우 '부'로 읽는다. 駕는 수레를 타다. 말을 부리다. 또는 사람을 어거하다는 뜻이니 벼슬에 나아감을 말한다. 言은 무의미 조사. 焉은 어찌.

㉛ 有事于西疇(유사우서주) : 서쪽의 밭에 (농사 지을) 일이 생기다. 于는 ~에{전치사}.

㉜ 巾車(건거, 건차) : 포장 친 수레.

㉝ 棹孤舟(도고주) : 棹는 노를 젓다{동사}. 孤舟는 외로이 떠 있는 작은 배. 일엽편주(一葉片舟).

㉞ 窈窕(요조) : 깊고 그윽한 모양.

㉟ 涓涓(연연) : 졸졸 흐르는 모양.

㊱ 行休(행휴) : 휴식을 행함. 쉬며 지낸다는 뜻. 또는 삶이 거의 다 가고 생애의 마지막이 눈앞에 있음.

㊲ 寓形宇內(우형우내) : 寓는 부쳐 살다. 形은 형상, 육체. 술목(述目)구조. 宇內의 앞에 전치사 '于(於)'가 생략된 형상. 宇內는 세상 안. 천지의 사이.

㊳ 曷不(갈불)~ : 曷은 어찌. '어찌하여 ~지 않으랴.'

㊴ 胡爲(호위)~ : 胡도 어찌. '어찌 ~하랴.'

㊵ 帝鄕(제향) : 상제(上帝)의 땅. 이상향. 선계(仙界). ≪장자(莊子)≫ <천지(天地)>에, '乘彼白雲 至于帝鄕.'

㊶ 懷良辰以孤往(회양신이고왕) : 懷는 마음에 품다. 생각하다. 辰은 날. 때, 시절. 시각. 良辰은 좋은 날. 以는 앞뒤 어구를 부드럽게 연결하는 접속어. 孤往은 홀로 거닐다.

㊷ 植杖而耘耔(식장이운자) : 植은 심다, 꽂다{동사}. 耘耔는 김매고 북돋우다. 즉 농사일을 하다.

耔 登東皐以㊸舒嘯 臨淸流而賦詩 ㊹聊乘化以歸盡 樂㊺夫天

命㊻復奚疑.

≪古文眞寶≫

兢齋 金得臣의 <歸去來圖>

㊸ 舒嘯(서소) : 舒는 조용히, 천천히(부사). 嘯는 읊조리다. 음영하다.
㊹ 聊乘化以歸盡(료승화이귀진) : 聊는 애오라지, 그런대로. 즐기다. 乘化는 자연의 변화를 타다. 歸盡은 다함, 끝, 궁극[죽음]으로 돌아감.
㊺ 夫(부) : (저기) 저. 멀리 있는 대상을 가리키는 지시대명사.
㊻ 復奚疑(부해의) : 奚는 어찌. '어찌~하랴'의 반어법으로 쓰였다. "다시금 어찌 의심하리오."

賦

145 秋聲賦 추성부 – 歐陽修*

歐陽子①方②夜讀書 聞有聲自③南來者 悚然④而聽之曰 異哉 初淅瀝以蕭颯⑤ 忽奔騰而砰湃⑥ 如波濤夜驚 風雨驟至 其觸於物也 鏦鏦錚錚⑦ 金鐵皆鳴 又如赴敵之兵 銜枚⑧疾

* **구양수**(1007~1072) : 북송(北宋)의 문학가이며, 정치가. 자 영숙(永叔), 자호 취옹(醉翁). 만년에는 육일거사(六一居士)라고도 불렸다. 저서로는 ≪구양문충집(歐陽文忠集)≫이 있고, ≪신오대사(新五代史)≫를 찬하기도 하였다. 소순(蘇詢)의 삼부자와 증공(曾鞏), 왕안석(王安石) 등이 모두 그의 문하에서 나왔다. 산문, 시, 사(詞) 등의 방면에서도 북송 제일의 성취를 지닌 작가였다. 그의 이론적 주장과 실천적 작품들은 한유의 전통을 계승하여 탁월한 경지와 특색을 지니고 있다. 도(道)의 작용 및 현실생활과의 관계를 중시했고, 한유 문장 중에서 '기(奇)'의 일면을 버리고, '이(易)'의 측면을 발전시켜 평이하면서도 부드럽고 독특한 풍격을 형성시켰다. 이 작품은 1059년, 구양수가 53세 때 지은 것이다. 1046년 작인 <취옹정기(醉翁亭記)> 이후의 명편으로 송대 부(賦)의 전범(典範)이 되었다.

① 歐陽子(구양자) : 작가인 구양수(歐陽修)의 자칭.
② 方(방) : 바야흐로. 시간부사이다.
③ 自(자) : ~부터(전치사).
④ 悚然(송연) : 두려워 웅숭거리는 모양. 흠칫 놀라는 모양.
⑤ 淅瀝以蕭颯(석력이소삽) : 淅은 쌀을 일다. 눈비소리. 쓸쓸하다. 淅瀝은 가는 비 내리는 소리. 蕭颯은 쓸쓸한 바람 소리.
⑥ 奔騰而砰湃(분등이팽배) : 奔騰은 힘차게 솟구치는 모양. 기운차게 달리는 모양. 砰湃는 물결이 바위에 부딪치는 소리. =澎湃. 砰은 돌 구르는 소리 등의 소란한 음향. 물결치는 소리.
⑦ 鏦鏦錚錚(종종쟁쟁) : 쇠붙이끼리 맞부딪쳐 나는 소리에의 의성어. 댕강댕강. 뎅겅뎅겅.
⑧ 銜枚(함매) : 소리 없는 행군을 위해 병사들에게 가는 나무 막대기인 매(枚)를 입에 물려서 그 양끝을 목 뒤로 묶어 소리를 내지 못하게 했다.

走 不聞號令 但聞⑨人馬之行聲 予謂童子 此何聲也 汝出視之 童子曰 星月⑩皎潔 ⑪明河在天 四無人聲 聲在樹間 予曰 噫嘻悲哉 此秋聲也 ⑫胡爲而來哉 ⑬蓋夫秋之爲狀也 其色⑭慘淡 ⑮煙霏雲斂 其容清明 天高⑯日晶 其氣⑰慄洌 砭人肌骨 其意⑱蕭條 山川寂寥 故⑲其爲聲也 ⑳淒淒切切 ㉑呼號憤發 豊草㉒綠縟而爭茂 佳木㉓蔥蘢而可悅 草拂之而色變 木

⑨ 人馬之行聲(인마지항성) : 쓸쓸하고 냉정한 가을 소리를 표현한 말이다.
⑩ 皎潔(교결) : 희고 깨끗하다. 맑은 모양.
⑪ 明河(명하) : 은하(銀河), 성하(星河), 천하(天河). 천구(天球) 위에 구름 띠 모양으로 길게 분포된 천체의 무리. 이를 강에 비유하여 은하수(銀河水)로 표현하기도 한다.
⑫ 胡爲(호위) : 어찌해서, 어떻게 하여 =何爲. 뒤의 哉는 의문조사.
⑬ 蓋夫(개부) : 저기 저, 무릇{발어사}.
⑭ 慘淡(참담) : 몹시 슬프고 괴로움. 어둑하고 쓸쓸하다. 끔찍하고 절망적임.
⑮ 煙霏雲斂(연비운렴) : 연기 흩어지고 구름 걷힘. 煙飛雲收.
⑯ 日晶(일정) : 해가 빛나다. 晶은 맑다, 투명하다. 수정.
⑰ 慄洌(율렬) : 전율을 느낄 정도로 차갑다. 가을 날씨가 차가워 오싹한 기운을 나타낸 말. =栗烈, 凓烈.
⑱ 蕭條(소조) : 고요하고 쓸쓸함.
⑲ 其爲聲(기위성) : 其는 3인칭대명사 그것, 곧 가을. 爲聲은 술목용법으로 '소리를 내다.'
⑳ 淒淒切切(처처절절) : 淒切의 반복 강조 용법임. 淒切은 몹시 처량함.
㉑ 呼號(호호) : 부르짖음. 격한 감정을 누르지 못하여 소리 높여 부르거나 외침.
㉒ 綠縟(녹욕) : 縟은 자리, 요. 푸른색 요. 무성한 풀이 땅에 빈틈없이 깔려 있음을 형용한 말.
㉓ 蔥蘢(총롱) : 푸릇푸릇 무성함. 蔥은 葱의 옛글자. 푸르다. 蘢은 우거지다.

遭之而葉脫 其所以摧敗零落者 乃其一氣之[24]餘烈 夫秋刑官也 於時爲陰 又兵象也 於行爲金 是謂天地之義氣常以[25]肅殺而爲心 天之於物 春生秋實 故其在樂也 [26]商聲主西方之音 [27]夷則爲七月之律 商傷也 物旣老而悲傷 夷戮也 物[28]過盛而當殺 嗟乎 草木無情 [29]有時飄零 人爲動物 [30]惟物之靈 百憂感其心 萬事勞其形 有動于中 必搖其精 而況思其力[31]之所不及 憂其智之所不能 宜其[32]渥然丹者爲

㉔ 餘烈(여열) : 여독(餘毒), 후독(後毒). 채 풀리지 않고 남아 있는 독한 기운. 뒤에까지 남아 있는 사나운 요소.

㉕ 肅殺(숙살) : 쌀쌀한 가을 기운이 풀이나 나무를 말려 죽임. 기운이나 분위기 따위가 냉랭하고 살벌함.

㉖ 商聲主西方之音(상성주서방지음) : 五聲(宮, 商, 角, 徵, 羽)을 四時와 조응할 때 가을은 商聲이며 西方은 가을이 자리한 곳이다. 主는 맡다.

㉗ 夷則爲七月之律(이칙위칠월지율) : 夷則은 12율(律)의 하나. 음력 열두 달을 12율과 호응시킴에, 음력 7월 초가을에 해당된다. 夷는 '傷', 則은 '法'이니, 만물이 처음 형(刑)의 법칙에 의해 손상 입음을 뜻한다.

㉘ 過盛而當殺(과성이당살) : 過는 지나(가)다. "성할 때를 지나가면 마땅히 죽게 된다."

㉙ 有時飄零(유시표령) : 有時는 '間或未定'의 뜻. 어느 때 문득. 飄零은 나뭇잎 따위가 바람에 날려 떨어짐.

㉚ 物之靈(물지령) : 만물의 영장(靈長)임. 만물 가운데 영묘한 존재임.

㉛ 之(지) : 주격조사(이/가)로 쓰였다.

㉜ 渥然丹者(악연단자) : 渥然은 안색이 붉고 윤기가 흐르는 모양. 丹者는 붉은 것, 여기선 홍안(紅顔)의 뜻.

槁木 黟然黑者爲星星[33] 奈何[34]以非金石之質 欲與草木而爭榮 念[35]誰爲之戕賊[36] 亦何恨乎秋聲 童子莫對 垂頭而睡 但聞四壁 蟲聲喞喞 如助予之歎息.

근대 중국화가 陳少梅의 1943년 작품 <秋聲賦圖>

㉝ 星星(성성) : 이십팔수(二十八宿) 중 스물다섯 째 성좌의 별들. 머리털 따위가 희끗희끗하게 세는 것.
㉞ 奈何(내하) : 어찌하여. 어떤가.
㉟ 念(념) : (곰곰) 생각해 보면, 새겨 보면, 알고 보면.
㊱ 戕賊(장적) : 戕은 죽이다. 손상을 입히다. 賊 역시 해치다. 유사병렬어임.

146 赤壁賦적벽부 – 蘇軾*

①壬戌之秋 七月②旣望 ③蘇子與客 ④泛舟遊於⑤赤壁之下 淸風徐來 水波不興 擧酒⑥屬客 誦⑦明月之詩 歌⑧窈窕之章 ⑨少焉

* 소식(1036~1101) : 호는 동파(東坡). 중국 북송(北宋) 때의 시인·문장가. 당송팔대가(唐宋八大家)의 한 사람. 구양수(歐陽修)에게 인정을 받고 그 후원을 받아 문단에 등장하였다. '독서가 만 권에 달해도 율(律)은 읽지 않는다'는 선언으로 정치적 파쟁을 가져왔고, 이후 신종(神宗)의 지원 하에 신법(新法)을 추진하는 왕안석(王安石)과의 정쟁(政爭)으로 인해 파다한 정치적 시련을 겪었다. 서정적인 당시(唐詩)와 차별되는 나름의 사색이 어린 새로운 시경(詩境)을 개척하였다. 이 <적벽부(赤壁賦)>는 뭇사람에게 가장 많이 애송된 그의 대표 걸작이다. 1082년 유배지인 호북성(湖北省) 황주(黃州)의 장강(長江) 위에 선유(船遊)하며 지은 것이다. 같은 해 10월에 쓴 <후적벽부(後赤壁賦)>도 있다.

① 壬戌(임술) : 송 신종(神宗)의 연호인 원풍(元豊) 5년. 1082년으로, 소동파 47세 때이다.
② 旣望(기망) : 음력 16일. 망(望)은 음력 15일.
③ 蘇子(소자) : 작자인 소동파가 자신을 두고 한 말.
④ 泛(범) : 여기선 타동사 '(배를) 띄우다.'
⑤ 赤壁(적벽) : 호북성(湖北省) 황주(黃州) 황강현(黃岡縣)의 동쪽에 있는 명승지. 양자강(揚子江)의 좌안(左岸), 한구(漢口)의 하류(下流)이다.
⑥ 屬(촉) : 따르다. 붓다. 권하다. 맡기다. 부탁하다.
⑦ 明月之詩(명월지시) : ≪시경(詩經)≫ 「진풍(陳風)」의 <월출(月出)> 편에, '月出皎兮 佼人僚兮 舒窈糾兮 勞心悄兮'로 시작되는 시.
⑧ 窈窕之章(요조지장) : ≪시경(詩經)≫ 「주남(周南)」의 <관저(關雎)> 편 맨 앞의 구절인 '關關雎鳩 在河之洲 窈窕淑女 君子好逑'의 안에 '窈窕' 표현이 나오기에 이렇게 불렀다. 일설에는 위의 <월출(月出)> 편에 있는 '窈糾'가 곧 '窈窕'의 뜻이매, 이 편을 노래한 것으로 보기도 한다.
⑨ 少焉(소언) : 얼마 안 되어, 잠시 후에. 여기서의 '少'는 시간의 적음을 뜻한다.

月出於東山之上 ⑩徘徊於⑪斗牛之間 ⑫白露橫江 水光接天
⑬縱一葦之所如 ⑭凌萬頃之茫然 浩浩乎如⑮憑虛御風 而不知
其所止 ⑯飄飄乎如⑰遺世獨立 ⑱羽化而登仙 於是飮酒樂甚
⑲扣舷而歌之 歌曰 ⑳桂棹兮蘭槳 擊㉑空明兮㉒泝流光 ㉓渺渺兮
予懷 望㉔美人兮天一方 客有吹㉕洞簫者 倚歌而和之 其聲

⑩ 徘徊(배회) : 달이 떠가는 모양을 표현한 말.
⑪ 斗牛(두우) : 북두성(北斗星)과 견우성(牽牛星).
⑫ 白露橫江(백로횡강) : 橫은 가로놓여 있다{동사}. "(강 위에 달이 밝게 비쳐) 흰 이슬이 자욱이 강을 가로지르는 듯하다."
⑬ 縱一葦之所如(종일위지소여) : 縱은 놓아두다. 내버려두다. 一葦는 한 잎의 갈대. 작자가 타고 있는 작은 배에 대한 은유적 표현. 如는 가다{동사}. "작은 배가 가는 대로 맡겨."
⑭ 凌萬頃之茫然(능만경지망연) : 凌은 건너다. 萬頃은 드넓은 모양. 茫然은 넓고 멀어 아득한 모양. "아스라이 드넓은 강물 위를 넘어가다."
⑮ 憑虛御風(빙허어풍) : '빙(馮)'으로 된 곳도 있다. 허공에 의지하여[하늘을 타고] 바람을 몰고 가다.
⑯ 飄飄乎(표표호) : 飄飄는 바람에 가볍게 나부끼는 모양. 여기서는 몸이 가벼이 떠오른 형용을 말함. 여기서의 乎는 구절과 구절 사이에 들어가는 간투사(間投詞).
⑰ 遺世獨立(유세독립) : "세상을 버린 채 홀로이 서다." 遺는 남(기)다. 끼치다. 버리다. 잊다. 망각하다.
⑱ 羽化而登仙(우화이등선) : "날개가 돋아 신선되어 하늘로 오르다."
⑲ 扣舷(구현) : 뱃전을 치다.
⑳ 桂棹兮蘭槳(계도혜난장) : 棹=櫂. "계수나무로 만든 노하며 목란(木蘭)으로 만든 삿대[상앗대]."
㉑ 空明(공명) : 달이 물속을 환히 비춘 것. 물에 비친 달 그림자를 가리킴.
㉒ 泝流光(소유광) : 流光은 여기서는 물결에 비치는 월광(月光). "달빛 부서지는 강물을 거슬러 가다."
㉓ 渺渺(묘묘) : 멀어 아득한 모양. (수면이) 드넓은 모양.
㉔ 美人(미인) : 여기서는 달을 의미한다. 아름다운 여인, 임금의 뜻도 있다.
㉕ 洞簫(통소) : 퉁소. 가는 대나무로 만든 목관악기.

嗚嗚然 如怨如慕 如泣如訴 餘音㉖嫋嫋 不絶如縷 舞㉗幽壑之潛蛟 泣孤舟之㉘嫠婦 蘇子㉙愀然正襟 ㉚危坐而問客曰 何爲其然也 客曰 月明星稀 烏鵲南飛 此非㉛曹孟德之詩乎 西望夏口 東望武昌 山川㉜相繆 鬱乎蒼蒼 ㉝此非孟德之困於㉞周郞者乎 方其㉟破荊州下江陵 順流而東也 ㊱舳艫千里 ㊲旌旗蔽空 ㊳釃酒臨江 橫槊賦詩 固一世之雄也 而今安在哉

㉖ 嫋嫋(요뇨) : 소리가 길고 약하게 울리는 모양. 가냘프고 간드러진 모양.

㉗ 幽壑之潛蛟(유학지잠교) : 깊은 골짜기에 잠겨있는 교룡(蛟龍).

㉘ 嫠婦(이부) : 남편 잃은 여인. 과부(寡婦).

㉙ 愀然正襟(초연정금) : 愀然은 수심(愁心)으로 얼굴빛이 변하는 모양. 正襟은 술목관계, 옷깃을 바로하다.

㉚ 危坐(위좌) : 단정히 앉다. 危는 바르(게 하)다. 곧(게 하)다.

㉛ 曹孟德(조맹덕) : 삼국시대 위(魏)나라의 조조(曹操). 맹덕(孟德)은 자(字)이다.

㉜ 相繆(상무) : 서로 얽히다.

㉝ 此非~乎(차비~호) : 여기서 此는 여기, 이곳. 非~乎는 '~이 아니냐?'의 뜻.

㉞ 周郞(주랑) : 오(吳)나라의 명신(名臣)인 주유(周瑜). 3만의 군사로 조조의 80만 대군을 적벽(赤壁) 대전에서 격파했다. 오나라 손권과 촉나라 유비의 소수 연합군이 위나라 조조의 대군을 무찌른 A.D. 208년의 이 전쟁으로 손권은 강남(江南)의 대부분을, 유비는 파촉(巴蜀) 지역을 얻어 중국 천하를 삼분(三分)하였다.

㉟ 破荊州下江陵(파형주하강릉) : 下는 (~로) 내려가다{동사}. 조조가 형주(荊州)의 유종(劉琮)을 투항시킨 후 강릉에서 강을 타고 동류(東流)했던 일을 말한다.

㊱ 舳艫(축로) : 舳은 선미(船尾), 즉 배의 뒷부분[뱃고물]. 艫는 선두(船頭), 곧 뱃머리.

㊲ 旌旗(정기) : 정(旌)과 기(旗). 깃발들의 종류이다.

㊳ 釃酒(시주) : 술을 거르다. 술을 떠서 마신다는 의미.

況吾與子 漁樵於江渚之上 侶魚鰕而友麋鹿[39] 駕一葉之扁舟 擧匏樽[40]以相屬 寄蜉蝣[41]於天地 渺滄海[42]之一粟 哀吾生之須臾[43] 羨長江之無窮 挾飛仙以遨遊 抱明月[44]以長終 知[45]不可乎驟得 託遺響[46]於悲風 蘇子曰 客亦知夫水與月乎 逝[47]者如斯 而未嘗往也 盈[48]虛者如彼 而卒[49]莫消長也 蓋將自其變者而觀之 則天地曾[50]不能以一瞬 自其不變者而觀之

㊴ 友麋鹿(우미록) : 友는 벗하다(동사). 麋鹿은 고라니와 사슴. 고라니는 사슴과, 노루의 일종. 몸의 길이가 90cm 정도로 작다.
㊵ 匏樽(포준) : 표주박으로 만든 술잔.
㊶ 寄蜉蝣於天地(기부유어천지) : 蜉蝣는 하루살이. "하루살이 같은 목숨이 천지간에 붙어살다."
㊷ 渺滄海之一粟(묘창해지일속) : 여기의 渺는 아주 작은 모양. 粟은 조, 또는 좁쌀처럼 대단히 작은 물건. "미미하여 너른 바다에 한 알갱이와도 같다."
㊸ 須臾(수유) : 아주 짧은 시간. 須, 臾는 각각 잠깐, 잠시의 뜻.
㊹ 抱明月以長終(포명월이장종) : "명월(明月)을 안고 길이 운명을 함께 하다."
㊺ 知不可乎驟得(지불가호취득) : 驟는 뜻밖에 빨리. "갑작스럽게 될 수 있는 일이 아님을 알다."
㊻ 遺響(유향) : 어떤 소리 뒤에 남는 여운(餘韻).
㊼ 逝者如斯(서자여사) : "가는 것은 이와 같다." ≪논어(論語)≫ <자한(子罕)> 편에, '子在川上 曰 逝者如斯夫 不舍晝夜'에서 따온 표현이다.
㊽ 盈虛者(영허자) : 충만한 것과 공허한 것. (달이) 가득 찼다가 기울다가 함.
㊾ 卒莫消長(졸막소장) : 卒은 마침내(부사). "(달은 차고 기울지만) 끝내 소멸도 성장도 하지 않는다."
㊿ 曾不能以一瞬(증불능이일순) : 曾은 일찍이. 能은 여기서는 본동사 온전하다, 고스란하다의 뜻. "일찍이 한순간도 원래 상태대로 온전할 수 있었던 적이 없다."

則物與我皆無盡也 而又何羨乎 且夫天地之間 物各有主 苟非吾之所有 雖一毫而莫取 惟江上之淸風 與山間之明月 耳得之而爲聲 目寓之而成色 取之無禁 用之不竭 是造物者之㊿無盡藏也 而吾與子之所共樂 客喜而笑 洗盞更酌 ㊾肴核旣盡 ㊽杯盤狼藉 相與㊼枕藉乎舟中 不知東方之旣白.

≪東坡七集≫

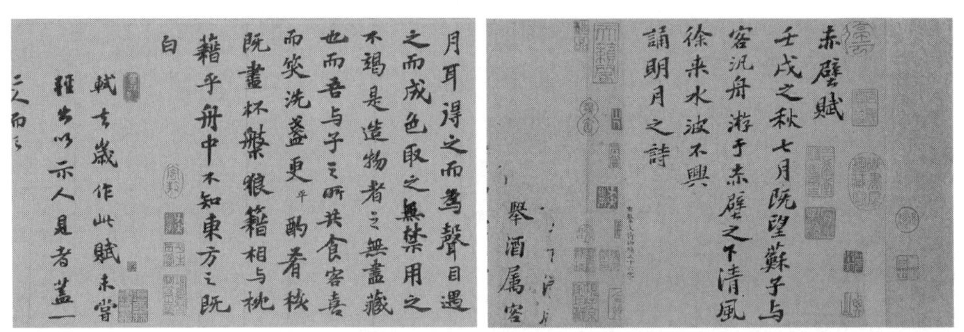

蘇東坡는 자신이 지은 <赤壁賦>를 친필로 남겼다. 글씨 처음과 끝의 부분이다.

⑤1 無盡藏(무진장) : 無盡은 다함이 없는. 여기의 藏은 간직함, 저장함. 또는 곳집, 창고.

⑤2 肴核(효핵) : 효(肴)는 어육 안주, 핵(核)은 (밤 등의) 과실.

⑤3 杯盤狼藉(배반낭자) : 술잔과 쟁반이 어지러이 흩어진 모양. 盤은 소반, 쟁반.

⑤4 枕藉(침자) : 여기서는 두 글자 모두 동사로 쓰였다. 枕은 (베개를) 베다. 藉는 깔다.

147 紅桃亭賦 홍도정부 – 李仁老*

①栢堂東麓 有泉澄淥 泠然流出於②石縫 若漱白雲之幽谷旱而不渴 響如③琴筑 縈廻六七許步 然後入於溝瀆 遂使傍泉而居者 皆快意於挹掬 ④隴西子⑤茹蔬得飽 以手捫腹

*** 이인로**(1152~1220) : 고려 중기 무신집권기의 문인. 자는 미수(眉叟). 호는 쌍명재(雙明齋). 1170년(의종 24) 정중부의 난을 피해 승려가 되기도 했다. 환속하여 1180년(명종 10) 문과에 급제한 뒤 문극겸의 천거로 한림원에 보직되었다. 중국의 죽림칠현(竹林七賢)을 본따 오세재(吳世才)·임춘(林椿) 등과 죽림고회(竹林高會)를 결성하였으나 은둔에 철저하지 못하였다. 우간의대부를 지냈으며 초서와 예서에 능하였다. ≪은대집(銀臺集)≫, ≪쌍명재집(雙明齋集)≫, ≪파한집(破閑集)≫ 등이 있다. <홍도정부>는 개경 홍도정리(紅桃井里)라는 시정(市井)에 살던 작가가 자유인으로서의 방달(放達)한 자연 정취를 한껏 펼쳐 과시한 내용으로, 작품 속의 농서자(隴西子)는 바로 작가 이인로이다. 이 작품과 나란히 옥당(玉堂) 앞 잣나무의 청고(淸高)함을 자신에 기탁(寄託)한 <옥당백부(玉堂栢賦)>도 있다.

① 栢堂(백당) : 옥당(玉堂), 곧 한림원을 가리킨다. 왕명을 문서로 작성하는 일을 맡았으니, 개성 궁궐 안 건덕전(乾德殿)의 서남쪽에 있었다고 한다.
② 石縫(석봉) : 돌 틈 사이. 석하(石罅)라고도 한다.
③ 琴筑(금축) : 거문고와 축(筑). 축은 쟁(箏) 비슷한 악기.
④ 隴西子(농서자) : 글의 작가인 이인로의 자칭(自稱)이다.
⑤ 茹蔬(여소) : 茹는 (뿌리가) 연결되다. 채소. 데치다. 먹다[동사]. 蔬는 채소. =茹素.

⑥岸掩苒之烏紗 杖⑦鏗鈜之龍竹 踞一石 露雙脚 ⑧挼碎氷霜

呑吐⑨珠玉 豈唯火日之可逃 亦復塵纓之已濯 徐嘯歸來

溪風萩萩 展八尺之風漪 枕數寸之⑩癭木 夢白鷗而同戲

任⑪黃粱之未熟 飄飄乎如⑫駕八龍而到瑤池 聞金母之一曲

⑥ 岸掩苒之烏紗(안엄염지오사) : 掩苒은 바람이 (초목을) 흔드는 모양. 烏紗는 검은 깁으로 만든 사모(紗帽). 岸은 해석이 구구하나, 정확히 ‘노액(露額)’ 곧 이마를 드러내다의 뜻이다. 따라서 “(바람 따라) 흔들리는 오사모에 이마가 비끼다”로 풀이되니, ‘岸幘(두건을 벗고 이마를 내놓음)의 용례에서도 확인 가능하다.

⑦ 鏗鈜(갱횡) : (종이나 북 기타 악기의) 소리. ‘찰랑거리는.’ 鏗 · 鈜이 자체로 각각 악기의 소리이다. 용무늬 새겨진 지팡이의 윗쪽 고리에 달린 여러 개 작은 고리에서 나는 소리를 묘사한 것이다.

⑧ 挼碎氷霜(뇌쇄빙상) : 氷霜은 얼음 서리. 또는 수식관계로서 차가운 서리. 차디찬 물을 은유적으로 표현했다. 挼는 비비다, 손을 대고 문지르다. 碎는 잘게 여러 조각으로 깨뜨리다. 우물에서 퍼낸 차디찬 물을 손으로 만져도 보고, 흩뜨려도 보는 동작을 의미한다.

⑨ 珠玉(주옥) : 위의 빙상과 마찬가지로 물의 깨끗함을 주옥에다 비유했다.

⑩ 癭木(영목) : 울퉁불퉁한 나무. 癭은 (목의) 혹. 전하여 (나무의) 옹두리.

⑪ 黃粱之未熟(황량지미숙) : 黃粱은 메조. 노란 빛의 알이 굵은 조. 당나라 현종(玄宗) 때 노생(盧生)이란 이가 한단(邯鄲)의 주막에서 도사 여옹(呂翁)이 건넨 양쪽에 구멍이 뚫린 베개를 베고 잠들었는데 온갖 부귀영화를 누리다가 깨어보니 꿈이었다. 옆에는 여전히 여옹이 앉아 있었고, 주막집 주인이 짓고 있던 기장밥은 아직 다 익지 않았다는 <침중기(枕中記)> 고사와 관련 있다.

⑫ 駕八龍而到瑤池(가팔룡이도요지) : 駕는 말을 몰다. 八龍은 여덟 마리 준마(駿馬). 주(周)나라 목왕(穆王)이 팔준마를 타고 서왕모가 산다는 요지(瑤池)를 찾아 함께 놀았다는 전설을 가져다 썼다.

浩浩乎若泛枯槎而渡天河 驚蜀都之賣卜⑬ 則何必錦障紆⑭四十里 胡椒蓄八百斛⑮ 打就⑯金蓮盆⑰ 然後濯吾足. ≪東文選≫

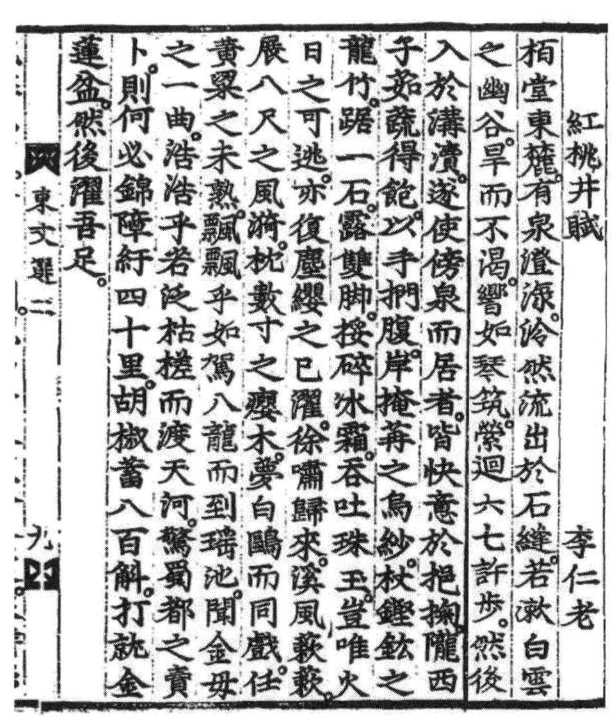

紅桃井賦　李仁老

栢堂東麓有泉澄淥泠然流出於石縫若歎白雲之幽谷旱而不渴響如琴筑縈迴六七許步然後入於溝瀆遂使傍泉而居者皆快意於把掬隴西子茹蔬得飽以手捫腹岸掩篛之烏紗杖鑾鈸之龍竹踞一石露雙脚挼碎冰霜呑吐珠玉豈唯火日之可逃亦復塵纓之已濯徐嘯歸來溪風蕺蕺展八尺之風漪枕數寸之瘿木夢白鷗而同戲任黃粱之未熟飄飄乎如駕八龍而到瑤池聞金母之一曲浩浩乎若泛枯槎而渡天河驚蜀都之賣卜則何必錦障紆四十里胡椒蓄八百斛打就金蓮盆然後濯吾足

東文選二

≪동문선≫ 권2에 실린 <홍도정부>

⑬ 蜀都之賣卜(촉도지매복) : 황하의 근원을 찾아 나선 사람이 빨래하는 아낙을 만나 물었더니 그곳이 천하(天河)라는 대답과 함께 돌 하나를 주었다. 돌아와 촉나라의 수도 성도(成都)에서 점쟁이 노릇하던 엄군평(嚴君平)에게 물으니 직녀가 베틀을 받치는 돌이라고 하였다.

⑭ 錦障紆四十里(금장우사십리) : 錦障은 비단 장막. =금보장(錦步障). 보장은 대나무를 세워 친 장막. 紆는 굽다. 감다. (빙) 돌다. 진(晋)나라의 왕개(王愷)와 석숭(石崇)은 당대의 부호들. 왕개가 부를 과시하기 위해 자사보장(紫紗步障)을 40리에 걸쳐 치자, 석숭은 금보장(錦步障)을 50리에 걸쳐 펼쳤다 한다.

⑮ 胡椒蓄八百斛(호초축팔백곡) : 당나라 거부였던 원재(元載)의 고사. 그가 죄를 저질러 재산을 빼앗았을 때 집에 후추만 8백 가마가 저장돼 있었다고 한다.

⑯ 打就(타취) : (타당하게) 맞춰지다. 찍어내다. =置妥. '부어 만든' 정도의 풀이로써 적절하다.

⑰ 金蓮盆(금련분) : 황금 연꽃 장식의 대야. 당나라 단문창(段文昌)이 소싯적에 몹시 가난하였더니 부귀해지면 황금 연꽃 대야에 발을 씻으리라 하였는데, 과연 그 말대로 되었다 한다.

序

148 蘭亭集序 난정집서 – 王羲之*

①永和九年 ②歲在癸丑暮春之初 會于③會稽山陰之蘭亭 ④修契事也 群賢畢至 少長咸集 此地有崇山峻嶺 茂林脩竹 又有淸流激湍 ⑤映帶左右 引以爲⑥流觴曲水 ⑦列坐其次 雖無絲竹管弦之盛 一觴一詠 亦足以暢敍幽情 是日也

*** 왕희지**(307~365) : 중국 진(晉)나라의 서예가. 자는 일소(逸少). 명문 출신이었으나 중앙정부의 관직을 구하지 않았다. 영화(永和) 7년(351)에는 우군장군(右軍將軍)·회계내사(會稽內史)에 임명되어 회계군(會稽郡) 산음현(山陰縣)으로 부임했다. 이 관직명에 의해 왕우군(王右軍)으로도 불린다. 해서·행서·초서의 3체를 실용에서 예술의 단계로 승화시켰다 하여 서성(書聖)으로 추앙 받았다. 대표작으로 꼽는 이 <난정서(蘭亭序)>를 포함하여 <십칠첩(十七帖)>·<집왕성교서(集王聖敎序)>·<상란첩(喪亂帖)> 등의 탁본이 전한다. 막내아들인 왕헌지(王獻之)가 또한 서법가로서 명성을 남겼다.

① 永和(영화) : 동진(東晉)의 목제(穆帝)인 사마담(司馬聃)의 연호(345~356). 영화 9년은 353년이 된다.
② 歲在(세재) : 간지(干支)를 따라 변하는 해의 차례. 세차(歲次)라고도 한다.
③ 會稽山陰(회계산음) : 회계산의 북쪽. 산의 남쪽을 양(陽), 북쪽을 음(陰)이라 한다. 회계산은 절강성 소흥(紹興) 남동쪽의 산으로, 춘추시대 오왕 부차(夫差)가 월왕 구천(句踐)을 포위했던 곳으로 유명하다.
④ 修契事(수계사) : "계사(禊事)를 수행하다." 계사는 음력 3월 상사일(上巳日) 즉 이 달의 첫 번째 드는 사일(巳日)에 흐르는 물에 몸을 깨끗이 씻고 지내던 의식인 계제사(禊祭祀).
⑤ 映帶(영대) : 비춰진 모습이 띠처럼 연결되고 어우러져 있음.
⑥ 流觴曲水(유상곡수) : "굽이져 흐르는 물에 잔을 띄우다." 流觴은 술목구조, 曲水는 그 앞에 '於'가 생략된 보어구이다. 觴은 (술)잔. 流는 타동사 흘러가게 하다. 曲水는 직선이 아닌 구부러져 흐르는 물.
⑦ 列坐其次(열좌기차) : 列은 여기서는 나란히(부사). 次는 차례, 등급. 위치.

天朗氣淸 惠風和暢 仰觀宇宙之大 俯察⑧品類之盛 所以⑨遊目騁懷 足以極⑩視聽之娛 ⑪信可樂也 夫人之相與 ⑫俯仰一世 或⑬取諸懷抱 ⑭悟言一室之內 或⑮因寄所託 放浪形骸之外 雖⑯趣舍萬殊 ⑰靜躁不同 當其欣於⑱所遇 ⑲蹔得於己 快然自足 不知老之將至 及其所之旣倦 情隨事遷 ⑳感慨係之矣 ㉑向之所欣 ㉒俛仰之間 以爲㉓陳迹 猶不能不以之興懷 況㉔修短隨化 終期於盡 古人云 ㉕死生亦大矣 豈不痛哉

⑧ 品類之盛(품류지성) : 만물이 한없이 무성함. 品類는 금수와 초목을 비롯한 만물에 대한 다른 표현.
⑨ 遊目騁懷(유목빙회) : 술목+술목의 문형이다. 눈길을 자유로이 하여 노닐고, 마음에 품은 생각을 달리다[맘껏 구사하다].
⑩ 視聽之娛(시청지오) : 눈으로 보고 귀로 듣는 즐거움. 여기서는 경치를 즐기는 것을 말함.
⑪ 信(신) : 참으로{부사}.
⑫ 俯仰一世(부앙일세) : 一世는 (살아가는) 한세상. 俯仰은 위아래 다양하게 보며 살아가는 사람의 생활.
⑬ 取諸懷抱(취저회포) : 諸는 '之於'의 축약어이다. 자기 마음속 품은 생각을 끌어 냄.
⑭ 悟言(오언) : 晤言과 같다. 晤는 마주 이야기하는 것.
⑮ 因寄所託(인기소탁) : 의탁한 바에 맡기면서. 자신이 믿음을 따라.
⑯ 趣舍萬殊(취사만수) : 趣는 나아가다. =就. 舍는 그만두다, 물러서다. 버리다. 萬殊는 전체가 다 다름.
⑰ 靜躁不同(정조부동) : 고요함과 시끄러움이 같지 않음. 현상 앞에 사람들의 각기 다른 대응을 말한다.
⑱ 所遇(소우) : 만난 바. 부딪힌 바의 상황. 눈앞에 전개된 장면을 뜻한다.
⑲ 蹔得於己(잠득어기) : 잠깐 자기 자신에게 만족한 기분이 듦. 蹔은 暫의 뜻.
⑳ 感慨係之(감개계지) : 감개가 연결되다. 마음 속 느낌이 따라 일어난다는 뜻. 係는 잇다, 연결하다.
㉑ 向(향) : 지난 날, 먼젓번. =嚮.
㉒ 俛仰之間(부앙지간) : 머리를 숙였다가 드는 사이. 잠깐의 시간. 俛는 숙이다. =俯.
㉓ 陳迹(진적) : 해묵은 옛 자취. 陳은 늘어놓다. 늘어서다. 진술하다. 묵다, 오래되다.
㉔ 修短隨化 終期於盡(수단수화 종기어진) : "수명의 길고 짧음이 천지 자연의 조화를 따르는 속에, 종국에는 다하여 끝남으로 정해진다." 여기의 修는 길다. 期는 때. 기대하다. 기약하다. (결)정하다.
㉕ 死生亦大矣(사생역대의) : 삶과 죽음은 누가 뭐라 해도 중대한 일이다. ≪장자(莊子)≫에 나오는 말이다.

每攬昔人興感之由 ㉖若合一契 未嘗不臨文嗟悼 ㉗不能諭之於懷 ㉘固知一死生爲虛誕 ㉙齊彭殤爲㉚妄作 後之視今 亦由今之視昔 悲夫 故列敍時人 錄其所述 雖㉛世殊事異 ㉜所以興懷 其致一也 後之覽者 亦將有感於斯文.

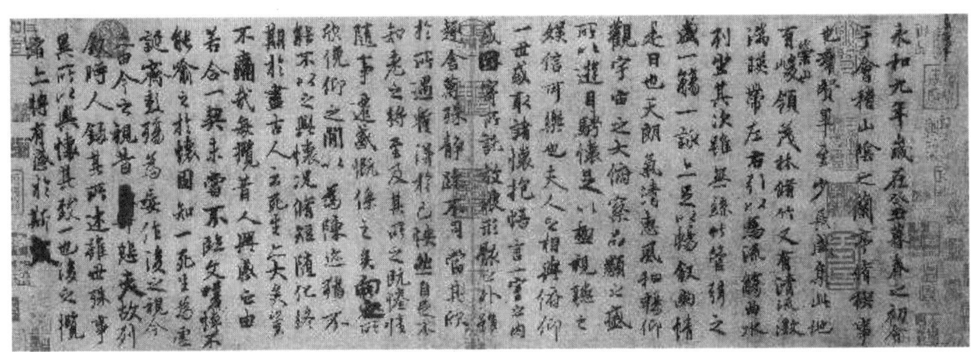

왕희지의 行書帖 <蘭亭集序> 神龍本. 당나라의 馮承素가 왕희지 원본에 대한 模寫本이다.

㉖ 若合一契(약합일계) : “하나의 부계(符契)를 맞춘 것 같음.” 부계는 부절(符節)과 같은 말이니, 여합부절(如合符節)의 뜻. 부절은 돌이나 대나무·옥 따위로 만들어 신표로 삼던 물건.

㉗ 不能諭之於懷(불능유지어회) : 마음에 타이를 길 없음. 슬퍼하지 않으려 해도 달래지지 않는다는 뜻.

㉘ 固知一死生爲虛誕(고지일사생위허탄) : “진정 죽고 사는 일이 하나라고 하는 말이 허황된 것임을 알겠다.” ‘생사여일(生死如一)’의 노장(老莊) 사상에 대한 비판이다. 固는 진실로{부사}. 一死生爲虛誕은 知의 목적절. 一은 하나로 하다, 동일하게 보다{동사}. 誕은 속이다.

㉙ 齊彭殤(제팽상) : 齊는 가지런하다. 같다. 彭은 7백년을 살았다는 팽조, 殤은 요절한 어린 아이. “장수한 팽조(彭祖)와 일찍 죽은 아이를 같게 보다.” ≪장자(莊子)≫ 「제물론(齊物論)」 편에, 700세를 산 팽조도 무한한 본체의 생명에 비한다면 허무히 짧은 것이며, 어려서 죽은 아이도 아지랑이나 하루살이에 비한다면 긴 수명이라 하였다.

㉚ 妄作(망작) : 망령된 행위. 作은 행위, 행동의 뜻.

㉛ 世殊事異(세수사이) : ‘世事殊異’의 다른 배치. 세상사가 달라짐. 殊 · 異 모두 다르다는 뜻.

㉜ 所以興懷 其致一也(소이흥회 기치일야) : 所以는 근거. “회포를 일으키는 원인은 그 이치가 한 가지이다.”

149 春夜宴桃李園序 춘야연도리원서 - 李白*

夫①天地者 萬物之逆旅② 光陰③者 百代之過客 而浮生④若夢 爲歡⑤幾何 古人秉燭夜遊 良有以⑥也 況陽春召我以煙景⑦ 大塊⑧假⑨我以文章 會桃李之芳園 序天倫⑩之樂事 群季⑪俊秀 皆

* 이백(701~762) : 중국 당나라의 시인. 자는 태백(太白). 호는 청련거사(靑蓮居士). 젊어서 여러 나라에 만유(漫遊)하고, 뒤에 출사(出仕)하였으나 안사(安史)의 난으로 유배되는 등 불우한 만년을 보냈다. 칠언 절구에 특히 뛰어났으며, 이별과 자연을 제재로 한 작품을 많이 남겼다. 현종과 양귀비의 모란연(牧丹宴)에서 취중에 <청평조(淸平調)> 3수를 지은 이야기가 유명하다. 시성(詩聖) 두보(杜甫)에 대하여 시선(詩仙)으로 칭송된다. ≪이태백시집≫ 30권이 있다.

① 夫(부) : 무릇. 국어 품사로는 부사이나, 한문 문법상은 발어사(發語辭), 곧 특별한 의미는 없이 말을 시작하기에 앞서 운을 떼는 말.
② 逆旅(역려) : 나그네의 숙소. 여관. 旅는 나그네. 逆은 여기서 맞는다, 맞이하여 받는다의 뜻.
③ 光陰(광음) : 햇빛과 그늘, 즉 낮과 밤이라는 뜻으로, 시간이나 세월을 이르는 말.
④ 浮生(부생) : 덧없는 인생. 뜬 구름 같은 인생.
⑤ 爲歡(위환) : 즐거움이 될만한 일. 爲는 '되다', '(될)만하다' 정도의 뜻. 여기서는 이를 명사화하였다.
⑥ 以(이) : 까닭{명사}.
⑦ 煙景(연경) : 아지랑이나 이내 · 노을 등이 아른거리는 봄의 경치.
⑧ 大塊(대괴) : 큰 흙덩이. 대지. 대자연. 여기서는 조화(造化)의 주역인 조물주.
⑨ 假(가) : 빌(리)다. 빌려 주다. 거짓. 가령. 잠깐.
⑩ 序天倫(서천륜) : 序는 서술하다, 펼치다{동사}. 天倫은 하늘이 맺어준 질서. 부자(父子) · 형제(兄弟) 사이에 마땅히 지켜야 할 떳떳한 도리(道理).
⑪ 群季(군계) : 많은 아우들. 季는 어리다, 나이가 적다. '伯 · 仲 · 叔 · 季' 할 때 형제 중의 끝 항렬(行列).

爲惠連⑫ 吾人詠歌 獨慚康樂⑬ 幽賞未已⑭ 高談轉清⑮ 開瓊筵⑯ 以坐花 飛羽觴⑰而醉月 不有⑱佳作 何伸雅懷⑲ 如詩不成⑳ 罰依金谷酒數㉑.

≪古文眞寶≫

⑫ 惠連(혜련) : 남북조시대 송(宋)의 시인 사혜련(謝惠連). 족형(族兄)인 사령운(謝靈運)과 함께 활동하였다.
⑬ 康樂(강락) : 남북조시대 송의 시인 사령운(謝靈運)의 자. 그가 강락후(康樂侯)에 봉해졌던 일에 연유한다.
⑭ 未已(미이) : 未는 '아직 ~하지 않다'는, 부정을 뜻하는 부사. 영문법상은 조동사. 已는 다하다(동사).
⑮ 轉(전) : 더욱, 한층 더(부사).
⑯ 瓊筵(경연) : 옥과 같이 아름다운 자리. 화려한 연회 자리. 瓊은 (붉은색 종류의 예쁜) 옥.
⑰ 飛羽觴(비우상) : 飛는 날리다. 빨리 돌리다. 羽觴은 새 깃, 또는 참새 모양의 술잔. 널리 잔(盞)을 뜻함.
⑱ 不有(불유) : '있지 않다면', '갖지 못한다면.' 不은 부정사(否定辭)이면서 가정(假定)의 의미를 내포하였다.
⑲ 雅懷(아회) : 우아한 회포. 고상한 심회.
⑳ 如詩不成(여시불성) : 如는 만일, 만약(접속사). =如或. "만일 혹 시가 이뤄지지 못한다면."
㉑ 金谷酒數(금곡주수) : 酒數는 술(잔)의 숫자. 진(晉) 시대의 부호 석숭(石崇)이 자신의 별장인 금곡원(金谷園)에서 문사들을 불러 놀면서 시를 완성시키지 못하는 사람에게는 벌주(罰酒) 석 잔을 먹였다 한다. 금곡(金谷)은 하남성(河南省) 낙양(洛陽) 서북쪽의 지명.

150 訓民正音序 훈민정음서 – 世宗*

國之語音 異乎①中國 與文字不相流通 故愚民 有所欲言② 而③終不得伸其情者 多矣 予爲④此憫然 新制⑤二十八字 欲⑥使人人易習 便於日用耳⑦.

≪世宗實錄≫

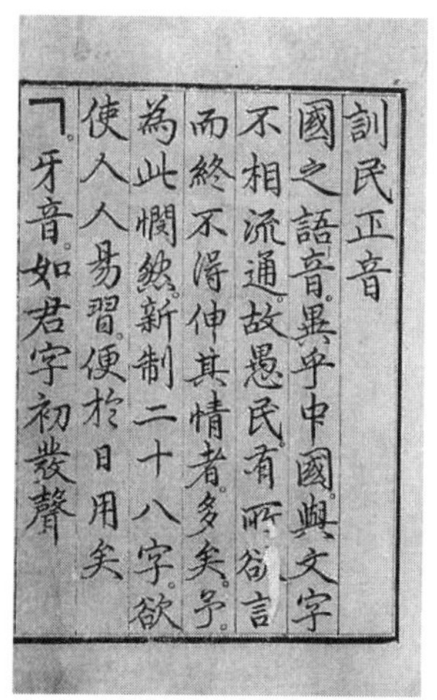

訓民正音
國之語音。異乎中國。與文字
不相流通。故愚民。有所欲言
而終不得伸其情者。多矣。予
為此憫然。新制二十八字。欲
使人人易習。便於日用矣
ㄱ。牙音。如君字初發聲

*세종(1397~1450) : 조선 제 4대 왕. 재위 1418년~1450년. 태종(太宗)의 셋째 아들. 이름은 도(裪). 자는 원정(元正). 집현전을 두어 학문을 장려하였고, 훈민정음의 창제를 명하였으며, 측우기·해시계 등의 과학 기구를 제작하게 하였다. 대외적으로는 6진(鎭)을 개척하여 국토를 확장하고, 대마도(對馬島)를 정벌하여 왜구의 소요를 진정시키는 등 많은 업적으로 조선 왕조의 기틀을 마련하였다.

① 乎(호) : ~에{전치사}. '於'나 '于'와 통용되는 경우이다.
② 所欲言(소욕언) : 所 뒤에는 반드시 동사가 나온다. 言이 동사. 欲은 조동사.
③ 而(이) : 여기서는 그러나, 그럼에도의 뜻을 나타내는 역행접속사.
④ 爲(위) : ~때문에, ~으로 인해 정도의 뜻을 갖는 전치사.
⑤ 制(제) : 제정하다. 짓다, 만들다. =製
⑥ 欲使人人(욕사인인) : 欲은 하고 싶다, 하고자 하다{조동사}. 使는 시키다{본동사}. 人人은 명사의 중첩으로 복수 형태를 나타낸 것.
⑦ 耳(이) : ~뿐, ~따름{종결조사}.

151 訓民正音序 훈민정음서 － 鄭麟趾*

有天地自然之聲 則必有天地自然之文 所以①古人因聲②制字 以通萬物之情③ 以載三才之道④ 而後世不能易也 然四方風土區別 聲氣亦隨而異焉 蓋外國之語 有其聲而無其字 假中國文字以通其用 是猶⑤枘鑿之鉏鋙也 豈能達而

* **정인지**(1396~1478) : 조선 전기의 정치가·학자. 자는 백저(伯雎), 호는 학역재(學易齋). 시호는 문성(文成). 계유정난과 남이(南怡)의 옥사에 공을 세웠고, 대제학과 영의정 등을 지냈다. 천문·역법·아악에 관한 책을 편찬하였으며, 김종서 등과 ≪고려사≫를 찬수하였다. 성삼문·신숙주 등과 훈민정음 창제에 크게 공헌하였으며, 안지·최항 등과 <용비어천가>를 지었다. 이밖에도 ≪훈민정음해례(訓民正音解例)≫, ≪학역재집(學易齋集)≫, ≪역대병요(歷代兵要)≫, ≪역대역법(歷代曆法)≫, ≪자치통감훈의(資治通鑑訓義)≫ 등의 저서가 있다. 본문은 1940년 발견된 ≪훈민정음해례본≫에 수록된 글을 옮긴 것이다. 2008년 8월에도 경북 상주(尙州)에서 기(旣) 발견된 것과 동일본이 발굴되었다.

① 所以(소이) : 소행. 이유, 까닭{명사}. 여기서는 까닭에, 그러므로, 그래서{접속사}의 용법으로 쓰였다.
② 因聲制字(인성제자) : 소리에 말미암아[맞춰] 글자를 만들다.
③ 情(정) : 뜻, 생각. 사물에 감촉되어 나타나는 마음의 작용(作用).
④ 道(도) : 이치, 원리, 도리. 성리학 우주론상의 이(理).
⑤ 猶枘鑿之鉏鋙(유예조지서어) : '枘鑿不相容'의 뜻이다. 곧 둥근 장부는 네모진 구멍에 들어맞지 않는다는 뜻이니, 쌍방의 사물이 서로 맞지 않음을 나타내는 말. 枘는 장부, 즉 나무끝을 구멍에 맞추어 박기 위하여 깎아 가늘게 만든 부분. 鑿는 뚫을 착. 구멍 조. 鉏鋙는 어긋남.

無礙乎 要皆各隨所處而安 不可強⑥之使同也 吾東方禮樂文章 侔擬華夏 但方⑦言俚語 不與之同 學書者患其旨趣之難曉 治⑧獄者病其曲折之難通 昔新羅薛⑨聰 始作吏讀 官府民間 至今行之 然皆假字而用 或澁或窒 非但鄙陋無稽而已 至於言語之間 則不能達其萬⑩一焉 癸亥冬 我殿下創制正音二十八字 略揭例義以示之 名曰訓民正音 象形而字倣古篆 因聲而音叶七調 三極之義 二氣之妙 莫不該括 以二十八字而轉換無窮 簡而要精而通 故智者不⑪終朝而會 愚者可⑫浹旬而學 以是解書 可以知其義 以是

⑥ 強之使同(강지사동) : 強은 강제하다. 강요하다(타동사). 使는 사역의 조동사 하게 하다. 同은 같게 하다(타동사). "강제하여(억지로) 같게 만들다."

⑦ 方言(방언) : 일반적으로는 사투리의 뜻이지만, 여기서는 한 언어에서 사용 지역 또는 사회 계층에 따라 분화된 말의 체계.

⑧ 治獄者病(치옥자병) : 治獄者는 형옥(刑獄) 즉 형벌과 감옥을 다스리는 사람. 病은 근심하다.

⑨ 薛聰(설총) : 신라 경덕왕 때의 학자. 원효의 아들. 자는 총지(聰智). 시호는 홍유후(弘儒侯). 국학(國學)에서 학생들을 가르쳐 유학의 발전에 공헌하였으며, 이두(吏讀)를 정리하고 집대성한 인물로 전해진다.

⑩ 萬一(만일) : 있을지도 모르는 뜻밖의 경우. (만 가운데 하나 정도로) 아주 적은 양.

⑪ 不終朝而會(부종조이회) : 아침이 끝나기 전에 깨우침. 會는 깨닫다, 이해하다.

⑫ 可浹旬(가협순) : 원래 浹旬은 열흘간. 浹은 두루 미치다. 돌다, 일주하다. 그러나 여기서는 浹을 조동사 可 뒤의 동사로 해석한다. "열흘에 미칠 수만 있다면, 열흘 정도면."

聽訟 可以得其情[⑬] 字韻則清濁之能辨 樂歌則律[⑭]呂之克諧 無所用而不備 無所往而不達 雖風聲鶴 鷄鳴狗吠 皆可得而書矣 遂命詳加解釋 以喩諸人 於是 臣與集賢殿應教臣崔恒副教理臣朴彭年臣申叔舟修撰臣成三問敦寧府注簿臣姜希顔行集賢殿副臣撰李塏臣李善老等 謹作諸解及例[⑮] 以敍其傾槩 庶[⑯]使觀者不師而自悟 若其淵源精義之妙 則非臣等之所能發揮也 恭惟我殿下 天繼之聖 制度施爲超越百王 正音之作 無所祖述[⑰] 而成於自然 豈[⑱]以其至理之無所不在 而非人爲之私也 夫東方有國 不爲不久

⑬ 情(정) : 실정(實情). 실상(實相).

⑭ 律呂之克諧(율려지극해) : 克=能{조동사}. "율려(律呂)가 능히 화합할 수 있다." 율려는 음악이나 음성의 가락. 율(律)의 음과 여(呂)의 음이라는 뜻에서 나온 말이다.

⑮ 解及例(해급례) : =解例. 해석과 범례. 보기를 들어 풀이한다는 뜻.

⑯ 庶(서) : 바라다, 희망하다.

⑰ 祖述(조술) : 선인(先人)이 말한 바를 근본으로 하여 서술하고 밝히는 일.

⑱ 豈以其至理之無所不在 而非人爲之私也(기이기지리지무소불재 이비인위지사야) : 여기의 豈는 '어찌'가 아닌, 곧, 다름 아니라, 그야말로. 之는 주격조사 이/가. "그야말로 지극한 이치가 들어 있지 아니한 데가 없으니, 인위적 사사로움으로 이루어진 것이 아니다."

而開物成務[19]之大智 蓋有待於今日也歟 正統十一年九月上澣[20] 資憲大夫禮曹判書集賢殿大提學知春秋館事世 子右賓客 臣鄭麟趾拜手稽首[21]謹書.

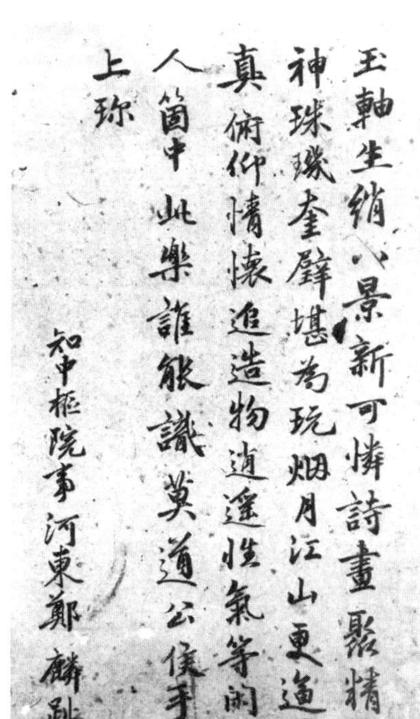

≪세종실록≫ 28년 9월 29일 條의 <訓民正音序> 관련 기사와, 정인지의 遺墨

⑲ 開物成務(개물성무) : 만물의 이치를 깨달아 모든 일을 이룸. 사람이 아직 알지 못하는 도리를 밝히고 목표하는 바를 시행하여 성공함.

⑳ 上澣(상한) : 한 달 가운데 초하루부터 초열흘까지의 사이. 상순(上旬). 상완(上浣). 초순(初旬).

㉑ 拜手稽首(배수계수) : 拜手는 두 손을 맞잡고 공손히 절함. 稽首는 머리가 땅에 닿도록 몸을 굽혀 하는 절.

152 賀一史老伯七秩幷祝壽序하일사노백칠질병축수서 – 金昌龍*

樂乎 今茲戊子載之十一月晦日 陽曆十二月①念六日 一史具滋武老師七旬盛筵嘉辰也 余當是朝 千緖之懷 萬端之情 油然不禁 連茹不勝感悅之意 此非他矣 先生②如常在其位 恒久可仰其豪爽笑顔及莊莊厲聲故也 顧先生 未嘗不想韓退之師說 有聖人無常師之言 老師丁寧 躬踏此理以遂成者也 自古藝壇 皆羨慕詩書畵三絶 然果到彼岸者幾何 先生曩在庚戌歲 肇叩一中先生門下 修之書學 又詣心汕月田畵堂 鍊之③後素 靡止于此 賴以紹受于亦堂家親之天資 迺尋白牙曁淵民先生書樓 勤覲趨蹌 習之文詞旣已總括 ④孜孜營營 切磨自彊 乃得恢弘三路 不容一蹉

* 이는 2008년 무자년(戊子年)에 한국문인화의 원로(元老) 대가(大家)인 일사(一史) 구자무(具滋武, 1940~2013) 선생이 칠순(七旬)을 맞이하면서 그 칠질연(七秩宴)의 기념 문집에 올릴 서문을 필자에게 청촉(請囑)하여 지은 글이다. 일사 선생과 저자의 만남은 1990년대 초에 연민(淵民) 이가원(李家源) 선생의 서재를 같은 날 심방(尋訪)했던 일을 계기로 이루어졌고, 이후 일구월심 맺은 인연이 자별하였다.

① 念六日(염육일) : 26일. 念은 생각, 외다 등 외에 스물의 뜻이 있음.
② 如常(여상) : 늘 같음. 보통 때와 같음
③ 後素(후소) : 그림, 회화. 그림을 그림에 흰빛을 나중 칠한다는 데서 나온 이름이다.
④ 孜孜營營(자자영영) : 쉬지 않고 부지런히 일하는 모양. '孜'는 부지런하다. 힘쓰다. 사랑하다. '營'은 경영하다. 꾀하다. 다스리다. 여기서는 왕래하는 모양, 오락가락하는 모양.

果是淸慾無外人也 夫如斯沈潛以來 迄今殆經四十星霜 豁然自占獨創處 據鞍顧眄 誠大端哉 先生性情耿介 不拘趨勢 卓犖高致 往往嘘唏世道之萎靡 歎憤藝路之敗爛 眞介士也 夫先生何以譬諸耶 嘗措大間頌讚之辭 曰中通外直 亭亭香遠者 酷肖先生之風韻矣 歲寒然後 知松柏者 暗惹先生之姿儀焉 先生曾年作拒霜花圖⑤ 其親製詩要諦語 一朶獨拒霜者 豈先生之自像邪 老伯惟堅執傳統文人畵 其筆趣也 端潔精秀 畵格也 淸曠敦雅⑥ 一旦畵之成矣 仍用文詞 期在必照應時 發揮漢綴文藻以遂畵題 髣髴添花於錦上 若似點睛于龍畵 老伯丁寧 允書允畵 能文善詩 信可謂今世文人畵家之正宗也 間有嗜愛其墨者 歎寡作之稍貽惜 然斯亦有以⑦也 其苟非爲天機所應 雖一毫而不染故耳 是以其揮灑 無別大作小品 莫匪爾雅

⑤ 拒霜花圖(거상화도) : 일사 구자무가 중국 서호(西湖)에서 본 거상화에 대한 소회를 그린 2002년 수묵화(水墨畵). 거상화는 목부용(木芙蓉) 꽃의 별칭.

⑥ 淸曠敦雅(청광돈아) : 淸曠은 깨끗하고 탁 트임. 敦雅는 정성이 깊고 고상함.

⑦ 以(이) : 까닭, 이유{명사}.

走[8]與先生 昔日偶然同座于淵[9]民先師書齋 其幸遇爾來相知歡愜者 庶幾二十年 今春忽焉 猥聆親囑紀念集序文 輒然遽色 極口辭避以難堪之由 而先生威燀 予終乃不顧菲才 敢冒粗語蕪辭 以聊酬老伯之殊遇懇命 雖然亦不勝愧赧 先生雅[10]剛健 尙誇呑牛氣象 幸之無已 但冀者 益加餐 尤張樂 侶松鶴以等年.

戊子公曆十二月廿[11]六日

景游 金昌龍 獻[12]芹

⑧ 走(주) : 명사로서 짐승, 노비 외에 자기에 대한 겸칭으로서 '나'란 뜻이 있다.
⑨ 淵民先師(연민선사) : 돌아가신 연민 이가원(李家源, 1917~2000) 스승.
⑩ 雅(아) : 여기서는 평소에{부사}.
⑪ 廿(입) : 스물, 이십(二十). '卄'은 속자임.
⑫ 獻芹(헌근) : 미나리를 바침. 윗사람에게 보잘 것 없는 것을 바치는 일의 겸칭.

跋

153 陶山十二曲跋 도산십이곡발 – 李滉*

右陶山十二曲者 陶山老人之所作也 老人之作此 何爲也哉 吾東方歌曲 大抵多①淫哇不足言 如翰林別曲之類 出於文人之②口 而③矜豪放蕩 兼以④褻慢戲押 尤非君子所宜尙 惟近世有⑤李鼈六歌者 世所盛傳 猶爲彼善於此 亦惜乎其

* 이황(1501~1570) : 조선 명종·선조 시대의 문신, 학자. 본관은 진보(眞寶). 자는 경호(景浩). 호는 도옹(陶翁)·퇴계(退溪). 퇴계라는 호는 낙동강 상류에 있는 토계(兎溪)를 고쳐 부른 것이라 한다. 벼슬은 예조 판서, 양관 대제학 등을 지냈다. 북송(北宋) 정명도(程明道)·정이천(程伊川)의 이정(二程)과 남송(南宋) 주자(朱子)의 성리학 체계를 집대성한 이기이원론(理氣二元論) 및 사칠론(四七論) 등의 전개로 조선 후기 영남학파의 이론적 토대를 구축하였다. 저서에 ≪퇴계전서(退溪全書)≫가 있고 연시조(聯時調)인 ≪도산십이곡(陶山十二曲)≫을 지었으니, 이는 그 창작의 뒤에 작가의 견해를 밝혀 놓은 발문(跋文)이다. 음악의 성정(性情) 도야에 대한 효과를 역설한 내용이다.

① 淫哇(음왜) : 음란한 소리. 또, 음란한 노래.
② 口(구) : 구기(口氣). 말씨. 언어적 태도나 버릇.
③ 矜豪(긍호) : 교만과 허세. 자랑과 흐드러짐. 矜은 자랑하다. 자만하다.
④ 褻慢戲押(설만희압) : 무례하고 방자함. 褻은 업신여기다. 너무 가까이하여 버릇없다. 慢은 느리다. 오만해 방종하다. 戲押은 농지거리하며 버릇없이 구는 것.
⑤ 李鼈六歌(이별육가) : 이별은 연산조의 문인으로, 자는 낭선(浪仙), 호는 장문당(藏文堂). 이제현(李齊賢)의 후손, 박팽년(朴彭年)의 외손자로 세속에 타협 않고 생애를 마쳤다. 그가 지은 시조 육가(六歌)는 현재 전하지 않고 4수만 한역으로 전한다. 난세에 은거하는 선비가 세상에 대한 풍자의 내용이다.

有⑥玩世不恭之意 而少⑦溫柔敦厚之實也 老人素不解音律而猶知厭聞世俗之樂 閒居養疾之餘 凡有感於情性者 每發於詩 然今之詩 異於古之詩 可詠而不可歌也 ⑧如欲歌之 必綴以⑨俚俗之語 蓋⑩國俗音節 所不得不然也 故嘗略倣李歌而作 爲陶山六曲者二焉 其一言志 其二言學 欲使兒輩朝夕習而歌之 憑几而聽之 亦令兒輩自歌而自⑪舞蹈之 庶幾可以蕩滌⑫鄙吝感發融通 而歌者與聽者 不能無交有益焉 顧自以蹤跡頗乖 若此等閒事 或因以惹起⑬鬧端

⑥ 玩世不恭(완세불공) : 세상을 함부로 보며 삼가지 않음.
⑦ 溫柔敦厚(온유돈후) : 온화하고 유순하며 성실하고 인정이 두터움.
⑧ 如(여) : <u>만약</u>{접속사}.
⑨ 俚俗(이속) : 상스럽고 속됨.
⑩ 國俗(국속) : 나라의 습속. 여기서는 언어적 습속인 언문(諺文), 즉 한글을 뜻한다.
⑪ 舞蹈之(무도지) : <모시서문(毛詩序文)>에, '不知手之舞之 足之蹈之也.' 시가(詩歌)에 감화되어 자신도 모르게 몰입(沒入)·화응(和應)한다는 의미이다.
⑫ 鄙吝(비린) : 비루하고 인색함.
⑬ 鬧端(요단) : 鬧는 시끄럽다. 소란. 端은 실마리. 본원. '소란스런[물의를 일으킬만한] 단서.'

未可知也 又未信其可以入腔調諧音節與未也⑭ 姑寫一件藏之篋笥 時取玩以自省 又以待他日覽者之去取云爾 嘉靖四十四年⑮ 歲乙丑暮春旣望⑯ 山老書. 《退溪全書》

陶山書院 全景

⑭ 入腔調諧音節與未(입강조해음절여미) : 入은 들어맞다. 腔調는 악조(樂調), 곡조(曲調). 諧는 어울리다. 與未는 여부(與否)의 뜻. 그러함과 그렇지 못함. ~인지 아닌지.
⑮ 嘉靖四十四年(가정사십사년) : 1565년. 조선 명종(明宗) 20년. 嘉靖은 명나라 세종(世宗)의 연호.
⑯ 旣望(기망) : 음력 16일. 15일을 망월(望月)이라 하는바, 그것이 이미[旣] 지났다는 뜻.

表

154 出師表 출사표 – 諸葛亮*

①先帝②創業未半 而中道③崩殂 今天下三分 ④益州⑤罷敝 此誠危急存亡之⑥秋也 然侍衛之臣 不懈於內 忠志之士 忘身於外者 蓋追先帝之⑦殊遇 欲報之於陛下也 ⑧誠宜⑨開張聖聽 以光先帝遺德 ⑩恢弘志士之氣 不宜⑪妄自菲薄 ⑫引喻失義

* **제갈량**(181~234) : 중국 삼국시대 촉한(蜀漢)의 정치가. 자(字)는 공명(孔明), 시호는 충무(忠武). 뛰어난 군사 전략으로 유비(劉備)를 도와 오(吳)나라와 연합, 적벽대전에서 조조(曹操)의 위(魏)나라 군사를 대파하고 파촉(巴蜀)을 얻어 촉한을 세웠다. 유비가 죽은 후에는 무향후(武鄕侯)로서 남방의 만족(蠻族)을 정벌하고, 위나라 사마의(司馬懿, 179~251)와 대전(對戰) 중에 병사하였다. 출사표(出師表)란 군대[師]를 출병(出兵)할 때 그 뜻을 임금께 올리던 글의 양식으로, 제갈량의 것이 가장 유명하다. 이는 촉한(蜀漢)의 제갈량이 서기 227년 봄, 위(魏)가 차지한 중원(中原)을 치러나가기 위해 한수(漢水) 가에 주둔하면서 유비의 아들 후주(後主) 유선(劉禪) 앞으로 상소한 표문(表文)이다. 이 글을 읽고 눈물을 흘리지 않는 이는 충신이 아니라고 할 정도의 명문(名文)으로 회자되었다. 이듬해인 건흥(建興) 6년(228)에 쓴 <후출사표(後出師表)>도 있다.

① 先帝(선제) : 돌아가신 황제. 이 표(表)를 읽는 유선(劉禪)의 부(父)인 유비(劉備)를 말함.
② 創業(창업) : 나라를 처음으로 세움. 여기서는 촉(蜀)나라를 처음 세운 일을 말함.
③ 崩殂(붕조) : 붕어(崩御). 천자의 죽음. 마치 산의 무너짐과 같다는 데서 이른 말. ≪예기(禮記)≫ <곡례(曲禮)>·下에, '天子死曰崩 諸侯曰薨 大夫曰卒 庶人曰死.'
④ 益州(익주) : 옛 촉한(蜀漢)의 영토로, 지금의 사천성(四川省) 일대.
⑤ 罷敝(피폐) : 여기의 罷는 끝나다 '파'가 아닌, 고달프다 '피'로 읽는다. 敝 역시 지치고 쇠약하다는 뜻. =疲弊
⑥ 秋(추) : 여기서는 때, 시기.
⑦ 殊遇(수우) : 특별한 은우(恩遇). 남다른 대우.
⑧ 誠宜(성의) : 참으로 ~함이 마땅하다. '宜'가 동사로 쓰이면서, 뒷문장 '不宜~'와 대(對)를 이루고 있다.
⑨ 開張聖聽(개장성청) : 聖聽은 밝게 들음. 開張은 열어 확장함. "신하들의 충성된 간언을 널리 받아들임."
⑩ 恢弘(회홍) : 恢와 弘 모두 '넓다. 넓히다'의 뜻. 두 어휘가 유사병렬 관계에 해당한다.
⑪ 妄自菲薄(망자비박) : 妄은 함부로. 菲薄은 '비재박덕(菲才薄德)'의 줄임말. "함부로 자신을 변변치 않다고 함."
⑫ 引喻失義(인유실의) : "다른 사례를 끌어다 비유함으로써 정당성을 잃음."

以塞忠諫之路也 ⑬宮中府中 俱爲一體 ⑭陟罰臧否 不宜⑮異同 若有作奸犯科及爲忠善者 宜付有司 論其刑賞 以昭陛下平明之理 不宜偏私 使內外異法也 ⑯侍中侍郎郭攸之費禕董允等 此皆良實 志慮忠純 是以先帝⑰簡拔 以遺陛下 愚⑱以爲宮中之事 事無大小 悉以咨之 然後施行 必能裨補闕漏 有所廣益 將軍向寵 性行淑均 曉暢軍事 試用於昔日 先帝稱之曰 能 是以衆議擧寵爲督 愚以爲營中之事 事無大小 悉以咨之 必能使行陣和睦 優劣得所也 親賢臣遠小人 此先漢所以興隆也 親小人遠賢臣 此後漢所以傾頹也 先帝在時 每與臣論此事 未嘗不歎息痛恨於⑲桓

⑬ 宮中府中(궁중부중) : 宮中은 천자가 있는 궁궐 안의 조정. 府中은 승상부(丞相府).
⑭ 陟罰臧否(척벌장부) : 陟은 올려 줌, 승진. 臧은 착하다. 否는 앞의 것과 반대, 부정의 뜻.
⑮ 異同(이동) : 같지 아니함. 다름. 同을 의미 없는 조자(助字)로 보기도 한다.
⑯ 侍中侍郎(시중시랑) : 천자의 곁에서 고문 응대하는 직책 및 궁중의 수호를 맡은 벼슬.
⑰ 簡拔(간발) : 여러 사람 중에서 뽑아냄. 선발(選拔).
⑱ 以爲(이위) : 생각하다. 영어의 think of (that)~에 해당된다.
⑲ 桓靈(환령) : 환제(桓帝)와 영제(靈帝). 후한(後漢) 11대와 12대 황제. 환관 정치의 문란을 겪었다.

靈也 侍中尙書長史參軍 此悉貞亮死節之臣也 願陛下 親之信之 則漢室之隆 可計日而待也 臣本⑳布衣 ㉑躬耕㉒南陽 ㉓苟全性命於亂世 ㉔不求聞達於諸侯 先帝不以臣卑鄙 ㉕猥自枉屈 三顧臣於草廬之中 諮臣以當世之事 由是感激 遂許先帝以㉖驅馳 後㉗値傾覆 受任於㉘敗軍之際 奉命於危難之間 爾來二十有一年矣 先帝知臣謹愼 故臨崩寄臣以大事也 受命以來 ㉙夙夜憂嘆 恐託付不效 以傷先帝之明 故五月渡瀘 深入㉚不毛 今南方已定 ㉛兵甲已足 當獎率三軍 北定中

⑳ 布衣(포의) : 벼슬이 없는 선비. 백의(白衣). 출세를 뜻하는 '금의(錦衣)'의 상대어.
㉑ 躬耕(궁경) : '躬'은 몸소라는 부사로 쓰였다. 자기 스스로 밭가는 등 농사일을 함.
㉒ 南陽(남양) : 지금의 하남성(河南省) 남양현(南陽縣)의 땅.
㉓ 苟全性命(구전성명) : 性命은 천부적 성질. 목숨, 생명. "구차히 생명을 보전함."
㉔ 不求聞達(불구문달) : 출세하여 이름이 나고 지위에 오르기를 바라지 않음.
㉕ 猥自枉屈(외자왕굴) : 猥와 自가 모두 부사. 외람되게 스스로 몸을 굽힘. 유비가 몸을 굽혀 자신에게 왕림했던 일을 제갈량이 황송하게 여긴 뜻이다.
㉖ 驅馳(구치) : 말을 몰아 빨리 달림. 유사병렬 구조. 여기서는 다른 누군가를 위하여 힘을 다한다는 뜻.
㉗ 値傾覆(치경복) : 値가 (우연히) 마주치다는 뜻의 동사로 쓰였다. "기울어져 뒤집히는 정황을 만남."
㉘ 敗軍(패군) : 한나라 헌제(獻帝) 건안(建安) 13년인 서기 208년에 호북성 당양(當陽)의 장판(長坂)에서 조조에게 패하여 하구(河口)로 물러났던 일을 말한다.
㉙ 夙夜(숙야) : 이른 아침과 늦은 밤.
㉚ 不毛(불모) : 땅이 메말라서 농작물이 잘되지 아니함. 여기서는 그러한 지대, 불모지를 말함.
㉛ 兵甲(병갑) : 병기(兵器)와 갑주(甲冑) 등 무기. 또는 군사와 무기.

原 庶竭駑鈍[32] 攘除姦凶 興復漢室 還于舊都 此臣所以報先帝而忠陛下之職分也 至於斟酌損益 進盡忠言 則攸之禕允之任也 願陛下 託臣以討賊興復之效 不效則治臣之罪 以告先帝之靈 若無興德之言 則責攸之禕允等之咎 以彰其慢 陛下亦宜自謀 以諮諏[33]善道 察納[34]雅言 深追先帝遺詔[35] 臣不勝受恩感激 今當遠離 臨表涕泣[36] 不知所云[37].

≪古文眞寶≫

명나라 祝允明이 쓴 <出師表> 全文

㉜ 駑鈍(노둔) : 미련하고 둔함. =魯鈍
㉝ 諮諏(자추) : 임금이 신하나 백성에게 물음. 역시 유사병렬의 어휘이다.
㉞ 察納(찰납) : 잘 살펴서 받아 줌.
㉟ 遺詔(유조) : 임금의 유언.
㊱ 涕泣(체읍) : 涕는 눈물 흘리며 울다. 泣은 소리죽여 눈물 흘리며 울다.
㊲ 所云(소운) : 云은 말하다(동사). '말씀드릴 바.'

155 陳情表진정표 – 李密*

臣密言 臣以險釁① 夙遭愍凶② 生孩③六月 慈父見背④ 行年⑤四歲 舅⑥奪母志 祖母劉閔臣孤弱 躬親撫養 臣少⑦多疾病 九歲不行⑧ 零⑨丁孤苦 至于成立⑩ 旣⑪無叔伯 終鮮⑫兄弟 門衰

* 이밀(224~287) : 서진(西晋)의 문학가. 건위 무양(武陽), 지금의 사천성 팽산현(彭山縣) 사람으로 일명 건(虔), 자는 영백(令伯). ≪삼국지(三國志)≫ <촉지(蜀志)> 열전 '효우전(孝友傳)'에 그의 전기가 실려 있다. 어려서 아버지를 잃고 어머니 하(何)씨가 개가하면서 조모(祖母) 유(劉)씨의 손에서 자랐다. 촉한(蜀漢)에서 상서랑(尙書郎)을 지냈고, 촉한이 망한 후 진(晉) 무제(武帝) 사마염이 267년에 태자를 정하면서 이밀을 태자세마(太子洗馬)로 임용했으나, 그는 조모 봉양을 이유로 <진정표(陳情表)>를 올려 사퇴했다. 무제는 그 효행에 노비 두 사람을 하사하고, 군현 관리에 명령하여 그 조모의 의식(衣食)을 돕도록 하였다. 그는 조모 사후에야 한중(漢中)의 태수가 되었다. 자고(自古)로 <출사표>가 충신의 글로서 눈물 없이 못 읽는다고 했다면, 이 글이 또한 효심으로 눈물을 자아낸다고 하였다.

① 險釁(험흔) : 운수가 사나움. 險은 간난(艱難)의 뜻. 釁은 허물. 틈. 불화. 희생(犧牲)의 피(를 칠하다).
② 愍凶(민흉) : 부모를 여읜 불행. 愍은 근심하다. 가엾어 하다. 凶은 흉상(凶喪).
③ 生孩(생해) : 갓난아이. 적자(赤子).
④ 見背(견배) : 저버림을 당하다. 見은 피동의 조동사. 아버지와의 사별(死別)을 뜻한다.
⑤ 行年(행년) : 먹은 나이, 살아온 햇수, 향년(享年). 여기서는 '당시의 나이'로 의역한다.
⑥ 舅(구) : 외삼촌, 장인, 시아버지의 뜻이 있으나 문맥상 외삼촌으로 된다.
⑦ 少多疾病(소다질병) : "어려서 병을 앓는 일이 많았다." 疾은 앓다(동사), 病은 목적어(명사).
⑧ 行(행) : 여기서는 걷다.
⑨ 零丁孤苦(영정고고) : 零丁은 외롭고 초라한 모양. 零은 비 내리다. 떨어지다, 낙하하다. 나머지. 丁은 외롭다. 孤苦는 고아로 고생하다. 孤는 어려서 부모를 잃은 사람.
⑩ 成立(성립) : 사물이 이루어지다. 성인이 되다.
⑪ 旣(기) : 어떤 일이나 상태가 지속되고 있음을 나타내는 부사. 과거부터 지금까지를 의미한다.
⑫ 鮮(선) : 곱다. 신선하다. 적다, 드물다(few). 거의 없다(scarcely)는 부정어로 쓰이니, 여기서는 '없다'는 말을 완곡하게 표현한 말

祚薄 晩有兒息 外無朞功⑬强⑭近之親 內無應門五尺之童 ⑮煢煢孑立 ⑯形影相吊 而劉夙⑰嬰疾病 常在牀⑱褥 臣侍湯藥 未嘗廢離 逮奉聖朝 ⑲沐浴清化 前⑳太守臣逵 ㉑察臣孝廉 後刺史臣㉒榮 擧臣㉓秀才 臣以供養無主 辭不赴命 會詔書特下 拜臣郎中 ㉔尋蒙國恩 除臣㉕洗馬 猥以微賤 當侍東宮 非臣隕首 所能上報 臣具以㉖表聞 辭不就職 詔書切峻 責臣㉗逋慢 郡縣逼迫 催臣上道 州司臨門 急於星火 臣欲奉

⑬ 朞功(기공) : 기년복(朞年服)과 대·소공복(大小功服). 朞는 만 1년을 의미하고, 대공복은 9개월 간, 소공복은 5개월 간의 상복 입기를 의미한다.
⑭ 强近(강근) : 强은 억지로(부사). 近은 가까이하다(동사).
⑮ 煢煢孑立(경경혈립) : '煢'은 형제나 아내가 없이 의지할 데 없는 것. 煢煢(경경)은 형용사로 쓰였다. '孑'은 '반쪽 혈' 자로 짝 없이 외롭다는 말. 곧 의지할 곳 없이 외로이 떨어져 있는 것을 뜻한다. =孑孑單身.
⑯ 形影相吊(형영상조) : 형체와 그림자가 서로 위로해 줌. 吊는 위로하다.
⑰ 嬰(영) : 갓난아이. 접촉하다. 두르다. 가하다. (병에) 걸림. 뒤의 '疾病'이 목적어임.
⑱ 牀蓐(상욕) : 침상과 깔개. 눕는 자리. =床褥.
⑲ 沐浴清化(목욕청화) : 沐은 머리를 감는 것. 浴은 몸을 씻는 것. 여기의 목욕은 몸을 깨끗이 하듯 은덕을 흠뻑 입는 것을 뜻한다. 清化는 맑은 교화, 밝은 덕화.
⑳ 太守臣逵(태수신규) : 촉군(蜀郡) 태수를 지낸 신하인 가규(賈逵).
㉑ 察臣孝廉(찰신효렴) : "저의 효성과 청렴함을 살펴서 천거했었나이다." 察은 사람됨을 보고 중앙에 추천 발탁했다는 뜻. 孝廉은 한대(漢代)에 효성스럽고 청렴한 인물을 관리로 뽑았던 과거의 한 과목.
㉒ 榮(영) : 익주자사를 역임한 오(吳)나라 사람 고영(顧榮)을 말한다.
㉓ 秀才(수재) : 한(漢) 대에 군현에서 재주와 학식이 뛰어난 자를 천거 받아 임용하던 과거의 한 과목.
㉔ 尋(심) : 얼마 후에, 오래지 않아서. 이어서.
㉕ 洗馬(세마) : 진한(秦漢) 시대 태자궁에서 태자의 일을 돕는 관직. 고려와 조선에서도 이를 답습하였다.
㉖ 表聞(표문) : 상부에 표문(表文)을 올려 알리는 일. 表는 원래 임금께 상주(上奏)하는 글. 聞은 아룀.
㉗ 逋慢(포만) : 책임에서 달아나서[피하여] 태만함.

詔奔馳 則以劉病日篤 欲苟順私情 則告訴不許 臣之進
退 ㉘實爲狼狽 伏惟聖朝 以孝治天下 凡在故老 猶蒙矜育
況臣㉙孤苦 特爲尤甚 且臣少事㉚僞朝 歷職郎署 ㉛本圖宦達
不矜名節 今臣亡國之賤俘 至微至陋 過蒙拔擢 寵命優
渥 豈敢㉜盤桓 有所希冀 但以劉日㉝薄西山 氣息奄奄 人命
危淺 ㉞朝不慮夕 臣無祖母 無以至今日 祖母無臣 無以
終餘年 母孫二人 ㉟更相爲命 是以 ㊱區區不能㊲廢遠 臣密

㉘ 實爲狼狽(실위낭패) : "실제로 낭패가 되었나이다." 實은 <u>실제로</u>, <u>참으로</u>. 爲는 '~이 되다.' '狼狽'의 狼은 앞의 두 발이 길고 뒤의 두 발이 짧으며, 狽는 앞의 두 발이 짧고 뒤의 두 발이 길다. 狼은 狽가 없으면 서지 못하고, 狽는 狼이 없으면 가지 못한다. 서로 부족한 데를 채워 떨어질 수 없는 것을 말하지만, 전(轉)하여 계획한 일이 실패로 돌아가거나 기대에 어긋나 매우 딱하게 된 것을 뜻한다.

㉙ 故老(고로) : 나이 많고 덕이 있는 사람, 또는 노인. 故는 <u>오래됨</u>. 일. 옛날. 본디.

㉚ 僞朝(위조) : 정통이 아닌 왕조(王朝). 촉(蜀)을 가리킨다. 이밀(李密)은 본시 촉(蜀) 출신이지만, 현재의 진(晉)나라 정권을 존중하는 뜻에서 이렇게 말하였다.

㉛ 本圖宦達 不矜名節(본도환달 불긍명절) : "본시 벼슬하여 영달할 마음이 있었을 뿐, 명예로운 절의를 높이 치지 않았습니다." 촉에 벼슬했던 절개를 지켜 새로운 진(晉)에 벼슬하지 않음으로써 지조 있다는 소리를 구하려는 것이 아님을 나타내는 말. 矜은 존숭하다, 높이 여기다. 자랑하다. 名節은 명분과 절의, 명예나 절개를 뜻하는 병렬어. 그러나 여기서는 문맥상 수식구조로 해석함이 보다 순조롭다.

㉜ 盤桓(반환) : 머뭇거려 서성이거나 결정짓지 못하는 모양.

㉝ 薄(박) : 여기선 '迫'의 뜻. <u>다가서다</u>, <u>임박하다</u>.

㉞ 朝不慮夕(조불여석) : 慮는 생각하다. 걱정하다. <u>모책을 세우다</u>. "아침에 저녁 일을 헤아려 알 수 없다."

㉟ 更相爲命(갱상위명) : "번갈아 서로의 목숨이 되어주다." 서로서로 삶을 지켜준다는 뜻. 更은 바꾸다. 여기선 부사화하여 <u>번갈아</u>, <u>갈마들어</u>.

㊱ 區區(구구) : 자잘하여 구차스러움. 작은 사사로운 감정. 소심하여 마음 졸임.

㊲ 廢遠(폐원) : (조모를) 버리고 (벼슬 따라) 멀리 떠남. 동사 '廢'[버리다]와 '遠'[멀리가다]이 연접된 구조.

今年四十有四 祖母劉 今年九十有六 是臣盡節於陛下之日長 報劉之日短也 [38]烏鳥私情 願乞終養 臣之辛苦 [39]非獨蜀之人士 及二州牧伯 所見明知 皇天后土 實所共鑑 願陛下 矜憫愚誠 聽臣微志 [40]庶劉僥倖 [41]卒保餘年 臣生當隕首死當結草 臣不勝[42]犬馬怖懼之情 謹拜表以聞.

㊳ 烏鳥私情(오조사정) : 烏鳥 곧 까마귀와 같은 은근한 정애(情愛). 까마귀는 어미 새가 물어다 주는 먹이를 먹고 큰 까마귀가 늙은 어미에게 먹이를 물어다 준다 하여 '반포조(反哺鳥)', 또는 '효조(孝鳥)'라고 함. 작자가 자신과 조모와의 관계를 '反哺之孝(반포지효)'에다 비유하였다.

㊴ 非獨(비독) : 다만 ~할 뿐만이 아니다. 獨은 다만. not~only.

㊵ 庶劉僥倖(서유요행) : 庶는 바라다{동사}. 이를 부사화하여 '바라기로는.' 僥倖은 뜻밖의 행운. =徼幸, 倖幸.

㊶ 卒保(졸보) : 편안하게 생을 마감함. 卒은 죽다.

㊷ 犬馬(견마) : 개와 말. 짐승. 자기의 겸칭. 犬馬之勞은 군주 또는 다른 이를 위해 애쓰는 자기 노력을 겸손히 이르는 말.

頌

156 酒德頌 주덕송 – 劉伶*

有大人先生① 以天地爲一朝 萬期②爲須臾 日月爲扃牖 八荒③爲庭衢 行無轍跡 居無室廬 幕天席地 縱意所如④ 止則操卮執觚 動則挈榼提壺 唯酒是務 焉知⑤其餘 有貴介公子⑥ 搢紳處士⑦ 聞吾風聲⑧ 議其所以⑨ 乃奮袂攘衿⑩ 怒目切齒

* 유령(221?~300?) : 진(晉)나라 패국(沛國) 사람으로 이름은 령(伶), 자는 백륜(伯倫)이다. 일찍이 건위참군(建威參軍)을 지냈고, 무위(無爲)의 교화를 강조하는 대책(對策)을 올렸다가 파직 당해 죽림칠현(竹林七賢)의 한 사람이 되었다. 술을 혹애(酷愛)하여 평소 사슴만한 작은 수레에 한 통의 술을 싣고 다니면서 종자(從者)더러는 삽을 들려 자기가 죽을 자리에 묻어 달라는 일화가 널리 회자되었다.

① 大人先生(대인선생) : 작가의 자칭. 세속을 초월했다고 자부하는 사람.
② 萬期(만기) : 만년(萬年). 무수한 세월. 원래 期는 만 일주년, 또는 백년. 萬은 일만 또는 많은 수.
③ 八荒(팔황) : 여덟 곳[八方]. 모든 곳.
④ 如(여) : 가다(동사).
⑤ 焉知(언지) : 焉은 어찌. 어찌 알랴. 알바 없다는 뜻.
⑥ 貴介公子(귀개공자) : 귀하고 훌륭한 남자. 公子는 남자의 미칭.
⑦ 搢紳處士(진신처사) : 搢紳은 조복(朝服)에 있는 큰 띠에 홀(笏)을 꽂는다[搢]는 말이니, 거기 연유하여 지위 높은 벼슬아치를 의미한다. 處士는 벼슬하지 않고 민간에 있는 선비.
⑧ 吾風聲(오풍성) : 吾는 나. 이 글에선 대인선생 자신을 지칭함. 風聲은 풍문(風聞). 들리는 이야기.
⑨ 所以(소이) : 까닭, 이유. 여기의 문맥상으로 대인선생이 그렇게 하는 이유.
⑩ 奮袂攘衿(분메양금) : 攘은 걷어 올리다. "소매를 떨치고 옷깃을 걷어 올리다."

陳說禮法 是非鋒起 先生於是 ⑪方捧甖承槽 ⑫銜盃漱醪 ⑬奮髥踑踞 ⑭枕麴藉糟 無思無慮 其樂⑮陶陶 ⑯兀然而醉 ⑰恍爾而醒 靜聽不聞雷霆之聲 熟視不見泰山之形 ⑱不覺寒暑之⑲切肌 嗜慾之感情 俯觀萬物 ⑳擾擾焉 如江漢之浮萍 ㉑二豪侍側焉 如㉒蜾蠃之與螟蛉.

≪文選≫

⑪ 方(방) : 바야흐로, 이제 막.
⑫ 銜盃漱醪(함배수료) : 銜은 (입에) 물다. 漱는 양수(양치)하다. 술잔을 입에 물고 탁주로 입을 씻는다.
⑬ 奮髥踑踞(분염기거) : 奮은 휘두르다. 손에 잡고 휘휘 돌리다. 踑踞는 다리를 뻗고 앉은 모양.
⑭ 枕麴藉糟(침국자조) : 枕과 藉는 각각 '베개 삼다', '깔개로 하다'란 뜻의 동사로 쓰였다. "누룩을 베고 술찌끼를 깔다."
⑮ 陶陶(도도) : 흐뭇하게 즐기는 모양.
⑯ 兀然(올연) : 우뚝 솟은 모양. 불안한 모양. 무지한 모양.
⑰ 恍爾(황이) : =恍然. 멍한 모양. 정신이 흐리멍덩한 모양. 恍은 어슴푸레하다. 멍하다.
⑱ 不覺(불각)~ : ~을/를 깨닫지 못하다. 이것의 목적구는 다음의 '嗜慾之感情'까지에 걸려 있다.
⑲ 切肌(절기) : 切은 절박하다. 가까이 닥치다. '피부에 절실히 와 닿는다.'
⑳ 擾擾(요요) : 근심으로 마음이 안정되지 않은 모양. 흔들리는 모양.
㉑ 二豪(이호) : 두 호걸. 여기서는 공자(公子)와 처사(處士)를 말함.
㉒ 蜾蠃之與螟蛉(과라지여명령) : 之는 주격조사 이/가. 나나니벌이 배추벌레와 함께 있음. 다 초라하다는 의미.

銘

157 陋室銘누실명 － 劉禹錫*

山不在高 有仙則名 水不在深 有龍則靈 斯是陋室 惟吾德馨 苔痕上階綠 草色入簾青 談笑有①鴻儒 往來無②白丁

명나라 말 董其昌의 행서 <陋室銘>

* 유우석(772~842) : 중당(中唐) 때의 시인으로 자는 몽득(夢得). 낙양(洛陽) 사람이다. 정원(貞元) 9년(793)에 당송팔대가의 한 사람인 유종원(柳宗元)과 함께 진사시에 합격하였다. 왕숙문·유종원 등과 개혁운동에 참여, 신진 실세가 되었다가 구세력에 밀려 지방 하급관리인 사마(司馬)로 좌천되었다. 유종원 사후에는 백거이(白居易)와 벗하면서 많은 시를 지었다. 특히 <죽지사(竹枝詞)> 같은 것은 통속적인 주제이나 청신하며 민요풍의 정조(情調)와 언어를 잘 이용하였다고 평가된다. ≪유몽득집(劉夢得集)≫이 있다. 조선시대 허균(許筠, 1569~1618)도 동명(同名)의 <누실명(陋室銘)>을 지은 것이 있다.

① 鴻儒(홍유) : 학식과 명망이 큰 유학의 선비.
② 白丁(백정) : 관직이 없는 평민. 학문이 없는 세간의 범부(凡夫)를 뜻하는 말이다.

可以調素琴③ 閱金經④ 無絲竹⑤之亂耳 無案牘⑥之勞形 南陽諸葛廬⑦ 西蜀子雲亭⑧ 孔子云 何陋之有⑨. ≪古文觀止≫

淸代 劍庵 黃應諶의 <陋室銘圖>

③ 素琴(소금) : 아무런 장식이 없는 소박한 거문고.
④ 金經(금경) : 금궤석실(金匱石室)에 고이 간직한 경전. ≪금강경(金剛經)≫ 혹은 불교의 대승경전 중 하나인 ≪금광명경(金光明經)≫이라고도 한다.
⑤ 絲竹(사죽) : 絲는 현악기, 竹은 관악기를 이름이나, 통칭하여 음악을 일컫는 말이다.
⑥ 案牘(안독) : 관청의 문서. 공문서.
⑦ 諸葛廬(제갈려) : 형주(荊州) 남양(南陽)에 있던 제갈량(諸葛亮, 181~234)의 오두막집. 廬는 오두막집. 제갈량은 촉(蜀)의 군주인 유비를 도운 책사(策士), 정치가. 유비가 삼고초려할 당시의 그 초려(草廬)이다.
⑧ 子雲亭(자운정) : 전한 시대의 학자이자 문장가인 양웅(揚雄, B.C.53~A.D.18)을 말한다. 서촉(西蜀) 성도(城都)에 있던 그의 거처를 '재주정(載酒亭)'이라 했다.
⑨ 何陋之有(하루지유): 논어 자한(子罕) 편 13장에서 인용한 것이다. 공자께서 구이(九夷)에 살려고 하자 어떤 이가 "누추한 곳인데 어찌 하시려고 그러십니까?" 하였다. 공자께서 말씀하기를, "군자가 사는데 무슨 누추함이 있겠는가" 하셨다[子欲居九夷 或曰 陋 如之何 子曰 君子居之 何陋之有]는 내용이다.

原

158 原人 원인 – 韓愈*

①形於上者 謂之天 形於下者 謂之地 ②命於其兩間者 謂之人 形於上 日月星辰 皆天也 形於下 草木山川 皆地也 命於其兩間 ③夷狄禽獸 皆人也 ④曰然則吾⑤謂禽獸曰人 可乎 曰非也 指山而問焉 曰山乎 曰山可也 山有草

* **한유(768~824)** : 당나라의 문인·정치가. 자는 퇴지(退之). 호는 창려(昌黎). 당송팔대가(唐宋八大家)의 대표적 인물. 운율에 치중한 육조체(六朝體) 변려문(騈儷文)을 비판하면서 유종원(柳宗元)과 함께 한대(漢代) 이전의 고문(古文)으로의 복귀를 주장하였다. 도교와 불교를 배격하고 맹자를 앞세운 유가의 사상을 높인바 송대 성리학의 발판 역할을 하였다. ≪한창려집(韓昌黎集)≫의 저서가 있다. 여기의 '원(原)'이란 문체(文體)의 한 종류로, 사물의 뜻을 추론하는 글이다. 이 글을 '原仁'이라 제목한 데도 있다고 한다. 한편 한유의 문집 권11 '雜著'에는 이것을 포함하여 <원도(原道)>·<원성(原性)>·<원훼(原毁)>·<원귀(原鬼)> 등 다섯 작품이 실려 있는 바, '오원(五原)'이라고 한다.

① 形(형) : 동사로 쓰였다. 형상화되다, 형상으로 나타나다.
② 命(명) : 생명을 부여받다. 목숨. 운명. 이름. 명령 등 다양한 뜻이 있으나, 여기서는 목숨을 동사형, 그것도 피동형으로 활용한 것이다.
③ 夷狄(이적) : 본래는 중국의 기준에서 동쪽 오랑캐를 동이(東夷), 북쪽 오랑캐를 북적(北狄)이라고 하지만, 그냥 오랑캐 일반을 표현한 말이다.
④ 曰然則(왈연즉) : '그렇다고 (말)한다면.' 然은 그러하다. 曰은 말하다.
⑤ 謂禽獸曰人(위금수왈인) : 謂는 본래 '이르다, 일컫다'(동사) 통용이지만, 여기서는 부사로 활용시켜 '일컫되'가 되었다고 보면 된다. "금수를 일컬어 사람이라 하다."

木禽獸 皆⑥擧之矣 指山之一草而問焉 曰山乎 曰山則不可 故天道亂而日月星辰 不得其⑦行 地道亂而草木山川不得其⑧平 人道亂而夷狄禽獸 不得其⑨情 天者日月星辰之主也 地者草木山川之主也 人者夷狄禽獸之主也 主而暴之 不得其爲主之道矣 是故 聖人⑩一視而同仁 篤近而擧遠.

≪韓昌黎集≫

⑥ 擧(거) : 들다, 세우다, 포함하다.
⑦ 行(행) : 순환. 흐름. 운행.
⑧ 平(평) : 평정(平靜). 평안하고 고요함, 또는 그런 상태. 안정됨.
⑨ 情(정) : 실상(實相), 진상(眞相). 곧 있는 그대로의 참모습. 사물의 본성.
⑩ 一視而同仁 篤近而擧遠(일시이동인 독근이거원) : 一 · 同 · 篤 · 擧를 모두 동사화하여 술목관계로 연속된 문장이다. "관점을 하나같이, 베풂을 동일하게 하며, 가까운 존재는 도탑게, 먼 존재도 아우른다."

論

159 豪民論 호민론 – 許筠

天下之所可畏者 唯民而已 民之可畏 有甚於水火虎豹 在上者方且狎[①]馴而虐使之 抑[②]獨何哉 夫可與樂成而拘於所常見者 循循然奉法役於上者 恒民也 恒民不足畏也 厲取之而剝膚椎髓 竭其廬入地出 以供无窮之求 愁嘆咄嗟 咎其上者 怨民也 怨民不必畏也 潛蹤屠[③]販之中 陰蓄異心 僻[④]倪天地間 幸時之有故 欲售其願者 豪民也 夫豪

*** 허균(許筠, 1569~1618)** : 조선 중기 문관으로, 자는 단보(端甫), 호는 교산, 학산(鶴山), 성소(惺所), 허난설헌(許蘭雪軒)의 동생으로, <홍길동전(洪吉童傳)>의 작가로도 알려졌다. 문과 급제 후 여러 벼슬을 거쳐 좌참찬(左參贊)에 올랐으나 전후 세 차례나 파직 당하였다. 시문(詩文)에 출중한 재능을 지녔으나 서얼 차별 제도에 묶여 불우한 일생을 보내던 스승 이달(李達)에 연민을 품고 서얼출신 문인들과 어울렸다. 당시의 정치 및 사회적 모순에 대해 과감히 비판하였고, 이단(異端)이었던 불교의 중생제도(衆生濟度) 사상, 서학(西學)과 양명좌파(陽明左派) 사상 등을 수용하였다. 저서로 ≪성소부부고(惺所覆瓿藁)≫, ≪성수시화(惺叟詩話)≫, ≪교산시화(蛟山詩話)≫, ≪한정록(閑情錄)≫ 등이 있다. 이 글에서는 백성의 성향을 항민(恒民)·원민(怨民)·호민(豪民)의 셋으로 나누면서 호민이 가장 위험한 존재임을 역사 속의 사례와 함께 경고한다. 백성을 상명하복(上命下服)의 수동적 교화의 대상으로만 인식해 오던 통념 대신, 백성의 처지에서 지배계층을 향해 던지는 경고의 메시지이다.

① 狎馴(압순) : 함부로 하며 길들임.
② 抑獨何哉(억독하재) : "대관절 어찌된 셈인가?" 抑은 '도대체'의 뜻. 獨과 何는 나란히 '어찌'의 뜻. 哉는 여기서는 의문조사.
③ 屠販(도판) : 짐승을 잡아서 내다 파는 일. 여기서는 그런 일을 하는 장소인 푸줏간, 고깃간의 뜻으로 쓰였다.
④ 僻倪(벽예) : 곁눈질하다. 흘겨 보다.

民者大可畏也 豪民伺國之釁⑤ 覘事機之可乘 奮臂一呼於壟畝之上 則彼怨民者聞聲而集 不謀而同唱 彼恒民者亦求其所以生 不得不鋤耰棘矜往從之 以誅无道也 秦之亡也 以勝廣⑥ 而漢氏之亂 亦因黃巾⑦ 唐之衰而王仙芝⑧黃巢⑨乘之 卒以此亡人國而後已 是皆厲民自養之咎 而豪民得以乘其隙也 夫天之立司牧⑩ 爲養民也 非欲使一人恣睢於上 以逞溪壑⑪之慾矣 彼秦漢以下之禍 宜矣 非不幸⑫也

⑤ 釁(흔) : 틈. (일의) 기미.
⑥ 勝廣(승광) : 진승(陳勝)과 오광(吳廣). 진(秦)나라 말기의 농민 출신들로 왕후장상(王侯將相)에 씨가 있겠는가는 기치 하에 반란을 주도하였으나 성공하지 못했고, 뒤미처 항우와 유방이 판도를 장악했다.
⑦ 黃巾(황건) : 후한 말엽에 장각(張角)이 주도하는 반란에 가담한 농민반란세력들이 머리에 황색 두건을 썼기에 불린 이름이다. 역시 성공하지 못했으나, 후한 몰락의 원인이 되었다.
⑧ 王仙芝(왕선지) : 당나라 말의 소금 밀매업자로 중앙의 단속에 불만을 품고 농민 삼천 명을 모아 반란을 주도하였다.
⑨ 黃巢(황소) : 역시 소금 밀매업자로 왕선지의 반란에 호응하였더니 왕선지가 죽자 그 무리를 모아 왕으로 추대되고, 60만 대군으로 낙양에 입성하여 황제까지 자칭하였다. 10여 년간 계속된 반란은 당나라를 근본적으로 붕괴시키는 계기가 되었다.
⑩ 司牧(사목) : 맡아 기르는 사람이니, 임금을 뜻한다. ≪논어(論語)≫ <자로(子路)> 편에, '天生斯民 立之司牧.'
⑪ 谿壑之慾(계학지욕) : 시내골짝 이상 가는 한없이 깊은 욕심. 깊은 골짜기는 메울수 있을 망정 물리지 않는 탐욕은 막을 수가 없다는 뜻이다.
⑫ 幸(행) : 여기의 幸은 행운. 운 없는 일이 아니었다는 말.

今我國不然 地陿阨而人山 民且呰窳齷齪[13] 无奇節俠氣 故平居雖无鉅人雋才出爲世用 而臨亂亦无有豪民悍卒倡亂首爲國患者 其亦幸也 雖然 今之時與王氏時不同也 前朝賦於民有限 而山澤之利 與民共之 通商而惠工 又能量入爲出 使國有餘儲 卒有大兵大喪[14] 不加其賦 及其季也 猶患其三空[15]焉 我則不然 以區區之民 其事神奉上之節 與中國等 而民之出賦五分 則利歸公家者纔一分 其餘狼戾[16]於姦私焉 且府無餘儲 有事則一年或再賦 而守宰之憑以箕斂 亦罔有紀極[17] 故民之愁怨 有甚王氏之季 上

⑬ 呰窳齷齪(자유악착) : 呰窳는 게으르다. 齷齪은 속 좁다, 좀스럽다의 뜻.
⑭ 大喪(대상) : 국상(國喪). 국민 전체가 복상(服喪)을 하는 왕가(王家)의 초상.
⑮ 三空(삼공) : 세 가지의 공허함. 흉년으로 사당에 제사를 못 지내고, 서당에 생도가 없고, 뜰에는 개가 없는 휑한 상황.
⑯ 狼戾(낭려) : 거칠고 사납다. 탐욕스럽다의 뜻이지만, 여기서는 <u>어지러이 흩어지다</u>는 '낭자(狼藉)'에 통한다.
⑰ 紀極(기극) : 어떤 일의 마지막. 종극(終極).

之人恬不知畏 以我國無豪民也 不幸而如甄萱 弓裔者出 奮其白挺⑱ 則愁怨之民 安保其不往從而祈梁⑲六合之變 可跼足須也⑳ 爲民牧者 灼知可畏之形 與更其弦轍㉑ 則猶可及已.

≪惺所覆瓿藁≫

豪民論

天下之所可畏者唯民而已民之可畏有甚於水火
虎豹在上者方且狎馴而虐使之抑獨何哉夫可與
樂成而拘於所常見者循循然奉法役於上者恒民
也恒民不足畏也厲取之而剝膚椎髓竭其廬入地
出以供无窮之求愁嘆咄嗟咨其上者怨民也怨民
不必畏也潛蹤屠販之中陰蓄異心僻倪天地間幸
時之有故欲售其願者豪民也夫豪民者大可畏也

⑱ 白挺(백정) : 반기를 들 때 무기로 삼던 몽둥이. 후에는 무장한 반란군의 대유법으로 쓰였다.

⑲ 祈梁(기량) : 당나라 말 황소의 난 때 기주(祈州)와 양주(梁州)를 중앙의 거점으로 했다. 육합은 하늘, 땅, 동, 서, 남, 북. 천지와 사방.

⑳ 跼足須也(국족수야) : 跼足은 발을 움츠림. 속수무책. 須는 기다린다는 말.

㉑ 弦轍(현철) : 줄을 바꾸고, 수레바퀴를 다시 고친다는 '개현경철(改弦更轍)'의 약어(略語)이니, 전철로 삼아 경계한다는 뜻.

160 北學辨 북학변 – 朴齊家*

①下士見五穀 則問中國之有無 中士以文章爲不如我也 上士謂中國無理學 果如是 則中國遂無一事 而吾所謂可學之存者②無幾矣 然天下之大 亦何所③不有 吾所經歷者 ④幽燕之一隅 而所遇者 文學之士數輩而已 實不見有傳道之大儒 而⑤猶不敢謂必無其人焉者 以天下之書未盡讀 天

*** 박제가(1750~1805)** : 조선 후기의 실학자. 호는 위항도인(葦杭道人)·초정(楚亭)·정유(貞蕤). 시문사대가(詩文四大家)의 한 사람으로, 박지원을 사사했으며, 이덕무·유득공 등과 함께 북학파를 이루었다. ≪북학의(北學議)≫는 조선 정조 2년(1778)에 청나라의 풍속과 제도를 시찰하고 자신의 의견을 덧붙여 쓴 책으로, 이 글은 이 책 외편에 들어있는 17개 항목의 논설 중 하나이다. 대부분이 세련된 삶의 양태를 추구하기 위한 물질적·기술적 내지 사회 구조적인 발전에 대한 문명의 분야에 관심이 집중되어 있고, 물자의 생산과 유통, 소비를 강조하는 중상주의(重商主義)적 측면도 강하다. 형이상(形而上)의 정신을 중시하는 유교사상 기준에서 자칫 물질 편중의 발상으로 보일 수도 있지만, 박제가가 처했던 시절 문명 부진한 조선의 현실을 감안하고 볼 경우 이해의 폭도 달라질 수 있다.

① 下士(하사) : 하우(下愚)의 사람. 아주 어리석고 못난 사람. =大愚. 上愚. 상사(上士)는 가장 지혜로운 사람. 중사(中士)는 중등지인(中等之人) 즉 지혜가 중간 정도 되는 사람.
② 無幾(무기) : 거의 없다. 幾는 거의.
③ 不有(불유) : 有는 가지다, 소유하다. 조동사+동사. 가지고 있지 아니하다. 없다는 말. =無有.
④ 幽燕(유연) : 유주(幽州)와 연주(燕州).
⑤ 猶不敢謂必無其人焉者(유불감위필무기인언자) : 敢은 감히, 함부로. 必은 필경, 반드시. 者는 추상적인 것을 가리키는 의존명사 '것'으로 푼다. "오히려 분명 그러한 사람은 없다고 쉽사리 말할 수 없는 것은"

下之地未盡踏也 今不識陸隴其李光地之姓名 顧亭林之尊周 朱竹陀之博學 王漁洋魏叔子之詩文 而斷之曰 道學文章俱不足觀 並擧天下之公議而不信焉 吾不知今之人 何恃而然歟 夫載籍極博 理義無窮 故不讀中國之書者⑥自畫也 ⑦謂天下盡胡也者 誣人也 中國固有⑧陸王之學 而朱子之⑨嫡傳⑩自在也 我國 人說⑪程朱 國無異端 士大夫不敢爲⑫江西餘姚之說者 豈其道出於一而然歟 驅之以科學束之以風氣 不如是 則身無所⑬宴 不得保其子孫焉耳 此

⑥ 畫(획) : 선. 금을 긋다{동사}.
⑦ 謂天下盡胡(위천하진호) : 天下는 여기서는 중국을 뜻한다. 胡는 야만적(野蠻的)인 오랑캐. “중국을 다 오랑캐라고 말하다.” 동사[謂]+목적어[天下]+목적보어[盡胡]의 구성.
⑧ 陸王之學(육왕지학) : 육상산(陸象山)과 왕양명(王陽明)의 학문. 기존 주자학에 대한 심학(心學)을 말한다.
⑨ 嫡傳(적전) : 정통으로 전해지는 것. 嫡은 원래 아내, 정실(正室). 맏아들. 본처 소생 아들.
⑩ 自在(자재) : 속박이나 막힘이 없다. 건재하다, 아무런 문제가 없다.
⑪ 程朱(정주) : 북송(北宋) 시대 성리학의 대가인 정명도(程明道) · 정이천(程伊川) 형제와, 남송(南宋) 시대 성리학의 집대성자인 주자(朱子).
⑫ 江西餘姚(강서여요) : 왕양명(王陽明)을 뜻한다. 江西는 육상산(陸象山)으로 풀이하는 경향이 있지만 근거를 찾기 어렵다. 왕양명의 출생지가 절강성(浙江省) 소흥현(紹興縣) 안의 고을인 여요(餘姚), 곧 오늘날 항주(杭州) 강서성(江西省) 남안(南安)인 연고로 왕양명을 대유(代喩)하는 말로 되었다. 그리하여 양명학파를 여요학파(餘姚學派)로 이르기도 한다.
⑬ 宴(연) : 잔치(하다). 편안하다. 즐기다.

其所以反不如中國之大者也 凡盡我國之長技 不過爲中國之一物 則其比[14]方較計者 已是不自[15]量之甚者矣 余自燕還國之人士踵[16]門而請曰 願聞其俗 余作[17]而曰 子不見夫中國之緞錦者乎 花鳥龍文 閃[18]鑠如生 咫尺之間舒[19]慘異態 見之者不謂[20]織之至於斯也 其與我國之綿布經[21]緯而已者 何如也 物[22]莫不然 其語文字 其屋金碧 其行也車 其臭也香 其都邑城郭笙歌之繁華 虹橋綠樹殷[23]殷訇訇之去來 宛如圖畫 其婦人皆古[24]髻長衣 望之亭[25]亭 不似今之短衣廣裳

⑭ 比方(비방) : 견주다, 비교하다. 方 역시 견주다[比]의 뜻이다.
⑮ 自量(자량) : 量은 헤아리다. 스스로 가늠하다.
⑯ 踵門(종문) : 친히 그 집을 찾아감.
⑰ 作(작) : 일어나다, 기립하다.
⑱ 閃鑠(섬삭) : 번쩍번쩍 빛나는 모양. =閃爍.
⑲ 舒慘異態(서참이태) : 舒는 점잖고 조용하다, 가만하다. 움직임 따위가 그다지 드러나지 않을 만큼 조용하고 은은하다는 말. 慘은 (마음) 아프다. 근심하다. 비통하다. 마음의 동요를 나타낸 말. 異態는 술어+목적어 구조로 읽는다. '모양을 달리하다.' 모습이 달라진다는 뜻.
⑳) 謂(위) : 생각하다.
㉑ 經緯而已者(경위이이자) : 經은 세로, 씨. 緯는 가로, 날. 而已는 ~ 따름이다. "(피륙이 그저) 날과 씨로만 이루어졌을 뿐인 것."
㉒ 物莫不然(물막불연) : "사물로서 그렇지 않은 것이 없다." 모든 사물이 다 그렇다는 말.
㉓ 殷殷訇訇(은은굉굉) : 시끌벅적. 殷殷은 성한 모양. 요란하게 울리는 모양. 訇訇 또한 큰 소리의 형용.
㉔ 古髻(고계) : 옛날 풍의 쪽머리. 髻는 머리털을 위로 끌어 올려 짠 것. 상투거나 쪽 진 머리.
㉕ 亭亭(정정) : 우뚝이 높이 솟은 모양. 훤칠하다는 표현임.

猶襲蒙古也 皆茫然不信 失所望而去 [26]以爲右袒於胡也 嗚呼 夫此人者 皆將與明此道 治此民者也 其[27]固如此 [28]宜今俗之不振也 朱子曰 惟願識義理人多 余不可以不辨於玆.

≪北學議, 外篇≫

서화에도 능했던 박제가의 <牧牛圖>와, 청대 揚州八怪의 한 사람인 羅聘이 그린 박제가 立像

㉖ 以爲右袒(이위우단) : 以爲는 생각하다. 右袒은 한 쪽을 편듦. "편든다고 생각하다."
㉗ 固(고) : 여기서는 고루(함)의 뜻.
㉘ 宜今俗之不振也(의금속지불진야) : "지금의 풍속이 떨쳐 일어나지 못함이 당연하다." '今俗之不振 宜也'를 도치시킨 형상이다.

161 湯論탕론 – 丁若鏞*

[①]湯放桀 可乎 臣伐君而可乎 曰古之道也 非湯[②]刱爲之也 神農氏世衰 諸侯相[③]虐 [④]軒轅習用干戈 以征[⑤]不享 諸侯咸歸 以與炎帝戰于[⑥]阪泉之野 三戰而得志 以代神農 則是臣伐君 而黃帝爲之 將臣伐君而罪之 黃帝爲首惡

*** 정약용**(1762~1836) : 조선 후기의 학자. 자는 미용(美鏞). 호는 다산(茶山)·사암(俟菴)·여유당(與猶堂). 경학(經學)과 문장에 뛰어난 학자로, 유형원과 이익 등의 실학을 계승하고 집대성하였다. 신유사옥 때 전남 강진으로 귀양 갔다가 19년 만에 풀려났다. ≪목민심서≫, ≪흠흠신서≫, ≪경세유표≫ 등의 저서가 있다. 이 글은 <전론(田論)>과 더불어 다산의 대표적인 논설문이다. 탕(湯)이 신하로서 걸(桀) 임금을 몰아낸 행위에 대한 정당성 여부를 논한 글이다. 설문(設問) 형식의 과감한 화두와 함께 고대중국의 혁명사를 통시적으로 조감하면서 설득력을 발휘한다. 천자란 뭇사람들이 상향식으로 추대하여 이루어진 자이니, 그 붙잡아 내리는 사람도 뭇사람이고, 올려서 높이 받드는 사람도 뭇사람이라는 민본주의(民本主義) 사상에 입각하여 궁극적으로 탕왕이 일으킨 혁명의 정당성을 옹호하였다. 일찍이 중국에서도 신하가 임금을 바꾸는 문제에 대해 타락한 임금을 더러운 모자에, 혁명의 신하를 깨끗한 신발에 비유하는 등 꾸준한 논쟁이 있어 왔다.

① 湯放桀(탕방걸) : 湯은 탕왕. 기원전 18세기 본래 하(夏) 황조(皇朝)의 제후였다가 하나라 황제인 폭군 걸(桀)을 쳐서 이기고 은(殷) 황조를 세운 최초의 혁명 군주. 放은 내치다, 추방하다.
② 刱(창) : 비로소. 여기서는 부사 용법으로 쓰였다.
③ 虐(학) : 잔해하다, 해롭게 하다. 학대하다. 가혹하다. 재앙.
④ 軒轅(헌원) : 헌원씨(軒轅氏) 황제(黃帝). 그가 이곳의 언덕에서 탄생했다고 하여 헌원씨라고도 한다. 헌원은 지금 하남성 신정현(新鄭縣) 소재의 땅 이름.
⑤ 不享(불향) : 享은 드리다, (올려) 바치다. 따라서 불공(不共) 즉 불공(不恭)의 뜻이 된다. 공손하지 않다. 여기서는 불공한 자들.
⑥ 阪泉(판천) : 하북성 탁록현(涿鹿縣) 동쪽의 천(泉). 헌원씨 황제(黃帝)와 신농씨 염제(炎帝)가 전투한 곳.

而湯奚⑦問焉 夫天子⑧何爲而有也 將天⑨雨天子而立之乎 ⑩抑涌出地爲天子乎 五家爲鄰 推長於五者爲隣長 五鄰爲里推長於五者爲里長 五鄙爲縣 推長於五者爲縣長 諸縣長之所共推者爲諸侯 諸侯之所共推者爲天子 天子者衆推之而成者也 夫衆推之而成 亦衆不推之而不成 故五家不協 五家議之改鄰長 五鄰不協 二十五家議之改里長 ⑪九侯八伯不協 九侯八伯議之改天子 九侯八伯之改天子 猶五家之改鄰長 二十五家之改里長 誰⑫肯曰臣伐君哉 又其改之也 使不得爲天子而已 降而復于諸侯 則許之 故唐侯曰朱 虞侯曰商均 夏侯曰杞子 殷侯曰宋公 ⑬其絶之而不

⑦ 問(문) : 여기서는 죄를 묻다, 문책하다, 문제삼다는 뜻.
⑧ 何爲而有(하위이유) : 何爲는 어떻게 (하여). 有는 존재하다.
⑨ 雨(우) : (눈 비 등이) 내리다. 또는 타동사로 눈비 등을 내린다는 뜻. 여기서는 하늘이 (천자를) 내려주었다란 의미로 썼다.
⑩ 抑(억) : 아니면, 그런 것이 아니라면{접속사}.
⑪ 九侯八伯(구후팔백) : 여러 제후와 휘하 우두머리의 통칭. 侯란 제왕의 휘하에 예속된 소국의 군주, 伯은 우두머리, 수장(首長). 즉 제왕의 밑에서 몇 지역으로 나누어 군소 제후들을 감독하는 자.
⑫ 肯(긍) : 즐겨하다. 수긍하다. 감히, 기꺼이. 뼈에 붙은 살.
⑬ 其絶之而不侯之(기절지이불후지) : "바로 그것을 단절시켜서 제후로 해 주지 않다." 其는 다름 아닌. 絶은 끊어놓다, 단절시키다{타동사}로, 侯는 제후로 삼다{자동사}.

侯之 自秦于周始也 於是秦絶不侯 漢絶⑭不侯 人見其⑮絶而不侯也 謂⑯凡伐天子者不仁 豈情也哉⑰ 舞於庭者六十四人 選於中 令⑱執羽葆 立于首 以導舞者 其執羽葆者能左右之 中⑲絶則衆尊而呼之曰 我舞師 其執羽葆者不能左右之中絶 則衆執而下⑳之 復于列 再選之 得能者 而升之尊而呼之曰 我舞師 其執而下之者衆也 而升而尊之者亦衆也 夫升而尊之 而罷其升㉑以代人 豈理也哉 自漢以

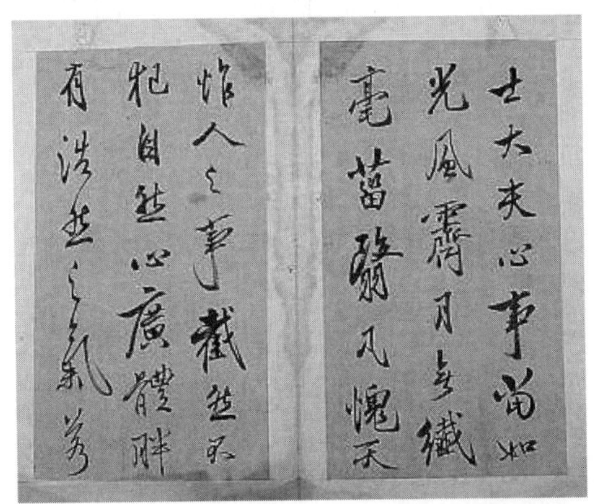

이헌서예관에 소장된 다산 정약용의 四言古詩 遺墨

⑭ 絶(절) : 끊어지다. 멸망하다. 이번에는 자동사로 썼다. 아래 주석의 '絶'도 마찬가지.
⑮ 其絶而不侯(기절이불후) : 其는 그들, 곧 멸망의 천자들. "그들이 단절되어 제후가 되지 못하다."
⑯ 謂(위) : 말하다. 생각하다.
⑰ 豈情也哉(기정야재) : 情은 실제[사실, 진상]. 사정[형편, 상태]. 이치. 豈의 뒤엔 동사가 오니, 이를 동사화하여 "어찌 사정을 아는 말이겠는가." 무슨 실정을 잘 모르고 하는 말이라는 뜻.
⑱ 令執羽葆(영집우보) : 令은 사역의 조동사. "우보를 잡게 하다." 우보는 기러기 등의 새 깃털을 자루 끝에 꽂아 만든, 둑 모양의 의장용 덮개.
⑲ 中絶(중절) : 中節은 기율에 맞음, 적당하여 도에 어긋나지 아니함. 中은 (들어) 맞다. 리듬에 잘 맞다.
⑳ 下(하) : 내려가게 하다{타동사}.
㉑ 升以代人(승이대인) : (누군가를) 올려 세워 (기존의) 사람을 대체하다, "사람을 바꿔서 올리다."

降 天子立諸侯 諸侯立縣長 縣長立里長 里長立鄰長 有敢不恭 其名曰逆 其謂之逆者 何㉒ 古者 下而上 下而上者順也 今也 上而下 下而上者 逆也 故莽操懿裕衍㉓之等逆也 武王湯黃帝㉔之等 王之明帝之聖者也 不知其然 輒欲貶湯武 以卑於堯舜㉕ 豈所謂達古今之變者哉. 莊子曰 蟪蛄㉖不知春秋.

≪與猶堂全書≫

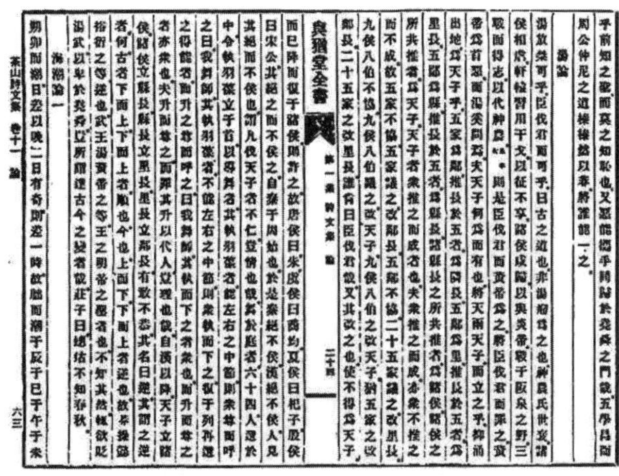

≪다산문집≫ 권11의 '論'에 실린 <湯論>

㉒ 何(하) : 무엇인가? 어쩐 일인가? 이 무슨 까닭인가.

㉓ 莽操懿裕衍(망조의유연) : 왕망(王莽), 조조(曹操), 사마의(司馬懿), 유유(劉裕), 소연(蕭衍)의 끝 글자를 따서 말한 것이다. 기존 황제를 위협 내지 겁략하여 제위를 선양받은 인물들을 열거했다.

㉔ 武王湯黃帝(무왕탕황제) : 무왕(武王)과 탕왕(湯王)과 황제(黃帝). 정의로운 대의명분으로 혁명을 일으켜 황제가 된 표본의 인물들이다. 무왕은 본래 은 왕조의 제후 중 한 사람이었으나 아버지 문왕(文王)과 함께 은나라 폭군 주(紂)를 치고 주(周)나라를 세운 인물.

㉕ 卑於堯舜(비어요순) : 요순 임금은 고대 성군의 이상형이다. "요순보다 낮추다[요순만 못하다]."

㉖ 蟪蛄(혜고) : 씽씽매미. 암황록색에 녹색 점무늬가 있다. 여름 한 철만 살기에 모든 계절을 유기적 전체로 볼 수 없는 정황을 나타내기 위한 비유어이다.

162 文學改良芻議문학개량추의(抄) – 胡適*

今之談文學改良者衆矣. 記者末學不文, 何足以言此. 然年來頗於此事再三硏思, 輔以友朋辯論, 其結果所得, 頗不無討論之價値. 因綜括所懷見解, 列爲八事, 分別言之, 以與當世之留意文學改良者一硏究之.

吾以爲今日而言文學改良, 須從八事入手①. 八事者何. 一曰, 須言之有物. 二曰, 不摹仿古人. 三曰, 須講求文法.

* 호적(1891~1962) : 이는 필명(筆名)이고, 원명(原名)은 사미(嗣穈), 자는 적지(適之)이다. 1910년 미국 유학에서 특히 듀이의 사상에 영향을 받으면서 모든 학설이나 이상이 가설을 통하여 증명을 할 수 있는 과학적인 사고를 갖게 되었으며, 또한 문학을 진화론적인 관점에서 생각하였다. 지속적으로 백화문을 주장한 가운데 1916년 ≪유학일기(留學日記)≫에서 중국문학의 병폐를 막아야 한다는 주장을 시작으로 '문학개량(文學改良)'에 대한 이론을 구체적으로 표면화하였고, 그 해 주경농(朱經農)에게 보낸 서신에서 신문학에 대한 여덟 조목을 밝혔다. 一曰不用典, 二曰不用陳套語, 三曰不講對仗(文當廢駢, 詩當廢律), 四曰不避俗字俗語(不嫌以白話作詩詞), 五曰須講求文法之結構, 六曰不作無病之呻吟, 七曰不摹仿古人, 八曰須言之有物. 이 여덟 항목의 순서를 바꾸어 그 해 진독수(陳獨秀)에게 보낸바, 이듬해인 1917년 1월 1일 ≪신청년(新靑年)≫ 잡지 2권 5호에 이 글 <문학개량추의(文學改良芻議)>가 실리게 된다. 이후 도래하는 문학혁명의 기수 역할을 하게 되었다. 바꾼 순서는 글의 비중과도 연관 있을지니, 여기 이 논설의 전반부만으로도 작가가 주장하는 혁신의 요체를 이해할 만하다. 芻議란 꼴이나 베는 사람의 논의라는 말이니, 곧 겸사(謙辭)이다.

① 入手(입수) : 수중에 들어옴. 자신의 것으로 만들어야 한다는 뜻

四曰, 不作無病之呻吟. 五曰, 務去②爛調套語. 六曰, 不用③典. 七曰, ④不講對仗. 八曰, 不避俗字俗語.

一曰 須言之有物. 吾國近世文學之大病, 在於言之無物. 今人徒知⑤言之無文行之不遠, 而不知, 言之無物, 又何用文爲乎. 吾所謂物, 非古人所謂, ⑥文以載道之說也. 吾所謂物, 約有二事.

(一) 情感 ⑦詩序曰, 情動於中而形⑧諸言. 言之不足, 故嗟嘆之. 嗟嘆之不足, 故永歌之. 永歌之不足, 不知手之舞之, ⑨足之蹈之也. 此吾所謂情感也. 情感者, 文學之靈魂. 文學而無情感, 如人之無魂, 木偶而已, ⑩行尸走肉而已.(今人所謂美感者, 亦情感之一也.)

② 爛調套語(난조투어) : 너무 익어 문드러질 만큼 써서 식상한 상투적인 표현 어조(語調).
③ 典(전) : 고전의 전적(典籍). 경사자집(經史子集)의 글, 곧 옛 문헌에 실린 경전과 역사 제자, 문집에 대한 총칭이다.
④ 不講對仗(불강대장) : 講은 강구(講究)한다는 뜻. 對仗은 둘 이상의 글귀에 짝을 맞춰 글을 짓는 것을 말한다. 대구(對句). 배우(排偶).
⑤ 言之無文行之不遠(언지무문행지불원) : "말에 문채가 없으면 펼쳐 써도 멀리 이르지는 못한다." 공자의 말로 알려져 있다. '無' 대신 '不'로 한 곳도 있다.
⑥ 文以載道(문이재도) : '글에는 도(道)가 실려 있어야 한다'는 송의 성리학자 주돈이(周敦頤)가 ≪통서(通書)≫ '文辭'에서 바퀴와 끌채를 곱게 꾸며도 사람이 타지 않으면 소용없다는 비유 등으로 문예와 도(道)의 관계에 대해 처음 주창하였다.
⑦ 詩序(시서) : 후한의 위핑(衛宏)이 쓴 글.
⑧ 諸(저) : '之於'의 축약어. 이때는 '저'로 읽는다.
⑨ 足之蹈之(족지도지) : ≪시경(詩經)≫ <관저(關雎)> 편의 모시서(毛詩序) 중에 나오는 글이다.
⑩ 行尸走肉(행시주육) : 걸어 다니는 송장과 달리는 고깃덩어리라는 뜻으로, 무지한 사람에 대한 멸시와 비하의 표현이다.

(二) 思想 吾所謂思想，蓋兼見地，識力，理想三者而言之. 思想不必皆賴文學而傳，而文學以有思想而益貴. 思想亦以有文學的價值而益貴也. 此莊周之文，淵明[11]老杜之詩，[12]稼軒之詞，[13]施耐庵之小說，所以[14]敻絕千古也. 思想之在文學，猶腦筋之在人身. 人不能思想，則雖面目姣好，雖能笑啼感覺，亦何足取哉. 文學亦猶是耳.

文學無此二物，[15]便如無靈魂無腦筋之美人，雖有穠麗富厚之外觀，[16]抑亦未矣. 近世文人[17]沾沾於聲調字句之間，既無高遠之思想，又無眞摯之情感，文學之衰微，此其大因矣. 此[18]文勝之害，所謂言之無物者是也. 欲救此弊，宜以質救之. 質者何，情與思二者而已.

⑪ 老杜(노두) : 두보(杜甫). 당나라 시인으로 성당의 시인 두보를 대두(大杜), 만당 때의 시인 두목(杜牧)을 소두(小杜)라 하거니와, 나이가 많은 두보를 이렇게 표현하기도 한다.
⑫ 稼軒(가헌) : 남송의 문관(文官)인 신기질(辛棄疾, 1140~1207)의 호이다. 600여 편 사(詞)를 남긴 명수로서, 북송의 소식과 함께 소신호방파(蘇辛豪放派)라 불렸으며, 북송의 유영(柳永) · 주방언(周邦彦), 남송의 강기(姜夔)와 아울러 사대사인(四大詞人)으로 일컬어진다.
⑬ 施耐庵(시내암) : 명(明) 대의 소설가로, 이름은 자안(子安). 내암은 호이다. <수호전(水滸傳)>의 작가로 알려져 있다.
⑭ 敻絕(형절) : 서로 멀리 떨어짐. 敻은 아득히 멀다는 뜻.
⑮ 便(변) : 문득. 곧, 다름 아닌.
⑯ 抑(억) : 또한. 문득. 의미의 전환에 쓰는 전의사(轉意辭)이다.
⑰ 沾沾(첩첩) : 젖다, 적시다. '첨'으로 많이 쓰이나, 여기서는 '첩첩'에 해당한다. 경박한 태도. 경망한 모양.
⑱ 文勝之害(문승지해) : 문채(文彩)만 빼어난 폐해.

二曰 不摹倣古人. 文學者, 隨時代而變遷者也. 一時代有一時代之文學. 周秦有周秦之文學, 漢魏有漢魏之文學, 唐宋元明有唐宋元明之文學. 此非吾一人之私言, 乃文明進化之公理也. 即以文論, 有尚書之文, 有先秦諸子之文, 有司馬遷班固之文, 有韓柳歐蘇[⑲]之文, 有語錄之文, 有施耐菴曹雪芹[⑳]之文. 此文之進化也. 試更以韻文言之. 擊壤之歌[㉑], 五子之歌[㉒], 一時期也. 三百篇之詩, 一時期也. 屈原荀卿之騷賦, 又一時期也. 蘇李[㉓]以下, 至於魏晉, 又一時期也. 江左之詩流[㉔]爲排比[㉕], 至唐而律詩大成, 此又一時期也. 老

⑲ 韓柳歐蘇(한류구소) : 한유(韓愈), 유종원(柳宗元), 구양수(歐陽脩), 소식(蘇軾).
⑳ 曹雪芹(조설근) : 청대(淸代)의 소설가로, <홍루몽(紅樓夢)>의 작자.
㉑ 擊壤之歌(격양지가) : 요 임금 때 한 백성이 땅을 두드리며 노래하였다는 말이니, 태평성대를 구가(謳歌)한다는 말이다.
㉒ 五子之歌(오자지가) : ≪서경(書經)≫ '하서(夏書)'의 한 편명(篇名)으로, 백성은 나라의 근본이고, 근본이 굳어야 나라가 편안하다는 내용이다.
㉓ 蘇李(소리) : 소무(蘇武)와 이릉(李陵).
㉔ 江左之詩流(강좌지시류) : 동진(東晋) 육조시대(六朝時代)에 중국 동부 해안 곧 양자강(揚子江) 하류의 강소(江蘇)와 남동부 동해 연안 곧 양자강 하류의 남부에 있는 절강(浙江)에서 성했던 문학을 강좌 문학(江左文學)이라 하는바, 사령운(謝靈運), 심약(沈約), 도연명(陶淵明) 등이 대표를 이룬다.
㉕ 排比(배비) : 차례로 늘어놓음.

杜香山[26]之寫實體諸詩(如杜之石壕吏羌村, 白之新樂府), 又一時期也. 詩至唐而極盛, 自此以後, 詞曲[27]代興. 唐五代及宋初之小令[28], 此詞之一時代也. 蘇柳辛姜[29]之詞, 又一時代也. 至於元之雜劇傳奇, 則又一時代矣. 凡此諸時代, 各因時勢風會而變, 各有其特長. 吾輩以歷史進化之眼光觀之, 決不可謂古人之文學皆勝於今人也. 左氏史公之文奇矣. 然施耐菴之水滸傳視左傳, 史記, 何多讓焉. 三都[30], 兩京之賦富矣. 然以視[31]唐詩宋詞, 則糟粕耳. 此可見文學因時進化, 不能自止。唐人不當作商周之詩, 宋人不當作相如子雲[32]之賦. 即令作之, 亦必不工, 逆天背時, 違進化之跡, 故不能工也.

既明文學進化之理, 然後可言吾所謂 不摹倣古人之說. 今日之中國, 當造今日之文學. 不必摹倣唐宋, 亦不必摹

㉖ 香山(향산) : 당의 시인 백거이(白居易). 호를 향산거사(香山居士)라 하였다.
㉗ 詞曲(사곡) : 민요, 속요, 유행가 등 노래의 통칭.
㉘ 小令(소령) : 50글자 이하의 단편의 사(詞).
㉙ 蘇柳辛姜(소류신강) : 북송의 소식(蘇軾)과 유영(柳永), 그리고 남송의 신기질(辛棄疾)과 강기(姜夔)
㉚ 三都兩京之賦(삼도양경지부) : 진(晉)나라 때 좌사(左思)가 지은 <삼도부(三都賦)>와 후한의 장형(張衡)이 지은 <양경부(兩京賦)>.
㉛ 視(시) : 여기서는 비교하다의 뜻.
㉜ 子雲(자운) : 한나라의 문인인 양웅(揚雄). 자가 자운(子雲)이다. 성제(成帝) 때에 궁정 문인이 되어 성제의 사치를 풍자한 문장을 남겼으나 후에 왕망(王莽) 정권을 찬미하는 글을 써 비난을 받기도 하였다

倣周秦也. 前見國會開幕詞, 有云 於鑠[33]國會, 遵晦[34]時休. 此在今日而欲爲三代以上之文之一證也. 更觀今之文學大家, 文則下規姚曾[35], 上師韓歐, 更上則取法秦漢魏晉, 以爲六朝以下無文學可言, 此皆百步與五十步之別而已, 而皆爲文學下乘. 即令神似古人, 亦不過爲博物院中添幾許逼真贗鼎而已, 文學云乎哉. 昨見陳伯嚴[36]先生一詩云 濤園鈔杜句. 歲禿千毫. 所得都成淚, 相過問奏刀. 萬靈噤不下, 此老仰彌高. 胸腹回滋味, 徐看薄命騷. 此大足代表今日第一流詩人摹倣古人之心理也. 其病根所在, 在於以半歲禿千毫之工夫作古人的鈔胥奴婢, 故有此老仰彌高之嘆. 若能灑脫此種奴性, 不作古人的詩, 而惟作我自己的詩, 則決不致如此失敗矣.

吾每謂今日之文學, 其足與世界第一流文學比較而無

㉝ 於鑠(오삭) : 於가 감탄사로 쓰일 때, '오'로 읽는다. 鑠은 여기선 성(盛)한 모양. ≪시경≫ '周頌' 閔予小子之什 <작(酌)> 1장의, '於鑠王師 遵養時晦'에서 끊어 쓴 것이다.

㉞ 遵晦時休(준회시휴) : 遵은 따르다[循]의 뜻. 晦는 숨다, 감추다. 곧 은둔의 뜻. 역시 ≪시경≫의 같은 작품에서 절용한 것. 時는 때때로. 休는 휴수(休囚). 잠깐 작용이 멈춰 쉰다는 말.

㉟ 姚曾(요증) : 요내(姚鼐)와 증국번(曾國藩).

㊱ 陳伯嚴(진백엄) : 진삼립(陳三立). 자는 백엄(伯嚴), 호는 산원(散原). 중국 근대 동광체(同光體) 시파(詩派)의 대표격으로, ≪산원정사시(散原精舍詩)≫, ≪산원정사문집(散原精舍文集)≫ 등 저서가 있다.

愧色者，獨有白話小說（我佛山人[37]，南亭亭長[38]，洪都百煉生[39]三人而已.）一項. 此無他故，以此種小說皆不事摹倣古人.（三人皆得力於儒林外史，水遊，石頭記. 然非摹倣之作也. 而惟實寫今日社會之情狀，故能成眞正文學. 其他學這個，學那個之詩古文家，皆無文學之價値也. 今之有誌文學者，宜知所從事矣.

三曰 須講求文法. 今之作文作詩者，每不講求文法之結構. 其例至繁，不便擧之，尤以作騈文律詩者爲尤甚. 夫不講文法，是謂不通. 此理至明，無待詳論. 四曰不作無病之呻吟. 此殊未易言也. 今之少年往往作悲觀. 其取別號則曰寒灰，無生，死灰. 其作爲詩文，則對落日而思暮年，對秋風而思零落，春來則惟恐其速去，花發又惟懼其早謝. 此亡國之哀音也. 老年人爲之猶不可，況少年乎. 其流弊

㊲ 我佛山人(아불산인) : 1867~1910. 한때 불산(佛山)에 거주하였기 때문에 호가 아불산인(我佛山人)이다. 17세 때 아버지를 잃고 생계를 위해 19세 때 상해로 나와 글을 써서 생활하였으며 저작이 풍부하다.

㊳ 南亭亭長(남정정장) : 1867~1906. 자는 백원(伯元)이고, 호는 남정정장(南亭亭長). 시부(詩賦)에 뛰어났고, 전각(篆刻)도 잘 하였다. 광서(光緒) 중엽 상해(上海)에서 살면서 ≪지남보(指南報)≫와 ≪유희보(遊戲報)≫, ≪수상소설(繡像小說)≫ 등의 잡지를 경영하면서 자신이 쓴 소설을 간행했다.

㊴ 洪都百煉生(홍도백련생) : 1857~1909. 청나라 말기의 소설가이자 학자로, 본래 이름은 맹붕(孟鵬)이다. 자는 철운(鐵雲), 운단(雲摶), 공약(公約)이고, 호는 노잔(老殘), 서명은 홍도백련생(洪都百煉生)이다. 태곡학파(太穀學派) 이광(李光)에게 가르침을 받고 평생 교양(教養)을 주장하였다.

所至，遂養成一種暮氣，不思奮發有爲，服勞報國，但知發牢騷之音，感唱之文. 作者將以促其壽年，讀者將亦短其誌氣，此吾所謂無病之呻吟也. 國之多患，吾豈不知之. 然病國危時，豈痛哭流涕所能收效乎. 吾惟願今之文學家作費舒特[40]，作馮誌尼[41]，而不願其爲賈生[42]，王粲[43]，屈原，謝翺[44]也. 其不能爲賈生，王某，屈原，謝臯羽，而徒爲婦人醇酒喪氣失意之詩文者，尤卑卑不足道矣.

⑩ 費舒特(비서특) : 독일 관념론 철학자인 피히테(Fichte, 1762~1814). 베를린 대학 교수. 칸트에 이어 이상주의적 철학을 전개하였고, 저서 ≪지식학≫에서 모든 인식을 초개인적, 비경험적 순수자아에 귀착시켰다. 2차세계대전 당시 프랑스 점령하 베를린에서의 '독일 국민에게 고함'이라는 강연이 유명하다.

⑪ 馮誌尼(마지니) : 마치니(Mazzini, 1805~1872). 이탈리아의 정치지도자로, 이탈리아의 통일공화국을 추구하였다. 청년이탈리아당 및 청년유럽당을 결성하여 유럽 각국에 협조를 요청하였다. 밀라노 독립운동에도 참가하였으며 빈곤한 망명생활을 하며 여러 차례 군사행동을 일으켰으나 전부 실패하였다.

⑫ 가생(賈生) : BC 200~168. 전한(前漢). 문제(文帝)의 총애를 받아 약관으로 최연소 박사가 되었다. 장사왕(長沙王)의 태부(太傅)로 좌천되어 자신의 불우한 운명을 굴원(屈原)에 비유하여 <복조부(鵩鳥賦)>와 <조굴원부(弔屈原賦)>를 지었다. 4년 뒤 복귀하여 문제의 막내아들 양왕(梁王)의 태부가 되었으나 왕이 낙마로 급서하자 애통하여 1년 뒤인 33세로 죽었다. 저서에 ≪신서(新書)≫ 10권이 있으며, 진(秦)의 멸망 원인을 추구한 <과진론(過秦論)>은 널리 알려져 있다.

⑬ 왕찬(王粲) : 177~217. 삼국 위(魏)나라의 시인으로 건안칠자(建安七子)의 한 사람이다. 자는 중선(仲宣). 당대의 석학 채옹(蔡邕)의 지우를 얻어, 그의 학문과 문학에서 많은 영향을 받았다. 건안 13년(208) 위의 조조(曹操)가 형주(荊州)를 점령하자, 초청되어 승상연(丞相椽)이 되고, 이후 군모좨주(軍謀祭酒)·시중(侍中) 등을 역했다. <칠애시(七哀詩)>와 <등루부(登樓賦)>가 잘 알려졌다.

⑭ 사고(謝翺) : 1249~1295. 남송(南宋) 애국시인으로 설령지(薛令之), 정호(鄭虎)와 더불어 '복안삼현(福安三賢)'으로 불렸다. 과거에는 급제하지 못했고, 방봉(方鳳), 오사제(吳思齊), 등목(鄧牧) 등과 월천음사(月泉吟社)를 결성했다. 저서로 ≪희발집(晞發集)≫, ≪서태통곡기(西台慟哭記)≫가 있다.

傳

163 伯夷列傳 백이열전 – 司馬遷*

夫學者載籍①極博 猶考信於六藝② 詩書雖缺③ 然虞夏④之文可知也 堯將遜位讓於虞舜 舜禹之閒 嶽牧⑤咸薦 乃試之於位 典職數十年 功用既興 然後授政 示⑥天下重器 王者大統 傳天下若斯之難也 而說者曰 堯讓天下於許由⑦

* 사마천(B.C 145?~B.C 86?) : 전한(前漢)의 역사가. 태초력(太初曆)을 제정하였으며, 최초의 기전체(紀傳體) 역사서인 ≪사기(史記)≫를 완성하였다. 이 글은 ≪사기≫ 열전의 맨 선두에 있는 글이다. 은나라 때 여러 봉건 제후국 중의 작은 나라였던 고죽국(孤竹國)의 두 왕자들인 백이와 숙제가 당시의 폭군 주(紂) 왕조를 포악의 명분으로 타도하여 새로 주나라를 구축한 데 대해 포악으로 포악을 바꾼(以暴易暴) 불의(不義)로 여기고 수양산에 올라가 아사하였다. 사마천이 모든 열전에 우선하여 이를 선봉에 세운 데는 대개 백이숙제의 사적(史蹟)을 대단히 의미심장한 것으로 보았기 때문일 것이다. 그는 백이숙제가 절의로 죽기까지의 짧은 일대기를 전체 글의 가운데에 배치하고, 그것의 앞과 뒤에 이 일에 대한 자신의 감회 및 선악의 삶에 대한 고뇌를 피력하였다. 동시에 이 열전은 후대에 전개된 모든 전(傳)들의 일대(一大) 원조가 되었다는 크나큰 큰 의의를 갖는다.

① 載籍(재적) : 전적(典籍). 서적(書籍).
② 六藝(육예) : ≪시경(詩經)≫, ≪서경(書經)≫, ≪예경(禮經)≫, ≪악경(樂經)≫, ≪역경(易經)≫, ≪춘추(春秋)≫의 여섯 유교의 경전. 이 중 ≪악경≫은 일실되었고, ≪서경≫은 진시황의 분서갱유 때 없어졌는데 후세 사람들이 다시 편집한 것이다.
③ 詩書雖缺(시서수결) : 진시황 때 일어난 분서갱유(焚書坑儒)의 와중에 ≪시경≫과 ≪서경≫의 일부가 없어진 것을 말한다.
④ 虞夏(우하) : 우순(虞舜)과 하우(夏禹). 곧, 순 임금 시대와 하(夏)나라 때. 순(舜) 임금은 우(虞)로 통칭되어 우순(虞舜)이라 한다.
⑤ 嶽牧(악목) : 嶽과 牧은 다 벼슬 이름. 사악(四嶽)은 요(堯) 임금 때 사방 제후들 휘하의 관리들을 관장하던 벼슬. 요임금이 전국을 12주(州)로 나누고 그 지방 장관을 목(牧)이라고 불렀다. 우임금에 이르러 9주(州) 9목(牧)으로 다시 나누었다.
⑥ 示(시) : 보여주다. 이하 '~難也' 까지가 목적절이다. "천하는 귀중한 그릇이고, 왕이라는 것은 가장 큰 법통인지라, 천하를 전해줌이 이처럼 어려움을 보여준 것이다."
⑦ 許由(허유) : 요임금이 그에게 임금의 자리를 선양하려 했으나 받지 않고 영수(穎水) 북쪽의 기산(箕山)으로 숨어버렸다는 전설상의 인물.

許由不受 恥之逃隱 及夏之時 有⑧卞隨務光者 此何以稱焉

太史公曰 余登⑨箕山 其上蓋有許由冢云 孔子⑩序列古之仁

聖賢人 如⑪呉太伯伯夷之倫詳矣 余以所聞 ⑫由光義至高

其文辭⑬不少概見 何哉 孔子曰 伯夷叔齊 不念舊惡 ⑭怨是

用希 求仁得仁 又何怨乎 余悲伯夷之意 ⑮睹軼詩 可異焉

其傳曰 伯夷叔齊 ⑯孤竹君之二子也 父欲立叔齊 及父卒

叔齊讓伯夷 伯夷曰 父命也 遂逃去 叔齊亦不肯立 而逃之

國人立其⑰中子 於是 伯夷叔齊聞西伯昌善養老 ⑱盍往歸焉

及至西伯卒 武王載⑲木主 號爲文王 東伐紂 伯夷叔齊叩

---

⑧ 卞隨務光(변수무광) : 변수(卞隨)와 무광(務光) 모두 상(商)나라 때의 은자들이다. 하나라 걸(桀) 임금을 멸한 탕(湯)이 임금 자리를 물려주려고 하자, 이를 치욕으로 생각하고 강물에 몸을 던져 자살하였다는 인물들. ≪장자(莊子)≫ <양왕(襄王)> 편에 나온다.

⑨ 箕山(기산) : 지금의 하남성 등봉시(登封市) 동남쪽에 있는 산 이름.

⑩ 序列(서열) : 序는 차례로{부사}. 列은 열거하다{동사}.

⑪ 吳太伯(오태백) : 주(周)나라 태왕(太王)인 고공단보(古公亶父)의 장남으로 춘추시대 오(吳)나라의 초대 군주이자 오씨(吳氏)의 시조이다.

⑫ 由光(유광) : 앞에 제시된 인물인 허유(許由)와 무광(務光).

⑬ 不少概見(불소개견) : 概見은 대충 봄. 見은 문맥상 보이다{被動}. "조금도 보이지 않는다."

⑭ 怨是用希(원시용희) : "예전의 잘못을 따지지 않았기에 원망하는 일이 적었다." ≪논어≫ <공야장(公冶長)> 편에 나오는 문구이다.

⑮ 睹軼詩 可異焉(도일시 가이언) : 일(軼)은 잃어버렸다는 '일(佚)'과 통한다. ≪시경≫에 수록되지 않은 백이의 <채미(采薇)> 시를 보고 신기하게 여겼다는 말.

⑯ 孤竹(고죽) : 은나라 때 탕 임금으로부터 봉해 받은 여러 제후국 중의 하나.

⑰ 中子(중자) : 둘째 아들. =仲子.

⑱ 盍往歸焉(합왕귀언) : "어찌 가서 의탁하지 않겠는가?" 盍은 '何不'의 축약어. 歸는 여기서 귀의(歸依)하다.

⑲ 木主(목주) : 사당 등에 모셔두는 망자의 위패인 신주(神主). 그 재료를 나무로 하기에 목주라고 했다.

馬而諫曰 父死不葬 爰及⑳干戈 可謂孝乎 以臣弑君 可謂仁乎 左右㉑欲兵之 太公曰 此義人也 扶而去之 武王已平殷亂 天下㉒宗周 而伯夷叔齊恥之 義不食周粟 隱於首陽山 采薇而食之 及餓且死 作歌 其辭曰 登彼西山兮 采其薇矣 以暴易暴兮 不知其非矣 神農虞夏忽焉沒兮 我㉓安適歸矣 于嗟徂兮 命之衰矣 遂餓死於首陽山 由此觀之 怨邪非邪

或曰 天道㉔無親 常㉕與善人 若伯夷叔齊 可謂善人者 非邪 積仁絜行如此 而餓死 且七十子之徒 仲尼獨薦顏淵爲好學 然回也㉖屢空 ㉗糟糠不厭 而㉘卒蚤夭 天之報施善人 其何如哉 盜蹠日殺不辜 ㉙肝人之肉 ㉚暴戾恣睢 聚黨數千人 橫行天下 竟以壽終 是遵何德哉 此其尤㉛大彰明較著者也 若至近世

⑳ 干戈(간과) : 방패와 창. 전(轉)하여 전쟁과 전란에 쓰는 병장기의 총칭. 나아가, 전쟁.
㉑ 欲兵(욕병) : 欲은 하려고 하다. 兵은 군사. 병장기. 싸움. 치다, 공격하다{동사}.
㉒ 宗周(종주) : 새로운 주(周)나라를 섬기다. 宗은 높이다. 받들다. 천자에게 알현하다. 향하다.
㉓ 安適歸(안적귀) : 安은 어디(로){의문부사}. 適은 가다{동사}.
㉔ 無親(무친) : (특별한 누구와) 가까움이 없다. 편파 및 편애가 없다는 말.
㉕ 與(여) : 함께하다, 돕다{동사}.
㉖ 屢空(누공) : 자주 비어 있다, 먹을 것 없이 늘 가난했다는 뜻.
㉗ 糟糠不厭(조강불염) : 지게미와 쌀겨는 변변치 못한 음식을 비유적으로 이르는 말. "변변치 못한 거친 음식도 싫어하지 않다." 넉넉히 먹지 못했다는 뜻.
㉘ 卒蚤夭(조요) : '卒'은 죽다. 마치다. 마침내{부사}. 蚤는 早와 통용하여 일찍. 夭는 요절하다.
㉙ 간(肝) : 간. 진심. "사람의 몸에서 간을 발라내어 먹다." 동사용법으로 쓴 것이다.
㉚ 暴戾恣睢(포려자휴) : 暴戾는 포악하다, 사납다. 恣睢는 방자하게 흘겨보다. 비방하다. 제 고집대로 하다.
㉛ 大彰明較著者(대창명교저자) : 크게 나타나고 환히 밝혀져 드러난 것. 明과 較는 밝다는 뜻의 유사병렬어. 大彰明較가 부사구 역할을 하여 동사 著(드러나다)를 수식하였다. 者는 불완전명사 '것.'

操行不軌 專犯忌諱 而終身逸樂富厚 累世不絶 或擇地而蹈之 時然後出言 行不由徑 非公正不發憤[32] 而遇禍災者不可勝數也 余甚惑焉 儻[33]所謂天道 是邪非邪

子曰 道不同 不相爲謀 亦各從其志也 故曰 富貴如可求 雖執[34]鞭之士 吾亦爲之 如不可求 從吾所好 歲寒然後 知松柏之後凋 擧世混濁 淸士乃見[35] 豈[36]以其重若彼 其輕若此哉 君子疾[37]沒世而名不稱焉 賈[38]子曰 貪夫徇財 烈士徇名 夸者死權 衆庶馮生 同明相照 同類相求 雲從龍風從虎 聖人作而萬物覩 伯夷叔齊雖賢 得夫子而名益彰 顔淵雖篤學

㉜ 發憤(발분) : 분노를 일으키다.
㉝ 儻所謂天道(당소위천도) : "혹 이를 이른바 천도라고 한다면." 儻은 만약, 만일. 혹시 =倘.
㉞ 執鞭之士(집편지사) : 채찍을 잡고 수레를 모는 어자(御者)인 마부거나, 제왕이나 제후들이 행차할 때 채찍을 들고 그 앞길을 정리하는 길잡이. 혹은 시장의 질서를 유지하는 사람이라고도 한다.
㉟ 見(현) : 드러나다. =現
㊱ 豈以其重若彼 其輕若此哉(기이기중약피 기경약차재) : 豈~哉는 '바로 ~이구나'의 뜻. "저와 같이 백이가 동생에게 군주의 자리를 양보한 것은 중한 덕이고, 이와 같이 고사리를 캐먹다가 굶어죽은 것은 부귀를 가볍게 여긴 것이다." 반면, '其重若彼'는 저들(속인들)처럼 부귀를 중하게 여기고, '其輕若此'는 이들(청렴한 선비들)처럼 부귀를 가볍게 여기다의 해석도 있다.
㊲ 疾(질) : 싫어하다, 미워하다. 뒤의 목적절을 이끄는 타동사이다.
㊳ 賈子(가자) : 가의(賈誼). B.C.200~B.C.168. 서한 초기의 정치가이자 문장가. 진나라가 멸망한 원인을 분석한 <과진론(過秦論)>과 굴원의 죽음을 애도한 <조굴원부(弔屈原賦)>가 유명하다.

附驥尾[39]而行益顯 巖穴之士 趣舍[40]有時 若此類 名堙滅而不稱 悲夫 閭巷之人 欲砥行立名者 非附青雲之士[41] 惡能施[42]于後世哉.

≪史記, 列傳≫

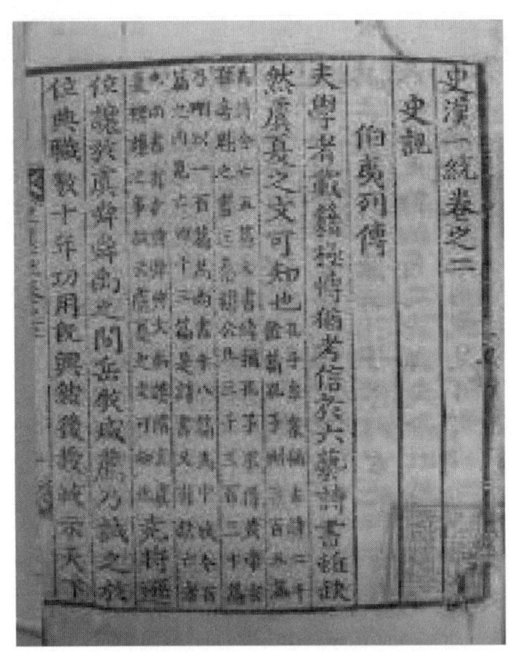

史漢一統卷之二

史記

伯夷列傳

夫學者載籍極博猶考信於六藝詩書雖缺

然虞夏之文可知也

位讓於虞舜舜禹之間岳牧咸薦乃試之於

位典職數十年功用既興然後授政示天下

㊴ 附驥尾(부기미) : 천리마의 꼬리에 달라붙다. 공자의 문하에 몸 담은 후광과 혜택을 비유한 말이다.

㊵ 趣舍(추사) : 나아감과 머물음. =出處, 進退.

㊶ 青雲之士(청운지사) : 학덕이 높은 사람. 고관의 자리에 오른 사람.

㊷ 惡能施(오능이) : 惡는 어찌. 施는 베풀 시가 아닌, 여기서는 '이'로 읽으면서, 뻗치다, 미치다의 뜻이다.

164 五柳先生傳 오류선생전 – 陶淵明*

先生不知何許①人 亦不詳其姓字 宅邊有五柳樹 因以爲號焉 閑靖少言② 不慕榮利 好讀書 不求甚解③ 每有意會④ 便⑤欣然忘食 性嗜酒 家貧不能常得⑥ 親舊知其如此 或置酒⑦而招之 造飮輒盡⑧ 期⑨在必醉 旣醉而退 曾不吝情去留⑩ 環⑪

* **도연명(365~427)** : 중국 동진(東晉)의 시인. 이름은 잠(潛), 호는 오류선생(五柳先生), 연명(淵明)은 자이다. 그의 나이 41세(405) 때에 팽택현(彭澤縣)의 현령(縣令)이 되었으나, 80여 일 뒤에 바로 이 작품 <귀거래사>를 남기고 관직에서 물러나 귀향하였다. 그리하여 '고금 은일시인의 종(宗)'으로 평가받기도 한다. 자연을 노래한 시가 많으며, 당(唐) 이후의 문단에서 육조(六朝) 최고의 시인으로 평가하면서 이름이 높아졌다. 시 외의 산문 명작에 <오류선생전(五柳先生傳)>, <도화원기(桃花源記)> 등이 있다.

① 何許(하허) : 어느 곳. '許'는 곳, 장소의 뜻.
② 閑靖少言(한정소언) : 조용하고 차분하여 말이 적음.
③ 甚解(심해) : 甚은 지나치다. 지나치게{부사화}. 解는 이해. 해독.
④ 意會(의회) : 會는 깨닫다. 이해하다. 마음에 깨닫는 바가 있음.
⑤ 便(변) : 문득. '곧'의 뜻일 때 '변'으로 읽는다.
⑥ 不能常得(불능상득) : '不常'의 구문. 항상 ~하는 것은 아니다{부분부정}. cf. 전체부정은 '常不.'
⑦ 置酒(치주) : 置는 두다. 버려두다. 남겨두다. 베풀다. 차리어 벌이다. '술자리를 벌이다.'
⑧ 造飮輒盡(조음첩진) : 造는 가다. 輒은 곧, 문득, 금세. 盡은 없애다.
⑨ 期(기) : 기약함. 목적으로 함. 명사화되었다.
⑩ 不吝情去留(불린정거류) : 吝은 아끼다(소중히 여기다). 인색하다. 주저하다. "떠남과 머묾에 마음을 쓰지 않는다." 오고 가는데 안타깝게 마음 태우지 않는다는 뜻. 情去留는 去留情의 도치로 봐도 좋고, 去留 앞에 전치사 於(어) 정도가 생략되었다고 봐도 무방하다.
⑪ 環堵蕭然(환도소연) : 環은 두르다, 에워싸다{동사}. 堵는 토담. 또는 담 안의 거처. 작은 공간을 뜻한다. 蕭然은 조용한 모양. 또는 쓸쓸한 모양.

堵蕭然 不蔽風日 ⑫短褐穿結 ⑬簞瓢屢空 ⑭晏如也 常著文章自娛 頗示己志 忘懷得失 以此自終 ⑮贊曰 ⑯黔婁有言 ⑰不戚戚於貧賤 ⑱不汲汲於富貴 ⑲極其言 ⑳茲若人之儔乎 ㉑酣觴賦詩 以樂其志 ㉒無懷氏之民歟 ㉓葛天氏之民歟. ≪古文眞寶≫

단원 김홍도의 <五柳歸莊圖>

⑫ 短褐穿結(단갈천결) : 短褐은 짧은 베옷. 穿은 여기선 피동형 뚫어지다, 뚫리다. 結은 꿰매다.
⑬ 簞瓢屢空(단표누공) : “소쿠리나 표주박이 자주 비다.”
⑭ 晏如(안여) : 태연하고 침착한 모양. 편안한 모양. =晏然.
⑮ 贊(찬) : 인물을 칭송하고 논평하는 문체의 한 종류이지만, 여기서는 역사나 전기(傳記)의 말미에 글쓴이가 자신의 생각을 덧붙이는 의론(議論)·논평(論評)이란 뜻이다.
⑯ 黔婁(검루) : 춘추시대 제(齊)나라의 은사(隱士). 노나라와 제나라의 벼슬을 모두 사양했다고 한다.
⑰ 戚戚(척척) : 근심하는 모양. 마음이 움직이는 모양. 戚은 슬퍼하다. 근심하다. 친하다. 겨레, 친척.
⑱ 汲汲(급급) : 쉬지 않고 힘쓰는 모양. 조급히 서두르는 모양. 汲은 (물을) 긷다. (끌어)들이다. 분주하다.
⑲ 極其言(극기언) : 極은 다하다. 극진히 하다. 다다르다. “그 말을 깊이 헤아리면.”
⑳ 玆若人之儔乎(자약인지주호) : 玆는 이, 바로. 若人은 그 같은 사람. 儔는 무리. 乎는 반문하는 조사.
㉑ 酣觴賦詩(감상부시) : 酣은 즐기다. 觴은 술잔. 술잔을 자꾸 돌려 즐김. 賦는 (글을) 짓다(동사).
㉒ 無懷氏(무회씨) : 도덕으로 세상을 다스려 백성들이 모두 고상하고 안락했다는 중국 상고의 제왕.
㉓ 葛天氏(갈천씨) : 인위적인 교화 없이 천하를 다스렸다는 중국 태고 상상의 제왕. 도가의 이상적 임금.

165 毛穎傳 모영전 – 韓愈*

①毛穎者 ②中山人也 其先③明眡 佐禹治東方土 養萬物有功 因封於④卯地 死爲⑤十二神 嘗曰 吾子孫神明之後 不可與物同 當吐而生 已而果然 明眡八世孫⑥䨲 世傳當殷時 居中山 得神仙之術 能匿光使物 竊⑦姮娥 騎蟾蜍入月 其後代遂隱不仕云 居⑧東郭者曰⑨㕙 狡而善走 與⑩韓盧爭能 盧不

* 한유(768~824) : 당대(唐代) 산문학의 종장(宗匠)이다. 이는 붓이라는 사물을 의인화한 것인데, 사마천의 사기 열전(列傳)의 형식을 빌렸으니, 이같은 의인 열전을 명대의 서사증(徐師曾)은 가전(假傳)이라고 하였다. 그리하여 <모영전>은 결과적으로 동방 가전(假傳) 문학의 원조(元祖) 작이 되었다. 하지만 한유 당시부터도 벌써 배희(俳戲)의 문장이라는 혐의 하에 찬반양론의 물의가 일어났고, 그 후에도 작품의 유희성이 왕왕 지적되기도 했다. 그럼에도 이 작품이 절대적 수범(垂範)이 되어 후대 가전문학에 끼친 파급과 영향의 정도는 참으로 지대한바 있다. 곧 뒷시대 한국과 중국의 허다한 가전들이 꾸준히 이 작품의 대체(大體), 아니면 수사상의 편린이라도 꾸준히 자신의 작문 속에 투영시켰던 자취가 사방에 역력하였다. 한유의 문집인 ≪한창려집(韓昌黎集)≫ 및 ≪고문진보(古文眞寶)≫ 등에 수록되어 있다.

① 毛穎(모영) : 붓의 의인화 별명. 여기서 '穎'은 뾰족한 것[尖] 또는 붓끝[筆頭]의 뜻.
② 中山(중산) : 오늘날 안휘성(安徽省) 선성현(宣城縣) 북쪽과 강소성(江蘇省) 표수현(漂水縣) 남쪽의 산 이름으로, 정교한 토끼털 붓의 명산지.
③ 明眡(명시) : 토끼의 별명. 눈이 밝다는 뜻이니, '明視'로도 쓴다.
④ 卯地(묘지) : 십이지(十二支) 가운데 넷째 지지(地支)인 묘(卯)는 토끼를 상징하고, 방위상으로는 이십사방위(二十四方位) 중 동쪽에 해당한다.
⑤ 十二神(십이신) : 재액을 쫓는 십이지(十二支)의 열두 주신(主神).
⑥ 䨲(누) : 어린 토끼.
⑦ 姮娥(항아) : ≪회남자(淮南子)≫ 등에 나오는 전설상의 여인. 남편 예(羿)가 서왕모(西王母)에게서 얻은 두 개의 불사약을 훔쳐 달로 달아났다가 두꺼비가 되었다고 한다.
⑧ 東郭(동곽) : 동쪽의 외성(外城). 외성은 성 밖에 겹으로 둘러쌓은 성.
⑨ 㕙(준) : 약빠른 토끼. 곧, 교토(狡兎). ≪전국책(戰國策)≫에, '東郭㕙 天下之狡兎也.'.
⑩ 韓盧(한로) : 중국 한(韓)나라 산(產)의 명견(名犬).

及 盧怒 與宋鵲⑪謀而殺之 醢其家 秦始皇時 蒙將軍恬⑫南伐楚 次中山 將大獵以懼楚 召左右庶長⑬與軍尉⑭ 以連山⑮筮之 得天與人文之兆 筮者賀曰 今日之獲 不角不牙 衣褐之徒 缺口而長鬚 八竅而趺居 獨取其髦 簡牘⑯是資 天下其同書 秦其遂兼諸侯乎 遂獵 圍毛氏之族 拔其毫 載穎而歸 獻俘於章臺宮⑰ 聚其族而加束縛焉 秦皇帝使恬賜之湯沐 而封諸管城⑱ 號曰管城子⑲ 日見親寵任事 穎爲人强記而便敏 自結繩之代⑳ 以及秦事 無不纂錄 陰陽卜筮占相醫方族氏山經地志字書圖畵九流㉑百家㉒天人之書 及至浮屠老子外國之說 皆所詳悉 又通於當代之務 官府簿書 市

⑪ 宋鵲(송작) : 중국 송나라 산의 양견(良犬). 한로(韓盧)와 더불어 준견(駿犬)의 대명사.
⑫ 蒙將軍恬(몽장군념) : 몽념(蒙恬). 진시황 때 흉노를 정벌한 명장(名將)으로, 그가 붓을 처음 만들었다는 설이 있다.
⑬ 庶長(서장) : 진(秦)·한(漢) 시대 무관의 작위로서, 좌서장(左庶長)·우서장(右庶長)·사거서장(駟車庶長)·대서장(大庶長) 등 20급이 있었다.
⑭ 軍尉(군위) : 서장(庶長) 휘하의 장교.
⑮ 連山(연산) : 역(易)에는 연산(連山), 귀장(歸藏), 주역(周易)의 세 가지가 있었거니, 그 가운데 하나, ≪주례(周禮)≫ 춘관(春冠) 대복(大卜)에, '掌三易之法 一曰連山 二曰歸藏 三曰周易.'
⑯ 簡牘(간독) : 대쪽과 나뭇조각. 종이 발명 이전에 글씨를 적어 넣는 수단이었다.
⑰ 章臺宮(장대궁) : 진나라 때 함양(咸陽)에 세웠던 궁전. 위수(渭水)의 남쪽 언덕에 자리했다.
⑱ 管城(관성) : 붓대[管]를 성(城)에 비의(比擬)하였다.
⑲ 管城子(관성자) : 붓[筆]의 의인화 명칭. 붓대 성(城)의 관할자란 뜻.
⑳ 結繩之代(결승지대) : 새끼끈을 매듭지어 메시지를 주고받던 태고(太古) 시대.
㉑ 九流(구류) : 중국 한나라 때에 구분해 이르던 아홉 종류의 학파. 유가류(儒家流)·도가류(道家流)·음양가류(陰陽家流)·법가류(法家流)·명가류(名家流)·묵가류(墨家流)·종횡가류(縱橫家流)·잡가류(雜家流)·농가류(農家流).
㉒ 百家(백가) : 제자백가(諸子百家). 또는 유가(儒家) 이외 제가(諸家)의 총칭.

井貨錢注記 惟上所使 自秦皇帝及太子㉓扶蘇㉔胡亥㉕丞相斯㉖中車府令㉗高 下及國人 無不愛重 又善隨人意 正直邪曲巧拙一隨其人 雖見廢棄 終嘿不洩 惟不喜武士 然見請亦時往累拜㉘中書令 與上益狎 上嘗呼爲㉙中書君 上親決事 以衡石自程 雖宮人不得立左右 獨穎與執燭者常侍 上休方罷穎與㉚絳人㉛陳玄㉜宏農㉝陶泓及㉞會稽㉟楮先生友善 相推致 其出處必偕 上召穎 三人者不待詔 輒俱往 上未嘗怪焉 後因進見 上將有任使 拂拭之 因免冠謝 上見其髮禿 又所摹畫不能稱上意 上嘻笑曰 中書君老而禿 不任吾用 吾嘗謂君中書今不中書耶 對曰 臣所謂盡心者焉 因不復召歸封邑 終於管城 其子孫甚多 散處中國夷狄 皆冒管城

㉓ 扶蘇(부소) : 진시황의 장자(長子). 진시황 사후에 조고(趙高)와 이사(李斯)에 의해 죽임을 당하였다.
㉔ 胡亥(호해) : 진시황의 막내아들. 조고(趙高) 등의 추대로 진나라의 2세 황제가 되었다.
㉕ 丞相斯(승상사) : 승상 이사(李斯). 법가 사상의 승계자로 진시황 천하 통일의 최고 공신(功臣)이다.
㉖ 中車府令(중거부령) : 진(秦)의 벼슬 이름으로, 승여(乘輿)와 노거(路車) 등 탈것에 관한 일을 맡았다.
㉗ 高(고) : 조고(趙高). 진시황의 환관. 진시황 사후에 대권을 농락하여 승상까지 하였다가 피살되었다.
㉘ 中書令(중서령) : 임금의 조명(詔命)·기무(機務) 등을 맡은 중서성(中書省)의 우두머리.
㉙ 中書君(중서군) : 붓의 의인화 미칭(美稱).
㉚ 絳(강) : 산서성(山西省) 소재로, 춘추시대에는 진(晉)나라 땅이었는데 북주(北周) 때 이 이름으로 설치되었고, 그 전후간 시대에 따라 많은 명칭 변화를 겪었다.
㉛ 陳玄(진현) : 먹의 별명.
㉜ 宏農(굉농) : 지금 하남성 소재의, 한(漢)나라가 세웠던 군(郡) 이름. 벼룻돌의 명산지이다.
㉝ 陶泓(도홍) : 벼루의 별명. 흙을 구워서 만든 도제(陶製)에, 오목 패인 곳[泓]을 살려 쓴 말.
㉞ 會稽(회계) : 지금 강소성 소재의, 진(秦)나라가 세웠던 고을 이름.
㉟ 楮先生(저선생) : 종이의 별칭. 닥나무 껍질로 만드는 종이에 대한 존칭 활유어(活喩語)임.

惟居中山者 能繼父祖業

太史公曰 毛氏有兩族 其一姬姓 [36]文王之子封於[37]毛 所謂[38]魯[39]衛毛[40]聃者也 戰國時有毛公[41]毛遂 獨中山之族 不知其本所出 子孫最爲蕃昌 [42]春秋之成 見絶於孔子 而非其罪 乃蒙將軍拔中山之豪 始皇封諸管城世遂有名 而姬姓之毛無聞 穎始以 俘 見 卒見任使 秦之滅諸侯 穎與有功 賞不酬勞 以老見疎 秦眞少恩哉.

㊱ 文王(문왕) : 은(殷)의 폭군 주(紂)에 맞서 주(周) 왕조의 초석을 다진 인물. 이름은 희창(姬昌).
㊲ 毛(모) : 주(周) 문왕의 여덟째 아들이 봉해 받은 나라. 지금 하남성 의양현(宜陽縣) 소재.
㊳ 魯(노) : 주(周) 문왕의 세자 무왕(武王)이 아우인 주공(周公) 단(旦)에게 봉해 준 나라. 지금 산동성 곡부현(曲阜縣) 소재.
㊴ 衛(위) : 주 무왕이 아우인 강숙(康叔)에게 봉해 준 나라. 지금 하남성 기현(淇縣) 소재.
㊵ 聃(담) : 문왕의 아들 중 한 사람이 봉해 받은 열여섯 나라 중 하나. 지금 호북성 형문현(荊門縣) 소재이다. '管 · 蔡 · 郕 · 霍 · 魯 · 衛 · 毛 · 聃 · 陵 · 雍 · 曹 · 藤 · 曄 · 原 · 酆 · 郇 文之昭也.' ≪좌씨(左氏)≫ <희(僖)>의 주(注)에, '十六國皆文王之子也.'
㊶ 毛遂(모수) : 전국시대 신릉군(信陵君)의 식객(食客)을 하던 조(趙)나라 현사(賢士). ≪사기(史記)≫ <신릉군전(信陵君傳)>에, '公子聞 趙有處士毛公 藏於博徒.'
㊷ 春秋(춘추) : 공자가 찬술한 노나라 12공(公) 242년 간의 편년체 역사서.

166 種樹郭橐駝傳 종수곽탁타전 – 柳宗元*

郭橐①駝 不知始②何名 疾③僂 隆然伏行 有類橐駝者 故鄕人號之曰駝 駝聞之曰 甚④善 名我固當 因捨其名 亦自謂橐駝云 其鄕曰豊樂 鄕在長安西 駝業⑤種樹 凡長安豪家富人 爲觀遊及賣果者 皆爭⑥迎取養視 駝所種樹 或移徙 無

* 유종원(773~819) : 중당(中唐) 때의 문장가, 시인. 자는 자후(子厚). 하동(河東) 사람이다. 변려문(騈儷文)을 거부하고 한유(韓愈)와 더불어 고문의 부흥을 주창한 산문학의 양대(兩大) 거장인바, 한유(韓柳)로 불린다. 당송팔대가 중 한 사람이며, 도연명과 같은 전원시를 기조삼아 왕유·맹호연·위응물과 자연파 사조(思潮)를 형성하였다. 유주자사(劉州刺史)로 마쳤기에 유유주(柳劉州)로도 불리운다. ≪유하동집(柳河東集)≫의 저서가 있고, 산문작으로는 <봉건론(封建論)>·<영주팔기(永州八記)>·<산수유기(山水遊記)>와 <천설(天說)>·<포사자설(捕蛇者說)> 등이 우선 알려진 것들이다. 이 글은 '나무를 심는 곽탁타 이야기'로, 구루병(佝僂病)이 있는 곽탁타가 자연의 순리를 좇아 나무를 잘 심고 가꾸는 방법 안에 목민(牧民)의 이치가 있으니 위정자들이 계훈으로 삼기를 촉구한 내용이다.

① 橐駝(탁타) : 橐은 자루. 駝는 낙타. 낙타 등 위에 솟은 자루, 곧 혹에 대한 비유어이다.
② 始(시) : 처음에, 애당초(부사).
③ 疾僂(질루) : 疾은 병. 앓다(동사). 僂는 굽다. 구부리다. 곱사등이.
④ 甚善(심선) : 甚은 매우. 善은 좋다.
⑤ 業(업) : 업으로 하다. 종사하다. 동사로 썼다.
⑥ 爭迎取養(쟁영취양) : 爭은 다투듯이(부사화). 取는 부리다. 시키다. 養은 기르는 것(명사).

不活 且碩茂 蚤⑦實以蕃 他植者 雖窺伺傚慕 莫能如也 有問之 對曰 槖駝非能使⑧木壽且孳也 以能順木之天 以致其性焉爾 凡植木之性 其本欲舒 其培⑨欲平 其土欲⑩故 其築⑪欲密 旣然已 勿動勿慮 去不復顧 其蒔也若子 其置也若棄 則其天者全而其性得矣 故吾不害其長而已 非有能碩而茂之也 不抑耗其實而已 非有能蚤而蕃之也 他植者則不然 根⑫拳而土易 其培之也 若不過焉 則不及焉 苟

⑦ 蚤實以蕃(조실이번) : 蚤는 일찍. =早. 以는 앞 뒤 구절을 연결해 주는 접속사. "열매가 앞당겨서 활짝 열리다."
⑧ 使木壽且孳(사목수차자) : (사역)동사 + 목적어 + 목적보어(壽且孳)의 5형식 문장. 孳는 불어나다. 우거지다.
⑨ 培(배) : 북돋움. 흙으로 뿌리를 덮어 가꿈. 북돋다를 명사화시켜 사용한 것이다.
⑩ 欲故(욕고) : 故는 일. 이유. 예전, 옛날의 뜻이지만, 여기서는 동사화되어 예전처럼 되다로 통한다. '예전과 같이 되고자 한다.' 조동사 + 동사의 짜임새.
⑪ 築(축) : 여기서는 동사가 아닌 명사로 쓰였다. 쌓아 놓은 것. 다져 놓은 것.
⑫ 根拳而土易(근권이토역) : 拳은 주먹을 쥐다. 주먹 쥐듯 구부러진다는 뜻. "뿌리는 휘고 흙은 바뀐다."

有能⑬反是者 則又愛之太恩 憂之太勤 旦視而暮撫 已去而復顧 甚者⑭爪其膚 以驗其生枯 搖其本 以觀其疎密 而木之性 日以離矣 雖曰愛之 其實害之 雖曰憂之 其實讐之 故不我若也 吾又何能爲矣哉 問者曰 以子之道 移之⑮官理可乎 駝曰 我知種樹而已 理非吾業也 然吾居鄕 見長人者 好煩其令 若甚憐焉 而卒以禍 旦暮吏來而呼曰 官⑯命促爾耕 勖爾植 督爾穫 ⑰蚤繅而緒 蚤織而縷 ⑱字而幼

⑬ 反(반) : 거스르다. 반대로 하다{동사}.

⑭ 爪其膚(조기부) : 爪는 손톱. 손톱으로 긁다. 其는 나무를 가리키는 대명사. 膚는 나무의 피부(껍질).

⑮ 官理(관리) : 관치(官治). 理=治. 관에서의 다스림.

⑯ 命促爾耕(명촉이경) : (사역의) 조동사+동사+간접목적+직접목적의 문형임. 爾는 너(2인칭대명사). 여기선 복수형 '너희들'의 뜻으로 쓰였다.

⑰ 蚤繅而緒(조소이서) : 蚤는 빨리, 냉큼. 繅는 켜다. 누에고치에서 실을 뽑다. 而는 너(2인칭대명사). 아래의 세 군데에서 모두 동일하다. 緖는 실. 사루(絲縷).

⑱ 字而幼孩(자이유해) : 字는 사랑하다. 사랑으로 기르다. 양육하다. 而는 역시 2인칭 대명사 너.

孩 遂[⑲]而鷄豚 鳴鼓而聚之 擊木而召之 吾小人 具饔飧 以勞吏者 且不得暇 又何以[⑳]蕃吾生而安吾性邪[㉑] 故病且怠 若是則與吾業者 其亦有類乎 問者嘻曰 不亦善夫[㉒] 吾問養樹 得養人術 傳其事 以爲[㉓]官戒也.

≪柳河東集≫

種樹郭橐駝傳

迂齋曰凡事有心則費力求工則反拙曲盡種植之妙末引歸時事聞者可戒與捕蛇說同一機括

郭橐駝不知始何名病僂隆然伏行有類橐駝者故鄉人號之曰駝駝聞之曰甚善名我固當因捨其名亦自謂橐駝云其鄉曰豐樂鄉在長安西駝業種樹凡長安豪家富人爲觀遊及賣果者皆爭迎取養視駝所種樹或移徙無不活先言種植之效且碩茂蚤實以蕃他植

≪고문진보≫ 後集 수록의 <종수곽탁타전>

⑲ 遂(수) : 자라다. 성장하다. 여기서는 타동사 자라게 하다, 키우다의 뜻으로 썼다.
⑳ 何以(하이) : 어떻게 하여, 무슨 수로. 以는 방법, 수단.
㉑ 邪(야) : 의문조사 ~는가? =耶.
㉒ 不亦~夫(불역부) : ~하지 않으랴. 不亦~乎와 같은 수사법이다.
㉓ 以爲(이위) : 삼다. 여기다.

167 白雲居士傳 백운거사전 – 李奎報*

白雲居士 先生自號也 晦其名 顯其號 其所以自號之意 具載先生白雲語錄 家屢空 火食不續 居士自怡怡如也 性①放曠無檢 ②六合爲隘 天地爲窄 嘗以酒自昏 人有邀之者 欣然輒造 ③徑醉而返 ④豈古陶淵明之徒歟 彈琴飮酒 以此

*이규보(1168~1241) : 자는 춘경(春卿). 호는 백운거사(白雲居士)·지헌(止軒)·삼혹호선생(三酷好先生). 고려시대의 문관으로 최충헌 정권에서 출세했으니, 벼슬이 참지정사(參知政事), 문하시랑평장사(門下侍郞平章事)에 이르렀다. 명 문장가로 호방 활달한 시풍(詩風)이 당대를 풍미했으니, 몽골군의 침입을 <진정표(陳情表)>로써 격퇴하기도 하였다. 저서에 ≪동국이상국집(東國李相國集)≫·≪백운소설(白雲小說)≫ 등이 있으며, 민족서사시 <동명왕편(東明王篇)>과, <국선생전(麴先生傳)>·<청강사자현부전(淸江使者玄夫傳)> 등의 가전(假傳), <경설(鏡說)>·<슬견설(虱犬說)> 등의 수필이 유명하다. 이 전(傳)은 이규보가 자신의 신변을 3인칭 가탁(假託)의 형식을 빌려서 쓴 자서전적 전기로, 작자가 청년 시절 천마산(天摩山)에 은거할 때 지은 것이라 한다. 이런 유형의 전(傳)을 '탁전(托傳)'으로 명명하기도 하는바, 작중에 나오는 도연명(陶淵明) 작 <오류선생전(五柳先生傳)>이 대표적인 일례가 된다.

① 放曠(방광) : 방달(放達). 활달하여 남의 구속을 받지 않음.
② 六合(육합) : 천지와 사방. 또는 천하, 온 세상. 우주 세계.
③ 徑(경) : 지름길. 길. 빠르다. 곧다. 곧장, 곧바로. 동사 醉를 꾸미는 성상(性狀) 부사로 쓰였다.
④ 豈~歟(기~여) : 豈는 '어찌'가 아닌 '바로[其]'임에 유의한다. 歟는 추측 또는 의문을 나타내는 종결사.

⑤自遣 此其實錄也 居士醉而吟 自作傳自作贊 贊曰 志固在六合之外 天地所不囿 將與⑥氣母 遊於⑦無何有乎.

≪東國李相國集≫

白雲居士傳
白雲居士先生自號也晦其名顯其號其所以
自號之意具載先生白雲語錄家屢空火食不
續居士自怡怡如也性放曠無檢六合爲隘天
地爲窄嘗以酒自昏人有邀之者欣然輒造徑
醉而返豈古陶淵明之徒歟彈琴飮酒以此自
遣此其錄也居士醉而吟自作傳自作贊
贊曰志固在六合之外天地所不囿將與氣母
遊於無何有乎

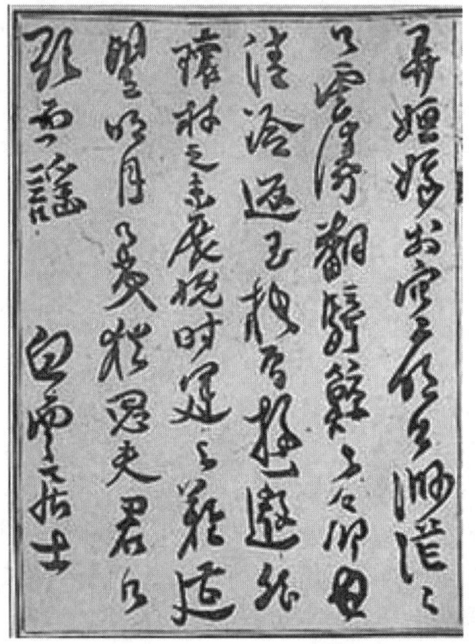

<白雲居士傳>과, 백운거사 李奎報의 글씨

⑤ 自遣(자견) : 스스로 회포를 풀다. 遣은 보내다. 버리다. (원한·분노 등을) 풀다. 하여금.
⑥ 氣母(기모) : 우주 원기의 근원.
⑦ 無何有(무하유) : 공허(空虛), 아무 것도 없음. '무하유지향(無何有之鄕)'은 세상의 번거로움 없는 허무 자연의 낙토(樂土). ≪장자(莊子)≫ <소요유(逍遙遊)> 편에 나오는 말이다.

168 竹夫人傳 죽부인전 – 李穀*

夫人姓竹 名憑① 渭濱人篔②之女也 系出於蒼筤③氏 其先識音律 黃帝④采擢 而典樂焉 虞⑤之簫⑥亦其後也 蒼筤自昆侖之陰 徙震方 伏羲⑦時 與韋氏⑧主文籍 大有功 子孫皆守業爲史官 秦之虐也 用李斯⑨計 焚書坑儒 蒼筤氏後寖微

*** 이곡(李穀, 1298~1351)** : 호는 가정(稼亭). 이제현(李齊賢)의 문인(門人)이자 이색(李穡)의 아버지로서, 고려와 원(元) 사이에 문명(文名)을 떨쳤고, 경학(經學)의 조예도 깊었다. ≪가정집(稼亭集)≫의 저서가 있다. 본 작품은 서거정이 만든 ≪동문선(東文選)≫ 101권과 이곡의 ≪가정집≫에 실려 있으니, '죽부인' 제구를 의인화한 가전(假傳)이다. 연구사 초기에 그 의인 대상으로서의 '죽(竹)'과 '죽부인(竹夫人)' 사이에 적지 않은 논란을 겪기도 하였다. 그러나 이곡의 이전에 송대 장뢰(張耒, 1050경~?)가 여름철 납량(納涼) 침구인 '죽부인'을 입전(立傳)한 동일 제목의 <죽부인전(竹夫人傳)>이 있었고, 또한 원대(元代)에 양유정(楊維楨, 1296~1370)이 쓴 동명 <죽부인전>도 있었다. 역시 '죽부인'에 대한 인격화 조품(藻品)으로서 조선시대에도 나도규(羅燾圭, 1826~1885)라는 이에 의한 <죽부인전> 창작의 자취가 발견된바, 역시 한중 간에 비교문학적인 여지가 확대된다.

① 憑(빙) : 기댐. 의지함.
② 篔(운) : 왕대나무의 일종.
③ 蒼筤(창랑) : 푸른빛 대나무.
④ 黃帝(황제) : 중국 신화시대 제왕의 한 이름. 복희씨, 신농씨와 더불어 삼황(三皇)으로 일컬어진다. 헌원(軒轅)의 언덕에서 태어났다고 하여 헌원씨(軒轅氏)라고도 하는데, 문자, 수레, 배 등을 만들고 도량형, 음악, 역법 등 많은 문물과 제도를 확립한 것으로 전한다.
⑤ 虞(우) ; 우순(虞舜). 순임금.
⑥ 簫(소) : 대나무 피리.
⑦ 伏羲(복희) : 중국 신화시대의 임금. 백성에게 어렵(漁獵)과 농경, 목축을 가르쳤으며, 처음으로 팔괘(八卦)를 만들었다고 한다.
⑧ 韋氏(위씨) : 대나무 책 곧 죽간(竹簡)을 매는 가죽 끈.
⑨ 李斯(이사) : 진(秦)나라의 객경(客卿)으로 진시황을 도와 천하를 통일하자 승상이 되어 군현제(郡縣制)를 창립하고, 금서령을 내렸다. 소전(小篆) 서체를 창시했다고도 한다.

至漢蔡倫[⑩]家客楮生[⑪]者 頗學文載筆 時與竹氏游 然其人輕薄 且好浸潤之譖 疾竹氏剛直 陰蠹[⑫]而毁之 遂奪其任 周有竿[⑬] 亦竹氏後 與太公[⑭]望釣渭濱 太公作鉤 竿曰 吾聞大釣無鉤 釣之大小曲直 直者可以釣國 曲者不過得魚也 太公從之 後果爲文王[⑮]師 封於齊 擧竿賢 以渭濱爲食邑 此竹氏渭濱之所起也 今子孫尙多 若篬[⑯]箊箟簬是已 徙楊州者稱篠蕩[⑰] 入胡中者稱篷[⑱] 竹氏大槩有文武幹 世爲籩[⑲]簋笙竽禮樂之用 以至射漁之微 載在典籍 班班[⑳]可見 唯筸[㉑]性至鈍 心塞不學而終 至篔隱而不仕 有一弟曰簹[㉒] 與兄齊名 虛中直己 善

⑩ 蔡倫(채륜) : 50?~121?. 후한(後漢) 때 관리로, 재래 종이인 마지(麻紙)를 개량, 지질(紙質)을 일약 상향시킨 공로자이다. 그가 만든 종이를 채후지(蔡侯紙)라고 한다.
⑪ 楮生(저생) : '종이'를 의인화한 명칭.
⑫ 陰蠹(음두) : 陰은 부사 역할로 몰래. 蠹는 동사 역할을 하여 좀먹다.
⑬ 竿(간) : 낚싯대.
⑭ 太公望(태공망) : 세칭 강태공(姜太公)으로 본명은 여상(呂尙). 은나라 말기에 문왕(文王)과 무왕(武王)을 도와 주(周)나라 창립에 이바지한 인물.
⑮ 文王(문왕) : 은나라 주왕(紂王)의 폭정에 혁명을 일으켜 주나라 초대 임금이 된 인물. 본래 이름은 희창(姬昌).
⑯ 篬箊箟簬(림어군정) : 篬箊는 이파리가 얇고 넓은 대, 箟簬은 가늘고 작은 조릿대의 종류.
⑰ 篠蕩(소탕) : 왕대나무의 일종.
⑱ 篷(봉) : 대오리틈. 가늘게 쪼갠 댓개비로 거적처럼 엮어 만든 물건.
⑲ 籩簋(변궤) : 籩은 과일을 담는 제기(祭器). 簋는 서직(黍稷)을 담는 제기.
⑳ 班班(반반) : 명백한 모양. 명백히, 분명히. 부사어로 쓰였다.
㉑ 筸(감) : 속이 꽉 찬 대나무.
㉒ 簹(당) : 앞의 운(篔)과 비슷한 품종의 왕대나무의 하나.

㉒王子猷 子猷曰 一日不可無此君 因號㉓此君 夫子猷端人也 取友必端 則其人可知 娶㉔益母女 生一女 夫人是也 總角有貞淑姿 隣有㉕宜男者 作淫詞挑之 夫人怒曰 男女雖殊 其拘節一也 一爲人所折 豈可復立於世 宜生㦸而去 豈牽牛子之輩 所可覬覦也 旣長 ㉖松大夫以禮聘之 父母曰 松公君子人也 其雅操與吾家相侔 遂妻之 夫人性日益堅厚 或臨事分辨 捷疾若迎刃而解 雖以㉗梅仙之有信 ㉘李氏之無言 曾且不顧 而況㉙橘老杏子乎 或値煙朝月夕 吟風嘯雨 蕭洒態度 無得而狀 好事者竊寫其眞 傳之爲寶 若㉚文與可㉛蘇子瞻尤好焉 松公長夫人十八歲 晩學仙 遊㉜穀城山 石化不返

㉒ 王子猷(왕자유) : 진(晉)의 왕휘지(王徽之). 왕희지의 아들로, 자가 자유(子猷)이다. ≪진서(晉書)≫에는 그가 대나무를 사랑하는 벽(癖)이 있어, 하루도 이 사람[此君]이 없으면 안 된다고 늘 말하였다고 한다. '愛竹成癖 常曰 何可一日無此君.'

㉓ 此君(차군) : 대나무의 별칭. 위의 왕자유의 고사에 따른 성어(成語)이다.

㉔ 益母(익모) : 익모초(益母草)에 대한 의인명칭. 어미 '母' 자를 살렸다.

㉕ 宜男(의남) : 의남초(宜男草). 원추리풀. 남자(男子)의 의미를 살린 것이다.

㉖ 松大夫(송대부) : 소나무를 대부에 비하였다.

㉗ 梅仙(매선) ; 매화를 신선에 비하였다.

㉘ 李氏(이씨) : 오얏나무. 복사나무와 오얏나무는 말을 하지 않아도 그 아래 절로 길이 난다. 즉 그 고운 꽃과 맛나는 열매 때문에 찾아오는 많은 사람들로 인해 길이 절로 생긴다는 중국의 속담에서 활용한 것. ≪사기(史記)≫ <이장군전(李將軍傳)>에, '諺曰 桃李不言 下自成蹊.'

㉙ 橘老杏子(귤로행자) : 귤나무와 살구나무에 대한 의인 명칭.

㉚ 文與可(문여가) : 송나라의 문인 문동(文同). 與可는 자이다. 대나무를 잘 그렸고, 차군암(此君菴)이라는 호도 있다.

㉛ 蘇子瞻(소자첨) : 소동파(蘇東坡). 송의 문인, 정치가. 당송팔대가(唐宋八大家)의 한 사람으로, 대나무 그림으로도 성가(聲價)를 높였다.

㉜ 穀城山(곡성산) : 산동성 동아현(東阿縣) 소재의 산 이름. 한고조가 항우를 장사 지내 준 산이기도 하다.

夫人獨居 往往歌衛風[33] 其心搖搖 不能自持 然性好飮 史失其年 五月十三日 移家靑盆山[34] 因醉得枯渴之疾 遂不理自得疾 依人而居 晩節益堅 爲鄕里所推 三邦節度使 惟箘[35]與夫人同姓[36] 以行狀[37]聞 贈節婦

史氏曰 竹氏之先 有大功于上世 其苗裔皆有材抗節[38]見稱於世 夫人之賢宜矣 噫 旣配君子 爲人所倚 而卒無嗣天道無知 豈虛語哉.

≪稼亭集≫

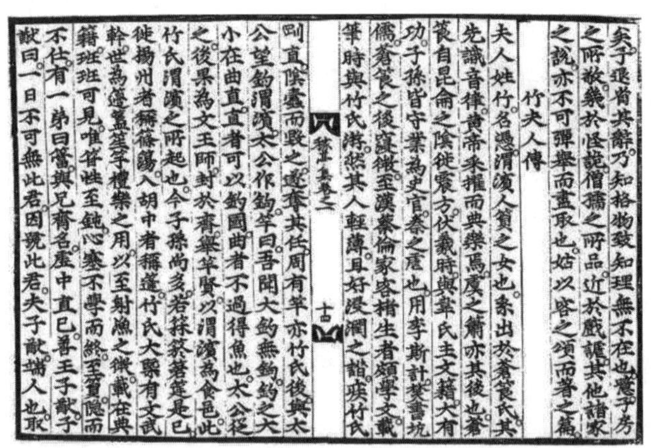
矣予退省其辭乃知格物致知理無不在也噫予旁之所敬幾於怪誕僧孺之所品近於戲謔其他諸家之說亦不可殫舉而盡取也姑以答之領而著之篇

竹夫人傳

夫人姓竹名憑渭濱人篔之女也系出於蒼筤氏其先識音律黃帝采擢而典樂焉虞之簫亦其後也蒼筤自昆侖之陰從虙方伏羲時與韋氏主文籍大有功子孫皆守業爲史官秦之虐也用李斯計焚書坑儒蒼筤之後寖微至漢蔡倫家客楮生者頗學文載筆時與竹氏游然其人輕薄且好浸潤之譖疾竹氏

稼亭集卷之一 十

剛直陰毀而毀之遂奪其任周有竿亦竹氏後與太公望鈞渭濱太公作鈎竿曰吾聞大鈎無鈎鈎之大小在曲直直者可以鈎國曲者不過得魚也太公從之後果爲文王師封於齊樂竿賢以渭濱爲食邑此竹氏渭濱之所起也今子孫尚多若篠簜若篁是已徙揚州者稱篠簜入胡中者稱蘆竹氏大槩有文武幹世爲籩簋笙竽禮樂之用以至射漁之微載在典籍班班可見唯符姓至鈍心塞不學而終至賣隱而不仕有一弟曰篬與兄齊名虛中直己善王子猷子猷曰一日不可無此君因號此君夫子猷端人也取

≪稼亭集≫ 권1 '雜著'에 수록된 <죽부인전>

㉝ 衛風(위풍) : ≪시경(詩經)≫ 소재 국풍(國風)들 중 위(衛)나라의 민요.
㉞ 靑盆山(청분산) : 푸른색 화분을 형상화한 표현인 듯.
㉟ 箘(균) : 조릿대. 화살대를 만드는 대나무.
㊱ 同姓(동성) : "성씨를 함께 하다." 술목구조이다.
㊲ 行狀(행장) : 죽은 뒤에 그 사람 평생의 행적을 기록한 글.
㊳ 抗節(항절) : 지조를 지켜 자기 소신을 굽히지 않음.

小說

169 枕中記침중기 – 沈既濟*

①開元七年 道士有呂翁者 得神仙術 行②邯鄲道中 息③邸舍 ④攝帽弛帶 ⑤隱囊而坐 俄見旅中少年 乃盧生也 衣短褐 乘青駒 將適於田 亦止於邸中 與翁共席而坐 言笑殊暢 久之 盧生顧其衣裝敝褻 乃長歎息曰 大丈夫困⑥生世不諧⑦如是也 翁曰 觀子形體 無苦無恙 談諧方⑧適 而歎其困者 何也

＊ 심기제(750?~800) : 당나라 문인. 생몰년은 정확치 않다. 오늘날의 소주(蘇州)인 오군(吳郡) 출신이다. 많은 서적을 섭렵하였고 역사의 기록에 더욱 능했기에 당 덕종(德宗) 때에 ≪구당서(舊唐書)≫를 수찬한 일도 있다. 명(明)・청(淸) 시대의 총서에는 이필(李泌)이 지었다고 되어 있지만, ≪문원영화(文苑英華)≫를 심기제 작으로 보는 것이 통설이다. 자신의 불우(不遇)를 한탄하는 노생(盧生)이라는 서생이 여옹(呂翁)이라는 도사(道士)가 건네준 베개로 잠깐 잠이 들었고, 그 안에서 평생의 영고성쇠(榮枯盛衰)하는 모습을 보았으나, 깨고 보니 그것이 잠깐 동안의 꿈이었다는 것을 깨달으면서 명리(名利)로 고뇌하던 의식세계의 허무를 돌아보게 된다. 한평생의 파란만장한 삶을 지극히 짧은 시간 속에 응축시켜 넣은 수법이 돋보인다. 밥 한 번 짓는[一炊] 짧은 사이에 꾸었다 하여 '일취지몽(一炊之夢)'이라고도 하고, 기장밥을 제재로 '황량몽(黃粱夢)'이라고도 한다. 이것을 포함한 중국의 꿈 설화에서는 입신공명의 출세주의 쪽에 집중되어 있는 반면, 신라의 대표적인 꿈 설화인 <조신몽(調信夢)>과 꿈 소설인 <구운몽(九雲夢)>에는 애욕의 주제가 압권인 점도 대조적이랄 수 있다.

① 開元七年(개원칠년) : 서기 737년. 開元은 당나라 현종(玄宗) 때의 연호로, 서기 713년부터 741년 사이.
② 邯鄲(한단) : 중국 하북성(河北省) 남서부 태행(太行) 산맥의 동쪽 기슭에 있는 도시. 교통의 요지이며 부근 농산물의 집산지임. 춘추시대부터의 고도(古都)로, 기원전 4세기 전국시대 조(趙)나라의 수도.
③ 邸舍(저사) : 邸에 집, 숙사 등 뜻이 있고 舍도 가옥, 여관의 뜻이 있으나, 여기선 주막, 상점의 의미.
④ 攝帽(섭모) : 모자를 벗다. 攝은 당기다. 걷어 올리다의 뜻.
⑤ 隱囊(은낭) : 수레 안에서 몸을 기대는 큰 자루. 隱은 기본으로 숨다, 가엾어 하다 등의 뜻이나, 여기서는 기대다.
⑥ 生世不諧(생세불해) : 生世는 술보(述補) 구조. 세상에 나다. 諧는 이루다. 어울리다. "세상에 나서 뜻을 이루지 못하다."
⑦ 如是(여시) : 이와 같다. 노생이 자신의 처지를 남루한 옷에 비유하여 말한 뜻이다.
⑧ 適(적) : 마침. 가다. 즐기다.

生曰 吾此苟生耳⑨ 何適之謂 翁曰 此不謂適 而何謂適 答曰 士之生世 當建功樹名⑩ 出將入相⑪ 列鼎而食⑫ 選聲而聽 使族益昌而家益肥 然後可以言適乎 吾嘗志于學 富於游藝 自惟當年 青紫⑬可拾 今已適壯 猶勤畎畝⑭ 非困而何 言訖而 目昏思寐 時主人方蒸黍 翁乃探囊中枕以授之曰 子枕吾枕⑮ 當令子榮適如志 其枕青瓷 而竅其兩端 生俛首就之 見其 竅漸大 明朗 乃舉身而入 遂至其家 數月 娶清河崔氏女⑯ 女容甚麗 生資愈厚 生大悅 由是衣裝服馭 日益鮮盛 明年 舉進士 登第 釋褐秘校 應制⑰ 轉渭南尉 俄遷監察御史 轉起居舍人⑱ 知制誥 三載 出典同州 遷陝牧 生性好土功 自陝西鑿河八十里 以濟不通⑲ 邦人利之 刻石紀德 移節

⑨ 耳(이) : 여기서는 뿐이라는 종결사.
⑩ 樹名(수명) : 이름을 세우다. 여기의 樹는 수립(樹立)에서처럼 세우다{동사}.
⑪ 出將入相(출장입상) : 조정 밖에 나가서는 장수(將帥)요, 들어와서는 재상(宰相). 난시(亂時)에는 전장에 나가 장군이 되고, 평상시엔 재상이 되어 정치하는 이상적(理想的) 관리의 상을 이르는 말
⑫ 列鼎而食(열정이식) : 솥을 가지런히 늘어놓고 먹음. 진수성찬을 즐긴다는 뜻
⑬ 青紫(청자) : 푸른 인끈. 공경(公卿)의 지위를 말한다.
⑭ 畎畝(견묘) : 밭의 고랑과 이랑. 전답(田畓). 농경(農耕). 시골. 민간.
⑮ 子枕吾枕(자침오침) : 앞의 침은 '베다'{동사}, 뒤의 침은 '베개'{명사}.
⑯ 清河崔氏女(청하최씨녀) : 청하 최씨의 딸. 청하 최씨는 당나라 시절 3대 권문세족 중 하나.
⑰ 應制(응제) : 문사(文詞)를 맡은 신하들이 왕명에 호응하여 글을 짓는 것
⑱ 起居舍人(기거사인) : 문하성(門下省) 소속의 사관으로, 천자의 언행과 법도에 관한 기록을 맡은 관리.
⑲ 不通(불통) : 통하지 않는 곳. 명사적 용법으로 쓰였다.

汴州 領河南道⑳採訪使 徵爲京兆尹 是歲 ㉑神武皇帝 方事戎狄 恢宏土宇 會㉒吐蕃悉抹邏及㉓燭龍莽布支攻陷㉔瓜沙 而節度使 王 君㚟新被殺 河湟震動 帝思將帥之才 遂除生御史中丞 河西道節度 大破戎虜 斬首七千級 開地九百里 築三大城 以遮要害 邊人立石於居延山以頌之 歸朝册勳 恩禮極盛 轉吏部侍郎 遷戶部尙書兼御史大夫 時望淸重 羣情㉕翕習 大爲時宰所忌 以飛語中之 貶爲端州刺史 三年 徵爲㉖常侍 未幾 ㉗同中書門下平章事 與蕭㉘中令嵩 裴㉙侍中光庭 同執大政十餘年 嘉謨密命 一日三接 ㉚獻替啓沃 號爲賢相 同列害之 復誣與邊將交結 所圖㉛不軌 下制獄 府吏

⑳ 採訪使(채방사) : 지방의 실정(實情)을 조사 평가하는 일을 맡아보던 관리.
㉑ 神武皇帝(신무황제) : 당나라 현종(玄宗)의 존호(尊號).
㉒ 吐蕃(토번) : 중국 서쪽의 티베트 족을 이르던 말.
㉓ 燭龍(촉룡) : 중국 서쪽의 이민족의 하나.
㉔ 瓜沙(과사) : 중국 감숙성(甘肅省) 소재의 돈황(敦煌).
㉕ 翕習(흡습) : 따르고 친근해지다. 翕은 합하다. 모이다. 성하다. 따르다. 많다. 習은 익히다. 친숙하다.
㉖ 常侍(상시) : 천자의 곁에서 시종(侍從)하는 관리.
㉗ 同中書門下平章事(동중서문하평장사) : 당송(唐宋) 시대에 재상 급의 일을 맡은 관직.
㉘ 中令(중령) : 중서령(中書令). 기무(機務), 조명(詔命) 비기(秘記) 등을 맡은 중서성(中書省)의 우두머리.
㉙ 侍中(시중) : 문하성(門下省)의 으뜸 벼슬.
㉚ 獻替啓沃(헌체옥계) : 獻替는 선을 권하고 악을 못하게 함. 啓沃은 자기 마음을 열어 남을 윤택하게 함. 흉금을 열고 성의껏 인도하는 일.
㉛ 不軌(불궤) : 법을 따르지 않음. 여기서는 모반(謀叛)을 뜻한다.

引從 至其門 而急收之 生惶駭不測 謂妻子曰 吾家山東有良田五頃 足以禦寒餒 何苦求祿 而今及此 思衣短褐乘青駒 行邯鄲道中 不可得也 引刃自刎 其妻救之 獲免其罹者皆死 獨生[32]爲中官保之 減罪死 [33]提驩州 數年 帝知冤復追爲中書令 封燕國公 恩旨殊異 生五子 曰儉 曰傳曰位 曰倜 曰倚 皆有才器 儉進士登第 爲考功員外 傳爲侍御史 位爲太常丞 倜爲萬年尉 倚最賢 年二十八 爲左襄[34]其姻媾皆天下望族 有孫十餘人 兩竄[35]荒徼 再登台鉉 出入中外 徊翔臺閣 五十餘年 崇盛赫奕 性頗奢盪 甚好佚樂後庭聲色 皆第一綺麗 前後賜良田甲第佳人名馬 不可[36]勝數後年漸衰邁 屢乞骸骨 不許 病中人候問 相踵於道 名醫上藥 無不至焉 將歿 上疏曰 臣本山東[37]諸生 以田圃爲娛偶逢聖運 得列官敍 過蒙殊獎 [38]特秩鴻私 出擁節旌 入昇

㉜ 爲中官保之(위중관보지) : 중관(中官)에 의해 보호를 받았다. 爲A 所B(A로부터 B를 당하다) 용법인데, 保의 앞에 '所'가 생략된 꼴이다. 中官은 환관, 내시(內侍).

㉝ 驩州(환주) : 지금 월남의 북부 지역. 북베트남.

㉞ 其姻媾皆天下望族(기인구개천하망족) : 姻媾는 처족(妻族), 아내의 친족. 望族은 명망 있는 집안.

㉟ 荒徼~台鉉(황요~태현) : 徼는 순행하다. 순라꾼. 변방. 샛길 . 台鉉은 재상의 지위. 台와 鉉은 나란히 삼공(三公)의 뜻. =鉉台, 台輔.

㊱ 勝數(승수) : 勝은 이루{부사}. 數는 본동사로 (숫자 등을) 세다.

㊲ 諸生(제생) : 서생(書生). 유생(儒生).

㊳ 特秩鴻私(특질홍사) : 특별히 대우하고, 크게 사랑하다. 特은 특별히{부사}. 秩은 차례. 녹봉. 벼슬. 차례나 등급을 매기다. 鴻은 크게{부사}. 私는 편애하다.

台輔 周旋中外 綿歷歲時 有忝天恩 無裨聖化 負乘貽寇 履薄增憂 日懼一日 不知老至 今年逾八十 位極三事(39) 鐘漏(40) 並歇 筋骸俱耄 彌留沈頓 待時益盡 顧無成效 上答休明(41) 空負深恩 永辭聖代 無任感戀之至(42) 謹奉表陳謝 詔曰 卿以俊德 作朕元輔 出擁藩翰 入贊雍熙 昇平二紀(43) 寔卿所賴 比嬰(44)疾疹 日謂痊平 豈斯沈痼 良用(45)憫惻 今令驃騎大將軍高力士 就第(46)候省 其勉加鍼石 爲予自愛 猶冀無妄 期於有瘳 是夕薨 盧生欠伸而悟 見其身方偃於邸舍 呂翁坐其傍 主人蒸黍 未熟 觸類如故 生蹶然而興 曰 豈(47)其夢寐也 翁謂生曰 人生之適 亦如是矣 生憮然良久 謝曰 夫寵辱(48)之道 窮達之運 得喪之理 死生之情 盡知之矣 此先生所以窒吾欲也 敢不受教 稽首再拜而去. ≪文苑英華≫

㊴ 三事(삼사) : 삼공(三公). 정치상 세 개의 요직(要職).

㊵ 鐘漏(종루) : 종명누진(鐘鳴漏盡)을 축약시킨 말. 때를 알리는 종이 울리고, 물시계의 물이 다 새나왔다. 밤이 자꾸 깊어간다는 뜻 내지, 전(轉)하여 노쇠하여 여명이 얼마 남지 아니함을 뜻한다.

㊶ 休明(휴명) : 대명(大明). 아주 밝다는 말.여기의 휴는 넓다, 관대하다.

㊷ 無任感戀之至(무임감연지지) : "지극한 그리움을 감당할 수 없습니다." 옛 편지글의 상투어이다.

㊸ 二紀(이기) : 24년. 여기서의 紀는 12년을 말한다.

㊹ 比嬰(비영) : 比는 요사이. 嬰은 걸리다.

㊺ 良用(양용) : 良은 참으로(부사). 用은 접속사 '以'와 통용 대치한 것이다.

㊻ 就第(취제) : 집으로 찾아감. 第는 차례. 과거시험. 집.

㊼ 豈 : '어찌 기'가 아님. 바로[其], 다름 아닌.

㊽ 寵辱(총욕) : 굄을 받음과 욕을 당함. 총애(寵愛)와 수모.

170 三國志演義삼국지연의(抄) – 羅貫中*

①正飮間 見一大漢 ②推著一輛車子 到店③門首歇了 入店坐下 ④便喚酒保 ⑤快斟酒來吃 我待⑥趕入城去投軍 玄德看其人 身長九尺 髯長二尺 面如重棗 脣若塗脂 丹鳳眼臥蠶眉 相貌堂堂 威風凜凜 玄德就⑦邀他同坐 叩其姓名 其人曰 吾姓關 名羽 字壽長 後改雲長 河東解良人也 因本處勢豪 倚勢凌人 被吾殺了 逃難江湖 五六年矣 今

*** 나관중**(1330~1400) : 원나라 말기의 소설가. 본명은 본(本). 절강(浙江) 출생. ≪삼국지연의(三國志演義)≫는 약 1100년 전 서진(西晉)의 역사가인 진수(陳壽, 233~297) 가 지은 역사서 ≪삼국지(三國志)≫를 토대로 하여 소설 형식으로 지은 것이다. 오늘날 허구적 소설에 해당하는 말이 연의(演義)이다. 소설의 주인공 격인 유비, 관우, 장비가 복사꽃 만발한 정원에서 결의형제를 맺는 도원결의(桃園結義) 부분은 ≪삼국지연의≫ 중에서도 가장 알려진 한 토막이다. 황건적의 난이 발발하자 유주(幽州)의 관청에서 군사를 모집하는 방문(榜文)을 내붙인다. 한실 종친인 유비는 탁현(涿縣)에도 붙은 방문을 보았으나, 역부족임을 한하며 길게 탄식한다. 이때 술을 팔고 도살을 업으로 삼는 장비를 만나니, 그는 호걸과 사귀기를 좋아하며 사재를 털어 돕기를 원한다. 두 사람이 주점에 들어가 술을 마시는데, 때마침 관우가 그 주점으로 들어온다. 여기의 내용은 바로 그 뒤에 전개되는 장면이다.

① 正(정) : 때마침, 한창, 바야흐로. =方. 뒷부분의 '花開正盛'도 같은 용법이다.
② 推著(추착) : (수레를) 밀면서 도착하다. 著은 드러나다. 글을 짓다의 의미일 경우 '저'로 읽고, 여기서는 '착'으로 읽으면서 다다르다[着]의 뜻임.
③ 門首(문수) : 문 앞, 문전(門前).
④ 便喚酒保(변환주보) : 便은 문득. 주보(酒保)는 술을 나르는 점원.
⑤ 快斟酒(쾌짐주) : 快는 빨리. 斟은 짐작하다. 주저하다. 술을 따르다.
⑥ 趕入城去(간입성거) : "급히 달려 성으로 들어가다." 趕는 급히 달려가다의 뜻이지만, 여기서는 부사적 용법으로 쓰였다. 城 앞의 '到'거나 '入'은 ~(으)로 라는 방향을 지시하는 전치사.
⑦ 邀他(요타) : "그를 맞아들이다." 여기의 他는 3인칭대명사 '그'로, 관우를 지칭한다.

聞此處 招軍破賊 特來應募德遂以己志告之 雲長大喜 同到張飛莊上 共議大事 飛曰 吾莊後 有一桃園 花開正盛 明日當於園中 祭告天地 我三人結爲兄弟 協力同心然後 可圖大事 玄德雲長齊聲應曰 此甚好 次日於桃園中 備下烏牛白馬祭禮等項 三人焚香再拜而誓曰 ⑧念劉備關羽張飛 雖然異姓 旣結爲兄弟 則同心協力 救困扶危 上報國家 下安⑨黎庶 不求同年同月同日生 ⑩但願同年同月同日死 ⑪皇天后土 ⑫實鑒此心 背義忘恩 天人共戮 誓畢 拜玄德爲兄 關羽次之 張飛爲弟 祭罷天地 復⑬宰牛設酒 聚鄕中勇士 得三百餘人 就桃園中 痛飮一醉.

⑧ 念(염) : 생각하다. (소리내어) 읽다. 낭독하다. 여기서는 '생각호대'라 해도 좋고, '낭독하노니'라 해도 무방하다.
⑨ 黎庶(여서) : 백성의 무리. 만백성. '衆庶'라고 한 데도 있다.
⑩ 但(단) : '只'로 된 곳도 있으나, 똑같이 '다만'의 뜻.
⑪ 皇天后土(황천후토) : 하늘의 신과 땅의 신. 천지의 신령(神靈).
⑫ 實鑒(실감) : '實觀'으로 된 곳도 있으나, 뜻은 '진실로 ~살피다'로 동일함.
⑬ 宰牛設酒(재우설주) : "소를 잡고 술자리를 베풀다." 宰는 재상. 주관하다. 고기를 저미다.

171 李生窺墻傳이생규장전(抄) – 金時習*

①松都有李生者 居②駱駝橋之側 年十八 風韻淸邁 天資英秀 常詣③國學 讀詩路傍 ④善竹里 有巨室處崔氏 年可十五六 態度艶麗 工於刺繡 而長於詩賦 世稱 風流李氏子 窈窕崔家娘 才色⑤若可餐 可以⑥療飢腸 李生嘗挾冊詣學 常過崔氏之家 北牆外 垂楊裊裊 數十株環列 李生憩於其下 一日窺牆內 名花盛開 蜂鳥爭喧 傍有小樓 隱映於花叢

* 김시습(1435~1493)은 조선 전기의 시인으로 단종에의 절의를 지켜 세조에게 저항한 생육신(生六臣)이기도 하다. 그가 지은 소설집인 ≪금오신화(金鰲新話)≫는 <만복사저포기(萬福寺樗蒲記)>·<이생규장전(李生窺牆傳)>·취유부벽정기(醉遊浮碧亭記)>·<남염부주지(南炎浮洲志)>·<용궁부연록(龍宮赴宴錄)>의 5편이 실린 작품집이다. 어쩌면 작품이 더 많았을 것으로 추정되나, 지금은 이 다섯 작품만 전하고 있다. 표제의 뜻은 1470년을 전후하여 김시습이 7년가량 칩거하던 경주 남산의 '금오산(金鰲山)에서 쓴 새로운 이야기'로 풀 수 있다. 제목 역시 그보다 약 반세기 앞의 명나라 구우(瞿佑)가 쓴 ≪전등신화(剪燈新話)≫의 표현을 빌린 것이긴 하나, 그 안의 내용만큼은 이른바 모방이 아닌 영향으로, 한국적 독창의 경계를 한껏 펼쳐냈다. <만복사저포기>와 <이생규장전> 안에서는 그의 정치적 비분을, <취유부벽정기> 안에서는 옛 기자조선을 중심한 역사적 사유를, <남염부주지> 안에서는 저승세계와 불교에 대한 종교적 의중을, <용궁부연록> 안에서는 문학적 자부를, 그 특유의 은유적 수법에 따라 잘 융해시켜 놓았기에, 단순한 인귀교환(人鬼交驩)이거나 몽환담(夢幻談) 이상의 수준을 넘어 정치적, 사상적, 문학적 깊이를 구축하였다.

① 松都(송도) : 고려의 왕도(王都)였던 개성(開城)의 옛 이름. 고려가 도읍하면서 처음에는 개주(開州)라고 하였다가 뒤에 개경, 개성이라 하였으며, 송도는 송악(松嶽)이란 산이 있기 때문에 붙여진 별칭.
② 駱駝橋(낙타교) : 개성 선죽교 인근의 촉정문(促定門) 안에 있던 다리 이름. 탁타교(槖駝橋)라고도 한다.
③ 國學(국학) : 옛 개성 탄현문(炭峴門) 안에 있었던 성균관을 가리킨다.
④ 善竹里(선죽리) : 개성 선죽교(善竹橋) 부근에 있던 마을.
⑤ 若可餐(약가찬) : "만일 먹을 수 있는 것이라 한다면." 음식에 비유해 보인다는 뜻.
⑥ 療飢腸(요기장) : ≪시경(詩經)≫ 진풍(陳風) <형문(衡門)>에 '可以樂飢'의 구절을 변용한 양하다.

之間 株簾半掩 羅幃低垂 有一美人 倦繡停針 ⑦支頤而吟曰 獨倚紗窓刺繡遲 百花叢裏囀黃鸝 無端暗結東風怨 不語停針有所思 路上誰家白面郎 青衿大帶映垂楊 何方可化堂中燕 低掠珠簾斜度墻 生聞之 ⑧不勝技癢 然其門戶高峻 庭闈深邃 但怏怏而去 還時以白紙一幅 作詩三首 繫瓦礫投之曰 ⑨巫山六六霧重回 半露尖峰紫翠堆 惱却襄王孤枕夢 肯爲雲雨下陽臺 ⑩相如欲挑卓文君 多少情懷已十分 紅粉墻頭桃李艶 隨風何處落繽紛 好因緣邪惡因緣 空把愁腸日抵年 二十八字媒已就 ⑪藍橋何日遇神仙 崔氏 命侍婢香兒 往取見之 卽李生詩也 披讀再三 心自喜之 以片簡又書八字 投之曰 將子無疑 昏以爲期 生如其言 乘昏而往 忽見桃花一枝 過墻而有搖裊之影 往視之則以鞦韆絨索繫竹兜下垂 生攀緣而踰 會月上東山 花影在地 淸香可愛

⑦ 支頤(지이) : 턱을 괴다.

⑧ 不勝技癢(불승기양) : 不勝은 이기지(견디지) 못하다. 癢은 재주 가려움증, 곧 재주를 발휘하지 못해 안달이 나는 증상.

⑨ 巫山(무산) : 초나라의 양왕(襄王)이 꿈에 신녀(神女)와 놀았다는 사천성(四川省) 무산현의 동남쪽에 있는 산.

⑩ 相如(상여) : 중국 전한(前漢) 때의 문인 사마상여(司馬相如). 자는 장경(長卿). 부(賦)에 뛰어나, 초사(楚辭)를 조술(祖述)한 송옥(宋玉), 가의(賈誼), 매승(枚乘) 등에 이어 '이소재변(離騷再變)의 부(賦)'라고도 일컬어진다. 탁문군(卓文君)과의 염사(艶史)가 유명하다.

⑪ 藍橋(남교) : 섬서성 남진현 남계(藍溪)에 있는 다리. 당나라 때 배항(裵航)이 이곳에서 선녀 운영(雲英)을 만났다고 한다.

生意謂已入仙境 心雖竊喜 而情密事秘 毛髮盡竪 回眄左右 女已在花叢裏 與香兒 折花相戴 鋪罽僻地 見生微笑 口占二句 先唱曰 桃李枝間花富貴 鴛鴦枕上月嬋娟 生續吟曰 他時漏洩春消息 風雨無情亦可憐 女變色而言曰 本欲與君 終奉箕帚⑫ 永結歡娛 郎何言之若是遽也 妾雖女類 心意泰然 丈夫意氣 肯⑬作此語乎 他日閨中事洩 親庭譴責 妾以身當之 香兒可於房中 賷酒果以進 兒如命而往 四座寂寥 闃無人聲 生問曰 此是何處 女曰 此是北園中小樓下也 父母以我一女 情鍾⑭甚篤 別構此樓于芙蓉池畔 方春時 名花盛開 欲使從侍兒遨遊耳 親闈之居 閨閤深邃 雖笑語啞咿 亦不能卒爾相聞也 女酌綠蟻⑮一巵 口占古風一篇曰 曲欄下壓芙蓉池 池上花叢人共語 香霧霏霏春融融 製出新詞歌白紵⑯ 月轉花陰入氍毹 共挽長條落紅雨

⑫ 箕箒(기추) : 쓰레받기와 비. 여기서는 처첩(妻妾)이 되어 남편을 섬기는 것을 가리킨다.
⑬ 긍(肯) : 기껏, 고작(부사).
⑭ 情鍾(정종) : 정을 쌓다. 여기의 種은 '모으다'의 뜻.
⑮ 綠蟻(녹의) : 명주(名酒)의 한 종류. 蟻는 술이 익어가면서 위로 떠오르는 푸르스름한 거품을 뜻함.
⑯ 白紵(백저) : 진나라 때의 악부 이름으로 남녀 간의 애정을 노래한 곡이다. <백저가(白紵歌)> 또는 <백저사(白紵詞)>라고도 한다.

風攬淸香香襲衣 ⑰賈女初⑱踏春陽舞 羅衫輕拂海棠枝 驚起花間宿鸚鵡 生卽和之曰 誤入⑲桃源花爛熳 多少情懷 能語翠鬟雙綰金釵低 楚楚春衫裁綠紵 東風初拆竝帶花 莫使繁枝戰風雨 飄飄仙袂影婆娑 叢桂陰中素娥舞 勝事未了愁必隨 莫製新詞敎鸚鵡 吟罷 女謂生曰 今日之事 必非小緣 郞須⑳尾我 以遂情款 言訖 女從北窓入 生隨之 樓梯在房中 緣梯而昇 ㉑果其樓也 文房几案 極其濟楚 一壁展㉒煙江疊嶂圖 ㉓幽篁古木圖 皆名畫也.

≪金鰲新話≫

⑰ 賈女(가녀) : 가충(賈充)의 딸. 한수(韓壽)를 사모하여, 하녀로부터 한수의 성(姓)과 자(字)를 알아내고, 무제(武帝)가 하사한 서역의 향수를 남몰래 훔쳐서 한수에게 주었다. 가충이 이 향을 맡고 가충을 한수에게 시집보냈다는 ≪진서(晉書)≫ <가충전(賈充傳)>의 고사가 있다.

⑱ 답(踏) : 밟다라는 뜻이 있지만 여기서는 장단을 맞추다. 춤을 추다로 쓰였다.

⑲ 桃源(도원) : 무릉도원(武陵桃源). 진(晋)나라 때의 문호 도연명(陶淵明)이 쓴 <도화원기(桃花源記)> 중에 등장하는 지명. 별천지(別天地).

⑳ 尾(미) : 꼬리. 따르다{동사}.

㉑ 果(과) : 과연, 정말. 마침내, 필경.

㉒ 煙江疊嶂圖(연강첩장도) : 안개 자욱한 강 너머로 첩첩한 산봉우리를 그린 그림. 송나라 왕선(王詵, 1036~1104) 작(作)으로, 그는 황정견(黃庭堅), 소식(蘇軾)과 더불어 친하였는데, 소식이 이를 보고 지은 시(詩)도 전해진다.

㉓ 幽篁古木圖(유황고목도) : 그윽한 대숲과 고목을 그린 그림. 원나라 때 곽비(郭畀, 1280~1335)의 <유황고목도(幽篁枯木圖>가 있고, 가구사(柯九思, 1290~1351)를 비롯하여 여러 문인들이 그린 <고목유황도(古木幽篁圖)>도 있다.

172 雲英傳* 운영전(抄) – 無名氏

壽聖宮 卽①安平大君舊宅也 在長安城西仁旺山之下 山川秀麗 ②龍盤虎踞 社稷在其南 慶福在其東 仁旺一脈 逶迤而下 臨宮屹起 雖不高峻 而登臨俯覽 則通衢市廛 滿城第宅 ③碁布星羅 歷歷可指 宛若絲列分派 東望則宮闕縹緲 複道橫空 雲烟積翠 朝暮獻態 眞所謂絶勝之地也 一時酒徒射伴 歌兒笛童 ④騷人墨客 三春花柳之節 ⑤九秋楓菊之時 則無日不遊於其上 吟風咏月 嘯翫忘歸 青坡士人柳泳 飽聞此園之勝槪 思欲一遊焉 而衣裳藍縷 容色埋沒 自知爲遊客之取笑 況將進而趑趄者久矣 萬歷辛丑

* 작자 · 연대 미상의 고전소설. 궁녀 운영(雲英)과 김진사(金進士)의 비극적인 사랑을 그린 몽유록계(夢遊錄系)의 염정소설이다. 유영(柳泳)이라는 화자(話者)가 이야기를 소개하는 이른바 액자소설(額子小說) 형식을 띤다. 일명 '수성궁몽유록(壽城宮夢遊錄)' 또는 '유영전(柳泳傳)'이라고도 한다. 한문본과 한글본이 있는데, 다소간의 출입(出入)이 있지만 근간(根幹)의 줄거리는 동일하다.

① 安平大君(안평대군) : 1418~1453. 조선 초기의 왕족이자 서예가. 세종의 삼남(三男). 시·서·화에 두루 능하여 삼절(三絶)로 칭해졌으나, 형인 수양대군과의 권력 대립으로 사사(賜死)되었다.

② 龍盤虎踞(용반호거) : "용이 서린 듯, 호랑이가 걸터앉은 양." 웅장한 산세에 대한 비유어. ≪육조사적편류(六朝事跡編類)≫에, '鐘阜龍盤 石城虎踞.'

③ 碁布星羅(기포성라) : 물건이 사방 흩어져 있는 모양에 대한 비유. 성라기포(星羅碁布).

④ 騷人墨客(소인묵객) : 시인(詩人)과 문사, 또는 서화가. 총칭하여 풍류객(風流客). 굴원(屈原)의 <이소(離騷)>에 '騷人墨客幾來往 年年載酒多春遊.'

⑤ 九秋(구추) : 가을철의 90일 동안. 가을 석 달이라 하여 삼추(三秋)라고도 한다. 또는 음력 9월.

春三月旣望 沽得濁醪一壺 而旣乏童僕 又無朋知 躬自佩酒 獨入宮門 則觀者相顧 莫不指笑 生慙而無聊 乃入後園 登高四望 則新經⑥兵燹之餘 長安宮闕 滿城華屋 蕩然無有 壞垣破瓦 廢井堆砌 草樹茂密 唯東廊數間 ⑦巋然獨存 生步入西園 泉石幽邃處 則百草叢芊 影落澄潭 滿地落花 人跡不到 微風一起 香氣馥郁 生獨坐岩上 乃咏⑧東坡 我上朝元春半老 滿地落花無人掃之句 輒解所佩酒 盡飮之 醉臥岩邊 以石支頭 俄而酒醒 擡頭視之 則遊人盡散 山月已吐 烟籠柳眉 風東花腮 時聞一條軟語 隨風而至 生異之 起而訪焉 則有一少年 ⑨與絶色青蛾 斑荊對坐 見生至 欣然起迎 生與之揖 因問曰 秀才何許人 未卜其晝 只卜其夜 少年微哂曰 古人云 ⑩傾蓋若舊 正謂此也 相與⑪鼎足而坐話 女低聲呼兒 則有二⑫丫鬟 自林中

⑥ 兵燹(병선) : 전쟁이나 내란으로 인해 일어나는 화재. 병화(兵火).

⑦ 巋然(귀연) : 홀로 우뚝 선 모양. '蘬'라고 된 곳이 있는데, 이는 냉이씨나 털여뀌의 뜻.

⑧ 東坡(동파) : 중국 북송의 문인 소식(蘇軾, 1036~1101)의 호. 자는 자첨(子瞻). 호가 동파(東坡). 당송 산문 팔대가(八大家)의 한 사람으로, 서화에도 능하였다. ≪동파전집(東坡全集)≫의 저서가 있다.

⑨ 絶色青蛾(절색청아) : 絶色은 비할 데 없이 뛰어나게 아름다운 여자를 의미. 青蛾 역시 눈썹먹으로 푸르게 그린 눈썹. 앞의 절색(絶色)과 같이 미인(美人)을 의미한다. 두보(杜甫)의 <성서피범주(城西陂泛舟)>에, '青蛾皓齒在樓船 橫笛短簫悲遠天.'

⑩ 傾蓋若舊(경개약구) : 수레를 멈춰 덮개를 기울여 이야기한다는 말이니, 처음 만나 오랜 벗처럼 친해짐을 뜻한다. ≪사기(史記)≫ <추양전(鄒陽傳)>에, '諺曰 白頭如新 傾蓋如故 何則 知與不知也.'

⑪ 鼎足(정족) : 솥발처럼 셋이 힘을 합침. 따라서 화자(話者) 주인공인 유영(柳泳)과 이야기 속 주인공인 소년, 미인 이렇게 셋을 의미한다.

⑫ 丫鬟(아환) : 어린 계집종. 丫는 아이 머리를 두 갈래로 땋아 뿔처럼 동여맨 것. 鬟은 계집종.

出來 女謂其兒曰 今夕邂逅故人之處 又逢不期之佳客 今日之夜 不可寂寞而虛度 汝可備酒饌 兼持筆硯而來 二丫鬟承命而往 少旋而返 飄然若飛鳥之往來 琉璃樽盃 [13]紫霞之酒 珍果奇饌 皆非人世所有 酒三行 女口新詞 以勸其酒 詞曰 重重深處別故人 天緣未盡見無因 幾番 傷春繁花時 爲雲爲雨夢非眞 消盡往事成塵後 空使今人 淚滿巾 歌竟 欷歔飮泣 珠淚滿面 生異之 起而拜曰 僕 雖非錦繡之[14]腸 早事儒業 稍知文墨之事 今聞此詞 格調 [15]清越 而意思悲涼 甚可怪也 今夜之會 月色如晝 清風徐來 猶足可賞 而相對悲泣 何哉 一盃相屬 情義已孚 而姓名 不言 懷抱未展 亦可疑也 生先言己名而强之 少年歎息 而答曰 不言姓名 其意有在 君欲强之 則告之何難 而所 可道也 言之長也 愀然不樂者久之 乃曰 [16]僕姓金 年十歲 能詩文 有名學堂 而年十四 登進士第二科 一時皆以金 進士稱之 僕以年少俠氣 志意浩蕩 不能自抑 又以此女

⑬ 紫霞之酒(자하지주) : 紫霞는 선궁(仙宮)을 가리키니, 전(轉)하여 선인이 마시는 좋은 술.
⑭ 腸(장) : 원문에 '脹'이라 한 것은 '腸'의 오류임. 장(腸)은 여기서는 창자가 아닌 '마음[心]"로 쓰였다.
⑮ 淸越(청월) : 소리가 맑고 가락이 높음.
⑯ 僕(복) : 하인, 종이라는 뜻이 있지만, 여기서는 자기의 겸칭으로 쓰였다.

之故 將父母之遺體[17] 竟作不孝之子 天地間一罪人之名 何用强知 此女之名雲英 彼兩女之名 一名綠珠 一名宋玉 皆故安平大君之宮人也 生曰 言出而不盡 則初不如不言 之爲愈也 安平盛時之事 進士傷懷之由 可得聞其詳乎 進士顧雲英曰 星霜[18]屢移 日月已久 其時之事 汝能記憶否 雲英答曰 心中畜怨 何日忘之 妾試言之 郞君在傍 補其闕漏 乃言曰 莊憲大王[19]子 八大君中 安平大君最爲英睿 上甚愛之 賞賜無數 故田民財貨 獨步諸宮 年十三 出居私宮 宮名卽壽聖宮也 以儒業自任 夜則讀書 晝則或賦詩或書隷 未嘗一刻之放過 一時文人才士 咸萃其門 較其長短 或知鷄叫參橫講論不怠 而大君尤工於筆法 鳴於一國 文廟在邸時 每與集賢殿諸學士 論安平筆法曰 吾弟若生於中國 雖不及於王逸少[20] 豈後於趙松雪[21]乎 稱賞不已.

≪國立圖書館本≫

⑰ 父母之遺體(부모지유체) : 부모가 남겨준 몸, 즉 자기 자신의 몸을 의미.

⑱ 星霜(성상) : 한 해 동안의 세월(歲月). 별[星]은 일년에 하늘을 한 바퀴 돌고, 서리[霜]는 매년 내린다는 뜻에서 온 말.

⑲ 莊憲大王(장헌대왕) : 조선 4대 임금인 세종(世宗)의 시호(諡號).

⑳ 王逸少(왕일소) : 중국 동진(東晉)의 서예가 왕희지(王羲之, 307~365). 자가 일소(逸少)이다. 해서, 행서, 초서의 각 서체를 완성하여 후대에 서성(書聖)으로 불렸다.

㉑ 趙松雪(조송설) : 중국 원(元)나라의 화가·서예가 조맹부(趙孟頫, 1254~1322). 자는 송설(松雪). 서법에서 왕희지(王羲之)의 전형으로, 그림에서는 당나라 및 북송의 화풍으로 돌아갈 것을 주장하였다

173 兩班傳양반전 – 朴趾源*

兩班者 士族之尊稱也 旌善之郡 有一兩班 賢而好讀書 每郡守新至 必親造其廬而禮之 然家貧 歲食郡糶 積歲至千石 觀察使巡行郡邑 閱糶①糴 大怒曰 何物兩班 乃乏軍②興 命囚其兩班 郡守意哀其兩班 貧無以爲償 不忍囚之 亦無③可奈何 兩班日夜泣 計不知所出 其妻罵曰 生平子好讀書 無益縣官糴 咄 兩班兩班 不直④一錢 其里之富人私相議曰 兩班雖貧 常尊榮 我雖富 常卑賤 不敢騎馬 見

* 박지원(1737~1805) : 조선 정조 때의 문장가·실학자. 자는 중미(仲美). 호는 연암(燕巖). 정조 4년(1780)에 진하사(進賀使) 박명원(朴明源)의 수행원으로 청나라에 다녀와서 ≪열하일기(熱河日記)≫를 저술하였다. 북학론(北學論)의 기반 위에서 이용후생(利用厚生)의 실학을 강조한 바, 기발한 문체와 진보적 사상으로 이름을 떨쳤다. 저서 ≪연암집(燕巖集)≫ 안에 <허생전(許生傳)>, <호질(虎叱)> 등을 포함한 여러 편의 한문소설이 있다. 이 작품은 양반의 현실적 무능과 과도한 형식주의를 희화적으로 실감나게 묘사해 내었다. 반면, 작가가 이 글 도입부에 천명한 바 '사(士)는 하늘이 부여한 벼슬이다[士迺天爵]'고 한 대목 또한 결코 간과할 수 없다. 봉건주의 계급의식에 대한 반명제(反命題)가 아닌, 상하계층이 각각 제 본분을 다할 것을 강조한 뜻이다.

① 糶糴(조적) : 쌀을 빌려줌과 돌려받음. 춘궁기에 곡식을 빌려주고 가을에 이자를 붙여 받는 일, 그 곡식을 환자(還子), 또는 환곡(還穀), 또는 환자곡(還子穀)이라고 하는데, 바로 그것의 출납(出納)을 말한다.
② 軍興(군흥) : 군량(軍糧). '興'은 관(官)의 징수물. 관창(官倉)의 곡식.
③ 無可奈何(무가내하) : 어쩔 도리가 없음. 奈何=어찌함. 어찌하여.
④ 直(치) : 값. 값나가다. 가치가 있다. =値 이 뜻으로 쓸 경우 '치'로 읽는다.

兩班 則跼蹜⑤屛營 匍匐拜庭 曳鼻膝行 我常如此其⑥僇辱也 今兩班 貧不能償糴 方大窘 其勢⑦誠不能保其兩班 我且買而有之 遂踵門而請償其糴 兩班大喜許諾 於是 富人立輸其糴於官 郡守大驚異之 自往勞其兩班 且問償糴狀 兩班⑧氈笠⑨衣短衣 伏塗謁稱小人 不敢仰視 郡守大驚 下扶曰 足下何自⑩貶辱若是 兩班益恐懼 頓首俯伏曰 惶悚小人非敢自辱 已自鬻其兩班 以償糴 里之富人 乃兩班也 小人復安敢冒其舊號 而自尊乎 郡守歎曰 君子哉 富人也 兩班哉 富人也 富而不吝 義也 急人之難 仁也 惡卑而慕尊 智也 此眞兩班 雖然 私自交易 而不立券 訟之端也 我與汝約郡人而證之 立券而⑪信之 郡守當自⑫署之 於是 郡

⑤ 屛營(병영) : 헤매는 모양. 두려워하는 모양. 屛은 울타리. 가려 막다. 물리치다. 두려워하다. 營 또한 영위하다. 다스리다. 진영(陣營). 두려워하다.

⑥ 僇辱(육욕) : 욕을 보다. 僇은 본래 치욕의 뜻이나, 여기서는 피동태 치욕을 당하다 뜻으로 쓰였다.

⑦ 誠(성) : 진실로{부사}.

⑧ 氈笠(전립) : 벙거지. 병졸이나 상민 천민들이 쓰던 털로 검고 두껍게 만든 모자.

⑨ 衣短衣(의단의) : 앞의 衣는 입다{동사}, 뒤의 衣는 옷{명사}.

⑩ 貶辱(폄욕) : 자기 스스로 욕되게 하다.

⑪ 信之(신지) : 신용삼다. 증빙이 되게 하다. 之는 허사, 어조사.

⑫ 署之(서지) : 서명하다. 수결(手決)을 두다.

守歸府 悉召郡中之士族及農工商賈 悉至于庭 富人坐[13]鄕所之右 兩班立於[14]公兄之下 乃爲立券曰 [15]乾隆十年九月日 [16]右明文段 㢝賣兩班 爲償官穀 其直千斛 維厥兩班 名謂多端 讀書曰士 從政爲大夫 有德爲君子 武階列西 文秩敍東 是爲兩班 任爾所從 絶棄鄙事 希古尙志 五更常起 點硫燃脂 目視鼻端 會踵支尻 [17]東萊博議 [18]誦如氷瓢 忍飢耐寒 口不說貧 [19]叩齒彈腦 [20]細嗽嚥津 [21]袖刷毳冠 拂塵生波 盥無擦拳 漱口無過 長聲喚婢 緩步曳履 [22]古文眞寶 [23]唐詩品彙 鈔寫如荏 一行百字 手毋執錢 不問米價 暑毋[24]跣襪

⑬ 鄕所(향소) : 유향소(留鄕所). 조선시대 지방 군현(郡縣)의 수령을 보좌하던 자문 기관으로 좌수(座首)와 별감(別監)을 두었음. 여기서는 바로 그 좌수·별감을 가리킨다.

⑭ 公兄(공형) : 조선시대 아전(衙前) 서리(胥吏)의 별칭.

⑮ 乾隆十年(건륭십년) : 조선 영조 21년(1745). 건륭(乾隆)은 청 고종(高宗)의 연호.

⑯ 右明文段(우명문단) : 고문서 상의 상투어. 右는 다음. 明文은 증명서, 증서. "다음의 明文은"의 뜻.

⑰ 東萊博議(동래박의) : 12세기 중국 송(宋)의 학자인 여조겸(呂祖謙)이 지은 책.

⑱ 誦如氷瓢(송여빙표) : 誦은 외다, 암송하다. 瓢는 바가지. "얼음에 박을 밀듯이 달달 외우다."

⑲ 叩齒彈腦(고치탄뇌) : 아래윗니를 마주치고, 손가락으로 뒤통수를 두드리는 선비들의 양생법(養生法).

⑳ 細嗽嚥津(세수연진) : "잔기침을 하면서 침을 삼키다." 역시 유자들이 행하던 양생법의 하나.

㉑ 毳冠(취관) : 정자관(程子冠) 등 유자들이 평상시 주로 썼던 말총으로 만든 관.

㉒ 古文眞寶(고문진보) : 주(周)나라에서 송대(宋代)까지 역대의 명시문(名詩文)들을 뽑아 엮은 책. 전집(前集)은 시, 후집(後集)은 산문 문장으로 구성돼 있다. 편자는 송대 말의 황견(黃堅), 혹은 미상이라고 한다.

㉓ 唐詩品彙(당시품휘) : 명나라 고병(高棅)이 편찬한 당시(唐詩) 선집(選集). 오언고시(五言古詩)부터 칠언율시(七言律詩)까지 620 가(家) 5769 수(首)를 실었다.

㉔ 跣襪(선말) : "버선을 벗다." 跣은 맨발의 뜻 외에, 맨발로 다니다. 맨발이 되다, 벗다{동사}. 襪은 버선.

飯毋徒髻 食毋先羹 歠毋流聲 下箸毋舂 毋餌生葱 飮醪毋嘬鬚 吸煙毋輔窳[25] 忿毋搏妻 怒毋踢器 毋拳毆兒女 毋詈死奴僕[26] 叱牛馬 毋辱鬻主 病毋招巫 祭不齋僧 爐不煮手 語不齒唾 毋屠牛 毋賭錢 凡此百行 有違兩班 持此文記 卞正于官 城主旌善郡守押[27] 座首別監證署[28] 於是 通引搨印錯落 聲中嚴鼓[29] 斗縱參橫[30] 戶長[31]讀旣畢 富人悵然久之曰 兩班只此而已耶 吾聞兩班如神仙 審如是 太乾沒[32] 願改爲可利 於是 乃更作券曰 維天生民 其民維四 四民[33]之中 最貴者士 稱以兩班 利莫大矣 不耕不商 粗涉文史 大決文科 小成進士 文科紅牌[34] 不過二尺 百物備具

㉕ 輔窳(보유) : 볼이 움푹 들어가다. 보(輔)는 광대뼈. 유(窳)는 움푹 들어가다.
㉖ *毋*詈死奴僕(무이사노복) : *毋*는 금지사 ~하지 마라. 詈는 (욕하며) 꾸짖다. “죽일 놈의 종 녀석이라고 욕하지 마라.” 또는, “노복을 닦달하여 죽이지 마라.”
㉗ 押(압) : 화압(花押), 수결(手決). 자기 성명이나 직함 아래에 쓰는 도장 대신의 자필.
㉘ 證署(증서) : 증인으로 수결을 두다.
㉙ 嚴鼓(엄고) : 본시 경계하는 북. 도장 찍는 소리가 일정 간격으로 두드리는 북소리를 연상시킨다는 말.
㉚ 斗縱參橫(두종참횡) : 찍어 놓은 도장의 형용. 그 모양이 흡사 “두성(斗星)이 세로로 놓이고, 참성(參星)이 가로지른 듯 벌려져 있는 양하였다.”
㉛ 戶長(호장) : 각 관아의 벼슬아치 밑에서 일을 보던 고을 구실아치의 우두머리.
㉜ 乾沒(건몰) : 물을 말려 없애듯 남의 것을 박탈하다. 또는, 너무 메마르다.
㉝ 四民(사민) : 사(士) · 농(農) · 공(工) · 상(商)의 네 가지 신분.
㉞ 紅牌(홍패) : 문과(文科)의 회시(會試)에 급제한 사람에게 주는 합격 증서.

維錢之槖 進士三十 乃㉟筮初仕 猶爲㊱名蔭 ㊲善事雄南 耳白傘風 ㊳腹皤鈴諾 ㊴室珥冶妓 ㊵庭穀鳴鶴 窮士居鄕 猶能武斷 先耕隣牛 借耘里氓 孰敢慢我 灰灌汝鼻 ㊶暈髻汰鬢 無敢怨咨 富人中其券 而吐舌曰 已之已之 孟浪哉 將使我爲盜耶 掉頭而去 終身不復言兩班之事. ≪燕巖集, 放璚閣外傳≫

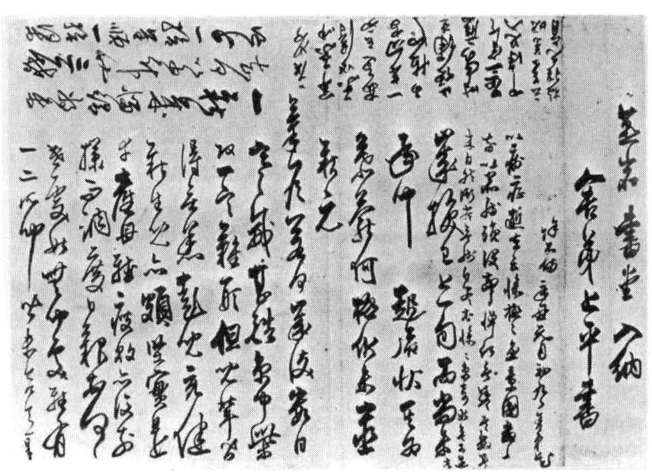

연암 朴趾源의 필적

㉟ 筮初仕(서초사) : "처음으로 벼슬하다." 筮는 점(치다). 기약하다. 初仕는 최초의 벼슬살이.
㊱ 名蔭(명음) : 이름난 음관(蔭官). 음관은 과거시험을 거치지 않고 부조(父祖)의 공으로 하는 벼슬.
㊲ 善事雄南(선사웅남) : 善은 잘(부사). 事는 섬기다, 모시다. 雄南은 남행(南行), 즉 과거를 거치지 아니하고 조상의 공덕에 의하여 맡은 벼슬인 음관(蔭官).
㊳ 腹皤鈴諾(복파영낙) : "배는 아랫것들의 '예' 소리에 불러진다." 鈴은 아랫사람 부르는 설렁. 설렁은 처마 끝 등에 달아 놓아 줄을 잡아당기면 소리를 내는 방울. 諾은 ('예' 하고) 대답하다. 그 방울 소리에 즉각 대답하며 대령하는 즐거움에 배가 불룩해진다는 뜻.
㊴ 室珥冶妓(실이야기) : 珥는 귀고리이나 여기서는 동사형으로 활용하여 (귀고리를) 끼우다. 冶는 요염하(게 단장하)다. "방 안에서 질게 단장한 기생의 귀고리를 끼우다[어루만지다]."
㊵ 庭穀鳴鶴(정곡명학) : 穀은 여기서는 (곡식을 주어) 기르다. 鳴鶴은 멋들어지게 우는 학.
㊶ 暈髻汰鬢(운계태빈) : 술목(述目) 문장의 연속이다. 暈과 汰는 모두 흐리게 하다. 잡아당겨 엉망을 만들어 놓는다는 뜻. "상투를 잡아 비틀고 살쩍머리를 헤집어 놓다."

174 沈生傳 심생전 – 李鈺*

沈生者 京華士族也 弱冠容貌甚儁韶① 風情駘蕩 嘗從雲②從街 觀駕動而歸 見一健婢以紫紬袱蒙③一處子 負而行 一婭④鬟捧紅錦鞋 從其後 生自⑤外量其軀 非幼穉者也 遂緊隨之 或尾⑥之 或以袖掠以過 目未嘗不在於袱 到小廣通橋 忽有旋風 起於前 吹紫袱 褫其半 見有處子 桃臉柳眉 綠衣而紅

* 이옥(1760~1812) : 자는 기상(其相), 호는 문무자(文無子)·매사(梅史)·매암(梅庵)·경금자(絅錦子)·화석자(花石子)·청화외사(靑華外史)·매화외사(梅花外史)·도화유수관주인(桃花流水館主人). 1792년 정조가 실시한 문체반정(文體反正)에 연루된 이후 불우를 겪으며 창작에 전념하였다. 저서로 ≪문무자문초(文無子文抄)≫, ≪매화외사(梅花外史)≫, ≪화석자문초(花石子文抄)≫, ≪도화유수관소고(桃花流水館小藁)≫ 등이 지기(知己)인 김려(金鑢)의 ≪담정총서(潭庭叢書)≫ 중에 고본(藁本) 그대로 실려 있다. 남녀의 염정 주제 민요를 한시로 옮긴 ≪이언집(俚諺集)≫에서는 <삼난(三難)>이라는 제목의 서문을 통해 조선인이기에 중국풍의 악부(樂府)·사곡(詞曲)이 아닌 이언을 짓는다고 하였다. 남녀 혼사를 다룬 희곡 <동상기(東床記)>도 있다. 전(傳)은 모두 25편인데, <심생전>은 소설적인 요소를 지닌 한문 패관소품(稗官小品) 중 하나이다. 애염(哀艶)·비측(悲惻)한 정서와 함께 남녀의 본성 및 신분 갈등의 문제를 주제 삼고 있다.

① 儁韶(준소) : 준수하고 아름답다. 韶는 풍류 이름. <u>아름답다</u>. 잇다.
② 雲從街(운종가) : 오늘날 종로. 사람들이 구름처럼 따르는 거리라고 하여 붙여진 이름이다.
③ 蒙(몽) : (옷, 은혜 등을) 입다. <u>덮(어 가리)다</u>. (머리위에) 쓰다.
④ 婭鬟(아환) : 婭는 동서. 아리땁다. 鬟은 여자의 묶은 머리, 쪽. 계집종, 비자(婢子). 일반적으로는 '丫鬟'을 쓰니, 머리 땋은 계집종이란 뜻이다. 丫는 가닥. 두 가닥으로 땋은 머리.
⑤ 自外量其軀(자외량기구) : 自는 전치사 ~(으로)부터, 外는 겉, 바깥, 외부. 量은 <u>헤아리다</u>, <u>가늠하다</u>.
⑥ 尾(미) : 꼬리. <u>뒤따르다</u>.

裳 脂粉甚⑦狼藉 暼見猶絶代色 處子亦於袱中 ⑧依稀見美少年 衣藍衣 戴草笠 或左或右而行 ⑨方注秋波 隔袱視之 袱旣褫 柳眼星眸 四目相擊 且驚且羞 斂袱復蒙之而去 生如何肯捨 ⑩直隨到⑪小公主洞紅箭門內 處子入一中門而去 生惘然如有失 彷徨者久 得一鄰嫗 而細偵之 蓋戶曹⑫計士之老退者家 而只有一女 年十六七 猶未⑬字矣 問其所處 嫗指示之曰 迤此小⑭衚衕 有一粉牆 牆之內一夾室 卽處女之住也 生旣聞之 不能忘 夕詭於家曰 窗伴某 要余同夜 請從今夕往 遂候⑮人定往 踰牆而入 則初月淡黃 見窗外花木頗雅整 燈火照窗紙甚亮 ⑯靠壁依⑰檐而坐 屛息以竢 室中有二⑱梅香 女

⑦ 狼藉(낭자) : 여기저기 흩어져 어지러움. 화장이 매우 흐드러짐을 표현한 것이다.
⑧ 依稀(의희) : 헷갈릴 정도로 비슷한 모양. 어렴풋이 보이는 모양. =依俙.
⑨ 方注秋波(방주추파) : 方은 바야흐로, 막{시간부사}. 秋波는 은근한 눈길. 注는 한데 모으다, 주시하다.
⑩ 直(직) : 곧장, 바로{性狀副詞}.
⑪ 小公主洞(소공주동) : 오늘날의 소공동. 조선 태종의 둘째 딸 경정공주(慶貞公主, ?~1455)가 살던 소공주댁이 있어 그에 말미암은 이름이라 한다.
⑫ 計士(계사) : 호조(戶曹) 소속의 중인 출신이 담당했던 회계원.
⑬ 字(자) : 글자. 새끼 낳다. 사랑하다. 기르다. 정혼하다, 혼약을 맺다.
⑭ 衚衕(호동) : 큰 거리, 한길. 두 단어 모두 길거리, 한길의 뜻.
⑮ 人定往(인정왕) : "사람들 자는 시각이 지나가다." 人定은 사람이 자는 시각인 밤 10시 경.
⑯ 靠(고) : 기대다, 의지하다. =依靠.
⑰ 檐(첨) : 처마. 처마의 네 귀에 있는 큰 서까래인 추녀. '簷'으로도 쓴다.
⑱ 梅香(매향) : 여기서는 매화 향기가 아니라, 비녀(婢女) 곧 여종을 일컫는 말이다. 세간에서 자주 매향의 언어로 대용(代用)하다 보니 일반화된 명칭이라고 한다.

則方低聲讀諺解稗語 嚦嚦[19]如雛鶯聲 至三鼓[20]許 婭鬟已熟寐 女始吹燈就寢 而猶不寐者久 若輾轉有所思[21]者 生不敢寐 亦不敢聲 直[22]至曉鐘已動 復爬牆而出 自是習爲常 暮而往 罷漏而歸 如是者二十日 生猶不怠 女始則或讀小說 或針指[23] 至半夜燈滅 則或寐 或煩不寐矣 過六七日 則輒稱身不佳 纔初更[24] 便伏枕 頻擲手于壁 長吁短歎 聲息聞窗外 一夕甚於一夕 第二十夕 女忽自廳事[25]出 繞壁而轉 至于生所坐處 生自黑影中 突然起扶持之 女少不驚 低聲語曰 郎莫是小廣通橋邂逅者耶 妾固已知郎之來 已二十夜矣 毋持我一出聲 不復出矣 若縱我 我當開此戶以迎之 速縱我 生以爲信 却立而竢之 女復迤邐[26]而入 旣到其室 呼婭鬟曰 汝到

⑲ 嚦嚦(역력) : 또렷이 내는 소리의 형용.
⑳ 三鼓許(삼고허) : 三鼓는 삼경(三更). 許는 쯤.
㉑ 所思(소사) : 사념(思念), 생각에 잠김. 또는 그리워하는 사람.
㉒ 直(직) : 번들다, 입직(入直)하다. 겨우. 바로, 곧.
㉓ 針指(침지) : 바느질이나 뜨개질을 가리키는 말로 보인다.
㉔ 纔初更(재초경) : 纔는 겨우. 初更은 일경(一更), 초야(初夜), 갑야(甲夜). 하룻밤을 오경(五更)으로 나눈 첫째 부분. 저녁 7시에서 9시 사이이다.
㉕ 廳事(청사) : 관청에서 정사를 다스리는 곳. 집안의 건물과 건물 사이에 있는 마당, 중정(中庭).
㉖ 迤邐(이리) : 비스듬히 걷다. 몸을 재우쳐 가다. 迤는 연하다. 가다.

㉗媽媽許 請朱錫大㉘屈戍來 夜甚黑 令人生怕 婭鬟向上堂去
未久以屈戍來 女遂於所約後戶 拴上鎖㉙弔甚分明 以手安屈
戍籥 故琅琅作下鎖聲 隨卽吹燈 寂然若睡熟者 而實未嘗
睡也 生痛其㉚見欺 而亦幸其得一見 又度夜於鎖戶之外 晨
而歸 翌日又往 又翌日往 不敢以戶鎖少懈 或㉛値雨下 則㉜蒙油
而至 不避沾濕 如是又十日 夜將半 渾舍皆酣睡 女亦滅燈
已久 忽復蹶然起 呼婭鬟 促點燈曰 汝輩今夕 往上堂去睡
兩梅香 旣出戶 女於壁上 取㉝牡籥 解下屈戍 洞開後戶 招
生曰 郞入室 生未暇量 不覺身已入室 女復鎖其戶 語生曰
願郞少坐 遂向上堂去 引其父母而至 其父母 見生大驚 女曰
毋驚 聽兒語 兒生年十七 足未嘗過門矣 月前 偶往觀駕動

㉗ 媽媽許(마마허) : 어머님 계신 곳. 許는 허락하다. 곳, 장소.
㉘ 屈戍(굴수) : 고리 모양의 자물통.
㉙ 弔甚分明(조심분명) : 弔는 위로하다. 매달다.
㉚ 見欺(견기) : 속임을 당하다. be동사+p.p.에 해당한다. 見이 피동의 조동사 '당하다.' 欺가 본동사.
㉛ 値(치) : 만나다.
㉜ 蒙油(몽유) : 蒙은 덮(어 가리)다. (머리위에) 쓰다. 油는 유삼(油衫), 기름에 결은 옷. 비, 눈 따위를 막기 위하여 옷 위에 껴입는다.
㉝ 牡籥(모약) : 두 단어에 모두 '열쇠'라는 뜻이 있는바, 유사병렬어이다.

歸到小廣通橋 風吹袱捲 適與一草笠郎君相面矣 自其夕郎君無夜不至 屛竢於此戶之下 今已三十日矣 雨亦至 寒亦至 鎖戶而絶之 而亦至 兒料已久矣 萬一聲聞外播 隣里知之 則夕而入 晨而出 [34]誰知其獨倚於窗壁外乎 是無其實而被惡名也 兒必爲犬咋之雉矣 彼以士大夫家郎君 年方靑春 血氣未定 只知蜂蝶之貪花 不顧[35]風露之可憂 能幾日而病不作耶 病則必不起 是非我殺之 而我殺之也 雖人不知必有陰報 且兒身 不過一[36]中路家處子也 非有傾城絶世之色 [37]沈魚羞花之容 而郞君[38]見鴟爲鷹 其致誠於我 若是其勤 然而不從郞君者 天必厭之 福必不及於兒矣 兒之意決矣 [39]顧父母勿以爲憂 噫 兒親老而無兄弟 嫁而得一贅壻 生而盡

㉞ 誰知其獨倚於窗壁外乎(수지기독의어창벽외호) : “어느 누가 남자 혼자 창가의 벽에 기대앉아만 있었다고 이해해 주겠습니까?” 둘 사이에 절대 아무 일 없었다고 생각해주지 않는다는 뜻. 窗=窓.

㉟ 風露(풍로) : 바람과 이슬. 풍찬노숙(風餐露宿) 곧 바람을 먹고 이슬에 잠자는 식의 많이 겪는 고생에 대한 줄임말 쯤으로 풀이가 가능하다.

㊱ 中路(중로) : 오가는 길의 중간. 여기서는 중인의 계급.

㊲ 沈魚羞花(침어수화) : (미인 앞에) 부끄러워서 물속에 가라앉는 물고기와 부끄러워하는 꽃이란 뜻이니, 미인을 형용하는 말이다. =침어낙안(沈魚落雁).

㊳ 見鴟爲鷹(견치위안) : 솔개를 매로 보았다는 속담이다. 기껏해야 남의 집 병아리나 채 가는 새를 꿩 사냥에 쓰는 매로 보았다는 뜻으로, 쓸모없는 존재를 쓸 만한 존재로 잘못 보았을 경우를 이르는 말.

㊴ 顧(고) : 돌아보다. 오히려. 생각건대. 다만.

其養 死而奉其祀 兒之願足矣 而事忽至此 此天也 言之何益 其父母 黙然無可言 生亦無可言者 乃與同寢 渴仰⑩之餘 其喜可知 自是夕始入室 又無日不暮往晨歸 女家素富 於是 爲生 具華美衣服甚盛 而生恐見异⑪於家 不敢服 生雖秘之深 而其家疑其宿於外 久不歸 命往山寺做業 生意怏怏 而迫於家 且牽於儕友 束卷上北漢山城 留禪房 將月 有來傳女諺札於生者 發之 乃遺書告訣者也 女已死矣 其書略曰 春寒尚緊 山寺做工 連得平善 願言⑫思之 無日可忘 妾自君之出 偶然一病 漸入骨髓 藥餌無攻 今則自分⑬必死 如妾薄命 生亦何爲 第⑭有三大恨 區區於中 死猶難瞑 妾本無男之女 父母之所以愛憐者 將以覓一贅

⑩ 渴仰(갈앙) : 대개 독실하게 신앙함, 굳게 믿음의 뜻이나, 여기서 仰은 그리워하다, 사모하다. 渴은 부사화 되어 '목마르게'이니, 애타게 바라고 있었음을 말한다.

⑪ 恐見异(공견이) : 恐은 걱정하다. 見은 당하다. 异는 =이미[已], =다르다[異]. "다르게 보일까봐 걱정했다."

⑫ 願言(원언) : 여기의 願은 매양, 항상. 言은 나, 자기의 뜻. 【詩經, 衛風, 伯兮】에, '願言思伯.'

⑬ 分(분) : 분명하다. 분별하다.

⑭ 第(제) : 다만.

壻 以爲暮年之倚 仍作後日之計 而不意好事多魔 惡緣相絆 ㊺女蘿猥托於喬松 而㊻朱陳之計 以此虧望 則此妾之所以悒悒不樂 終至於病且死 而高堂鶴髮 永無依賴之地矣 此一恨也 女子之嫁也 雖丫鬟桶的 非倚們倡伎 則有夫壻 ㊼便有舅姑 世未有舅姑所不知之媳婦 而如妾者 被人欺匿 伊來數月 未曾見郎君家一老鬟 則生爲不正之跡死爲無歸之魂矣 此二恨也 婦人之所以事君子者 ㊽不過主饋而供之治衣服以奉之 而自相逢以來 日月不爲不久 所手製衣服 亦不爲不多 而㊾未嘗使郎喫一盂飯於家 披一衣於前 則是所以侍郎君者 惟枕席而已 此三恨也 若其它相逢未幾 而遽爾大別 臥病垂死 而不得面訣 則猶兒女

㊺ 女蘿猥托於喬松(여라외탁어교송) : 女蘿는 이끼의 일종. =松蘿. 猥는 외람되이, 분수에 넘치게. 托은 맡기다. 托生 즉 의탁하여 산다는 뜻. 喬松은 높이 솟은 소나무.

㊻ 朱陳之計(주진지계) : 주씨(朱氏)와 진씨(陳氏)의 좋은 계책. 혼인을 뜻한다. =朱陳好.

㊼ 便有舅姑(변유구고) : 便은 =卽便. 문득, 곧. “그와 동시에 시아버지와 시어머니가 있다.”

㊽ 不過(불과) : ~에 지나지 않다. ~보다 더한 일은 없다.

㊾ 未嘗使郎喫一盂飯於家(미상사랑끽일우반어가) 披一衣於前(피일의어전) : 未嘗은 일찍이[이전에 한 번도] ~한 적이 없다. 이하는 사역동사+목적어+보어 짜임의 제5형식 문장이다. “한 번도 집에서 낭군에게 한 사발 밥을 드시게도, 면전에서 손수 옷 한 벌 입혀드리지도 못하다.”

之悲 何足爲君子道也[50] 興念至此 腸已斷而骨欲鎖矣 雖弱草委風 殘花成泥 悠悠此恨 何日可已 嗚呼 窗間之會從此斷矣 惟願郎君 無以賤妾關懷 益勉工業 早致青雲千萬珍重 珍重千萬 生見書 不禁[51]聲淚俱失 雖哭之慟 亦無奈矣 後生投筆從武擧 官至金烏郎 亦早殀而死

梅花外史曰 余十二歲游於村塾 日與同學兒 喜聽談故一日 先生語沈生事甚詳 曰 此吾少年時窗伴也 其山寺哭書[52]時 吾及見之 故聞其事 至今不忘也 又曰 吾非汝曹欲效此風流浪子耳[53] 人之於事 苟以必得爲志 則閨中之女尙可以致 況文章乎 況科目[54]乎 余輩其時聽之 爲新說也 後讀情史 多如此類 於是追記 爲情史[55]補遺. ≪潭庭叢書≫

⑩ 何足爲君子道(하족이군자도) : 爲는 더불어. 道는 말하다. "어찌 군자에게 말씀드릴만한 것인가."
⑪ 不禁(불금) : 막을 수 없이, 주체할 수 없이, 자기도 모르게. 부사구(副詞句)로 쓰였다.
⑫ 哭書(곡서) : 편지 앞에 울다.
⑬ 吾非汝曹欲效此風流浪子(오비여조욕효차풍류낭자) : '吾非欲汝曹效此風流浪子'를 편의상 도치시켰다. 곧 非欲이 동사, 汝曹가 목적어, 效~ 이하가 목적보어. 영어의 제5형식 문장에 부합한다.
⑭ 科目(과목) : 여기서는 과거(科擧).
⑮ 情史(정사) : 남녀의 애정에 관한 기록이나 소설.

其他

175 小學 소학(抄) – 劉子澄*

孟子曰 人之有道也 飽食煖衣 逸居而無敎 則近於禽獸.

孔子謂曾子曰 身體髮膚 受之父母 不敢毁傷 孝之始也 立身行道 揚名於後世 以顯①父母 孝之終也.

不愛其親 而愛他人者 謂之悖德 不敬其親 而敬他人者 謂之悖禮.

孟子曰 世俗所謂不孝者五 惰其四肢 不顧父母之養 一不孝也 博奕好飮酒 不顧父母之養 二不孝也 好貨財 私妻子② 不顧父母之養 三不孝也 從耳目之欲 以爲父母戮③ 四不孝也 好勇鬪狠 以危父母 五不孝也.

*** 유자징(?~?)** : 송나라의 학자. 군기감부(軍器監簿) 및 회서안무사(淮西安撫司) 등을 지내다 말년에 시인으로 은거하였다. ≪소학≫은 송나라 주자(朱子, 1130~1200)가 엮은 것이라고도 하나, 그의 제자 유자징(劉子澄)이 스승의 지남(指南)에 따라 동몽(童蒙)의 범절과 수양을 위한 격언과 충신·효자의 사적 등을 모아 편찬한 것이다. 또는 사제간의 공편(共編)으로도 본다. 2년 간의 편집 과정을 거쳐 1187년에 완성되었다. 내편(內篇) 4권, 외편(外篇) 2권으로 되어 있는바, 내편은 ≪서경≫·≪주례≫·≪예기≫·≪효경≫·≪논어≫·≪맹자≫ 등 유가의 경전에서 주로 인용한 것이고, 외편은 주로 송대 제유(諸儒)의 가언(嘉言)·선행(善行) 등을 기록하였다. 우리나라에도 일찍이 들어왔고, '인생팔세입소학(人生八歲入小學)'이라 하여 사대부의 자제들은 8세가 되면 유학의 기본 입문서로 이를 배웠다.

① 顯(현) : 밝다. 나나타다. 영달하다. 나타내다. 드러내다. 부모에게 영광을 드린다는 뜻.
② 私妻子(사처자) : "처자식만을 치우치게 사랑하고." 여기의 私는 편애하다. 사사로이하다.
③ 戮(육) : 원래 '죽이다'의 뜻이나, 여기서는 욕되게 하다의 의미.

有三不去 ④有所取 無所歸 不去 與更三年喪 不去 有貧賤後富貴 不去

徐行後長者 謂之⑤弟 ⑥疾行先長者 謂之不弟.

子貢問友 孔子曰 忠告而善⑦道之 不可則止 ⑧毋自辱焉.

益者三友 損者三友 友直友⑨諒友多聞 益矣 友⑩便辟友⑪善柔友⑫便佞 損矣.

⑬伯兪有過 其母笞之泣 其母曰 ⑭他日笞子未嘗見泣 今泣何也 對曰 他日兪得罪 笞嘗痛 今母之力 ⑮不能使痛 是以泣 故曰 父母怒之 不作於意 不見於色 深受其罪 使可哀憐 上也 父母怒之 不作於意 不見其色 其次也 父母怒之 作於意 ⑯見於色 下也.

≪小學≫

④ 有所取 無所歸(유소취 무소귀) : 시집올 때는 그 명을 받을 부모가 계셨으나, 그 후로는 함께 할 부모 형제가 없다는 뜻.
⑤ 弟(제) : 여기서는 공경하다[悌]의 뜻.
⑥ 疾(질) : 빠르다.
⑦ 道(도) : 이끌다[導]의 뜻. ≪논어(論語)≫ <안연(顔淵)> 편 안의 글이다.
⑧ 毋(무) : '하지 마라'는 뜻의 금지사(禁止辭)이다.
⑨ 諒(량) : 믿음직함. 신의(信義)가 있음. ≪논어(論語)≫ <계씨(季氏)> 편의 글이다.
⑩ 便辟(편벽) : 위의(威儀)를 부리기를 좋아하고 곧지 못함.
⑪ 善柔(선유) : 아첨으로 남의 기분만 잘 살피고 미덥지 못함.
⑫ 便佞(편녕) : 말만 번지르르하고 견문(見聞)의 내실이 없음.
⑬ 伯兪(백유) : 중국 한나라의 효자 한백유(韓伯兪). 효심 일화로서, 伯兪泣杖(백유읍장), 伯兪之孝(백유지효), 伯兪之泣(백유지읍)이라고도 한다.
⑭ 他日(타일) : 여기서는 예전의 다른 날. 과거의 시간대를 지시한다.
⑮ 不能使痛(불능사통) : 능히 나로 하여금 아프게 하지 못함. 使와 痛 사이에 '我'[나]가 생략된 꼴이다.
⑯ 見(현) : 드러내다, 나타내다.

176 學問 학문 – 李珥*

①人生斯世 非學問 ②無以爲人 所謂學問者 亦非異常③別件物事也 皆於日用④動靜之間 隨事各得其當⑤而已 ⑥非馳心玄妙 ⑦希覬奇效者也.

≪擊蒙要訣序 · 抄≫

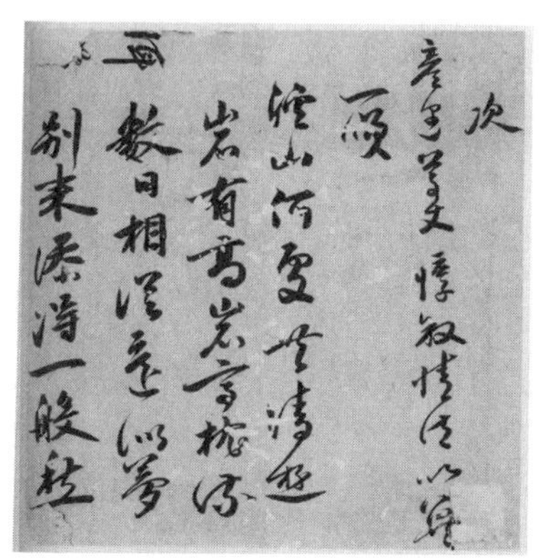

李栗谷의 필적

* 이이(1536~1584) : 조선 중기의 학자·정치가. 호는 율곡(栗谷). 신사임당의 셋째 아들이다. 호조판서, 이조판서, 형조판서, 병조판서 등을 지냈다. 선조 임금 앞에 '시무육조(時務六條)'를 바치고, '십만양병설(十萬養兵說)' 등 개혁안을 주장했다. 당시 당쟁의 양대 세력인 동인과 서인 간의 갈등 해소에 노력했다. 퇴계의 이기이원론에 대해 기발이승(氣發理乘)의 이기일원론을 폈고, ≪성학집요(聖學輯要)≫, ≪격몽요결(擊蒙要訣)≫, ≪동호문답(東湖問答)≫, ≪경연일기(經筵日記)≫ 등의 저서가 있다.

① 人生斯世(인생사세) : 여기의 生은 살다. "사람이 이 세상을 살면서."
② 無以爲人(무이위인) : 無 뒤에는 (대)명사가 온다. 따라서 以가 명사, '근거, 명분.' 爲는 대동사(代動詞) 되다. 간주하다. "사람이라 할 만한 명분이 없다."
③ 別件物事(별건물사) : 별도의 일이나 사물.
④ 動靜(동정) : 기거동작(起居動作). 밖에 나가 활동하고 집에 머무는 등 일상의 생활.
⑤ 而已(이이) : ~할 따름이다. 종결, 종미(終尾)의 어조사.
⑥ 非馳心玄妙(비치심현묘) : 非의 부정어(否定語) 판도는 다음 구인 '希覬奇效'까지 걸친다. 馳는 달리다. 馳心은 마음을 한쪽으로 몰다, 관심을 집중시키다. 玄妙는 심오하여 헤아리기 어려운 이치나 작용.
⑦ 希覬奇效(희기기효) : 希는 바라다. 覬는 분수에 넘치는 일을 바란다는 뜻. 奇效는 기이한 효험[효과].

177 千絲萬點有孰數之 천사만사유숙수지 – 李奎報*

侍中金富軾 學士鄭知常 文章齊名一時 兩人爭軋不相能 世傳知常有 ①琳宮②梵語罷 天色淨琉璃之句 富軾喜而③索之 欲作己詩 終不許 後知常爲富軾所誅 作陰鬼 富軾一日詠春 詩曰 柳色千絲綠 桃花萬點紅 忽於空中鄭鬼批富軾頰曰 千絲萬點 有孰數之也 何不曰 柳色絲絲綠 桃花點點紅 富軾頗惡之 後往一寺 偶登厠 鄭鬼從後握陰卵問曰 不飮酒 何面紅 富軾徐曰 隔岸丹楓照面紅 鄭鬼緊握陰卵曰 ④何物皮卵子 富軾曰 汝父卵鐵乎 色不變 鄭鬼握卵尤⑤力 富軾竟死於厠.

*** 이규보(1168~1241)** : 고려 고종 때의 문관(文官). 이는 그의 수필집인 ≪백운소설(白雲小說)≫에 수록되어 있다. 현재 전해지지 않고 그 일부가 ≪시화총림(詩話叢林)≫에 실려 전하고 있다. 위의 야담은 ≪삼국사기≫의 저자 김부식(1075~1151)과 고려조 최고의 시인이라 일컬어지는 정지상(1068~1135)과의 알력을 소재로 삼은 이야기이다. 실제로 김부식이 정지상에게 뺨을 맞은 일도 없고 또 측간에서 죽지도 않았으니, 온전한 허구이다. 1135년 묘청(妙淸)의 난에 연좌되어 김부식이 정지상을 주살하였기에, 후대 정지상을 아끼는 사류(士類)들 간에 만들어진 것으로 보인다. 정지상은 서경(西京) 출생으로 처음 이름은 지원(之元), 호는 남호(南湖)이다. 1114년(예종 9) 문과에 급제, 1127년(인종 5) 좌정언(左正言)으로서 척준경(拓俊京)을 탄핵하였고, 1129년 좌사간(左司諫)으로서 시정(時政)에 관한 상소를 하였다.

① 琳宮(임궁) : 절, 선원(禪院).
② 梵語(범어) : 불경(佛經). 여기서는 바로 뒤의 '罷'[끝내다]와 연결하여 독경(讀經) 소리를 뜻한다.
③ 索(색) : 끈(을 꼬다). 다 없어지다 등 경우에는 '삭'이라 읽으나, 여기서는 뒤져서 살피다, 구하다, 즉 색구(索求)의 의미로 쓰인 것이다.
④ 何物皮卵子(하물피란자) : "어째 가죽으로 된 주머니인가?" 음낭(陰囊)을 말한다. 子는 사물접미사이다.
⑤ 力(력) : 힘. 힘써가 아닌, 힘을 주다, 힘쓰다, 힘을 다하다(동사)로 적용된 것이다.

178 借鷄騎還 차계기환 – 徐居正*

金先生①善談笑 嘗訪友人家 主人②設酌 只佐蔬菜 先③謝曰 家貧市遠 ④絶無兼味 惟淡泊 是愧耳 ⑤適有群鷄 亂啄

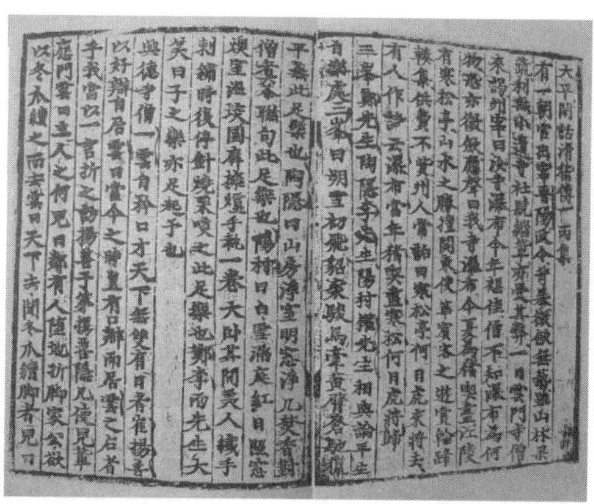

≪太平閑話滑稽傳≫. 줄여서 ≪滑稽傳≫이라고도 한다.
異本이 4종류 있고, ≪古今笑叢≫ 2권에도 收載되어 있다.

* **서거정**(1420~1488) 조선 전기의 학자. 자는 강중(剛中). 호는 사가정(四佳亭). 여섯 왕에 거쳐 45년간 조정에 벼슬하였고, 수필집 ≪필원잡기(筆苑雜記)≫와 시화집(詩話集) ≪동인시화(東人詩話)≫, 신라 이래 조선 초에 이르는 시문 선집 ≪동문선(東文選)≫ 등을 남겼다. ≪경국대전(經國大典)≫, ≪동국통감(東國通鑑)≫ 등의 편찬에도 참여하였다. 다른 하나의 편저인 ≪태평한화골계전(太平閑話滑稽傳)≫(4권)은 고려 말기·조선 초기 명사들의 기문(奇聞) 및 재담(才談) 들을 모아 엮은 책으로, 성종 8년(1477)에 간행을 보았다. 서거정의 이 소화집(笑話集) 이후 선비 사대부들의 일우(一隅)에서 적지 않은 수의 골계(滑稽) 및 음담류(淫談類) 잡서(雜書)가 산출되었다.

① 善談笑(선담소) : 善은 잘하다(조동사). 談이 동사. 笑는 우스운 것, 우스개. 명사로 쓰였다.
② 設酌(설작) : 술상을 차리다. 設은 베풀다. 차리다. 酌에는 따르다. 가리다. 참작하다. (술)잔. 술. 잔치 등 다양한 뜻이 있다. 여기서는 술.
③ 謝(사) : 사과하다, 사죄하다. 대답하다. 감사하다.
④ 絶無兼味(절무겸미) : 絶無는 전혀 없다. 絶이 부사로 쓰였다. 兼은 겸하다, 아우르다. 술맛을 아우를 만한 것, 즉 좋은 안주가 전혀 없다는 말.
⑤ 適(적) : 맞다, 적당하다. 가다. 마침.

⑥庭除 金曰 大丈夫不惜千金 當斬吾馬⑦佐酒 主人曰 斬馬騎何物而還 金曰 借鷄騎還 主人大笑 殺鷄餉之.

≪太平閑話滑稽傳≫

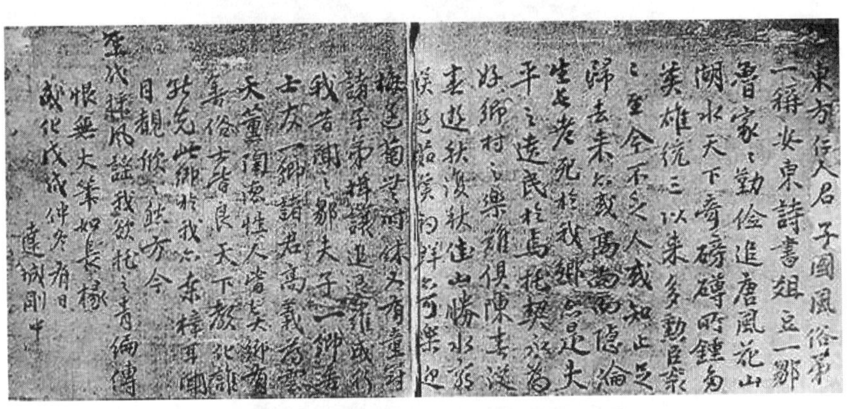

서거정의 글씨 – 『槿墨』 출전, 성균관대학교 소장

⑥ 庭除(정제) : 뜰. 除 역시 뜰, 문 안 마당이란 뜻이 있다.

⑦ 佐酒(좌주) : 술 상대를 시키다. 안주로 삼다. 佐는 보필. 속관(屬官). 여기서는 술을 돕는다는 뜻.

179 不言長短불언장단 – 李睟光*

昔黃①相國喜 微②時行役 憩于路上 見田父駕二牛耕者 問曰 二牛何者爲勝③ 田父不對 輟耕而至 附④耳細語曰 此

조선 초기의 문신 黃喜

*** 이수광(1563~1628)** : 조선 중기의 문신·학자. 자는 윤경(潤卿). 호는 지봉(芝峯). 선조, 광해군·인조 조에 걸쳐 도승지·예조참판·대사헌·대사간·이조판서 등을 지냈다. 사신으로 여러 차례 명나라에 다녀오면서 천주교 지식과 서양 문물을 소개하여 실학 발전의 초석을 구축하는 선구자가 되었다. 저서에 ≪지봉유설(芝峯類說)≫, ≪채신잡록(采薪雜錄)≫ 등이 있다. 20권 10책으로 된 ≪지봉유설≫은 우리나라 최초의 백과사전적인 저술로, 천문·지리·관직·경서·문장·인사·식물 등 25부문으로 나누어 3,435항목을 옛 전거에서 뽑아 풀이하였다. 위의 이야기는 조선시대 청백리(淸白吏)의 귀감이자 표상인 황희(黃喜, 1363~1452) 정승의 인도주의(人道主義) 내지 인권 존중의 사고를 엿보게 만드는 일화로 볼만하다.

① 黃相國喜(황상국희) : 相國은 정승. 황희(黃喜) 정승. 1363~1452. 조선 시대의 명신(名臣). 호는 방촌(厖村). 세종 때에 18년간 영의정을 지내면서 농사법을 개량하고 예법(禮法)을 개정하는 등 문물제도의 정비에 힘썼으며, 어질고 청렴한 관리의 표본이 되었다. ≪방촌집(厖村集)≫이 있다.
② 微時行役(미시) : 微는 미천하다. 微時는 이름나기 전, 한미(寒微)하거나 미천(微賤)하여 보잘것없던 때. 行役은 여행의 피로와 괴로움.
③ 勝(승) : 이기다. 낫다. 견디다.
④ 附耳細語(부이세어) : "귀에 대고 가는 소리로 말하다."

牛勝 公怪之曰 何以⑤附耳相語 田夫曰 雖畜⑥物 其心與人同也 此勝則彼劣 使牛聞之 寧⑦無不平之心乎 遂不復言人之長短云.

≪芝峰類說≫

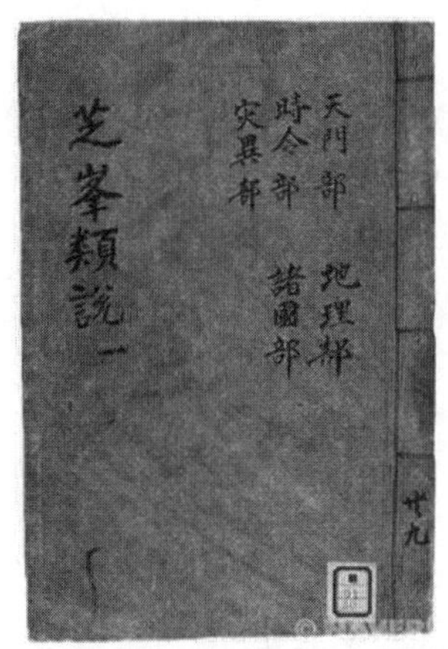

이수광의 ≪지봉유설≫과, 이 저술의 産室인 庇雨堂. 芝峯 이수광의 5대 외조부인 청백리 柳寬이 집안에서 우산을 받쳐들고 비를 그었다는 '手傘庇雨'의 현장이기도 하다. 한성대학교 후문 낙산공원 근처에 있다.

⑤ 以(이) : 까닭(명사)
⑥ 畜物(축물) : 기르는 동물, 가축. 여기의 畜은 기르다의 뜻.
⑦ 寧(녕) : 어찌. 반어(反語)의 부사이다.

180 善戲謔선회학 – 李瀷*

林白湖悌 氣豪①不拘檢 病將死 諸子悲號 林曰 四海諸國 ②未有不稱帝者 獨我邦 ③終古不能 生於若此陋邦 其死何

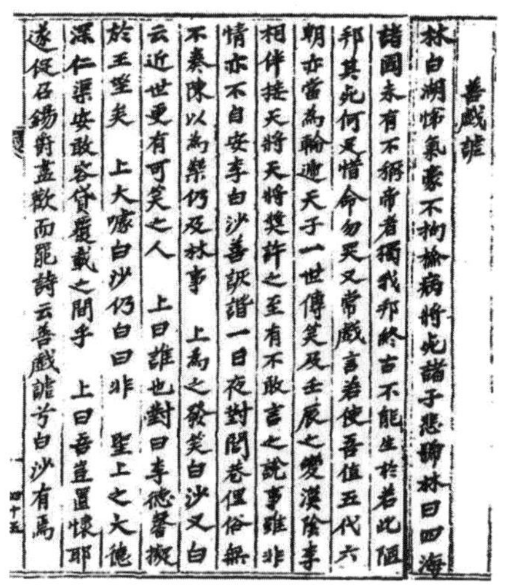

善戲謔

林白湖悌氣豪不拘檢病將死諸子悲號林曰四海
諸國未有不稱帝者獨我邦終古不能生於若此陋
邦其死何足惜命勿哭又常戲言若使吾值五代六
朝亦當爲輪遞天子一世傳笑及壬辰之變漢陰李
相伴捷天將天將獎許之至有不敢言之說事雖非
情亦不自安李白沙善詼諧一日夜對閭巷俚俗無
不奏陳以爲樂仍及林事 上爲之發笑白沙又白
云近世更有可笑之人 上曰誰也對曰李德馨擬
於王堅矣 上大噱白沙仍白曰非 聖上之大德
深仁渠安敢容貸覆載之間乎 上曰吾豈置懷耶
遂促召賜爵盡歡而罷詩云善戲謔兮白沙有焉

四十五

≪성호사설≫ 9권 '人事門'에 실려 있는 <善戲謔>

＊이익(1681~1763) : 조선 영조 때의 학자. 자는 자신(自新). 호는 성호(星湖). 반계(磻溪) 유형원(柳馨遠)의 학풍을 계승하여 실학의 대가가 되었으며, 아래로는 다산(茶山) 정약용(丁若鏞)의 실학사상으로 연결되는 초석 및 가교의 역할을 하였다. 특히 천문, 지리, 의학, 율산(律算), 경사(經史)에 업적을 남겼다. 형 이잠(李潛)이 당쟁으로 희생된 후 환로(宦路)의 뜻을 버리니 영조의 벼슬 임명에도 나아가지 않고 저술과 후진 양성에만 오로지하였다. ≪성호사설(星湖僿說)≫, ≪성호문집(星湖文集)≫ 등의 저서가 있다.
이 해학담은 ≪성호사설≫ 권9 '인사문(人事門)'에 실린 바, 백호(白湖) 임제(林悌, 1549~1587)의 비중화적(非中華的) 세계관 및 자주정신이 잘 나타난 일화이다. 전남 나주 회진(會津)에 있는 '물곡사(勿哭辭)' 비문에는 '四夷八蠻 皆呼稱帝 唯獨朝鮮入主中國 我生何爲 我死何爲 勿哭'으로 되어 있다.

① 不拘檢(불구검) : "법도에 구애받지 않는다." 檢은 검속(檢束), 금제(禁制), 단속(團束)의 뜻.
② 未有不稱帝者(미유불칭제자) : "황제라고 일컫지 않는 자가 없다." 未有는 있지 아니하다. 없다[無]는 뜻. ='無不稱帝者.' 未有不, 無不 모두 이중부정.
③ 終古(종고) : 언제까지나, 영구히. 옛날. 평상.

足惜 命勿哭 又嘗戲言 ④若使吾値五代六朝 亦當爲⑤輪遞天子 一世傳笑.

≪星湖僿說≫

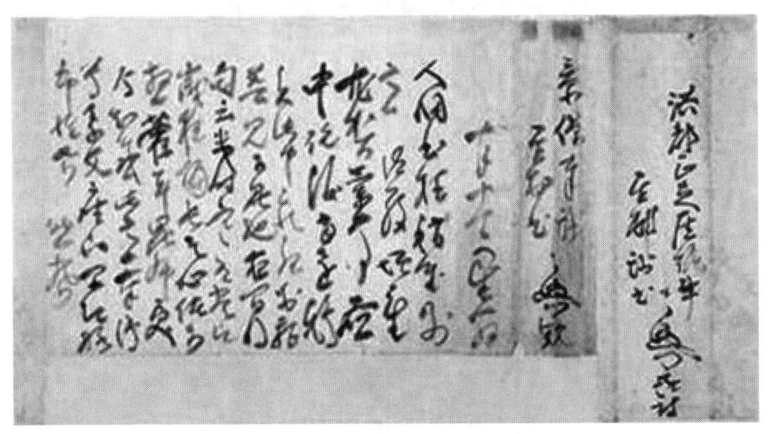

성호 이익이 洪都正 앞으로 보낸 간찰 글씨

④ 若使吾値五代六朝(약사오치오대육조) : "나로 하여금 오대와 육조 시대를 만나게 했더라도." 若은 만약, 설령. 使는 사역의 조동사. 値는 만나다. 五代는 당나라가 망한 뒤부터 송나라가 건국되기 이전까지의 과도기에 흥망한 후량(後梁), 후당(後唐), 후진(後晉), 후한(後漢), 후주(後周)의 다섯 왕조. 六朝는 후한(後漢) 멸망 뒤 수나라가 통일할 때까지 전후간에 양자강 남쪽 건강(健康), 지금의 남경(南京)에 도읍했던 여섯 왕조. 오(吳), 동진(東晉), 송(宋), 제(齊), 양(梁), 진(陳).

⑤ 輪遞天子(윤체천자) : 돌림 천자. '돌아가며 한 번 씩 누리는 천자'라는 말. 輪은 바퀴. 수레. 돌다, 회전하다. 遞는 갈마들다. 서로 번갈아들다. 교대하다.

景游 金昌龍

평양 원적, 서울 출생
연세대학교 문과대학 국어국문학과 졸업(1976)
연세대학교 대학원 국어국문학과 문학석사(1979)
연세대학교 대학원 국어국문학과 문학박사(1985)
한성대학교 인문대학장, 학술정보관장 역임
한성대학교 응용인문학부 교수(현재)

– 저 서 –

『한중가전문학의 연구』(개문사, 1985)
『한국가전문학선』(정음사, 1985)
『우리 옛 문학론』(새문사, 1991)
『한국의 가전문학·상』(태학사, 1997)
『한국의 가전문학·하』(태학사, 1999)
『중국 가전 30선』(태학사, 2000)
『가전문학의 이론』(박이정, 2001)
『고구려 문학을 찾아서』(박이정, 2002)
『한국 옛 문학론』(새문사, 2003)
『가전 산책』(한성대학교출판부, 2004)
『인문학 산책』(한성대학교출판부, 2006)
『가전을 읽는 방식』(제이앤씨, 2006)
『가전문학론』(박이정, 2007)
『교양한문100』(한성대학교출판부, 2008)
『인문학 옛길을 따라』(제이앤씨, 2009)
『고전명작 비교읽기』(한성대학교출판부, 2009)
『우화의 뒷풍경』(박문사, 2010)
『한국노래문학의 의혹과 진실』(태학사, 2010)
『대학한문』(한성대학교출판부, 2011)
『시간은 붙들길 없으니』(한성대학교출판부, 2012)
『문방열전-중국편』(지식과 교양, 2012)
『우리 이야기문학의 재발견』(태학사, 2012)
『조선의 문방소설』(월인, 2013)
『문방열전-한국편』(보고사, 2013)
『고구려의 시와 노래』(월인, 2013)
『고구려의 설화문학』(보고사, 2014)
『국문학연습』(공저, KNOU출판문화원, 2014)
『한국의 명시가-고대·삼국시대편』(보고사, 2015)
『열녀춘향수절가라』(한성대학교출판부, 2016)
『한국의 명시가-통일신라편』(보고사, 2016)

漢文名作

초판1쇄 인쇄 2017년 2월 20일
초판1쇄 발행 2017년 2월 27일
지은이 김창룡
펴낸이 이대현
편　집 박윤정
디자인 최기윤
펴낸곳 도서출판 역락
서울시 서초구 동광로 46길 6-6(문창빌딩 2F)
전화 02-3409-2058(영업부), 3409-2060(편집부)
팩시밀리 02-3409-2059
이메일 youkrack@hanmail.net
역락블로그 http://blog.naver.com/youkrack3888
등록 1999년 4월 19일 제303-2002-000014호
ISBN 979-11-5686-745-6 93810

* 정가는 표지에 있습니다.
* 파본은 구입처에서 교환해 드립니다.

■ 본 저서는 한성대학교 교내학술비 지원 과제임
■ 이 도서의 국립중앙도서관 출판예정도서목록(CIP)은 서지정보유통지원시스템 홈페이지(http://seoji.nl.go.kr)와 국가자료공동목록시스템(http://www.nl.go.kr/kolisnet)에서 이용하실 수 있습니다.(CIP제어번호: CIP2017003631)